绿 宝 石
Fall into your light

# 白雪歌

下

雾圆◎著

江苏凤凰文艺出版社
JIANGSU PHOENIX LITERATURE AND ART PUBLISHING

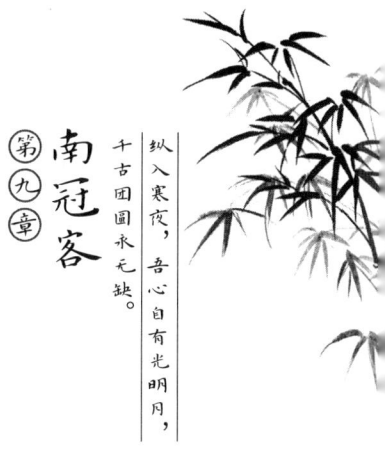

# 第九章 南冠客

纵入寒夜，吾心自有光明月，
千古囤圄永无缺。

## 曲意

宋昶只宣了周檀和楚霖进宫，所以曲悠并未跟随。楚霖为她留下了一支卫队，保护她的安全。

曲悠乘马车送周檀到东门，撩开帘子便看见了高耸的燃烛楼。她先前不懂这座楼背后的含义，只觉得震撼，如今再看，自是百感交集。

周檀有些担忧地叮嘱："你带着楚老将军的卫队先回府去，紧闭府门。等我出来，我们再做商议。"

"我打算先回曲府去。"曲悠道，"父亲是史官，向文如今在礼部，陛下仍在，太子不敢在我家闹出大事，若是我独自回府，才容易叫他钻了空子。"

周檀凝眉思索，听见楚霖在马车之外唤他，便匆忙道："好，你一切小心。"

曲悠抚了抚他肩颈处衣物的皱褶。这绛红官袍许久不穿，此时再见，她总觉得这才衬他："你也是。"

她目送周檀的身影消失在广阔的台阁中，才坐回马车里。

不知是不是皇帝病重的缘故，东门处的侍卫比她上次来时增了许多。

楚霖留下的卫队听从她的吩咐，出了御街，往曲府的方向去。曲悠坐在马车中都能听见帘外沉重的甲胄碰撞声。她神思倦怠，在马车中小眠了一会儿。

约莫过了一炷香的工夫，马车前突然传来马儿的嘶鸣声，曲悠乍然惊醒，还没回过神来，便听见侍卫低沉的声音："夫人，府门处有太子府兵，五十余人，金胄铁枪，来者不善。"

宋世琰是聪明人，一算就能算到她回汴都之后会先回曲府。

不过就如同她先前对周檀所说的一般，宋昶仍在，宋世琰不敢闹出大动静，堵在这里，想必是冲她一个人来的，要不然这些府兵就不会只是堵在门口，而是直接破门而入。

曲府的宅邸是曲承本家留下来的，位于汴都繁华之处，来往行人不少，她身侧有楚霖的三十人卫队，都是精兵，若与宋世琰的人动起手来，还是很有胜算的。想到这里，曲悠心中定了定。她正准备掀开帘子下车，与太子的府兵打打交道，先前的侍卫却去而复返，谨慎地为她带了个人过来。

于是她听见帘外礼貌客气的声音："周夫人，殿下请您到樊楼一叙，还请您移步。"

曲府离樊楼并不算远，宋世琰挑樊楼这样人来人往的地方与她相见，是告诉她，他并非来抓她回去威胁周檀。那么，太子要见她做什么？

一侧的侍卫略有担忧："夫人，哪怕是在樊楼，我们也不能掉以轻心……"

曲悠却猛地睁开了眼睛："掉转车头，去樊楼。"

侍卫还想劝阻，可看了看曲府门前严阵以待的兵士便没有继续说，喝了一声"驾"，便带着她往汴河大街去了。

曲悠坐在马车中听见了久违的汴河大街上热闹的喧嚣声。

宋世琰特意避开周檀，设宴邀她，还挑在樊楼这种地方，必定有他特别的用意。无论这用意是什么，既然他敢邀，她便敢去。

∽　∽　∽

盛明宫烛影昏昏，周檀迈步进去，两侧的宫女太监像得了号令一般，立刻垂着头从他身侧悄然退下，轻得几乎没有留下脚步声。一时间，室内最清晰的居然是烛火噼啪的声响。

周檀回头，看到高耸的宫门关闭，有些恍惚。

身在鄀州的时日太长，他已好久不曾见过这些被驯化得如同物件一般的下人。很奇怪，他从前不曾有过这个感觉，还是曲悠朝他描述第一次进宫的感受之后，他才会时不时想到这些不着调的言论。

"西洋有一种玩具叫发条玩具，你可以理解为一种精巧的小机关。主人将发条拧动，触发机关，小玩具就会自己按照既定的设置重复一个固定的动作——我第一次到东门接你之时看到的那些宫中仆役，都是这样的发条玩具。"

她说，这是封建皇权对于人最无情的驯化，它将拥有自由意志的本体粗暴地植入发条，让他们丧失思想。

她还说，最初她不肯要仆役行跪拜礼，就是害怕有朝一日自己也会变成手握权力而无知无觉的上位者，人一旦以权力驯化旁人，就一定会被权力驯化。

她在半梦半醒间抱着他，小声重复，说自己一定不要变成封建制度下的泥胎木偶，无论什么时候，都要记得自己的来处。

其实，她的话中，他有很多都听不懂，但是这些话都是她迷蒙时的言语，他从不多问。他本觉得这些话既然听不懂，说过便会忘记，可是今日他站在殿中居然清清楚楚地回忆起了"发条玩具"四个字，甚至觉得他大概理解了她的意思。

在京华山和樊楼之上，他就知道她与周围人的不同。曲悠也亲口承认过，她来自一个与他们不同的世界。大抵是她读了奇珍异书、见过西洋来客后在梦中勾勒的世界，她虽未细说，但时常不经意提起。这样好的地方，他是做梦也梦不出来的。

帷帐之内传来一阵咳嗽声，将周檀的思绪拉回满堂烛火的盛明宫。

德帝正躺在榻上，身侧只有一个老太监侍奉。周檀多看了一眼，这老太监仍是当日送他出宫的那一个。

"霄白，你来了。"宋昶唤了他一声。

不过两年，他的声音居然苍老成这个样子。

周檀心中涌起一种可怜和厌恶交织的复杂情绪，他撩起衣袍，在龙榻三步之外跪下，距离不远不近："霄白给陛下请安，圣躬安否？"

"庆功，下去吧。"

那老太监应了，弓着身子缓缓地挪到了殿外。自周檀见他，他好像都没有直起过腰。

宋昶最亲近的人弯着腰伺候了他一辈子，他自己却认为，能得皇帝的垂青是无上荣光，按照曲悠的说法，这大抵就是"压迫"。

"难为你肯从郜州回来。你既进了宫，楚老将军想必也回来了，朕总算可以安心些。"宋昶没有拉开帷帐，只是虚弱地道，"边境苦吗？"

"父辈守护过的地方，哪里能叫苦。"周檀淡淡地道，"臣在郜州安然、坦荡，若非陛下事急，臣真想一辈子守在格里拉山下。"

他并没有说假话。

宋昶沉默了一会儿，忽然道："当日你离京之前，曾经问过朕，可有为什么事情后悔过……朕没有对你说实话，其实，我日日夜夜都在后悔。"

他不再称"朕"，而是用起了"我"。

"我这一生，挚友离散，亲长早逝，子嗣不恭，可谓荒谬、凄惨，病痛缠身时，唯一敢信的，只有远在郜州的霄白……今日你我以亲长论，霄白对我说一句实话，燃烛楼一案……你可知晓？"

他到底还是问了这件事。

周檀心中嘲讽地想着，当日他逼杀傅庆年太急，又以退为进，匆匆去了郜州，宋昶应该没反应过来，甚至忘了多问一句燃烛楼案。

病弱的皇帝从帐中伸出一只手，撩开面前的帷帐。年轻的臣子正跪在他的塌前，与两年多前离开时并无不同，绛红官袍没有给他增添一丝一毫的沉郁之气，只映得他疏朗的眉目艳气了几分。

修竹一般的青年,青春,干净,染着静水香的香气,与他对比,他似乎都能闻到自己身上行将就木的腐朽气味。

他也有过这样的年少时,与萧越一起纵马西北、白日放歌,尽情表达豪言壮志,满怀希冀。后来故人埋骨流沙,他成为宫城里腐烂的老人,说不清谁更幸运一些。

周檀心中的可怜与厌恶更盛。他清了清嗓子,磕了个头,没有正面回答德帝的问题,只是慢吞吞地说:"陛下,当日老师救我出诏狱的时候,与我详述了先帝驾崩之前的言语。我在想,此情此景,与当年先帝的密诏何其相似。"

宣帝病重,急召顾之言。宫墙内有心思不明的禁卫,皇城外有虎视眈眈的太子,一切情形,恰似当初。

宋昶苦笑一声,不料周檀接下来的言语却让他的笑容僵在嘴角。

"陛下,您知道老师为什么一定要阻拦您修建燃烛楼吗?"周檀平静地抬起眼睛看他,琥珀色的双瞳微冷,"是先帝的嘱托。先帝要真如宫的秘密永埋地下,陛下以为,是为了什么?"

他的声音很轻,像带着几分怜悯:"是为了您啊,陛下。先帝早知此事,却没有在自己活着的时候动土,临终还要叮嘱老师尽力阻拦,是为了让您不因此事迁怒、愤恨。血脉一事,他临终之前,甚至已经不在意了。老师谨遵先帝遗愿,尽心尽力地阻拦陛下,却没有机会说出这一切,燃烛楼案便已肇始。如今,我深恨傅相的理由又多了一桩,陛下应该知晓臣的心了吧?"

宋昶半晌没说话,只是呆滞地坐在榻上。过了一会儿,他才回过神来,重重地咳嗽起来,手抓着身侧的帐子,用力得颤抖。

"臣要说的话已然说完,能叫老师这番言语不至永埋地下,也算是臣的造化。"烛火晃动了一下,周檀眼神闪烁,殷殷地道,"那陛下急召臣回宫,是有什么话想说呢?"

∽ ∽ ∽

皇帝病危,汴都风声鹤唳,有爵之家都不敢放纵子弟在外嬉笑游乐,生怕不知何时就触了宫里的霉头。是以近日樊楼中的客人少了许多。

叶流春离开春风化雨楼,对外只说是从良,离开了汴都。太子最擅做表面功夫,几乎无人知晓这惊才绝艳的春娘子入了太子府做侍妾。只有一楼大堂中的举子感叹再也听不到那样好的月琴了。

曲悠上楼的时候,还听见大堂中有醉酒的文人在吟诵。

"送春春去几时回?临晚镜,伤流景……沙上并禽池上暝,云破月来花弄影。"

"重重帘幕密遮灯，风不定，人初静。明日落红……应满径。"

落红乱逐东流水，一点芳心为君死。

她想，唱的果然是叶流春。

侍卫将她引到顶层的雅间前。这次她也留心抬头看了看，为太子留的房间词牌名是"上云乐"。

好狂妄的名字。

她眉心一动。侍卫推开雕花木门，只见太子端坐其中，手执一只五瓣莲花鎏金酒杯，缓缓地抬起眼睛来。

"曲娘子，好久不见。"

曲悠站在门口微微屈膝，敷衍地行了个礼，却没进去："殿下万安，不知殿下寻臣妇来，有何指教？"

她刻意咬重"臣妇"二字，宋世琰不会听不出来。

果然，宋世琰眯着眼睛看她，微微地笑了："周檀如今入了大内，自然不会知晓你我相见，何必如此生疏？"

曲悠着实好奇太子的想法。周檀入了皇城，他不去忧心皇帝的用意，反而对她示好，目的是什么？尚未登基，便夺臣妻？且不论此举的荒谬，她到底有什么地方吸引太子？汴都美女如云，肯对他投怀送抱的更多，就算太子妃不讨他的喜欢，他也有千万种选择，何必在她身上费功夫？

见她仍旧不动，宋世琰便放下手中的酒杯，转移了话题："曲娘子知道，你我第一次见面是在何处吗？"

她恭敬地回答道："皇城东门。"

"错了，"宋世琰摇头，指了指脚下，"是在这里。"

"那日流春来樊楼弹琴，邀孤同赏。孤坐了一会儿，临时有事，正准备下楼离开，便撞上了那桩坠楼案。"

晏无凭是特意知会了叶流春，托她将太子请过来的。谷香卉行动匆忙，除了看见周檀的缘故，应该也是瞧见太子欲走，怕他错过。

"当时楼中一片混乱，我站在台前，吩咐侍卫请昭罪司的人过来之后抬头往上看，恰好看见一抹桃色探头看下来，满面惊惶。

"桃花嫣然出篱笑，似开未开最有情……当时孤就想，若是下次再见到你——"

他拖长了声调，没有继续往下说，曲悠却感觉到一股寒意顺着脊背爬了上来。

那混乱的命案现场，宋世琰脚边便是鲜血淋漓的尸体，他却视若无睹，只顾抬头去看他感兴趣的女子。她一点都不觉得浪漫，只觉得可怖。

"那日东门相见，孤只觉得你眼熟，回府之后才想起你是谁……实在可惜，霄白虽然风流，但性子薄凉，不是可堪托付的人。"宋世琰瞧着她，惋惜地说，"今日孤请你来，也是想为自己弥补遗憾。"

曲悠缓缓地垂下扶着门框的手。她心中飞快地思索着，在宋世琰眼中，她和周檀的夫妻关系如何？

新婚之时，周檀为了她的安全，刻意与她疏远，想必在宋世琰面前刻意提到过很多次。他若想让太子以为自己与她不亲近，实在是易如反掌。周檀伪装的功力，她清楚得很，若不仔细探究，一定会被他骗过去。所以宋世琰一直以为她与周檀不睦，直到周檀进宫，她二敲登闻鼓。当时她在擂鼓石前慷慨直言，可事后汴都鲜少称赞她与周檀伉俪情深，这与周檀本身的名声固然有关系，但更重要的是，他当初事涉的是杀人罪案，如果从重量刑，极有可能累及亲眷。夫妇一体，除了极少数知道内情的人，估计都会以为她是为了自身安危才不得不去。女子为夫鸣冤，总比当时直接和离要好听得多。

周檀不可能对宋世琰坦白自己和萧越的关系，含糊许诺能除掉傅庆年，大抵就是说他有一击必杀的把柄。太子不知底细，只有与他的粗略谋划，那么……她二敲登闻鼓，是否会让他以为是事先的计策？就如同之前一般，她和周檀在一种合作的关系下各自谋划，各取所需。落在宋世琰眼中，他们二人貌合神离，他实在有离间之机。

曲悠泛起一阵恶心。

见她只是低头不言，宋世琰咳嗽了一声，曲悠身后的侍卫立刻上前，将她身后的门关上，她被迫向前走了一步，便和宋世琰一起被关在房中。

曲悠不由得冷声道："殿下，我既敢来见你，必定不是独身一人，楼下我的侍卫虽不如您的府兵多，但樊楼地方特殊，真动起手来——"

"孤又不是要对你怎么样，哪至于到这样的地步？"宋世琰觑着她的脸色，笑道，"曲姑娘，周檀不知你，孤却知，东门一见之后，孤去读了你从前的诗作。'堂前流水挟花去，天地人间两不知'——他们看不懂，孤看得懂。

"孤明白你不甘心只做内宅女子，就连不顾身份体面地替那些风尘女子鸣冤之后，世人依旧把这功劳记到你的夫君身上，一次、两次……你难道愿意一直在他身后，因着他不堪的声名，将你一同连累，永无出头之日吗？"

宋世琰娶了正妃之后不曾纳侧妃，是给他做上将军的舅舅面子，也是为了让太子妃生出他的第一个孩子，而不是真的守身如玉——像叶流春这样无名无姓进了太子府的女子良多，进去也不过是通房丫鬟的身份。而通房比妾室更加卑贱，在古人眼中，宠幸这样的女子，根本不算好色。

宋世琰是风月场上的老手，且自小在德帝身边长大，最擅察言观色。曲悠心中虽然对他多有鄙夷，但不得不承认，宋世琰确实很能洞悉人心。

最初来到这里的时候，她想要的只是自由和不依附旁人的生活。后来遇见周檀，她心中燃起浓烈的探究欲望，而后与他经历良多，同生共死，她爱他敬他，想要陪他继续往前走,去看看历史到底是怎么对待他的。

在这个过程中,她不止一次地遗忘这副身体原本主人的存在,也从不曾认真思考过她作为大胤一个普通文官的女儿应有什么追求。她的追求来自遥远的千余年后,自我认知至今未与这个时代相融,哪怕再喜欢周檀,她也没有忘记过自己的来处。只是这些话无人可倾诉。

宋世琰能看穿一个大胤的文臣之女心中所想,才会有之前那番言论,可他看不穿来自遥远未来的历史系学生的疏离,所以他的这番话落在她耳中,只觉得可笑。

曲悠弯了弯唇角,露出微不可闻的嘲讽。

宋世琰自以为懂她,却不知道她所追求的从来不是浮名,就和周檀一样,若是能真切地为百姓做一些事情,他们并不在乎能不能在史书中留名。

周檀是真不在乎,她是真无所谓,殊途同归。

况且周檀也从未想过只让她做后宅女子,不曾抢她的功劳。在尚不了解的时候,他就因她超越闺阁的理想而赞叹,不介意她扮男装出游,甚至照顾她的追求,想办法把她留在刑部,让她有机会做自己喜欢的事情。

周檀只是不如宋世琰巧言令色罢了,真做了,从不邀功。而宋世琰说得天花乱坠,心中是怎么想的,她可猜不出来。

为了弄明白他到底在想什么,曲悠垂下眼睛,假意问道:"殿下既然如此说,想必知道我想要什么了。"

宋世琰吹了吹杯中的酒水,闭着眼睛去闻其散发的香气,漫不经心地道:"皇后如何?"

"你……"

虽知道他疯,但曲悠着实没想到他能疯到这个程度:"殿下慎言!"

"你怕什么,这门外都是我的心腹。"宋世琰道,"待孤登临大宝,想要立谁,都是自己说了算。届时,孤能为你寻一百种身份,曲家的孪生女儿、高门显贵的在室女,甚至异族公主、前朝遗孤,你不必担忧——"

曲悠冷冷道:"太子妃殿下仍在。"

"悠悠,你见过太子妃,应该知道她是什么性子,你觉得,这样的人真的做得了皇后吗?"宋世琰叹了一口气,站了起来,"孤想要的皇后,要聪明、敏锐、知进退、有野心……敢为旁人不敢为之事……"

他唤着她的闺名,走到她面前。曲悠下意识地往侧避了一步,宋世琰不以为忤,倾身凑过来,压低了声音,继续道:"你不是最厌恶跪拜礼吗,跟着孤……这世间只有孤能护着你的傲骨,永远不让你再跪。"

曲悠再无法忍受他的言语,转身推开了门,往外走去。

樊楼的顶层只接待天潢贵胄,本就无人,宋世琰的侍卫守在楼梯前,见她走过来,便貌似恭谨地行礼,口中却道:"夫人,殿下并没有许您离开。"

曲悠回过头去,看了宋世琰一眼。他站在那块"上云乐"的木牌之下,居高临下地看着她,目光已经不复之前的温和,染着一二分阴恻恻的冷漠。

他就这样站在那里,没有说话,也没有动作。曲悠看着他这样的眼神,感觉一股寒意顺着她的脊背绵延了一片,冻得她忍不住打了个寒战。在那一瞬间,她突然灵光一现般想起了一件史书中一笔带过、之前她从未细想过的事情。

她曾经反复回想过周檀的一生。他人生中的第一个转折点就是燃烛楼案,而第二个是明帝登基。

同为帝师,苏朝辞比他大两岁,可拜相的年龄足足比他晚了五年。周檀能以如此年轻的资历登阁拜相,与明帝登基时他立下的功劳息息相关。

永宁年间末,德帝病重,密下诏书,欲夺太子储位。太子不知缘何得知了此事,当机立断发动宫变,楚霖与禁卫死守皇城。对峙两日之后,汴都之外,突然来了西韶的军队。太子勾结西韶,将楚霖与左右林卫斩杀于皇城之前,宋昶惊惧而死。至于其他反对太子登基的臣子,一些提前得了风声,逃出了汴都,剩下的则大都死于玄德殿中,尸骨被拖去了京郊乱葬岗。

以雷霆手段清洗朝堂之后,太子匆忙登基,礼部的人已死了一大半,连为他置办典仪之人都不齐全,国玺在混乱中遗失,导致他连年号都没有定下。

同月,景王孙在临安召各地王侯起义。宋世琰命李威和西韶军队死守汴都城门。李威手下还好,西韶军队虽不敢闹出大动作,但自王公之下,烧杀掳掠无所不为,宋世琰问起,他们只说是讨些利息犒赏三军。

当时,宋世琰内外交困,焦头烂额,睁一只眼闭一只眼地默许了西韶军队的作为。直到一个月之后,他才将西韶军队派出去讨伐景王孙。后来,这批人全部死在燕覆重振的凌霄军手中。

史书记载,西韶军队在汴都城内的一个月,汴都礼崩乐坏,律法几近废置,汴都百姓出逃不得,称呼他们为"长辫鬼"。

曲悠并不知道太子借兵西韶是经由谁的引荐,如今明白太子身份,大致懂了西韶肯和他合作的缘由——太子割了西境九州给西韶,承诺岁末赏赐,他本身有西韶的血脉,他上位,于西韶有利无害。

宋世琰也不是傻子,虽说借了兵,但承诺的西境九州迟迟未曾兑现,只说是要等汴都安定之后,这批军队回到西韶,他才能割地。是以西韶军队虽入汴都,也没有直接屠城。

她方才回忆起来的事情,就是其间的细节!

史书记载中一句简单的"篡政六个月",背后情形如何?

她在西境听过燕覆描述早年间曾被西韶人占领的西境城池:穷些的还好,毕竟城内住民本就寥寥无几;略微富一些的,西韶人占领之后便会屠城犒赏三军。西韶人与胤人世代有血仇，下手从不留情，城池内往往流血漂橹，场面血腥。

燕覆最初曾随将军收复过被西韶占领的城池，那情形让他毕生难忘。西韶军队不过是占领了三个月，他不久前才去游玩过的地方已然一片死寂，街上到处都是平民百姓的尸体。有小孩子为了抢一块糕饼互相残杀，见军队进城，吓得几乎想要直接跳河。

徐植在一侧沉沉地叹气，道他早年也与萧越见过相同的情形，收复失地时连宋昶都在，红着眼睛许愿，有生之年必定将西韶彻底赶出大胤领土。

宋昶虽然晚年昏聩，但对待西韶手腕强硬，也没有求和过，他在位期间一直有名将为他守着江山，好歹保全了边境。

宋世琰从不曾亲眼见过这些仇恨，没有切身体会，生母又是西韶人，心思松动，才铸下了在史书中留下千古骂名的大错。

这般细细想来，在他篡政登基之前，周檀等人必定已经护送景王孙逃出了汴都，城内留下的多是文臣，想保护百姓也是有心无力。

曲悠思及此，几乎瞬间就做出了一个决定。她突然转身，朝宋世琰走了过去。

宋世琰本以为她是因为自己被拦下而愤怒，口中还在慢条斯理道："悠悠若不愿意，孤会很伤心的。说到底，你父亲不过是文臣，周檀……也不过是文臣，没人护得住你，你也护不住他们。孤登基之后，一定帮你好好照顾一下你的亲眷，叫他们……"

宋世琰说要她当皇后，不过是试探她的缓兵之计，他一定有十分想要从周檀身上得知的事情，只是他的人近不了周檀的身，他只好许下重诺，哄骗她去为他探知。若她不同意，那些围在曲府门口的兵士便成了筹码，估计他早就下定决心，要以她全家的性命要挟。试探，是因为有一分连曲悠自己都没想到的兴趣在。

她听见"皇后"二字时毫不动摇，此时再改口，恐怕不能再得他的信任。曲悠越过宋世琰，直接向他身后的"上云乐"走去。宋世琰一怔，跟着她进去，曲悠立刻反手关了门，对他露出了一个连自己都很陌生的笑容。

她这一笑一扫方才的冷漠、疏离，薄薄的眼皮抬起，一双乌黑瞳仁紧盯着他，神色玩味，很不常见。

"殿下误会我的意思了，就如同你方才所说，我不甘心只做男子背后的垫脚石，所以，我对世间女子都向往的皇后之位毫无兴趣，不过……"

曲悠伸手点在他的咽喉处，低声问道："女相如何？"

宋世琰怔了一下，随即看着面前之人笑出声来，他越笑越大声，狭长眼眸中闪过欣赏和兴奋："孤就知道，孤不会看错人。"

他本想捉住曲悠贴在他咽喉处的手，可曲悠飞快地缩了回去，并不看他，只道："既然我决意为殿下效忠，能做的事情便不止于此，殿下不要耽于情爱而误了大事，到时，毁的可是你我两人的名声。"

宋世琰并不执着,只是将胳膊撑在门上,紧盯着她道:"哦,曲娘子怎的突然改变了主意?倒叫孤不太敢信了。"

他倒是十分拎得清,见她松口,立刻不再逾越,连称呼都改回了"曲娘子"。

曲悠主动走到桌前坐下,为自己添了一杯酒,这酒想必是陈酿,芬芳馥郁:"不是突然改变主意。只是殿下先前口口声声说懂我,却依旧只想将我锁入深宫,这假身份……若我真接下了,必定一生遮遮掩掩,纵使富贵无极,又有什么意思?"

宋世琰感兴趣地"哦"了一声,在她对面坐下来:"那……"

曲悠晃着手中的酒杯,半真半假道:"我要以我之名,来做殿下的肱股,做青史留名的女子。大周女帝身侧有女相,本朝为何不可?我自幼熟读诗词歌赋、经义策论和前朝史书,坠楼一案是我亲自查出。后来为保全家性命,我与周檀商议二敲登闻鼓。我去都州,也并非为了周檀,而是想要了解边境况……说这些,是想让殿下知道,这位置,男子坐得,我也坐得。"

既然她在宋世琰心中是这样的人,她便顺着他所想说下去好了。

"殿下若肯给我个机会,我自会让殿下知晓我的用处,但我有两个条件。"曲悠道,"殿下应了,他日您登基之时,我亲自斩了周檀头颅做您的贺礼——除奸佞、杀亲夫,名声一起,我入官场也顺遂一些,您亦有理由擢拔我,岂不是两全其美?"

宋世琰笑了一声:"听起来不错,曲娘子有什么条件?"

"第一,殿下虽然信我,我却不敢冒险,曲府全家上下不能留在汴都,我会在近日着人送他们去临安,还望殿下不要阻拦。"

见宋世琰有些犹豫,曲悠便笑道:"我人在汴都,自然能叫殿下看见我的忠心。我这人惜命怕死,却不能受人胁迫,殿下若真不放心,大可现在就拔剑杀了我。"

这倒是她的性子使然。宋世琰垂眸想着,大不了到时候派人跟去临安,便痛快地应了:"好,孤应了。还有呢?"

"这第二嘛……"曲悠缓缓地说,"殿下已知,我与周檀成婚多年,却未有子嗣,究其缘由,其实是因我身有恶疾,实在见不得男子腌臜、脏污……殿下龙章凤姿,我敬之慕之,却不能爱之,辜负殿下一番情意,我实在有愧,只能尽力报之。事成之后,也望殿下允我终身不嫁,我愿倾尽心血,一生只爱王朝基业。"

宋世琰微微诧异。

太子府中没有子嗣,是因为他指望着太子妃为他降下嫡子,故而私下里给所有侍寝的宫人都喝了避子汤。但太子妃迟迟未有身孕,看尽医官都无用。曲悠与周檀成婚后并无子嗣,他还纳闷过,就算夫妻不睦,身侧放着这么一个美娇娘,周檀也不可能天天做圣人……究其缘由,居然是因为曲悠厌恶男子。想来也是,她为风尘女子鸣冤,对待丫鬟情同姐妹,身侧所有女子都很喜欢她,且不论与她交好的高云月,就连太子妃见过她一面也是反复念叨。女子实在不可能以终身不嫁作为理由,加之方才他一番剖白也不见对方因这甜言蜜语动摇,宋世琰信了五分,摇头叹道:"曲娘子如此坦诚，孤也不好多说，你我只做君臣，孤也会以礼待之。"

曲悠立刻举起手中的鎏金酒杯，与他碰杯："君既知我，也不枉今日你我同居此中的'上云之乐'——北斗戾，南山摧。天子九九八十一万岁，长倾万岁杯。"

宋世琰哈哈大笑，将手中的酒水一饮而尽。

曲悠从樊楼出来时，日已高悬。

她穿过楚霖派来的卫队，坐回小轿中。直到放下轿帘，她才长长地松了一口气。

曲意逢迎良久，她笑得脸都有点僵，坐在这里才觉得脊背冰凉。曲悠伸手一摸，发现自己出了一身的冷汗。

∽ ∽ ∽

周檀跪在宋昶的榻前，仔细地将烛台上熄灭的蜡烛一支一支地重新燃起，烛火跳跃，他的神色却平静、凝重，甚至连眼皮都不曾抬起。

宋昶半晌没有说话，只是从喉咙中发出"呵呵"的声响。

周檀极有耐心，将蜡烛点燃之后，起身从一侧倒了一杯茶。茶水在殿内放了良久，有些凉了。于是周檀道："臣去为陛下倒一杯热茶。"

"霄白！"宋昶在他身后厉声唤道，见他转过身来，声音却又低了下去，断断续续，"老师早知……你也早知，为何……"

"陛下，您在真如宫地下找到您想找到的东西了吗？"周檀静静地看着他，"那下面到底有什么、到底有没有，这一切究竟是不是当年刘相为了和赵殷作对而刻意编造……在您修建燃烛楼之前，一切都不可知——臣不知道，老师和先帝也不知道，先帝临终时甚至并不想知道。若非傅相一意孤行，想要借此让您猜忌老师，这本该是先帝和老师永远埋在地下的秘密……可燃烛楼一旦修建，无论有没有找到，这件事都会成为您心中悬着的一根毒刺，不是吗？

"臣知不知道，并不重要，因为无论臣知不知道，您都是大胤的君主，只要于这江山有益，老师和臣都会耗尽心血辅佐您。"

宋昶重重地咳嗽了许久，忽而笑了，他断断续续地笑了一会儿，低声问："霄白，你对朕失望吗？"

周檀摇了摇头，却没有说话。

宋昶强撑着要从明黄床榻上坐起来。

周身并无别的侍卫，于是周檀上前将他扶起，安置在松软的枕前。他正要退下，宋昶却一把抓住了他的手："你敢据实相告，不怕朕杀了你？"

"陛下要杀臣，何必等到今日动手？"周檀露出浅浅的笑容，却毫不惊慌，"皇城内外煌煌何止千人，陛下既然只把臣从都州召了回来，定然是有无法托付给旁人的事。"

宋昶微微松手，问道："霄白眼中，太子可是合格的储君？"

他问得直白，周檀沉默片刻，轻轻地摇了摇头。

宋昶有些意外："为何？当日你离开汴都之前……"他说到这里，突然不再继续说下去了。

"陛下还是没有相信臣。臣离开之前已经说过，所做的一切都只是为了陛下，不是为了太子。"周檀回道，"如今陛下病重，太子为何不来侍奉汤药？"

宋昶苦笑了一声："你进汴都之前，应该也探知过消息吧，何必明知故问？上次太子进宫侍疾，恰逢执政漏夜入宫，朕连他的人都没有见到……后来才知道太子在帷帐之后听了执政一番言语，不过几日，便出了国玺之事。"

他闭上眼睛，似乎十分疲倦："执政可是一心为太子谋划了数十年哪。朕本以为，太子同他该比同我这个父亲更亲才是……究竟是什么事情，能让执政漏夜入宫，让太子丝毫不顾念旧情？这些日子，朕因为此事辗转反侧，夜半还时常惊醒——太子连高则都能杀得如此干脆利落，若对上朕，又该如何？"

子壮而父老，向来是历史上每一个皇帝暮年时最为担忧的问题，可是天家无情，皇帝想得一个善终何其艰难。历史上死于皇帝之手的太子和死于儿子之手的皇帝皆是多如牛毛，叫人不得不警醒。

周檀沉默不语，宋昶便继续说："朕本想培植个儿子，叫太子不至如此放肆，可是朕也不曾想过自己的身子竟然衰败得如此之快……从前，朕只觉得太子虽然手腕硬了些，人还是好的，经过执政一事，却开始担心他来日若真登临大宝，会残暴无常，对不起祖宗基业……"

"臣明白陛下的意思了。"周檀突然道，"陛下放心，楚老将军既然回了汴都，必能护陛下的周全，臣这些时日会尽力为陛下查清执政进宫时想要对陛下说的话。届时，太子做不做得储君，陛下心中就能有数了。"

宋昶嗯了一声，盯着他的眼睛道："你同你父亲，其实真的很像。"

周檀笑了："父亲是金戈铁马的大将军，臣一生都得在阴谋和泥淖中打转，谈何相像？"

宋昶又开始咳嗽："朕知道你心中还在怨朕……可自两年前一别之后，朕每遇见都州来人，都要问你一句，朕给你带信去，也不过得你寥寥数语，即使如此，朕心中仍觉得你是同你父亲一样坦荡、忠诚的人……"

周檀心中不无嘲讽地想着，宋昶能这么看他，大抵还是因为两年前他跪下的姿势足够卑微、剖白足够攻心。

他在榻前深深拜倒。宋昶的面色缓了几分，突然对他道："霄白，待朕百年之后，玄德殿龙椅之下，有朕留给你的东西，到时候，庆功会带你寻到的。"

周檀微微诧异，最后只是俯下身去，恭敬地应了一声"是"。

两人相顾无言。

周檀起身告辞，走了几步，宋昶便在他身后沉沉地说："朕此一生，最对不住的，怕就是你父亲……与老师。你要好好保重，不管最后即位之人是谁，朕都会尽力保全你的。"

周檀脚步一顿，感觉眸中泛起一阵泪意，这泪意并非因为老皇帝最后的温情，而是因为想到了逝去的父亲和恩师。

人死如灯灭，再后悔又有什么用？

他抬起腿来，迈出了盛明宫高高的门槛。

刚出东门，周檀便发现黑衣在那里焦急地等候他，因为慌乱，甚至在东门之外来回踱步。他鲜少见黑衣如此的情态，意外地轻咳了一声："黑衣……"

黑衣立刻扑了过来，有些失态地道："大人，夫人尚未回府……便被太子殿下请去了。"

周檀胸口一滞，失声问道："什么？"

∽  ∽  ∽

曲悠在轿子里呆坐了一会儿，突然听见轿外有人声传来。她勉强回神，撩开帘子，便看见黑衣雕刻繁复的银色面具。

周檀在汴河大街之外的一条小巷等着她。

曲悠下了轿，不敢与周檀表现得太过亲密，便只道："如今府中忙乱，小厨房怕是人手不够，夫君与我共同外食之后再回吧。"

她将楚老将军留下的卫队打发离开。

周檀下了马车，与她共同沿着汴河走了一段路。除了黑衣遥遥地跟着，其余的侍从都被遣回了府。

二人走到十二桥下某只事先准备好的小船那里，钻进漆黑的船舱，这才松了一口气。黑衣跟上来，撑着杆子向栖风小院的方向划去。

周檀将她揽在怀中，发觉她背后全是冷汗："太子叫你去做什么？我吓了一跳，他带人去围了曲府？"

曲悠伸手紧紧抱着他，半晌没说话，周遭只能听见水流声。

于是周檀只好继续涩声道："事情太急，是我考虑不周，幸而你无事，要不然……我们先去见艾先生一面。如今我刚回来，太子还不曾安插人过来，再过一段时间，怕是就危险了。"

"霄白，"曲悠唤他的字，感觉自己的牙齿在打战，可她此时异常清醒，"我有几件事要托付你。"

周檀道："你说。"

"你着人将曲府上下送出汴都，连带着云月一起，暂且送到临安或金陵去……不过不要让他们在路上见面，到了再见也不迟。"

"我正有此意，他们在城中毕竟不安全，如同今日一般——"

"太子应了不会为难，但我怕他反悔，还是要尽快行事。过一会儿，我便回府告知父母。"

"好。"

汴河大街本不算长，二人言语间，船便靠了岸。有几个平民打扮的人眼见船来，立刻凑上来谨慎观察一番，随后带他们往熟悉的栖风小院去。

艾笛声就守在门口，眼见二人到来，面上露出笑容："哎呀，霄白，弟妹，你们可算是回来了……"

入正堂之后，曲悠发现柏影、苏朝辞和宋世翾也在堂中。

宋世翾合掌朝周檀拜了一拜。他今年刚满十七岁，两年不见，已经长高了不少："子谦问先生安。"

周檀拍了拍他的肩膀："苏先生时常写信同我说起你来，看来你大有进益。"

宋世翾连忙道："不敢辜负先生们的期许。"

他已经是高挑的少年模样，曲悠便不好像之前一般如孩子般对待，只是温和道："子谦向来用功，过一会儿，我为你做荷花酥。"

周檀点了点头，这才转向苏朝辞，简单地说了一句："成了。"

苏朝辞肉眼可见地松了一口气，问道："可还顺利？"

周檀垂着眼睛嗯了一声，说："明日或者后日，你就递帖子去拜会陛下，将你父亲旧案悉数说清楚。咱们当年搜集的证物，想必你保存得极好。"

苏朝辞道："自然。"

"好……尽快去，我瞧着陛下的身体，怕是撑不了多久。"

柏影许久不见曲悠，凑过来与她说话："西境风水养人，瞧着你面色红润，想必过得不错。"

曲悠低笑一声："你也过得不错，十三先生不在，也没有人缠着你了。"

提起白沙汀，柏影重重叹了一口气，说："这倒霉孩子，被贬了也是活该。不过，我看，咱们也不必担忧人家，他最懂怎么让自己活得高兴了，只是春娘子……"

艾笛声在一侧叹了口气，问周檀："朝辞进宫之后该怎么办，你想好了没有？就算陛下下诏废了太子，恐怕还会立他人为储，王孙的身份——"

周檀打断他道："宋世琰若被废，肯定不会坐以待毙，大内必有宫变，还不知陛下有没有另立旁人的时间……反正如今我手下有凌霄军旧部，皇城内楚老将军挡下李威的人应该不成问题，只是需要时间等小燕过来，也不知——"

曲悠接了他的话："不知他们过来要多久，我只怕楚老将军挡不住太子逼宫。"

艾笛声皱着眉道："李威手下的人多出自汴都大营，人数虽多，却不能与楚老将军手下的比，守着皇城一二十日，总不成问题。"

"可是……"曲悠的目光在面前众人中扫了一遍，缓缓地说，"如果他借了别处的兵呢？"

## 驾崩

艾笛声的眉头皱得更深，他问："弟妹此言何意？"

曲悠的目光停在周檀和苏朝辞身上："他身上有西韶血脉。"

几人一时间都没有说话，似乎是被她这个猜想吓到了。

柏影先开了口："这……不至如此吧，太子怎么说也是大胤的储君，借兵西韶，难不成割城……来还？"

他说到后面，突然有些不确定，周檀看了苏朝辞一眼："他不是做不出来。"

苏朝辞面色凝重地说："弟妹继续说。"

曲悠摇了摇头："我这只是为诸位提供一个可能性罢了，毕竟我们要做好最坏的打算——小燕和徐侯在我们临别之前说要不事声张地缓缓前来，那少说也要十几日的工夫。只有李威，楚老将军自然能守住皇城，可太子若是还有后招儿，譬如借兵西韶，提前破了皇城，入内登基，在诸位尚未来得及反应时便赶尽杀绝，那就不好办了。"

艾笛声与周檀低声商议了一会儿，苏朝辞则问："子谦，你怎么看？"

宋世翾抱着一只杯子在案前发呆，乍然听见苏朝辞唤他，有些茫然，略微定了定神便道："师母所言极有道理，不能以寻常心态来揣测太子。"

苏朝辞清了清嗓子："父亲曾对我说过，当初他随着祖父入宫，与太子同宴，不经意间看到过他在后园虐杀下人。当时太子不过是子谦如今的年纪，却手段残忍，令人咋舌。事后他还抛尸入园，装作无事发生，被指认后还栽赃给了兄长……此人为达目的不择手段，值得做最坏的揣测。"

柏影在一侧点头，他自从与白沙汀相认后常来栖风小院，为宋世翾做日常诊疗，两人混得谙熟："那我们该怎么办？若真如此，还是提前离开汴都为好。"

艾笛声转过身来："柏医官说的是。为今之计，我们最好在小燕将军来京之前暂且离开汴都。朝辞，你今日夜里便与霄白一同进宫吧，连夜将事情说清楚，时间紧迫，也免得给太子反应的时间，直接将你扣在宫中。"

苏朝辞应了，却低着头不语，像在沉思什么。

周檀也没说话，低垂着清丽的眼眸。

宋世翾在二人之间扫了一圈，突然问道："若是太子以李威手下军士为主力逼宫，变故或可生在皇城之内，可若他真有外援……我们离开之后，汴都城门大开，百姓……该怎么办？"

苏朝辞面上流露出一分欣慰，转眼便被忧虑之色取代："子谦心中为生民计，我方才……也在思索这个问题。"

周檀却道："不管怎么样，朝辞、笛声，还有柏医官，你们务必带着那封遗诏护送子谦提前离开汴都。金陵太近，不如去临安。余下的事情，我来想办法解决。"

苏朝辞蹙眉道："你有什么办法解决？"

周檀还没说话，曲悠便道："你跟着他们一起走，汴都城内的事情，我来处理。"

她突兀地开口，将一群人都吓了一跳。

周檀微微睁大了眼睛，难以置信地问道："你说什么，你要留下？"

"方才在船中，我的话并没说完。"曲悠握住了他的手，低声道，"夫君难道不好奇，太子今日寻我去说了什么吗？"

艾笛声插嘴："我方才还听人禀报，说太子将弟妹请到了樊楼——"

曲悠飞快地道："他要我为他所用，事成之后，甚至能许皇后之位。"

众人倒吸了一口冷气。

周檀半响才涩声开口："然后呢？"

柏影还在一侧感叹："太子是真能许诺啊，上来就是全天下女子都想要的东西——"

艾笛声瞪了他一眼，于是他立刻闭了嘴。

曲悠微微笑了笑，在周檀手上摩挲，轻声安慰道："富贵非吾事，归与白鸥盟。"

"我知道，"周檀捏了捏她的手，"我想问的不是这个。"

曲悠表情一僵，硬着头皮继续道："然后我假意应了，与他谈了许多。他承诺将我父母放出汴都，还许我……宫变之后入宫做女官。"

周檀的呼吸乱了几分，她听得出来，连忙道："我好不容易才让他勉强信我，我们之中，不会有比我更合适留在汴都。倘若宫中真的生变，我在他身边，一能尽力护下百姓，二能为子谦谋划，让他更加名正言顺——"

"这也太冒险了吧？"

"我不同意！"

柏影和周檀的声音同时响起，曲悠转头看了讪讪的柏影一眼，却不敢与周檀对视："眼下这是最好的办法，你们几个都是有名有姓的人物，若要留在汴都，不仅容易被他追杀，更难护子谦周全。"

周檀缓了好一会儿，才慢慢地道："你所说的不过是一种荒谬的猜忌，虽然我们要谨慎太子借兵西韶，可这发生的可能性极低，不至于到那样山穷水尽的份儿上——"

他还没有说完，曲悠便道："可是我们赌不起，汴都的百姓也赌不起。"

她刚刚说完这句话，周檀就手一抖摔了手中的茶杯。

艾笛声见二人对峙，连忙将周檀唤了过去。

苏朝辞本想跟随，却听见曲悠在身后见了他一声："苏先生——"

苏朝辞有些意外地回身："夫人。"

曲悠道："我有件事想拜托您和柏医官。"

等到众人商量好了，日色渐暮，周檀与曲悠共同出了栖风小院，坐着艾笛声事先准备好的马车绕路去曲府。

曲悠见周檀不同她说话，便凑了过去，晃了晃他的胳膊："夫君……"

"你曾经说过，"周檀没有看她，只是淡漠地道，"对我有求必应。"

在郜州时，二人情浓，花前月下、春宵帐中，什么话都说过。

周檀一生亲缘淡薄，父亲早逝，母亲在临安时终日郁郁寡欢，少言寡语，后来也与周副将一同死于非命。

任氏一家人虽对他很好，可终究隔着一层，不能如同血亲一般全心信赖。周檀在燃烛楼案刚过时或许还抱过微小的希望，姨母和表弟能够体会他不能宣之于口的良苦用心，可最后还是全然落空，遇刺之时，没有一人来看他。

更别提他许久不见的弟弟。

还有真心敬之爱之却天不假年的老师。

这一切共同将临安城中买花载酒的少年彻底抹杀，将醉后廊前题"弃我去者昨日之日不可留"的青年臣子拖入深渊，塑造出寡淡、薄凉、锋利、冷漠的性子。

曲悠心疼得要命，却无法阻拦任何一件事的发生，只能尽自己所能许诺。

"霄白永远不会孤身一人，我对你有求必应，永远陪着你。"

言犹在耳。

可是历史真的能给她选择的机会吗？

见她不说话，周檀转过头来，微微提高声调："你自己许的诺，难道自己都不记得？"

"我自然记得。"曲悠低声道，"我对你有求必应，不是因为你有求，而是因为我想应……若你求的我不想应，此约便作废。"

"你蛮不讲理！"

"你今日才知道我蛮不讲理？"

周檀怒气冲冲地一口咬到她的下唇上。曲悠毫不示弱，抱着他的后颈，恶狠狠地亲了回去。她尝到了唇齿之间弥漫的血腥气，微咸。

"你信不信我？"

周檀一口答道："信。"

他顿了顿，又道："可就如你所说，我赌不起……我从最初疏远姨母一家、疏远亲弟、冷漠待你，都是担忧任何一个与我扯上关系的人会在这无休止的斗争中折损,哪怕是一丁点折损……我宁愿你们恨我怨我,也不能拿这万分之一的可能去赌,你明不明白?"

他如今越来越坦白,也愿意对她说出这些话了,真是好征兆。

"我明白的。"曲悠涩声道,"可是我方才已经把前因后果与你剖析得透彻,倘若太子真的调西韶军队入京,你当如何?若我不留下阻止,你必会跟着楚老将军死守皇城,等着小燕他们来吧?"

周檀道:"西韶军队入京之说只是最不可能的情况,你怎么知道一定会到这一步?"

"我就是知道,一定会到这一步。我不只是为了救汴都百姓,更要紧的是救你啊。"曲悠抱着他的脖颈怔然道,说过之后又觉得不妥,连忙继续,"我假意到他身边只是权宜之计,如果这猜测有误,楚老将军守得住皇城,那岂不是皆大欢喜?"

周檀微微笑了笑:"我不需要你将我会面临的风险揽过去,不过一死罢了——"

"不过一死罢了!"曲悠打断了他,怒道,"你想护着我不受折损,为何却对自己的性命自轻自贱?我告诉你,你若死了,我就一头磕死在灵堂之前,变成厉鬼,也要缠着你让你后悔。"

他们是最了解彼此的人,自然知道什么话才能叫彼此忌惮,于是只能说着这样血淋淋的话互相撕咬,直到其中一方先让步。

周檀狼狈地移开目光,不知道在对她说话还是安慰自己:"罢了,罢了,时日还长,一定有其他的办法……"

二人一同去了曲府。

曲承对当今朝堂的形势嗅觉敏锐,听曲悠略说了两句便知轻重,就算不连累女儿,他们也最好阖府离开太子眼皮子底下。于是众人匆忙收拾,漏夜出城去往临安,投向远嫁的曲嘉熙。

曲向文穿着周檀的衣衫与曲悠一同回周府,暂时避开了太子的耳目。周檀出曲府之后,便与苏朝辞一同进了宫。二人装扮成侍卫模样,走的是小门,一时间,倒也无人发觉。

曲悠在府中坐立不安地过了一夜,直到天亮,周檀才回来,在案前喝了一整壶茶。昨夜,宋昶听苏朝辞递完诉状的陈述,当即吐了血,在明黄帷帐之后长笑了许久。

"好啊……果真是君不君、臣不臣、父不父、子不子!"

艾笛声手下的北街临近码头,他提前取得了文牒,在渡口准备了一艘大船,随时准备从汴都出逃。

在此之后的四五天内,汴都如一片死水,像什么都没有发生过。

但曲悠知道，这只不过是暴风雨来临之前的平静罢了。

盛夏将至，蝉鸣声不绝于耳。

❀ ❀ ❀

永宁十八年六月，宋昶终于有了些精神，他挣扎着将朝中重臣召至盛明宫，在众人眼前写了一封废储位的诏书。

当日夜里，太子带兵围了皇城，持诏的臣子尚未出宫，悉数被困。

楚霖带兵在皇城门口与李威对峙。

由于顾及德帝的性命，无人敢动手，千数精兵里只能听见甲胄碰撞的声音。

后世称此事为"永宁宫变"。

宋世琰从玄德殿正门走进。

玄德殿中关押着一众眼见着宋昶写下废储位诏书的臣子，此刻皆在侍卫长刀之后，敢怒不敢言。蔡瑛怀中抱着明黄锦盒，冷冷地瞧着走近的太子："殿下这是要造反吗？"

宋世琰嗤笑了一声，似乎觉得他的话很有趣："造反？"

他慢条斯理地取了一侧侍卫手中的佩刀，摩挲着光亮的银刃："造反的哪里是孤，不是诸位大人吗？"

蔡瑛怒目而视："一派胡言！"

"诸位大人趁我父皇病重，御前逼迫，想要扶年幼的皇子上位，把持朝政。"宋世琰朝着手中的刀刃吹了一口气，"孤带兵入内勤王救驾，何罪之有？"

他手持着佩刀，眯着一只眼睛，在众人之间扫视了一圈，突然问道："周檀呢？"

一侧的侍卫低声答道："他不曾进宫。"

周檀刚刚回京，官位未复，苏朝辞年轻，是而众人并未觉得这二人没来有何不妥。

可宋世琰觉得十分意外："父皇托遗诏，居然没叫他进宫？"

侍卫回答："咱们的人一直盯着他，自从上次陛下宣他入宫密谈，他随着夫人去了一趟曲府，此后便紧闭府门，再不曾外出。"

"蠢货！"宋世琰冷冷地道，"你马上带一队人马去他府中搜，把好汴都所有城门，把他活着带回来见孤。如果抓不到，孤就摘了你的脑袋。"

他语气轻柔、漠然，侍卫听得不寒而栗，他刚刚起身，太子又问："他夫人也在府中吗？"

侍卫道："几日之前送曲府中人出汴都之后，她便再未出门。"

"曲府的人跟住了吗？"

"跟住了。他们是往江南去了，倘若汴都有事，咱们的人即刻便能将他们带回来。"

宋世琰道："嗯，去吧。"

侍卫抹了一把头上的汗，连忙领命去了。

蔡瑛抱着锦盒，见宋世琰回过头来，不由得有些紧张，口中却道："你们好大的胆子，竟然敢在皇城大内——"

宋世琰微微一扬手，削掉了蔡瑛半个发髻。他身后众人发出一阵惊呼，蔡瑛没有回过神来，愣愣地跪在那里。宋世琰瞧见他们这副样子，觉得有趣，没忍住，哈哈大笑起来。

"好一群清流文臣，生死之际，还不是如此丑态！可笑！可笑……"

他把手中的刀朝前丢去，长刀落在地上，发出哐啷一声响，将众人吓得纷纷后退。

宋世琰却觉得没意思，转身问："景安在何处？"

另一个心腹侍卫回道："大人正在府中。"

宋世琰使了个眼色，便有人为他推开了玄德殿的门。天光倾泻，有人在他身后大骂，他毫不在意地弯了弯唇角，径自往宋昶所在的盛明宫走去。

大殿之内弥漫着浓重的药味，宫女们战战兢兢，见他进去，争先恐后地告退。德帝剩余的几个妃子跪在地上哀哀地哭着，宋世琰多看了两眼，只觉得她们的泪水太过虚假，看着便让人无端烦躁。

"母妃们这是在做什么，平白添了许多晦气，"宋世琰绕过屏风，淡淡地道，"还是趁早回自己宫里的好，父皇没病，也要被你们气病了。"

此举大不敬，但众人皆知皇城内外动乱，哪敢不听。

宋世琰将她们打发走，看向一侧跪着的太医："罗太医，父皇今日的药喝了没有？若是没有，你下去盯着些，将药制成了送来，孤来为父皇侍奉汤药。"

罗太医连声道："是，是。"

宋昶自见过周檀和苏朝辞后病得昏沉，恍惚间只感觉有人掀开帷帐，将他扶了起来。他本以为是侍奉的宫人，舌尖接触到温热的汤药才回过神来，嗅到了空气中的龙涎香气息。

宋世琰舒展着眉头，正坐在他面前吹着手中汤匙里的药，见他醒来也不行礼，只是温言道："父皇睡了许久，儿来侍奉汤药吧。"

宋昶哑着嗓子唤了两声，发现殿中已空无一人，寂静，沉闷，甚至能听到前厅滴漏沉沉的声响。

宋世琰问："父皇在找谁？你我父子二人许久没有说过知心话了，父皇与儿臣说说话吧。"

宋昶也顾不得许多，一把抓住他的手腕，急急问道："你……究竟为何要杀苏怀绪？"

宋世琰勾起唇角："父皇既然已经见过小苏大人，何必多问我一句？终究是我太瞻前顾后，只觉得除掉小苏大人会被您猜忌，哪里能想到，他早就知道一切了。"

殿内烛火昏黄，宋昶看着太子那张阴柔漂亮的脸，后知后觉地发现他与江南世家出身的皇后长相相差甚远——他眼眸深邃，鼻梁高挺，瞳孔黑得泛蓝——甚至不怎么像华族人。

他想说些什么，还没开口，便被宋世琰轻声打断："父皇觉得，此情此景像不像当年？您逼杀皇祖父的时候，可曾想过自己也会有这样一天？"

宋昶微微瞪大了眼睛。

宋世琰却继续道："我那时候还小，有很长一段时间都不明白您当日在做什么，后来却越想越觉得有意思——身世、血脉、逼迫，还有景王全家的性命……"

宋昶死死抓着自己年轻英武的儿子，面容扭曲："你听到了？"

"听到了。"宋世琰很愉悦地回答，他似乎很久之前就在期盼着坦陈此事，"所以父皇执意要修建燃烛楼的时候，儿臣没有出言阻拦一句，毕竟儿臣也想知道——"

他凑到宋昶的耳边，轻声轻气地道："父皇是不是有和儿臣一样的烦恼啊？"

宋昶死死地盯着他面上甜蜜蜜的笑容，声音发颤："无论你母亲是谁，朕……都是你的亲生父亲。"

宋世琰道："是啊，明明是父皇宠幸了那西韶女子，是父皇将她抛之脑后，让她怀着身孕被关入暴室，生不如死，叫她生了恨意，害死了皇后亲子，将我这狸猫捧成了储君。"

他的目光投过来，锐利，冰冷，仿佛溅着毒液："是父皇自己作孽，为何要让我这做儿子的替你担惊受怕、终日惶惶？"

宋昶哑声问："皇后亲子……"

"当初苏怀绪大人将那女子带到我面前之后，我拔剑就将二人杀了，事后才后悔，忘了问那女子一句皇后亲子的下落，也好斩草除根。"宋世琰嘲讽地摇了摇头，"不过也无妨，想来，她这么恨皇后，怎么会留下皇后的孩子？我后来专门着人去查过。她出府不久，那孩子应该就死了吧……尸骨恐怕都被野狗吃光了。父皇，您在地下见到这个孩子，可要对他说一声抱歉哪。

"您将修建燃烛楼的人处理得一干二净，儿臣怎么也没有打听到此事的结果，想必父皇也不会告诉儿臣，决意带着这个秘密下地狱。不过，儿臣猜也猜出来，父皇血脉不纯，儿臣亦是，就如您所说，'父不父、子不子'，岂不好笑？哈哈哈哈……"

宋昶缓过一口气来："你从前……分明是个好孩子，近些年来，越发残暴、嗜杀，甚至屠戮手足兄弟，若非如此，就算知道你的血脉，朕将江山留给你又如何？"

"父皇不要再惺惺作态了。"宋世琰打断他道，"若早让你知道些，孤哪里还能活到现在？自孤十七岁始，父皇就相信在后园虐杀下人的是孤，而非二哥，那时候，父皇可曾听过孤的辩白？东宫之位自古难坐，孤不能得父皇的信任，如履薄冰，

·339·

若不再使手腕，连自保都做不到。"

他站起身来，在榻前跪了下去："父皇血脉不纯，疯了这么久，孤也是疯子，正是父皇的好儿子。今日，孤也不过是在行父皇当年之事罢了。您就算今日废了儿臣，又能找谁来继承大统呢？不如将国玺交给儿臣，儿臣持着遗诏，便放了玄德殿中一干迂腐文人，如何？"

宋昶粗重地喘着气，半晌才道："朕可以应你，不过……就如当年一般，朕要你做几个承诺。"

宋世琰不置可否地嗯了一声。

"其一，玄德殿中都是国之肱股，若是屠杀殆尽……朝中空荡，不能延续，你留了他们的性命，哪怕暂且将他们投入牢中，待你名正言顺地登基即位，把他们放出来，他们还是会效忠王朝的。

"其二，你身负西韶血脉，实非你的意愿，但是大胤与西韶血仇仍在……无论如何，你都要守着疆界，报了彭城之战的血仇……

"其三……"他重重地咳嗽着，艰难道，"周檀此人……不能杀，你把他放出汴都吧。你可知道，他是你萧……萧叔的……"

他没有继续往下说，宋世琰却听懂了，微微诧异："萧叔竟有子嗣？"

"你萧叔当年……金陵叛乱时也曾救过你，就算念着这情谊，你留他一命……"宋昶的声音断断续续地低了下去，最后才强提起一口气，"你能答应吗？"

宋世琰毫不犹豫地温声道："自然。"

老皇帝粗声告知了国玺的藏处，说完便像被抽离了全身力气一般颓然倒下。宋世琰再不管他，站起身来向外走去，走了两步就转过身："不过，父皇……"

他微微蹙眉，似乎很忧愁地道："当年你在皇祖父榻前许诺，留萧叔守边疆，留顾相在朝堂，终生敬之，不可屠杀景王后嗣，还有……善待子民，温良施政。"

他咬着嘴唇，没忍住，漏出一声轻笑："父皇好像一条都没有做到啊……儿臣是您的亲子，必定会承袭您的基业的。"

宋昶死死拽着明黄色的床褥，想要叫他一声，却再也说不出话来，最终只是打翻了床前那碗已经凉下去的汤药。

宋世琰对着面前雕刻精美的木门站了一会儿，直到听见殿中所有声响一齐消失，才伸手推开木门。

太阳已经彻底沉重地落了下去。

皇太子面上总是噙着淡淡笑意，可当迈出那道高高门槛时，他眨了两下眼睛，眼泪便立刻落了下来。宋世琰面无表情，眼泪好似并非他的一般，毫无情感，冰凉，漠然。

他往外走了十几步，看见暮色中跪了一片的宫女太监，极轻地道："父皇……

已然驾崩了。"

有哭声传来。他嘲讽地想，也不知是真心还是假意。

"龙驭宾天，举国同哀，诸位……挂上白布，准备丧仪吧。"

他伸手拭去了面上的眼泪，看见侍卫打着哆嗦跪在脚边，低声禀报："殿下……那周檀果然已经……不过他的夫人被他留在府中。周檀似乎不想带她一起走，我们的人寻到她时，她甚至未曾醒来……现如今我们已将她救出来了，暂且送到太子妃那里安置。"

宋世琰阴恻恻地问："周檀人呢？"

侍卫道："已经……已经去找了，不多时便能——"

宋世琰抽出腰侧的佩剑，剑光在黑夜中一晃，那侍卫直身倒地，鲜血溅上了太子的面颊。

他将佩剑一扔，甚至没有擦拭面上的鲜血，像是什么都没有发生过一般吩咐道："继续找吧——宋七，您瞧着孤这模样，是不是比方才更吓人些？"

被他点了名字的侍卫硬着头皮抬起头来，僵硬地点了点头。

"哈哈哈哈……"

宋世琰满意地笑起来，转身朝玄德殿去了。

∽　　∽　　∽

曲悠睁开眼睛的时候，先看见了榻前一脸担忧的叶流春。她已经卸了在春风化雨楼时的常见钗环，素衣玉簪，但只是发丝轻垂，也让人觉得娇媚、慵懒。曲悠挣扎着坐起来，叶流春一把攥住了她的手，一句话都没有说，曲悠也没有主动开口。她看着叶流春的眼眸，很轻地摇了摇头。于是叶流春松了一口气。

曲悠就着她的手喝了一盏茶，才逐渐平缓了自己忙乱的心跳。

得知宋昶将所有重臣召入宫中时，她就知道不妥，周檀亦是警觉，两人商议了一番，打算等到日暮时逃出府邸，去栖风小院和众人会合。

随后，曲悠便将上次从柏影那里要来的迷药下到了周檀的茶盏中。

上次她便与苏朝辞商定，若是宫中有异变，他就立刻从周府后门处将周檀接走。

周檀对她毫无戒心，昏昏睡去。苏朝辞如约而至，将他带出了府。

临行之时，他回过头来，迟疑地问："弟妹真的不同我们一起走吗？"

曲悠摇头："你看着他些，若他醒了，不要叫他回汴都。"

苏朝辞道："他怕是不肯。"

曲悠道："子谦身边事情那么多，你们……总会有办法拦着他的。"

苏朝辞重重地叹气。

二人其实一直不算熟，也没说过几句话，不过曲悠看他，总是抱有一种别扭的奇妙心理——苏朝辞此时尚年轻，挺拔、正直如修竹，与导师开讲座时一模一样。后世人称赞他高洁、清正，他本人给曲悠的感觉也与历史记载并无二致，她钦佩的同时，摩挲了一下周檀冰凉的手，骤然生出一股无法抑制的悲伤与无力。

为什么历史偏要对周檀不公正？

她回答不了这个问题。

苏朝辞与她一同将周檀扶上马车，转身冲她深深一拜："弟妹高义，我与艾先生到了金陵，一定想办法前来相助，还望保重。"

曲悠问道："你们打算先去金陵吗？"

苏朝辞道："正是。"

曲悠点了点头："也好。陛下若是驾崩，太子手边千头万绪，一时追不过去。若是情势紧急，你们不如沿河继续东去，到临安地界，更安全些。"

苏朝辞嗯了一声，说："艾先生也是这么说的，但我总想着金陵是陪都，好歹离汴都不算远，真要出事，方便相助。"

曲悠道："说得也是。我一人只能竭力动摇太子的想法，万不得已时，还指望先生们和小燕的帮助。如今楚老将军已经严阵以待，趁着太子未出宫，你们快些离开吧。"

苏朝辞转身告辞，曲悠想了想，又叫住了他。她从自己颈间拽下一条红绳，系在周檀的脖子上。苏朝辞看了两眼，发现那红绳上系的是周檀以前从不离身的那枚白玉扳指。他心中一颤，唤道："弟妹……"

曲悠却冲他微微一笑："留个念想，快去吧。"

眼见苏朝辞的马车消失在巷尾，曲悠抬手拭去了眼尾漫出来的一丁点水痕，提着裙摆飞快地跑回屋中，将周檀方才喝剩下的那盏茶水一饮而尽。她顺着书案软软地滑到地上，逐渐昏睡过去。

蒙眬中，她似乎听见了不知何处传来的穿透汴都上空的沉重丧钟声，再次醒来时，便在此处。

不过曲悠没有机会与叶流春说太多的话，便跟着太子妃一同匆忙进了宫。

太子妃进宫之后便被侍卫拦下，带去偏殿候着，反倒是曲悠被带到玄德殿前。

太子搬了一把椅子坐在殿前，正在闲闲地把玩手中的国玺，见她过来，轻笑了一声。

曲悠垂着头拜了一拜。

宋世琰问："周檀去了何处？"

曲悠摇头："今日一早，听说陛下将诸位大人请进宫时，他应该就开始密谋离开了。我偷偷跟着他进了书房，本想为殿下多探知些消息，却被他察觉，迷昏了。"

宋世琰似笑非笑："他就这么把你留在府中？"

曲悠平静地回答："自从上次殿下邀我在樊楼一叙，周檀便开始疑心我，我既有别的选择，自然也不用如从前一般与他共进退。"

宋世琰仍旧有些不信："你们毕竟是夫妻。"

"从郗州回来时，我向他要了一封盖了他私印的和离书。"曲悠低着头，立刻从袖口取出那封周檀很久很久之前写的和离书，"让他跑了是我的疏漏，等殿下将他抓回来，我必定亲自处置，以表忠心。"

宋世琰仔细看了一眼，信上确实是周檀的私印，他暂且放下心来："既然你们已经和离，孤便暂且赐你一个宫令之职，跟在孤和太子妃身侧处理琐事吧。"

曲悠略一迟疑，就在他面前跪了下去："叩谢太子恩德。"

宋世琰笑道："你如今倒是肯跪了。"

"皇城内宫，天子面前，自然是要跪的。"

她抬起头来，斟酌道："我突然想起一件事来。殿下，玄德殿内的诸位大人，您还不能杀。"

宋世琰眯起眼来："为何？"

"我怀疑周檀手中有一封陛下留下的遗诏。"曲悠道，"他刚回汴都，与陛下密谈之后，我便无意间看到了他手中的锦盒，虽说不能确定，但我总觉得里面十之八九就是遗诏。"

她膝行两步，殷切道："万一他手中真有遗诏，殿下务必留下这些老大人，极力劝说他们改口为殿下做证，不仅要证陛下留了口谕，还要证周檀手中的遗诏是假的。"

周檀手中确实有遗诏，不过不是德帝留下的——前几日周檀说过，德帝的遗诏还在玄德殿中。她混淆视听，让太子以为遗诏已经被周檀带走，太子便不至于大动干戈地在殿中翻找。况且，她当务之急是寻个借口，先将玄德殿中诸人的性命保下来。

宋世琰微微犹豫。他搬了一把椅子坐在殿前，就是在等殿中诸人服软。他已许诺：谁肯出头写继位诏书，便能做他的心腹之臣；若都不肯写，一炷香之后，他便入内挨个询问；再不臣服，不如一剑杀了好。他本以为德帝就算密留了遗诏，也应该留在宫中才是，但若真如曲悠所说，周檀几日之前便带走了遗诏，也并非不可能——甚至更合理些，德帝肯定能预料到他逼宫这一口，早些托付，也是转移耳目。

所以周檀今日才未进宫！

宋世琰心中腾然而生一股暴戾之气，甚至差点顺手将手边的国玺掼到地上。

曲悠被他吓了一跳，唤道："殿下！"

宋世琰这才回过神来，冷哼了一声，道："这群老顽固一个个硬得很，怎么肯为孤做证，不如早些杀了干净。"

他刚说完这句话，二人便听见远远地自宫门那侧跑过来的侍卫的声音："殿下——楚霖将军听见丧钟，想要入宫，带兵在皇城门外跟我们的人对上了！"

·343·

李威手中的兵不如楚霖手下的多，可楚霖如今也顾及玄德殿中一干人等的性命，不敢贸然行动，只好与李威在门外僵持。只是这样的事态维持不了多久，若楚霖决定强攻，李威未必能挡得住。

　　所以……太子才要借兵。

　　曲悠转头看去，果然见太子脸上并无惊惶之色，他站起身来，打了个哈欠，随着那侍卫往外走，走了两步还回头看了她一眼。

　　"曲娘子，孤这里还有要事处理，你既投诚，不如先帮孤劝劝殿中之人吧。倘若孤回来时他们还是如此，便不要再费力气了。"

　　曲悠连忙道："是。"

　　太子走后，她匆匆进了内殿，将所有侍卫都遣了出来。

　　这群老大人虽听说过曲悠御街击鼓之事，可大多没见过她，此时见一个妙龄女子进入，皆是茫然。

　　有人直接出口骂道："太子这厮究竟是什么意思？"

　　曲悠扬声道："我是太子身侧的掌令，特来为殿下劝一劝诸位大人。"

　　这是她说给殿外人听的，那群侍卫站得这么近——太子还是没有对她完全放心。

　　人群中似乎有人认出了她，迟疑道："你不是……上次周侍郎与傅相涉案时，为他御街击鼓的内眷吗？"

　　蔡瑛多看了几眼，也觉得她眼熟："国事重大，何时轮到一内宅女子指手画脚？你是周檀的内眷……怎么，他投了太子？"

　　曲悠大声道："我与周檀已然和离，和离书在此，盖了他的印信——周檀不肯归顺储君，已经逃出汴都了。这等乱臣贼子，人所不齿，大人切莫将我与他扯上关系。况且，什么叫内宅女子？我自幼读书，见识广博，能为贫贱女子鸣冤，能懂边疆战事之苦，如今得太子眷顾，一展抱负罢了。"

　　她一边说着，一边在蔡瑛面前蹲了下来，冲他使了个眼色。

　　蔡瑛听说周檀未曾投奔太子，面色这才缓和了一些，他冷哼一声，口中道："周檀好不容易有良心了一次，他夫人却跟着阴险小人做了乱臣贼子，这可真是……"

　　曲悠凑近他耳边，飞快地说了一句话。

　　于是众臣看到蔡瑛的面色立刻变了，他难以置信地看了曲悠一眼，以唇语问："真的？"

　　曲悠面色凝重地点头。

　　她站起身来，冲众人深深一作揖，把声音压得极低："诸位先生，万望珍重，大胤王朝的未来，还指望着诸位。"

　　宋世琰从宫门处回来时，便听说蔡瑛交出了那封死死抱在怀中的废太子诏书。

曲悠帮他丢进火堆，温言道："这群老大人只是一时不能转圜罢了，殿下不如将他们暂且关到刑部去吧。待殿下需要他们的说辞时，再从刑部将人提出来，不愁他们不归顺。"

若依着宋世琰的性子，定会将这群人全部斩杀于玄德殿，可不知为何，曲悠居然劝他们松了口。此刻见她温言细语，他心中的郁气散了不少，挥手吩咐道："人暂且关在此处，每日送些清水来，待皇庭内稳定下来，都关到刑部去吧。"

宋昶一死，簪金馆便随之尘封，宋世琰没有来得及将自己的人换进去，干脆裁撤了这个机构。簪金馆存在时间短，又没有经手过什么大案，怪不得没有被写进史书。

曲悠被暂且安排到太子妃身侧。

楚霖带兵围了皇城，宋世琰总要将此事处理完才能举办登基大典。这几日太子妃一直在偏殿中处置一些皇宫琐事。她虽出身世家大族，但骤然面临这样的场面，不免有些手忙脚乱，幸而曲悠相对熟悉这皇城中的仪制，又有几个老嬷嬷帮助，好歹是将宫殿和前朝妃嫔们打点好了。

太子妃对她感激涕零。她似乎对曲悠究竟是来宫中做女官还是做太子枕边人毫不介意，有几次甚至说要封她做贵妃。曲悠解释了许多次才让她勉强相信自己志在为官。

第三日，曲悠在内宫之中听到了消息，宋世琰大开汴都城门，将一队"天降奇兵"放进了城。

楚霖被前后夹击，措手不及，被斩杀于南华门前。

宋世琰虽然如曲悠所说将当日玄德殿中的臣子暂且关入了刑部，但还有许多并未被宋昶唤进宫的臣子完全不明白宫变是何缘由，被宋世琰骗入了玄德殿，逼迫归顺。

储君继位本是名正言顺，可是有不少人知晓德帝的废储之心，要宋世琰交出遗诏。聪明些的则闭口不谈，暂且没有表态。

曲悠得知此事时已经阻拦不及，玄德殿窗纸被溅上猩红血迹，她过去时，只看见宫人寻来草席，准备拖走这群忠谏之人的尸体。

朝堂被宋世琰以雷霆之势清洗。没过几日，他便开始匆忙准备登基大典。

曲悠带着宫中的人为他操办典仪。礼部人数不全，多有错漏，她借机偷了宋世琰随手交给太子妃的国玺，撬开玄德殿中的一块金砖，将国玺藏了起来。

∽ ∽ ∽

登基大典后的第二日，宋世琰服孝上早朝。

早朝时，剩余不多的臣子中，有人战战兢兢地禀报，称有一伙着军中服色的人近日在汴都内流窜,做出许多违背律法之事,刑部和典刑寺不敢抓人,只好请宋世琰示下。

曲悠从刚受封皇后的李缘君宫中往玄德殿中去时,便听见门口的侍卫说陛下正在见客。

她近日时常跟在太子身边,这群人都认识她,也知道她在太子面前说得上话,因此十分尊敬她,不敢怠慢。

曲悠在大殿之外站了一会儿,便瞧见一个异族长相的人从殿中走了出来,吊儿郎当地瞥了她一眼,眼中闪过惊艳之色,随后口中嘀咕了两声,大摇大摆地离开了。

他说的是西韶语,她听懂了——一句调侃意味的"美人儿"。

曲悠敛目朝殿中走去。

珠帘后,宋世琰没有起身,懒洋洋地问:"谁?"

曲悠答道:"陛下,是我。"

宋世琰翻身从龙椅上坐了起来,露出笑容:"曲娘子来了,近日孤可是少见你。"

国玺遗失之后,宋世琰大发雷霆,本打算处死一干经手人等,是她苦口婆心地劝了下来,说自己过目不忘,为太子画了一张国玺的图,请工匠连夜伪造了一个。

这段时日她在宫中行事,虽多处不熟,但她在那几个老嬷嬷处日夜补习宫中典仪,将经手的每件事都办得漂亮,加之国玺一事,宋世琰近日对她信赖有加:"这些时日,曲娘子的差事办得极好。"

曲悠回道:"承蒙陛下信赖。"

宋世琰兴致盎然地瞧她:"早朝刚过不久,你过来所为何事?"

"我听闻,早朝时有大人禀报,汴都城内有兵士横行霸市,欺压群众。"曲悠道,"事情闹得大了些。我过来,问问陛下想怎么处置。"

她不愿意开口自称"奴婢",此时也不宜称"下官",便一直称"我",所幸宋世琰并不在乎虚礼,几乎没怎么注意过。

"曲娘子这么聪明,应该多少猜到这军队从何而来。"宋世琰抬手屏退了周边的仆从,斟酌着道,"朕最近忙得很,没心思多管他们,就当是犒赏三军了。"

"陛下,这不是小事。"曲悠抬手为他添了一杯茶,恭谨道,"我知道陛下待人宽和,总觉得赏赐些也无妨,但他们在民间行事有没有章法,您高居朝堂之上,恐怕不能窥见真实。"

她双手将茶杯捧起:"若只是小事,不会让诸位大人闹到早朝上来。此时您刚刚登基,汴都内民心不稳,不管他们做什么,百姓只会把过错记到您的头上,何苦来哉?依照我的想法……"

她没有继续往下说,宋世琰抿了一口她沏来的清茶,感觉茶水微苦。他放下茶杯,语气不明地说:"这些话大抵只有你敢说了。"

曲悠面色不变："陛下既然留着我，自然是想听我说这些话。"

"那你继续说吧。"

"我知道，陛下暂且不想得罪他们，可是不想得罪，还有别的方法，譬如……陛下调他们出城，去抓那些乱臣贼子如何？"

宋世琰嗯了一声，问："这群人还能翻出什么风浪？"

曲悠道："他们既然成群出逃，必定有领头人、有计划。虽说皇子们现在都在城内，但保不齐他们心中在想什么，陛下还是将他们都抓回来，以防万一才好。"

殿中弥漫着龙涎香的气味，曲悠垂着头，有些闻不惯，正打算再说些什么，宋世琰却突然抓住了她的手腕，将她扯到自己面前。

曲悠吓了一跳，立刻强迫自己冷静下来："陛下自重。"

"悠悠，朕真是越来越喜欢你了。"宋世琰低声地说，温热的气息喷吐在她脖颈一侧，绵延开一片战栗，"你真的……不愿意做朕的女人吗？你想要的一切，朕都能给你。"

"我想要被男子尊重的权力，陛下能给我吗？"她尽力偏着头，冷声道，"我想要不被人当成物件，不以调侃的目光打量，想要做成一些功业，让男子敬我怕我，而不是如同方才走出殿门的那个西韶人一般，带着暧昧和不屑看我，陛下……能给我，但不能是这种方式。"

宋世琰被她说得怔然，微微松了手，于是曲悠立刻退了三步。

"怪不得你同周檀成婚这么久，他都不曾对你怜香惜玉。"宋世琰唇角勾出一个柔柔的笑，"朕顺着你的后颈，只能摸到反骨——不过，若非如此，朕也不会喜欢你。罢了，朕不爱强迫，你下去吧。"

曲悠躬身告退，沿着森冷的红墙走了许久，直到走到叶流春殿前，才没忍住，干呕了两声。她感觉胃中翻江倒海，难受得说不出话来，一仰头，看见了天际那轮月亮。清寒，明亮。或许周檀也在与她看着同一轮月亮。她下意识地伸手去摸胸前那枚白玉扳指——从前那枚扳指总是硌得她生痛，乍然失去，她却觉得心中一片空落。

第二日，宋世琰便在百忙之中下旨将西韶人的军队调离了汴都。

曲悠自请带着他的一队心腹侍卫目送这群人出城。她又在城中巡视了两圈，帮助被那群人欺压过的一些百姓重修了屋舍，回宫时已是暮时。

她经过周府门前，突然心血来潮，便叫人等在巷口，自己进去看了看。

正是盛夏时分，几株杏树虽无人打理，也长得郁郁葱葱，她的手从沟壑纵横的树皮上拂过，感觉心中一阵松快。

从未有过的感觉。

因为她知道，西韶人今日虽然骂骂咧咧，但总归听话地出了城，毕竟在他们心中，追击叛逃的文臣只不过是举手之劳——还能沿路掠夺途经的城池，那里天高皇帝远，比在汴都城内更自由。

谁能想到燕覆早已率兵从西境赶来了呢？

汴都那礼崩乐坏的一个月并未重演，她处心积虑地在宋世琰身边卧底这些时日，终于改变了历史的走向，这也是她第一次真切感受到自己改变了历史。

虽然不知未来的命运将会如何，但做这些事情，她绝不后悔。

曲悠在杏树的影子中呆呆地看了一会儿月亮，沿着周府外面那条漆黑的小巷往外走，没走几步，周围便闪过一个人影，一把将她拽了过去。

曲悠一惊，下意识想叫，来人却一把捂住她的嘴。月色之下，她看见一双琥珀色的眼睛。

巷口有侍卫疑惑唤道："小曲先生……"

曲悠连忙回了一句："无事，我坐下来歇息一会儿。"

她转过头来，还没来得及说话，唇角便落下了一个冰凉的吻。

熟悉的静水香气息温柔地弥漫在夜色中，静默了良久，她才压低声音，震惊地问道："你疯了，你……怎么敢回来？"

周檀鲜少穿黑衣，头发也全部高高地束了起来，他垂着眼睛，沙哑地回道："昨日我看见月亮，梦见夫人在想我。"

## 在 狱

曲悠伸手描摹了一圈周檀的脸庞。

他似乎瘦了。

周檀看着她，很是委屈的样子："今日我带人到汴都城门外，恰好看见那群西韶人出城。你放心……小燕他们已经设计埋伏，过了几日，便能将他们全数歼灭。"

他捧着她的脸，目光闪烁："艾先生决意带着子谦到临安去，游说江南世家和公侯。我听闻诸位大人现在刑部，暂无危险，汴都城内也未生乱。你做得极好……可我实在不能放心将你一个人留在此处。西韶人已经出城，多留无益，明日我在汴河北渡口准备了船，咱们一起走。"

曲悠皱着眉道："你是怎么进城的？"

周檀答道："凫水。"

他从袖口里抽出一块帕子，塞到她手中："如今情势紧急，我没法跟你多说，明日过了午时，我在北渡口等你。"

似乎觉得她在黑暗中待的时间太长了，已经有侍卫狐疑地朝这边走过来，曲悠飞快地将那块帕子收了起来，捏了捏周檀的手背。

周檀深深地看了她一眼，转身一跃，消失在黑暗中。

·348·

曲悠回宫之后先去给宋世琰简单地回话，为他点了安神香。确认宋世琰已经睡下之后，她借口为皇后送凤印，绕进玄德殿，将金砖下的国玺取了出来。

她做李缘君身侧的掌令，平素就帮她管凤印，自然无人怀疑。到李缘君宫中转了一圈，她才去叶流春所在的春华殿。

宋世琰登基匆忙，一切都没有准备妥当，只有李缘君随着他登基受封，叶流春等通房女子的名分尚未定下，只好先随便住在后宫中。

曲悠进宫这几日，才知道宋世琰平素掳掠到府中的女子有五六个，只是因为她们都没有名分，才让他多年来都有着清心寡欲的好名声。这些女子身份隐秘，其中一位甚至是多年前被流放的罪臣之妻。曲悠刚得知时颇为惊讶，后来却不觉得意外——宋世琰忍了这么多年，其实本质上根本就是个疯子。

疯子什么事都做得出来。

这些女子大都住在一起，只有叶流春得宠，得了李缘君单独赏赐的宫殿。

曲悠则随着宫中女官居住，她身份高些，所居之地只有她一人。不过众人皆知她与叶流春交好，有时候她也会在春华殿过夜，并不惊异。

两人拉了床上的帷帐，叶流春才问："你怎么来了？"

曲悠将手中的烛台在她床前摆好，回头道："明日，你随着我一同出宫。"

叶流春眉心一动，朝外看了一眼："你打算如何出去？"

曲悠从袖口取出了周檀那块帕子："你可知……玄德殿中有一条密道？"

她在回宫的马车中已经简单看过。周檀塞给他的帕子上画了玄德殿某个机关后的密道路径，想必是宋世翾从景王世子处得知并画下来的。这密道复杂曲折，若无图示，决计走不出去。

叶流春执着那块帕子在烛火下看了许久，思索道："每日午后，他都会在饮补酒之后小眠一会儿，这或许是个机会。"

曲悠道："那我们明日便在那时动身。"

叶流春果断道："好。"

她迟疑了一会儿，又说："悠悠，明日午后，我可以将宋世琰请到我宫中。他在我宫中时，总会睡得安稳一些，给你留出充足时间。"

"不行。"曲悠抓住她的手，看见了她小臂上的一块瘀青，"你得跟我一起走。若他发觉我出宫，又恰是他在你这里时走的，必定迁怒于你。"

似乎察觉到了她的目光，叶流春往后缩了缩手，温柔地揉了揉她的头顶："迁怒也无妨，好歹能让你平安出去。小周大人还在等着你。"

曲悠依旧摇头："十三先生也在等着你。"

叶流春突然沉默下去。半晌，她才轻轻笑了一声："十三一路南去，广结善缘，还写了不少新词，他从来不缺红颜知己，何谓等与不等？"

·349·

宋世琰性情残暴，时常在浓情蜜意之时突然动手。曲悠不过跟着李缘君一段时日，就见了不少她身上的新伤。叶流春是宋世琰的枕边人，身上的伤只会比他的正妃更多。

只是曲悠知道叶流春是体面人，虽然看到了她的伤，但从未在她面前主动提过。她抱着叶流春的胳膊，怔然看向浮动的床幔："如果你留在这里，我根本没有办法心安理得地离开。"

叶流春语带自嘲："从前在汴都城内做花魁娘子，还有一二分体面，如今我已是残花败柳之身——"

"那是宋世琰的错处，跟你有什么关系？"曲悠打断她，瞪了她一眼，片刻又软了嗓音，"春姐姐，这后宫的红墙太高，不知哪一日就会死于非命。我听过你的月琴，知道你不愿过这样的日子……"

她枕在对方的腿上，絮絮道："我在边关待了两年多，也算是见过了塞北的风霜雨雪。你知道吗，每逢冬日，大漠落了雪，都会生比牛乳还白的雾，等到天明时，那雾又会突兀消散，露出一轮太阳。每每想起，总觉得是奇观……你从前弹月琴唱彻阳关，难道不想亲自去看一眼？哪怕不是为了十三先生，这宫墙之外，还有天高海阔。我时常做梦，梦见当日宴会，你在长廊中弹琴，我与云月听得出神。她伤了脸后时常不高兴，我还盼着你去替我哄哄她。"

叶流春沉默了许久，才轻声开口："会有那样好的一天吗？"

曲悠攥紧了她的手："当然。"

两人在帐中说了许多话，才沉沉睡去。曲悠半梦半醒间，突然听见叶流春像想起什么，道："说起来，我倒是觉得宋世琰有些地方反常……"

曲悠挣扎着清醒了几分："嗯？"

叶流春皱着眉道："你有没有觉得，他有时候过于喜怒无常？"

曲悠不解道："他不是向来如此吗？"

叶流春摇头："我与他初相识时，他并没有这么……悠悠不知，他的情绪这段时日越来越坏，我总觉得……"

她没有继续说，只是摇了摇手中的团扇："罢了，你睡吧。"

❦ ❦ ❦

次日午后，叶流春换了一身宫女服色，跟着曲悠往玄德殿走去。她手中捧着装了国玺的食盒，一路都低垂着头。

途经御花园时，二人碰见了一群巡逻的侍卫。

为首的向曲悠行了礼，多问了一句："宫令这是要往何处去？"

曲悠镇定地答道："去为皇后娘娘送些果子。"

侍卫了然，离去。

曲悠刚松了一口气，往前走了几步，便听见一个柔和的声音唤她："曲娘子——"那一瞬间，她汗毛竖起，几乎不受控制地打了个寒战。

这是李缘君的声音！

她强迫着自己垂着头转过身来，行了个礼："娘娘。"

李缘君这个时间通常会在殿中小憩，今日怎么会一反常态地出门？

李缘君走近了一些，饶有兴趣道："你要来给本宫送果子吗，上次你做的荷花酥……"她无意间往一侧瞥了一眼，笑意立刻僵在脸上。

叶流春深深地低着头，没有抬起来，只是抱着食盒的手有点抖。

李缘君微微退了一步，又看了曲悠一眼，口中迟疑道："你要去为我送果子，为何要走这条路，舍近求远？"

曲悠呼吸一滞，没有回答。

过了片刻，李缘君却突然道："我想起来了。昨日是我说想要些御花园中的新鲜花束插瓶，想必曲娘子是为此而来的吧？恰好我午膳用得多了些，滞滞的，不消化，还要逛一阵子再回去。你采了花，先回我殿中候着吧。"

语罢，她居然带着侍女转身离开了。离开前，她还瞥了一侧的叶流春一眼。

曲悠突然发觉，这位低眉顺眼的皇后或许并不像旁人以为的那般愚钝，至少她方才听出了二人拙劣的谎言，却没有戳破她们的伪装。

李缘君是刻意放她们走的。

曲悠未再犹豫，与叶流春一同绕到玄德殿后面的井口边，很顺利地找到了密道开关。两人将那食盒抛入井中，只带着国玺，一起下到密道中。

自从那日血案发生后，宋世翾便不在玄德殿批阅公文了，因此这里的侍卫裁撤了许多，且多守在前殿，并未发现她们的行踪。

密道中阴凉、森然，曲悠抱着以缎布包裹的国玺，努力地根据周檀和宋世翾画的线路图寻找出口——这条密道修得极长，从皇城一直到汴河尽头，稍有不慎便会迷失其中。

她辨认着方向，和叶流春一起走了约莫一个时辰，才瞧见出口的光亮。

见有人来，出口处亦有异响。叶流春握紧了手中的袖箭，却听来人急急地唤了一声："阿怜！"

是周檀！

曲悠终于松了一口气。

周檀一把抱过曲悠，带她们上了早就准备好的马车："事不宜迟，我们先去渡口乘船。"

曲悠将国玺递到他手中，有些脱力。周檀接了过去，连带着她一同抱在怀中："别怕。"

曲悠道："我没有怕。"

周檀嗯了一声，向驾车的黑衣吩咐道："再快些。"

密道的出口离周檀他们混进来的北渡口尚有一段距离，曲悠在久违的周檀怀中小眠了一会儿，睁开眼睛却发现还没有到地方。

帘外传来渡口盘查的声音，黑衣勒停了马，低声道："我和大人可以闭气从船舱底部混过去，夫人和春娘子却不得不过这关口。所幸如今宫中还平静，你们换了粗布衣衫，拿着这个过去吧。"

曲悠接过一看，是早就准备好的籍册。

汴都周遭水路不如陆路通达，因而盘查的人比城门处松懈了不少。

二人换了衣衫，对视了一眼，只觉得心跳如擂鼓。

渡口的官兵将她们拦了下来，粗声问："出城干什么的？"

曲悠操着江南地区的一口方言，恭敬回答："官爷，我们是跟着爷们从江南到汴都来做生意的，只不过前些日子乱，这生意做不下去，便打算跟着商船回去咯，这是籍册。"

她递过去，又顺手塞了一把银子，满脸堆笑："爷们来得早，还等着我们呢。"

她更衣时还特意将脸抹黑了些，那官兵反反复复看了几遍手中的籍册，没看出什么问题，便抬了手中的枪："行了，去吧。"

"多谢官爷。"

曲悠挽着叶流春，急急地朝渡口边走去。

而周檀和黑衣已经上了临近的一艘商船，放下船板，等待她们。

心跳得飞快，曲悠总觉得有些不安宁，脚下便又快了几步。她刚刚看见船上水汽弥漫之中的周檀，便听见耳边传来一声破空的声响。

"拦住她们！不许让她们走！"

有人快马而来，甚至拉弓放箭，那箭矢从她耳侧擦了过去，险些划破她的脖颈。

曲悠当机立断，推了叶流春一把，自己刚想跟过去时，第二支箭便从她面前飞掠而过，她不由得跌倒在地。她听见了宋世琰阴沉的声音："曲娘子！"

随后是一句："暂别放箭，不许伤她！"

宋世琰居然带着一队侍卫亲自追出了皇城！

方才负责盘查的官兵提着枪大步追来，周檀见状，急急地从船上朝她跑过来："阿怜，快——"

"大人小心！"

箭矢飞过，周檀一心只顾着寻她，甚至没有注意到，一侧的黑衣扑上来为他挡了这一剑，将他扑倒在船板上。他从未摘过的银色面具被这一箭射落，周檀刚刚回过神来，便看着他，愣住了。

面具之后，赫然是他许久不见的弟弟周杨。

"你……"

不过，此情此景，他已经来不及说太多，只是匆忙起身，几乎与此同时，曲悠听见了弓弦拉紧的声响。

"宋世琰！"她倒在地上，怒喝了一声。

宋世琰微微抬手，示意众人暂时不要放箭。

周杨扭头看了一眼。宋世琰带来的百余人都手持弓箭，朝他们拉紧了弦，只要他一声令下，他们必定死于万箭齐发之下。

宋世琰的目光掠过船上的叶流春，落在曲悠身上。他走近两步，声音似悲似怒："孤那么信你，你却骗了孤！你居然骗了孤！"

他做太子的时日太久，如今还是下意识地自称为"孤"。

宋世琰侧头朝周檀看去，面上露出冷笑："周侍郎，好久不见，想不到你们夫妇二人如此——"

他还没有说完，伏在地上的曲悠突然从袖中取出一个明黄色的卷轴，高高地举在手上。

"我有遗诏在手！"她在风中喝道，"宋世琰，你放他们走！"

宋世琰一怔："你……你怎么会有遗诏？"

曲悠答道："遗诏本就在玄德殿内，你以为我竭力出逃是为了什么？"

宋世琰不怒反笑："好，好啊，你们夫妇二人将孤骗得团团转，如今还拿出这东西来唬人！"

"你当然可以不信。"曲悠左右环顾一圈，渡口本来有许多百姓和商船，方才宋世琰追来，已经将众人纷纷吓走，不过总有好事者没有走远，还躲在船上静静瞧着，"不过这四周百姓、侍卫、兵士皆在，天下悠悠之口，你拿不到遗诏，堵得住他们的嘴吗？"

周檀在一侧怒斥："你在做什么？！"

曲悠充耳不闻，只是下意识地唤道："黑衣！"

周杨立刻明白她的意思，几乎没有犹豫地抬手在周檀后颈上敲了一下。周檀瞪着眼睛，昏倒在他怀中。

宋世琰阴恻恻地道："你想怎么样？"

曲悠回头看了一眼："放他们走，我便把遗诏交给你。"

宋世琰问："若是孤不肯呢？孤抓了你们，照样拿得回遗诏！"

"殿下若再上前一步，我便立刻投河，毁了这遗诏！"曲悠笑了一声，"殿下可以试试，遗诏不明，国玺为假，四方诸侯皆可讨伐，你这帝位能不能名正言顺地坐得住！"

"是你设计的！"

国玺之论一出，四方皆惊。

宋世琰略一思索，便想到了她在其中所起的作用，咬牙切齿道："曲娘子，孤对你这么好，你真的……要这么对孤？"

他如此言语，曲悠便知道他一时不敢轻举妄动，不由得松了口气。她没有回头，只是大声吩咐道："黑衣，开船！"

周杨抱着周檀跳进船舱，唤了一声："嫂嫂……"

曲悠一怔，回头看了他一眼，略微惊诧，最后却只是微笑："快走！"

叶流春也在船尾叫她："悠悠——"

"开船！"

不知是不是察觉到事态紧急，船上周檀带来的侍卫不等他吩咐，便扯起了风帆。商船所载货物不多，不过片刻，便轻飘飘地离岸了。

此时正是顺风，只要一炷香的工夫，这船入了河水潜流，宋世琰便不可能追上了。

弓弦拉紧的声音此起彼伏，曲悠目送着那艘船离岸。

宋世琰却朝她走了过来，面色晦暗不明，含悲带怒："悠悠，你怎么能这么对孤？"

他在曲悠面前蹲了下来，一把捏住她的下颔。曲悠吃痛地皱眉，宋世琰却微笑着比了个手势，于是无数箭矢朝着那行了不久的船飞去。

曲悠目眦欲裂，她喘了几口气，在宋世琰手上恶狠狠地咬了一口。

"嘶——"

趁着他微微松手的时机，曲悠死死抱着手中的诏书，一头扎进了一侧的河水。

隔着水流，宋世琰的声音听起来扭曲、暴戾："快来人，救人！快救……不许往水下放箭……"

曲悠不通水性，在游泳馆学习时都心慌难耐，更别提在河水里了。她呛了几口，闭着眼睛，任凭自己沉沉地向下坠去。

有侍卫飞快地游到她身边，抓着她的胳膊带她向上游去，她挣扎了几下，没有挣开。

"咳……"

不知过了多久，曲悠被湿淋淋地扔在地上。她回头看了一眼，发现那艘船已经不见了踪影。她长长地松了一口气，抬头看见了宋世琰腰侧镂金的佩剑。

如今落在他的手里可能会比死了更难受，曲悠几乎没有犹豫，扑了过去，刚刚摸到那把剑的剑柄，便被宋世琰一把抓住，腕骨处传来剧痛，想必是被他捏脱臼了。

宋世琰凑在她耳边，阴森森地柔声说道："你想自戕？想得美。"

有人从她手中抽走了那个明黄色的卷轴。

宋世琰松了手，急忙接过，似乎是深深呼吸了几口才屏退左右，将那卷轴徐徐展开。

出乎他意料的是，那个卷轴上是空白的。

他翻来覆去地看了好几遍，确认卷轴上的字迹并非因浸水而消失，才如梦初醒，提着曲悠的领子将她拽了过来："你——"

"哈哈哈哈——"曲悠从喉咙中发出一阵低沉的笑声，语带戏谑，"抱歉，太子殿下。"

她叫的仍是"太子殿下"——遗诏不明、国玺遗失，前朝旧臣不肯为证，各地公侯藩王也未入京，他这皇位坐得含混，根本撑不起一句"陛下"。

昨日将国玺拿出来时，她顺手从玄德殿书架旁拿了一个空白的卷轴，本是有备不时之需，没想到竟然真的能用上。也是她之前编造了关于遗诏的谎言，才轻易地将宋世琰骗了过去。

宋世琰丢了卷轴，伸手过来。曲悠本以为他会气得想要直接掐死自己，结果他竟然伸手摸着她湿漉漉的脸颊，皱着眉，似乎很受伤地对她道："你怎么真的不怕死，朕这么多年很少轻信女子，只有你——"

他半眯着眼睛，幽深瞳孔中映出森冷的光芒："我就知道，你这样的人，是不会跪得这么轻易的，你宁死不肯跪，朕偏不让你如愿。"

一侧的侍卫殷勤地凑上来，宋世琰接过他们递来的帕子，擦了擦手，轻轻抬眼道："派人沿着河追，把周檀给我抓回来。"

侍卫肃然应道："是。"

宋世琰重新转眼看向曲悠，他眼瞳深邃，眼尾上挑，看人时无端地薄凉。

曲悠喘着粗气，从他漆黑的瞳中看见了自己。

"你偷出国玺有什么用？"宋世琰轻声细语地问她，伸手撩了撩她鬓角的头发，"周檀就算拿到了国玺，难道还能造反不成？他若有心，皇位自然坐得，可是他这样的人会做这样的事吗？"

他似乎并不在意她的回答，只是自顾道："宋氏后嗣都在汴都，他们想造反，去哪里找人来担名头？"

曲悠捂着几乎被他捏碎的手腕，冷笑了一声。过不了多久他就会知道的。

"看来你是不会告诉朕了……"宋世琰皱着眉抚摸她的面颊，居然轻笑了一声，"这都是你逼我的，既然落到了我手里，我定会好好待你。"

他盯着她僵了一下的面色，似乎觉得很有趣："来人，将曲娘子请到刑部大狱去吧，朕来亲自问问她……听闻刑部有'三十二把手'，什么样的人都能撬开嘴，朕要是听不到答案，便劳烦这些人来吧……

"朕倒要看看，你跪还是不跪。"

∞ ∞ ∞

曲悠睁开眼睛，牢狱中森凉的寒意袭上她的脊背。

宋世琰派人从渡口将她粗暴地拖上马车，带入她从前十分熟悉的刑部——如今诏狱中关着皇嗣，簪金馆已被废置，只有刑部牢房多些，能为他腾出单独审问的地方。

曲悠在途中昏昏沉沉地想着，她居然真的落到宋世琰手中。

历史已被改写，她窥不破天命，更看不清自己混沌一片的未来，但她竭力保下了当日玄德殿中的一众大臣，保下了可能死于西韶人手中的汴都百姓，将国玺带给了宋世翾……周檀和叶流春安然离开，除了她，一切都安好。日子提前了一些，但一切还在顺着历史的轨迹行进。

再过一段时日，宋世翾便会在艾笛声的帮助下成功游说江南世家与公侯，正式称帝，打出"匡扶国本"的旗号，一路向西。

宋世琰借兵西韶，却不能对他们行有效的威慑，西韶军队所过之处城池狼藉，于是甘愿臣服于宋世琰的人会越来越少。

永宁末年的冬日里，燕覆会率兵打到汴都城下。

宋世琰失道寡助，穷途末路，不肯落到宋世翾手中，会在城墙前自尽身亡。他登基时不合典仪，所有文书都没有留下来，算不得正式的君主，在青史简上含糊地得了一个"厉王"的称号。胤史中声名狼藉的厉王——更多时候被习惯性地称为"废太子"——就此湮灭于战火的烟云。

明帝登基后第一件事就是借机发难，攻打西韶，派濯舟大将军去打了千古闻名的韶关一战。之后，大胤河清海晏。又过了几年，苏朝辞的威望越来越高，上下敬服，因着他在，明帝一朝连党争都几乎绝迹，真正称得上大胤立国几百年中的盛世。

曲悠想，她此时才真正理解了周檀当日的感受。

她分明早知历史的结果，虽然自己亦身为蜉蝣，但不能束手旁观，努力于罅隙中救下了那些不曾被书写的小人物。

逃离失败，落在宋世琰手中，她并不后悔，只觉得释然。如果明知能救而未行事，她一定会如同周檀当日一般自责——谷香卉坠楼时，飘拂的衣带曾经掠过他的手指；晏无凭死去后，尸体被摆在一尊破旧的神像之下，他跪在一侧，几乎被愧疚和自我厌弃吞没。

面临相似的困境，他们下意识做了同样的选择。只不过当时周檀没有救下晏无凭，她却做到了自己想做的事情。汴都百姓没有因西韶人而家破人亡，清流诸臣没有死在玄德殿中，宋世翾拿到了国玺，没有折损一兵一卒……就连周檀都安好无虞。能换她所有在意的一切平安，哪怕自己坠入无底深渊，她也觉得值得。

这就是周檀甘愿做桥的感受。

殉道者的宿命。

但周檀遇见了她，于黑水之渊中被拉了一把，挣扎着起身，仍能生出重新前行的勇气。就是不知道……她能不能有这样好的运气。

曲悠被捆到刑架上，余光中看见宋世琰亲执长鞭朝她走过来，以鞭尾挑起她的下巴："悠悠，当日樊楼之上，你说你想要留名青史，想要世间男子都高看你一眼……说的可是假话？"

她鬓角的头发被冷汗打湿，听了这话也不过是有气无力地动了动眼皮："殿下觉得呢？"

"你如果死在这里，不会有一个人记得你。"宋世琰轻轻地说，"你留下来是为了偷盗国玺，可周檀他们连能与朕对抗的储君都找不到，拿到又有什么用？

"你知道吗，朕早年曾帮父皇办过几个案子，帮着刑部的人逼供。对付女犯，他们会先上拶刑，逼问不得，便去衣行廷杖，再不得，他们会取一块手臂长的木板击打女子腹部，打多了，你就这辈子就没法生育了。"

他用最温柔的语气说着这些话，说到后来，他自己居然先落了泪。

曲悠感觉浑身一阵一阵地发冷，不由得攥紧了手指。

"还有一些太过残忍，朕说不下去，不过……周檀当初在诏狱的时候，应该受过不少——朕见过的，就是取那粗长铁钉，钉入骨头与皮肉之间的缝隙。嘶——你猜，那有多痛？"

"就算到了如今，每逢阴湿天气，他应该还能回想起当日如何痛不欲生吧？"宋世琰伸手拭去了自己脸颊上的泪水，颇为怜惜地道，"朕真的不想这么对你，你多与朕说几句话吧。"

曲悠死死咬着嘴唇，不想让他看出自己在发抖。

她修刑律，自然通考过胤时的女子刑罚，只是没想到，有一日书本中的东西会用到她自己身上。她苦涩地想着，自己从前分明是连手指划破都要贴一块创可贴、精心涂药的人，现如今听见这些可怖的刑罚手段，虽然怕得要命，却不愿意说一句求饶的言语。就如宋世琰所说，顺着她的后颈，只能摸到反骨。

她不合时宜地想起《左传》中被囚于晋的钟仪，即使在牢狱中，他依旧戴南冠、弹奏南国音乐，刑罚不能磨灭其风骨，是为君子之行。而她身后，不仅有周檀，更有几千年文明积淀下来的善恶是非。

捍卫想要保全的一切，坚守应该坚守的道义。本该如此，为何要跪？

纵入寒夜，吾心自有光明月，千古团圆永无缺。

"好，好……那朕先赐你拶刑，让你尝尝滋味，来人——"

手指处被套了冰凉的竹板，十指连心，不过微微用力，便带来尖锐的痛楚。曲悠面如金纸，冷汗涔涔。她咬破了嘴唇，唇齿间弥漫开一股血腥气。

宋世琰一甩衣袍坐在案前，托腮看着她："太可惜了，朕被你骗得惨，将你家人都放出了汴都。不过没关系，你既然胆子这么大，朕着人请他们回来就是。"

曲悠心中一颤，顷刻又放下心来。

曲府诸人应该已经到了临安。宋世翾在那里，过些时日便会祭旗而起，临安城最先脱离宋世琰的控制，他动不了那里的人。最初她将家人送过去时就想到了这些，只要他们入了临安，就算宋世琰派人一路跟随，也不可能将他们带回来。

想到这里，曲悠唇角弯了弯。

宋世琰却兴致勃勃地继续道："你府中，朕先杀哪一个好呢？听闻你母亲多病，不会受惊吓吧……你弟弟仿佛才考了春闱，叫……"

他后来说的什么，其实曲悠已经听不清了。她生在文明有序的环境中，从小到大，除了从摩托车上跌下来摔断了骨头，没有受过一点重伤，更别提这专门用于逼供的刑罚手段，还有更多……碾碎尊严、捣毁精神的酷刑。

如果她的身体再虚弱些，撑不过去便好了。曲悠混沌地想着，或许死去之后还能回到原本的世界。只是可惜将周檀留在了这里，可惜不能带他看看她的世界——运转有序、刑律健全的未来。他一定会流连忘返的。

宋世琰听见她抑制不住地发出一声吃痛的闷哼，唇角勾出笑容："其实，你这样坚持又有什么意义呢？朕承认周檀是个有本事的人，若不是铁了心要做君子，篡位都使得——也正是因为如此，在边关两年，朕都没忘了你们。"

他走近些，一侧掌刑的侍卫往曲悠头上浇了一盆冰水，水花飞溅，沾湿他的袍服，他却毫不在意。

"如今朕坐在汴都大内，有军备，有金银，还有储君十年的威望，周檀盗走了国玺又如何？他回得来吗？他敢回来吗？他错过了父皇还活着时最好的发难时机，如今楚霖已死，一切都晚了！他再看不惯朕，也只能眼睁睁地看着朕毁了他所热爱的一切——不管是他坚持向父皇进谏多年的狗屁刑法疏议，还是你——他都只能看着朕动动手指就蹋死你们，看着朕千秋万代，无能为力！"

原来周檀在更早之前就向德帝进献过刑法疏议。不过，当时他不得宋昶的信任，纵然在典刑寺、在刑部发现了诸多问题，也没法无所顾忌地施展身手。

宋世琰扶着案站起身来，盯着她哈哈大笑。

拶刑暂缓，曲悠抬头看着宋世琰脸上因笑意而扭曲的肌肉，突地想起了叶流春的言语。

宋世琰如今这副模样，确实有些不对劲。他乍喜乍悲，又哭又笑，有时候甚至会在极短的时间内切换两种完全相反的情绪。按理说，他为储君多年，不应该如此喜怒形于色，更何况一侧的侍卫还没有退下。宋世琰这副疯疯癫癫的样子，竟然全不避人？

不过片刻工夫，宋世琰便止住了笑声，转头就像把方才的情绪忘得一干二净了，阴恻恻地道："曲娘子，你在想什么呢？"

他如今连称呼和言语都有些颠三倒四，这与曲悠初见他时截然不同。

竹板骤然收紧，这次比起方才用力许多，曲悠紧皱着眉头，痛呼出声。她有些怕疼，眼泪下意识地流了满脸，思绪也彻底混乱。

宋世琰感兴趣地盯着她垂着的头，良久，他听见她在痛苦的闷哼中挣扎着低低地笑出声来。

宋世琰突然感觉她在这样的时候笑出声来是对他的侮辱："你笑什么？"

因为痛苦，她的声音断断续续、哽咽、破碎，但他一字一句听得清楚。

"哈哈哈哈，我笑你……你不过是这时代的蝼蚁，卑贱如蚁，却自视甚高，以为自己有通天之能……千秋万代？做梦！做梦！

"螳臂当车，一叶障目……未将性命放在眼中，自己便会第一个被丢弃；未将生民放在眼中，失了民心，有再多兵马粮草又如何？你最后……一定会死于历史车轮的碾压之下，骨血无存，淋漓遍野！我……等着看你的下场。"

∞　∞　∞

"夫人，醒醒……"

有人晃动着曲悠的肩膀，她迷迷糊糊地睁开眼睛，喉头立刻涌上一股微腥的鲜血。对方扶着她的脊背，拿一块帕子仔仔细细地将她下巴上沾染的鲜血拭去。

曲悠抬起眼皮，看到一张熟悉的脸。

她被扶到墙边，背靠在墙壁上，好歹有了些力气："贺……贺三侍卫。"

贺三立刻屈膝跪下，朝她恭恭敬敬地磕了个头："夫人。"

"咳……"

曲悠想继续说些什么，胸口却一阵闷痛。贺三见状，娴熟地在她后背上一敲，于是她又咳了一声，有黑色的淤血顺着唇角滑落。

贺三忙道："夫人先忍一会儿，我方才偷偷去请了狱中几个姐姐。等到夜深了，她们就来为您包扎伤口。"

"你们……还好吗？"曲悠终于能说出话来，她捂着胸口，艰难地问道，"太子可有为难？"

"大人在刑部时，与我们不甚亲近。后调来的那位，几日前在玄德殿殒身了。刑部向来不插手党争，无人受牵连，如今是由属下代为掌管。"贺三低声答道，"今日听说陛下带来的是您，属下便提前备了伤药，夜里才敢探望。"

曲悠点点头，虚虚地道："多谢。"

"夫人何必言谢？当年周侍郎在时，待我们……"贺三沉默了片刻，一脸愧悔，"待我们恩重如山。属下母亲病重，小周大人三天两头寻差事赏赐，慈悲悯下，属下竟还误解……直至大人外放，我们才知那后堂的白雪先生竟是大人。"

曲悠思索了一会儿，才想起来临走时自己在屏风上盖了周檀的私印。

看来他们已经知道了。

曲悠轻轻笑了笑："他……这几年很好……等他进了汴都，你记得去瞧瞧他，他见了故人，会高兴的。"

贺三不解其意，还是深深地垂头应了："是……陛下要属下派刑部的人过来审问，我已经跟他们打过招呼了，不会对您用重刑。只是有时，碍于表面功夫，可能得让您受些皮肉之苦，夫人暂且忍耐。夜里，我便会着人过来为您疗伤。"

曲悠闭着眼睛，点点头，又缓缓道："若是会让他察觉，你便不要冒险——"

贺三急急道："夫人放心，您万要保重……属下能为大人做的事不多，绝对不会让您折损在刑部的。"

语罢，他便匆匆离开。

过了没多久，几个专司女囚的牢头来为曲悠上药。几人言语间极为恭敬，想来也是当日"白雪先生"在那面屏风上安慰过的可怜人。

刑部虽换了好几个侍郎和尚书，但自梁鞍以下，人事变动极少，就算不得贺三的叮嘱，也多受过周檀的恩惠，心照不宣地集体暗中照顾她，甚至得她的托付，一同关照被关在这里的那群文臣。

宋世琰口中的残酷刑罚，就这么被她躲了过去。只有得知他来，众人才会有分寸地为她制造些明面的伤口，显得血淋淋些。

不过，宋世琰自那之后似乎忙得很，只来过两次。

贺三含糊着透露，临安那边有叛军生事，陛下忙着对付他们，无暇顾及刑部大狱中的人。

想来是宋世翾等人已经公开宣帝那封遗诏，宋世琰知道了当日她盗出的国玺的作用，不须费力撬开她的嘴了。

曲悠咬着嘴唇，愉悦地想着，怪不得他上次来时如此生气。

虽说再未受刑，可牢狱之中阴暗、潮湿，不利于养伤，她平日还是十分虚弱。于是，她开始长日嗜睡，尽可能地保重自身。

在那个每日只能看见一束阳光的牢房中，她做了一个长长的梦。

## 外卷一 庄生晓梦

年年，如社燕，飘流瀚海，来寄修椽。

## 第十章 周与蝶

"就让信女生生世世陪伴在大人身边，还了故衣之恩吧。"

### 前世·初上

重景六年初，新岁已过，仍是隆冬，春日迟迟未至，冷冽的风穿过幽长的廊道，发出一阵如同小儿夜啼的呜呜声。

皇城的天色沉沉地昏暗下去，大雪与清夜同至。

梳着双鬟低髻的小宫女瑟瑟地跪在廊道一侧，不住地哈气，企图为自己制造一些凉薄的暖意，可无济于事。

今年的雪花似乎比往年大些。

小宫女只缠着一条红绳的发间覆了一层薄薄的寒霜，单薄的肩头也落满了雪花。颊侧的巴掌印似乎已经被雪冰冻，完全感觉不到痛楚了。也算一件好事。

落日后的皇城人声寂寥，这条路通往空荡荡的诏狱，平素根本无人经过。

她在这里跪了两个时辰，先前还能听见隔着几道墙传来的人声，如今只剩雪花落在身侧铜制雨水缸表面又飞快融化的声响。

在这黑暗和大雪之中，她突然听见了镣铐撞击的声响。

大雪纷飞的隆冬夜里，一个身披洁白鹤氅的男子缓缓走了过来。

他走得很慢。她转过几乎被冻僵的脖子，一眼就看出，他应该受了很重很重的伤，甚至在流血，有些许红色残存在他经过的雪地上，顷刻便深沁。她目不转睛地盯着雪中如同神迹一般突兀出现的男子，完全忽略了他身后两抹黑色的影子。

随后，神明在她面前停了下来。她看见了一双颜色很浅的琥珀色眼睛。

他似乎也冷极了，缓缓开口，颤着声问："为何……在这里跪着？"

可他有这么厚的鹤氅，怎么会冷呢？

她只穿着单薄的襦裙，应该她更冷才对吧！

小宫女张了张嘴，嘴巴却像被冻住了，好不容易张开了，也只能发出一两个模糊的音调。她想了想,应该是嗓子被冻哑了。

跟着他的两个侍卫有些不耐烦,维持着不冷不热的恭敬,催促道:"大人,该走了。"

她还没有反应过来,对方就解下了身上那件她非常羡慕的鹤氅,披到了她身上。她怔然看着对方近在咫尺的脸,发现他好漂亮——淡漠且矜贵的一张脸,是她平日里看都不敢多看的类型。若非这人正在颤着手为她系衣带,她绝对不会相信这看起来如神明的男子会与她产生什么交集。

玉骨般冰凉的手指拂过她的颊侧。

男子失了外袍,当即打了一个哆嗦,可他还是踉跄着站了起来,留下了低声的"裹紧些"。

宫女抓着外袍,抬眼只看见他的背影——他外袍之下的中衣血迹斑驳,看起来单薄、褴褛,颈间生了锈迹的铁环垂下一条锁链,伶仃地拖在雪地上。

她终于说出了话:"大人……"

大人,我该去哪里还这件冬衣?

男子却没有回头。

身上的鹤氅散发着残余的体热,掺杂着一丝静水香的气息,她细细地嗅着,觉得就连血腥气都带着一二分说不出口的悲怆意味。

他走后不久,雪停了。

天色大亮之后,宫女数够了时辰,扶着红墙踉跄着爬起来。她的膝盖几乎冻僵,连路都走不了,若非有一件厚实的冬衣,一定会被冻死在昨日幽深的冬夜中。

她艰难地走了几步,又跌在雪地里,还没有起身,便听见巷口尽处传来匆忙的脚步声。眼前出现明黄色的衣摆,她听见一个年轻、略带慌乱的声音:"是谁……给了你这件鹤氅?"

她抬起头来,天子的冠冕上珠玉乱撞,面容在日光之下透出沉沉的威严。

一侧跟着的一个侍卫似乎是昨日送那位大人进诏狱的二位之一,他上前一步,恭敬地回话:"陛下,是宰辅……是周大人昨日经过,觉得她可怜,自己解衣相赠的。"

"周大人"和"宰辅"被放在一起,她再迟钝,也知道了昨夜的男子是谁。只是没有想到,威慑朝野上下、被骂了五年奸佞的宰辅周檀,居然是这般模样。

昨日她的主子婷妃正是去诏狱见过这位周大人之后气恼不堪,恰好遇见她侍奉时出了一点错漏,当即罚她在廊边跪六个时辰。

天子还欲再问,廊道尽头便有几个侍卫抬过来一具尸体。

那尸体以简单的白布蒙面,布上沾了点血迹。她看见白布之下垂着一只修长美丽的手。

天子身后的一位紫袍男子突然踉跄了一步,随后毫不恭敬地越过天子,伸手揭开了那块白布。看见那人后,他完全愣住了,下意识地往身后退去,被那口镂刻莲花纹饰的铜制雨水缸绊倒,重重摔在她的面前。

她伸手去扶,摸到了他腕间的一串五色佛珠。

"骗子!"她听见对方颤抖的声音,他六神无主,方寸大乱,竟然顾不得任何礼仪,"怎么会……怎么会这样?"

他哆嗦着膝行两步,跪在年轻的皇帝面前,凄声道:"陛下……子谦!"

周檀的眼睫上结着一层闪光的冰霜,天子的目光从他的尸体怔然移到她身上的鹤氅上,低声自言自语:"……他不愿意要朕的东西,若是留着这件外袍,他不会死的。"

他猛地抬头,直直看向她:"你哭什么?"

小宫女茫然地抬起手背擦了一把,这才发现自己哭了。她方才被皇帝身边的太监塞了一只暖炉,捧了一会儿,终于能说出话来:"周大人赠衣……是见奴婢可怜,奴婢不过是皇城中最卑贱、最卑贱的人,大人慈悲,奴婢……感激涕零。"

先前的紫袍男子也道:"他并非不愿要陛下的东西,只是见这小姑娘可怜罢了……陛下啊。"

天子执拗地咬着唇,没有说话。

紫袍男子见她想要解下身上的鹤氅,便伸手制止了她,问:"你叫什么名字……为何跪在这里?"

她低声道:"奴婢名叫阿怜。"

春风从旧偏怜我,那更姮娥是故人。

天子回过神来,犹豫道:"朕记得……你是婷妃身边的宫女。"

纵在冰天雪地中冻了一夜,双颊都青紫,也难掩她的好容色——他从前在婷妃身边见过这个宫女,还多看了两眼。想来她被婷妃罚跪,或许正是这个原因。

阿怜没敢回话,若是说了什么传到娘娘耳朵里,她回去又要受罚了。

所幸天子也没有多问,只是疲倦地摆了摆手,吩咐道:"以后不必跟着婷妃了,去燃烛楼伺候吧。"

燃烛楼是先帝修建用于祭祀的宫殿,那里平素的活计不过是洒扫、燃烛、焚香、看守,是宫中的美差。

阿怜发着抖谢了恩。

天子亲自上前扶起了那紫袍男子,又将尸体上的白布重新盖上,失魂落魄地带着人离开了。临走之前,他还记得叫人将她抬回住处,请太医医治。

阿怜实在不明白。天子和穿紫袍的大人分明很在意那位穿白衣的周大人,为何昨夜这么冷,却没有人来看看他呢?若是早来一些,或许他就不会死了。

虽然天子做主将阿怜挪到了燃烛楼,但这件事不知为何还是被婷妃知道了。她跪了那一夜后发了几日高热，婷妃便借口她的病会过人，叫人将她与冷宫中几个染了时疫的宫人一起挪出了宫。

阿怜与那群宫人一起被送到亭山上的岫青寺。

于她而言，这或许是一件好事。

岫青寺的大师为这批宫人辟了一个院子，请人前来照料。她并未感染时疫，没过多久便痊愈，于是帮忙照顾病人，与寺中的女修洗衣做饭，日子竟比在宫内安宁不少。

只是阿怜深知容貌之祸，从来没有摘下过面纱，就连与她亲近的女修也以为她是染病坏了脸。

某日，皇室中人来烧香礼佛，在蒲团之后落下了一本诗集。

女修们捡回来看，却看不懂，传到阿怜手中时，她心中猛地一颤。

《春檀集》。

与她交好的女修奇怪地问："阿怜，你识字吗？"

阿怜迟钝地点点头："很多年前，家父曾在朝为官，只是受了牵连，被远远流放了，如今也不知是死是活。母亲在父亲出事后不久便因病而死，我被没为官婢，进宫伺候去了。"

女修好奇道："啊，那你从前叫什么名字？"

阿怜想了想，说："仿佛是姓曲吧，叫什么……记不得了。"

她坐在月光下一字一句地读周檀的诗，反复去读，记得滚瓜烂熟。

她读"青玉寸节志不收，一径春光莫展筹。露雪压枝尘不染，澹荡风波有如仇"，还读"人间天青雨泽，潮起碧遮，无端错落"，读"白雪春归早，容人再少年"，亦读"残生鄙薄徒见日，吞声老病哭穷途"。

"呸呸呸，这句不好。"

她拿毛笔蘸着浓墨，将整首诗涂掉了。

三月倒春寒，来岫青寺的人比起元月少了许多。重景六年最后一场春雪中，前院那棵系了许多红色绸带的树被压断了一枝。

那老槐树上的红绸带原本是前来礼佛之人许愿所系，折断不吉，阿怜识字，帮着方丈大师解下那根树枝上的红绸带，重新寻地方缠上去。她非常耐心地将旁人的愿望解下，收到一侧的木盒子里。

老槐树的树枝经年累月，红绸带被缠了一层又一层，最底下的几层甚至开始褪色了。她解下边缘泛白的最后一条，多看了一眼，却愣住了。

周檀一手好字，凌厉的瘦金体，金钩玉划，风骨凛冽。

"亡母敬上，儿将成婚，不胜惶恐，佑我妻平安顺遂……前路漫长，沧海横流，愿守本心。檀笔。"

她藏下了那条飘带，夹在诗集中。

晴日里，她将木盒子里的红绸带重新缠回百年的老树，太阳照在她白色的面纱上，微烫。她缓缓动作，想起了许多往事。

永宁十四年，周檀外放回京，入了典刑寺。

德帝有意为他赐一门体面的婚事，最好门第不高、父家不显，清流，中立更佳。

顾之言在高则的宴上听闻史官曲承的嫡女与高则长女联诗一百零八句，宴后便给史官曲承送去了拜帖。

婚期定在次年夏日。

周檀读了她一句"堂前流水挟花去，天地人间两不知"，年节里送来了两壶亲酿的杏花酒。

高云月替她悄悄去看人，回来后红了脸，告诉她对方是极好极好的。她向来眼高于顶，得她一句称赞不易。

满汴都的女儿都羡慕她有这样一门好亲事。对方是三元及第的状元郎，年轻有为，风流潇洒，宰辅的女儿都没嫁成，叫她捡了便宜。

她气鼓鼓地对着高云月扮鬼脸。

"我这么好，怎的不说是他捡了便宜？"

高云月和她笑作一团："你自然是好的，能娶你是他的福气。"

但是她没有见到周檀，也没有等到那场婚事。

永宁十五年，燃烛楼案起，顾之言亲旧皆入狱，曲承受牵连入了刑部，被判流徙三千里，其子随行，妻女没为官婢。

母亲急病交加，在杏花没有开时便病死在府中。

高云月想尽了办法，才为她和妹妹造了个暴毙的结论，让她们没有被没入教坊司，而是随着平常获罪官眷家的女儿入宫做了宫女。

周檀从燃烛楼案中幸存，刚刚出狱，便带着浑身的伤来敲曲府的门。她躲在门后，低声告诉他："姑娘已经死了，大人不必再来。"

她知道他如今自身难保，何必再来管她家的事，惹上面不快。自己这么不体面的样子，她也确实不想让他看见。

当初高云月为她抹去身份，做得隐蔽，任凭周檀调查良久，想要看顾一二，最终也是什么都没发现。

入宫不久，她就因为不会伺候，得罪了管事嬷嬷，被打发到花房做苦活。两个妹妹，一个进了傅贵妃宫，没过多久便再没了消息，另一个也渐渐失了联系。

抱着一盆盆栽杏树路过皇庭时，她听说年轻的小周大人惹恼了陛下，在受廷杖。于是她将自己平素用过的伤药托付给小太监，又塞了银子，拜托他送上一些。小太监嫌她寒酸，表面应了，拿银子换了一碟花生下酒，伤药不知被丢在什么地方。

春日来时，周檀被贬到了郜州。

又过了很久，皇宫内翻天覆地，他杀了残暴的废太子，风光还朝，扶着少年天子登基。

遗诏不清不楚，他太过年轻，又有从前的名声，压不住悠悠众口，她跟着主子走动，都能听到四处的议论之声。可她毫无反应，就如同从不认识对方。

说起来，她确实是不认得的。

入宫这么多年，终于磨平了她身上残余的傲骨。

父亲生死不知，妹妹们早已被森冷的朱红宫墙吞没，高云月全家都死在废太子掀起的灾祸中，这世上还记得她的人恐怕寥寥无几。连她自己都已经忘记旧日的姓名，哪怕听说年轻的宰辅终身未娶，每年都要折一枝杏花送到陇上，也再生不出什么波澜。

春夜里，她抬头看月亮，出神片刻便有人恼怒地唤她"阿怜"，她弯下脖颈，匆忙小跑过去。

"奴婢在。"

月亮还是从前的月亮，春风亦是旧时春风，扑面如昨。

春风从旧……不肯怜我。

姮娥清冷，不见故人。

她分明已经将前尘往事忘得一干二净，怎么会在这样的时候……坐在红绸带飘拂的古树下，沉沉地回想起自己的名字呢？

嘉……意。

美好的意愿终究是不能实现的，如果有来生，她不想再叫这个名字了。

阿怜攥紧了手中陈旧的愿望，于晴日痛哭出声。

当日夜里，她溜出了住所，带着那本诗集，打算翻墙出逃。

临行前，她路过未关门的大殿，佛祖金身像慈悲地垂着眼，法相森严。

不知道为何所驱使，自入岫青寺以来，她第一次虔诚地跪在蒲团上，深深叩首，随后颤抖着许下愿望。

"佛祖若能听到信女的祈愿……"

她想许的愿望非常多。

希望家门不曾败落，希望亲眷好友不曾离世，希望……希望能一生端着曾经的傲骨，不再卑躬屈膝地做奴婢。

想了许久，最后出口只有一句："就让信女生生世世陪伴在大人身边，还了故衣之恩吧。"

说出口觉得有些贪心，这听起来不像为周檀许的愿望，倒像为她自己许的。

她连夜逃出了岫青寺，从墙上跌下时，似乎听见了方丈大师悲悯的一声叹息。大概是错觉，方丈大师若在，会拦着她的，她如今还是皇家人。

春夜下了细雨，她沿着亭山走了许久，才走到京郊的一座小山头。

周檀声名狼藉，传闻被皇帝抛尸在乱葬岗。可她亲见当日的情形，总觉得不至于此，后来又在帷幕后偷听天子的祈愿，好不容易才知道这个地方。

果不其然，山头上整齐排列着一些简易的坟墓，墓碑上的名字，她有些认识，有些不认识，想来都是活得酣畅淋漓的人物。若她有机会结识这些人、拥有这样的人生……就好了。

今年白雪春归尚早，可能容人再回少年？

在周檀为父母立下的旧碑一侧，她见到了一座新坟。

出乎意料的是，墓碑上不只有周檀一个人的名字。

这块碑时间古旧，落款在燃烛楼案起的永宁十五年。从刑狱中苟活下来的周檀，到山上来，亲手为自己刻下了一块墓碑，还是合葬墓碑——碑上刻了他未过门的妻子姓氏，有地可栖，总不至于孤苦无依。

她的手指拂过墓碑，分不清脸上是春雨还是泪滴。

杏花又开时，苏朝辞带着一壶酒上山，发现周檀的坟墓有新土翻动的痕迹。他没有多想，此地隐秘，大抵是雨水冲刷所致。

坟前那棵树上不知被谁系上了一条红色的绸带，绸带边缘已经褪色了，他瞧不清楚其上的字迹，只好放任它在风中飘拂。

后来，不知它被什么吹走了，他再也没有见过。

世间情爱，也不过如天青雨泽，无端错落。

流水挟花去，天地两不知。

## 前世·再上

永宁十五年，燃烛楼案兴。

琉璃制成的博山香炉中熏香袅袅，白烟在空气中凝成各种各样的形状，大殿门稍微开启，便将它吹散。

周檀在玄德殿跪着吞下了宋昶赏赐的"孤鹜"。

宋昶低着头，看向这个令自己内心复杂的青年臣子，开口问道："卿还有何求？"

周檀垂着头思索了一会儿，道："臣与曲大人家的姑娘有一门亲事，请陛下做主，让臣成婚吧。"

他主动提及此事，无异于将弱点袒露出来，宋昶满意地点点头："依卿所愿。不过——"他拉长声调，"卿如今的名声不太好听，岳丈不宜在朝为官了。"

周檀闭着眼睛叩首："是。"

他出狱的时间还来得及救下曲承一家，虽说以他如今的名声不宜娶妻，但曲家从前与他有一门未成的亲事，他若是不护一下，怕是曲大人的刑罚会比旁人更重。

刚刚出宫，他便上门拜会，恰逢曲夫人出丧。

在一树洁白的杏花下，他第一次见到自己的未婚妻子。

她很美——穿着一袭白色素麻衣，乌黑长发亦被绸带绾起，临风站在杏花天影中，与世界的白融为一体，像一片稍微张嘴便能呵去的晶莹新雪，美丽，剔透，易碎。

顾之言为他选定婚事时，曾经得意地告诉他，他一定会喜欢自己未来的妻子的。

他去读她的诗作，亦深觉欣喜。

春末才需下聘，但他按捺不住，年节时便送去两壶亲手酿的杏花新酒。

曲家姑娘的侍女为他送来一枚同心结。

他想起她的名字——嘉意，美好的意愿。

只是太过美好的东西总是留不住的。

她转过身来，微微诧异，似乎在思索他是谁，目光落在他身上的伤时便明了了几分。她缓缓地走过来，朝他福身："周大人。"

杏花落在肩膀上，他无话可说，只好道："节哀。"

她垂下眼睛，睫毛微颤。于是他走近一步，道："我已向陛下求娶，待你母亲的事忙完之后，你我便成婚……我会救出你父亲，你放心。"

她客气地回答："若是麻烦大人——"

"不麻烦。"

曲承出狱之后大发雷霆，直言就算是死在狱中也不愿受周檀这等欺师灭祖的小人的恩惠。周檀去送聘礼时，曲承抓起手边一个瓷杯砸向他的额角，那瘀青到洞房花烛夜都未散去。

他如今声名狼藉，肯来婚宴的人极少，他没有应付什么宾客便回了房。新娘轻轻移开手边的团扇，烛火昏红，映出一张美人娇面。

周檀垂着眼睛，略带些苦涩地客气道："你好生歇息，我——"

话还没有说完，女子冰凉的手指便拂到他额角的瘀青上。

他听见对方问："痛吗？"

简单的两个字，他却好久好久没有听到过了。

不知为何，周檀突然觉得非常委屈，他强忍着鼻尖的酸楚，眼尾却漫上一抹红，他点了点头，又摇摇头，半晌才憋出一句："你我若不成婚，恐怕陛下会迁怒……如今曲大人已经出狱，你若不愿，我写一封和离书，等过一段时日——"

"谁说我不愿？"

她说了这一句话，脸颊微红，从榻前取来药膏，在他伤处轻轻地涂着："父亲最是正直，误会你是恶人，一时不能转圜，实在抱歉。等过一段时日，我再回去劝一劝他……"

他被巨大的茫然和空洞淹没，嘴唇颤了颤，问："你……信我不是恶人？"

她微微诧异，随后摇了摇头，继续仔细地为他涂药。

"你是好人。"

药涂罢，红烛噼啪地爆了个灯花，他嘴唇颤动，说不出话来。最后还是她先轻轻叹了口气，旋即露出笑容："今日你我新婚，此后万象更新，我不喜欢如今的名字，夫君……替我取一个可好？"

周檀坐在案前，蘸了她磨出的新墨，斟酌着问："夫人有什么愿望？"

她眼睛一亮，又暗淡下去，思索着道："从前在闺中时读了好些书，真想亲眼去看一看万里江山……可惜我少时便体弱，母亲说，我是出不了远门的。倘若能做一只蝴蝶、一只孤鹤……罢了，生灵亦有苦处，我不贪心，做一粒微尘就好，御风而行，在碧霄云间逍遥遨游……纵朝生暮死，亦觉得永恒、自由。"

周檀在宣纸上端正地写了一个"悠"字。

"夫人所求，檀也想过，"他低声道，"只是我做得还不够，做不到举世誉之不加劝、举世非之不加沮，神思尚不自由，遑论凡胎肉体，只能寄情白云一片。"

她拾起那张纸来："白云一片去悠悠，你是霄白，我是悠悠……甚好，我喜欢这个名字。"

"不过……"她言语一转，"我小字意怜，夫君还是叫我'阿怜'吧，母亲也是这么叫的。"

"好。"

周檀呆了呆，取下手指上从不离身、老师留下的白玉扳指相赠："老师说，此物要留给我最重要的人。"

她收了，坐在案前，取来一把小剪刀，为二人结发，随后吹灭了烛火。


自此之后，周檀每每回来时，松风阁门口便点起一盏灯。

后园漆黑，他搬进来不久，走夜路总也看不清楚，如今得了一盏明亮的灯，虽然光线微弱，但在他心中亮如白昼。

新婚夫人与他举案齐眉，相敬如宾。这样好的事情，他想都没敢想过。

只是他不够幸运，平静日子过了没多久便再生波澜。

燃烛楼案时，他寄居的任家受了牵连。事后，他变卖家产，将待他和弟弟极好的姨父从大狱中接出来，在家养身体。

谁知任时鸣参加科考，竟因他的不堪名声被从甲榜上撸了下来。

他跪在任家祠堂前，看见任时鸣红着眼睛却没有哭，反而回身安慰他："兄长不要伤心，这不怪你，我不去科考，也能过得很好的。"

幸而周杨在燃烛楼案前便参军去了，否则还不知道要受什么牵连。

他明白，这是傅庆年的手笔。

于是他走进了那座栖风小院。

曲悠并不知道他在忙什么，只觉得他一日比一日消瘦，她懂的不够多，能做的无非在夜里为他送来一碗清粥。

他终究还是太心软、太年轻了，纵然与傅庆年斗得你死我活，可对方只要拿捏住他一点软肋，他就全无办法。

任府空了，任平生死于不明人士的刺杀，姨母带着任时鸣回了金陵。

汴都出了一桩令朝野震惊的案子，宋昶听信傅庆年，将这案子栽赃到无辜的文臣身上，那臣子与曲承同窗，最终牵连曲承，他被流放了。

周檀竭力照拂，只是敌人以折磨他为乐，他越想保全的东西，他们越要夺去。

曲悠重新穿上了白色的孝衣。

周檀跪在祠堂的烛火前，几乎直不起身来，手指死死抓着粗粝的蒲团，直至磨出血痕。

"都怪我……

"怪我太过弱小、太过无能，竭力照拂我在乎的人，最终却什么都做不到……若早知如此，我就不该靠近他们，不该关怀他们，哪怕他们与我形同陌路，只要平安，只要平安。

"阿怜，是我害了你。"

曲悠拭去脸颊上的清泪，听见他极度自责的声音。

"我害了你，害了你父亲……我这样的人，原本就不该娶妻的。"

她将颤抖无助的周檀抱在怀里。

"不是霄白的错。

"律法不正，上天不公，才让奸佞大行其道，戕害良臣……人若要害你，自然有千般万般理由、千种万种手段，哪能一一防尽？不是霄白的错……"

她说着，眼泪一滴滴落在周檀的颈间，滚烫。

对方死死抱着她，痛哭出声。

"檀发誓，一定报今日之仇……我会亲杀傅相，用尽余生所有气力，还朝堂澄澈、清明，使律法森严、公正，言出必行！"

但她不知道后来发生了什么。

周檀言出必行，为她父亲报了仇，傅庆年莫名其妙地死去，而他被贬官去了郗州。

她十分高兴地整理行装、打点府内。

"我们终于能够一起去看看这世界啦！

"我要去边疆高高的城墙上看日落、看日出，每一日都看，同你一起……我要去看鸣沙山、月牙泉，看长河落日圆、墟里上孤烟。"

临行之前，曲悠去岫青寺礼佛。

她去的那日不巧，天色昏昏，刚进山门便落了雪，跟着她的丫鬟急急地为她披上厚厚的大氅。她捂着帕子咳嗽，看到帕子上缓缓洇开一片艳丽的血迹。

她知道，什么鸣沙山、月牙泉，她怕是不会有机会看到了。

自从父亲入狱、母亲去世，她操持内外，身体越来越差，后来乍闻父亲的噩耗，又日夜为周檀悬心，病情恶化，每日都离不了汤药。

她早听高云月说亭山上岫青寺灵验，只是一直没有得空前来。

佛祖金像垂着眼睛看着她。她烧了香，忽地想起临行前同周檀的对话。

"你去过岫青寺吗？"

"没有。不过，我去过临安的寺庙。十四岁那年，我花重金烧了两支'诸事顺利'来祈愿。"

"那……有什么作用吗？"

"嗯，它让我知道求神拜佛毫无用处，也算是大作用。"

曲悠失笑，却还是恭敬地拜了佛祖，闭上眼睛祈祷。

她想了许多。

想让自己的身体好些，能够陪周檀看看这大千世界。

想要朝堂清明、律法公正，周檀抱负得展，青史留名。

想要成为一个……能帮得上他的人，至少能听懂他叹息中的悲悯，看懂他目光中的凝重。

她思来想去，开口只有两句：

"信女希望陪伴夫君久一点，再久一点。

"希望能得真正的自由……去看看千百年后他在史书中的模样，去瞧瞧这片土地是否会因他的努力而改变，哪怕只有一分一毫。"

三月初，周檀与曲悠一起踏上了去往都州的漫长旅途。

曲悠觉得，周檀大概早看出了她的伪装，但她不开口，他便不点明，自欺欺人，假装看不见她的苍白与消瘦，但每日都会亲自喂她喝药。

他们在路上走了很久很久。

有一日，终于能看见都州的城墙了，她挣扎着出马车，与他一同坐在车辙上。

明明已是四月，边境却落了雪。

她看着高高的黑色城墙，依偎在周檀怀里，很高兴地道："在这城墙上看到的太阳，一定比在汴都看到的美。"

周檀没有搭话。

她自顾自地说："霄白，你知道吗，你于我，就如同一叶木舟……道不行，乘桴浮于海，无论何时、身在何地，只要我闭上眼睛，就能和你一起在瀚海漂流。

"不要伤心……年年，如社燕，飘流瀚海，来寄修椽。君……且莫思身外，长近尊前……憔悴江南倦客，不堪听……急管繁弦。"

"你于我……"周檀的声音抖得厉害，良久才把话说下去，"像夜路中一盏飘忽的孤灯，纵然我从不知前方有什么，但只要你在，我就会觉得……我并非孑然一身。"

是他在漆黑的雪夜中摸爬滚打，好不容易求来的一丁点希冀。

曲高和寡。

光同清昼。

曲悠用最后的力气弯起唇角笑了笑："是吗？"

她闭着眼睛，轻轻地说："我要先走了……我先到轮回道上替你探路，替你感受真正的自由。我要去一百年后、一千年后，看看传言中、史书中的我们，看看你的誓言有没有实现……"

"好啊。"周檀微笑着答道，雪花落在他的睫毛上，顷刻融化，滴落的不知道是雪水还是眼泪，"你要记得回来告诉我。"

"一定，一定。"

周檀收紧了手臂，城墙在他眼中映出黑色的阴影："来生，不要再生病了……我愿意替你疾病缠身，芳龄早逝。"

她没有开口阻拦，因力气微弱。

"那我也愿意替你殚精竭虑，死而后已。"

不知道他有没有听到。

"歌筵畔　　先安簟枕，容我……醉时眠。"

她在蒙眬中感觉自己真的变成了一只蝴蝶——庄周梦里的蝴蝶，因为她也不知道这是梦境还是现实。她从这副躯体上悠悠荡荡地飘起，去看其后的几年。

周檀从都州还朝，手刃废太子，扶明帝登基。

他开始艰难地变法，条目几经修改。

流言四起，说他谄媚惑君。

明帝生了猜忌，二度罢相。他伤痕累累地从诏狱中走出来，孑然一身地回了临安。

路经清溪时,他写了一首悼亡诗。

　　清溪濯新雨,飘摇送故衣。

　(路过郊外清溪河时,新春又下了细雨,我形单影只地离开汴都,如一只飘摇浮舟,只能在河边送上故衣悼念故人。)

　　木凋骸骨见,雪融世界新。

　(草木零落的时候,我又回想起亲手埋葬你的那一日。如今你芳魂已去,只余骸骨。大雪快要融化了,我亦如雪,待我离开这里之后,整个世界都会焕然一新。)
　一切如走马观花,方生方死。
　周檀死在临安故居的杏花树下,死前手中还攥着那枚白玉扳指。
　"若有来生……
　"不要再遇见我,不要……再生爱欲。
　"我会离我热爱的一切都远远的,只要你们平安顺遂,纵死也无怨。"
　他们不过是在艰难的人世间平静地相爱了一场,最大的愿望只是共同奔赴每一场雪。
　可白雪落在三月,总是留不过一夜,匆匆忙忙地蒸腾而去,化作人间一场雨。
　来过便去,了无痕迹,一场荼蘼花事了。

## 前世·终上

　曲家的女儿落水之后患了失忆症。
　彼时曲承尚在狱中,没有大张旗鼓地请大夫。尹湘如虽觉得女儿忘记了许多事情,可瞧着没什么大事,甚至比从前开朗了几分,便也没有太过担忧。而且女儿一夜间长大,能为她操持府内事宜,她不至于为府内诸人的生计殚精竭虑,好歹有了喘息的机会。
　直到圣旨赐下,将曲悠许配给那位刚刚遇刺的刑部侍郎。
　起初,尹湘如几乎因为这桩婚事哭瞎了眼睛,反而让曲悠来安慰她,说成婚只是救父亲的权宜之计,若不喜欢,她婚后自有别的事可做。她能想得开,那便再好不过了。

　新婚之后,那重伤的刑部侍郎奇迹般地恢复过来,还与曲悠一同上门拜会。
　尹湘如瞧着女婿虽然冷冷清清,但温柔儒雅、仪表堂堂,觉得这亲事也算不错。

曲承却不喜欢，总是唉声叹气、骂骂咧咧，念叨一些这人不忠不孝之类的言语。

恶人就恶人吧……只要能对女儿好，尹湘如其实并不介意对方是不是恶人。内宅女子的心事何其少，装不下家国天下、春秋大义，只希望自己的一亩三分地太太平平、无灾无难。只是后来，她向来温婉胆怯的女儿却同那刑部侍郎在汴都闹了几场大事。

头先是曲悠在御街众人的目光之下，一字一句地为风尘女子念诉状。

曲向文和曲嘉熙、曲嘉玉十分崇拜，七嘴八舌地为她描述当日场景，她捂着胸口，念了好几句佛号。

后来是那周侍郎不知怎的被牵涉进了当朝宰辅的案子，差点死在宫里。曲悠第二次敲了登闻鼓，一脸焦急地为夫君申冤，言语间不惜与母家断绝关系，也要与他同生共死。

曲承小心扶着她的胳膊，不敢上前去，只好急道："……周侍郎今日若不翻案，她今后还怎么在汴都做人！"

她拽着夫君的衣袖，不知为何，觉得女儿非常陌生，可同时又觉得她本该如此，从前的十几年才是压抑了自己。现如今她也有了不计安危、不顾名声要保护的人。

甚好。

她遥遥地想起，曲悠少时，她第一次带小姑娘去岫青寺，想请大师为她的玉器开光。大师没有接过她的玉器，只道："令爱有一桩夙世的姻缘，是福泽深厚的有缘人。"

她深信不疑，问这段姻缘是何模样、何时会来。

大师笑而不语，直道天机不可泄露，只是建议她为女儿改个名字。

大师亲手写了一个"悠"字相赠："代为转交，此名更后，令爱便不会如此体弱多病了。"

她依照大师的叮嘱，为女儿改了名字，从"嘉意"改为单字"悠"。此后，曲悠的身体便一日比一日好，过了几年，她甚至能够骑马射箭了。

岫青寺的大师从不骗人。尹湘如看着擂鼓石前的女儿，出神地想着，她大抵是找到了与自己有宿世姻缘的人。

曲悠跟着夫婿离京之前，偷偷上门拜会。尹湘如喝了周檀那盏迟到许久的茶。

直到两年之后，她才再见到二人。

太子生事，皇城之内风声鹤唳，曲悠来后说了几句，曲承便讳莫如深地打断了，收拾行装与她一同连夜出城，回了临安。

曲悠站在高高的城墙上，看着父母所乘的马车上那一盏伶仃小灯沉沉融入漆黑的夜色，直至再也看不见，心中却想，还不知有没有再相见的时候。

她本想带着叶流春一同逃出皇城，自己却没能上那艘大船，只能伏在地上，眼睁睁地看着船只从雾气里消失。

太子将她抓回去，扔进了刑部大狱。

她在牢狱中受了许多酷刑。

太子不许她死，在她受了重刑濒死之际，甚至派来个医官为她诊治。那医官提着药箱，临行前颇为悲悯地告诉她，她此后必定不能生育了。

所幸她并不在乎。

只是夜里还是做了混沌的迷梦，梦里她看见了前两世的一切，想起了自己是谁。

原来，困扰她许久的这副身体原本的主人，就是她自己。

是那个卑微地跪在廊道边期盼雪停的阿怜。

亦是那个一生渴望自由却不得见、临死之前许愿为周檀看看未来的曲悠。

诸天神佛听见了她的祷告，满足了她的愿望。

但神爱世人，从不救人。

历史的洪流并未因她的祈愿而产生任何变化，她的愿望被投入滚滚长河，只溅起一朵浪花，泛起一瞬的涟漪，旋即再次被滔天巨浪吞没。

她所有能改变的东西，都只能存活于未被史书记录下来的历史的罅隙。

她改变不了自己早亡的结局，也改变不了周檀的未来和名声。

这算不算是一个大笑话？

睁开眼睛时，她万念俱灰。

被废太子拖到城墙上威胁周檀退兵时，她隔着千军万马和弥漫的硝烟，看见周檀脸上沉沉地落下一滴泪。她突然很想为他把眼泪拭去。

而她确实这么做了。

宋世琰在她身后惊呼了一声，撕心裂肺地唤她："悠悠！"

这凉薄暴戾的上位者，对她这样鲜活、来自千余年后的生命颇为眷恋，或许也是被囿于封建权力之中不能自拔、渴求解脱的本能。

可她的自由皆来自周檀的祈愿和馈赠。

于是她跳下了城墙，想要离他更近一点。

箭矢从她头顶飞掠而过，划破了昏黄的天空。

周檀骑马飞奔而来，眼睁睁地看着她在他面前倏然坠落，破碎为满地脆弱而芳香的残片。他从马上跌下来，方寸大乱，几乎不敢触碰她血泊中的身体。

"不要因为我……做出抉择。"她艰难地说着，眼泪汹涌，"不要因为我……抛弃你的身体和健康，抛弃你的敌人……前世今生，你为我做了这么多，可我……"

周檀抱起她软软的破碎的身体。

"可我没有办法，我没有办法……这历史长河浩瀚，我永远都改变不了……永远都救不下你,霄白啊——"

那枚白玉扳指硌着两人的掌心。

周檀抵着她的额头,像听不见身后的战火与厮杀声一般:"……是我救不下你。"

曲悠置若罔闻,继续道:"我后悔了,我不该有那么贪心的愿望……我只希望你长长久久地活下去,做青史留名的昆仑白雪,无论……有没有我。"

"如果没有你,我怎么能长长久久地活下去?"周檀面上露出淡淡的笑,像在自嘲,又带着十足的祈求意味,"你为我拟下的律法增补条款,我还没有来得及实施……不是你说,大胤刑律不周全,要与我一起改变这一切吗?如今此事未竟,你怎么能如此……离我而去?"

"不要在史书上留下我的名字……"她感觉自己的生命在一点一滴地流逝,只好用尽最后的力气恳求,"不要……或许我未来还有机会……"

她没有说完这句话。

被镂刻下来的一切都无法改变,那么她拟下的刑名律法能不能流传下去?如果不留下她的名字……或许有机会做历史的罅隙。


重景元年,明帝登基,二十五岁的周檀入政事堂,做了执政参知,位高权重,炙手可热。旧贵族中动心思的不少,但无一人敢上门提及婚事。因为众人心知肚明,与执政大人琴瑟和鸣的妻子死在昔日的宫变中。

拜相那日,周檀对着铜镜为自己正衣冠。

昨日他又梦见了曲悠,还断断续续梦见了许多过往的片段。片段中的故事,他有些记得,有些不记得,但总归不算陌生。

他铺陈笔墨,想烧一封信给她,告诉她,他如她所愿好好活着,只是失了她黑夜里那盏灯,很多时候都觉得自己撑不下去。

提笔只写了"朝闻道"三个字,他便心痛难忍,再也写不下去。

曲悠以为他在这人世间最重要的是理想,可她不知他一心想与她同生共死。在她逝去以后,他几度想要弃世而去,但想到她临终前的叮嘱,才勉力走到如今。

既无求生之意,这老病残躯或许也能为他们的理想做块垫脚的白骨。

周檀对着那面铜镜,想起了傅庆年当年说的那句话。

"政治,本就是肮脏的斡旋。有人秉着清名风骨,便有人……要做肮脏的垫脚石。"

他微微笑起来,做了一个决定。

梦境戛然而止。


曲悠睁开眼睛,再度看见那个只能透进一束光的刑狱小窗。

她以为自己醒来了,却没有。

她又化成了庄周的蝴蝶。只是这次，她真切感觉自己来到现实中。

风将她从小窗中卷出，飞向遥远的青山绿水。

山水忽而幻形，她后背一凛，发现自己不知何时坐在许久不见的现代家中的茶几前，母亲戴着眼镜，与她一起坐在地毯上。

为何她从前没有察觉到，她的母亲一直是尹湘如的模样？

母亲皱着眉问："那你研究生打算去读什么专业呢？"

她听见自己脱口而出："历史。"

"我要去钻研历史，寻觅其中的真实。"

画面一转，她来到常去的图书馆座位上，古籍摊在面前，灰尘弥漫在阳光中。

她先看见了"削花令"三个字，顿时被一种难以言喻的宿命感捕获，着迷地看了一下午。临阖上书本前，她又瞧见了熟悉又陌生的"周檀"二字。

她决定去了解一下这个人和《削花令》的关系。

结果，她看他的诗集上了瘾，每一首都十分喜欢，甚至读一遍就能记住，就好像她很多很多年前就读过一般。

导师在讲台上切换PPT，兴致盎然地讲着苏朝辞："……苏宰辅的文集中曾经记载这样一件事，说他有个认识很早的知交，和妻子非常恩爱，有一日他去问这知交人为何能与另外一人产生如此深刻、复杂、缱绻的情感。

"他这知交答了他一句庄子的话——'万世之后，而一遇大圣知其解者，是旦暮遇之也'。这句话出自《齐物论》，意思是说……"

声音逐渐远去。

岫青寺大师温言道："……我代人转交这个'悠'字。"

改了名字之后，她的弱症逐渐痊愈。

遥远的临安，周檀开始生病，本是能跟着母亲舞剑骑马的少年郎，逐渐不能习武了。

她知道，这是周檀为她许的愿望。

"我愿替你疾病缠身……"

曲悠低下头，发现自己不知何时换了一条浅桃轻纱的古襦裙，手中拿着一枚花签。

一只美丽的少女的手从她手里将花签抽走，念道："'待到秋来九月八，我花开后百花杀'……哎呀哎呀，悠悠抽错了签子，其中气节凛冽、杀伐颇重，哪里是我们女儿家的签子……"

曲悠看着高云月的脸，微微笑起来。

"会有的，云月瞧着……我与你作赌，就赌这满园珍贵秋菊，秋日宴时，别忘了请我过来。"

高云月一口答应:"一言为定,我若看不见,可绝不会请你来赏我的花的。"

二人别后不久,曲承下狱,她为母亲操持,和曲向文一起去医馆买药。
一个年轻大夫偶尔瞧见,立刻嚷嚷起来:"老于,你不实在,这方子抓得有问题啊……"

曲悠迟钝地转头去看,垂着眼睛看方子的年轻大夫的脸与当日在太子刑狱中留下一声悲悯叹息的医官渐渐重合。

于是她对柏影说:"我是不是在哪里见过你?"
柏影挠挠头,笑道:"我流窜街头讨生活,姑娘见过,也不意外。"
…………

最后,她看见一场空蒙的雨。
一身白衣的病弱臣子坐在一棵系着红绸带的杏花树下,手中攥着那枚白玉扳指,以一块帕子掩面咳嗽着。他好像是看见了杏花树下的她,也知道她并非实体,所以只是目光缱绻,身子并未近前。

"若有来世——"
她突然预料到他要说什么。
"不要说!"
曲悠迟钝地回想起,《削花令》虽然抹去了她的名字,但那些明显超越时代的法令条文到底还是流传了下去,她看见的一刹那就心有所感——这是她留给自己的记号。

她不会再万念俱灰了,因为她仍有机会改变一切!
"不要许愿……等我,等我回去,我一定会想到办法,让你寻回属于你的公正。
"我愿意替你殚精竭虑,死而后已……只要青史简上你同我一起。"
周檀似有所感,没有说完那句话就垂下了手。
杏花被她提高的嗓音惊得簌簌而落。

一场大梦沉了又沉,直到她满头汗水地清醒过来。
牢狱的门被粗暴地推开,宋世琰发冠凌乱、表情阴沉地出现在她面前。
这一次,她不是在做梦。

第四卷 人间雨泽

清溪濯新雨,飘摇送故衣。

## 第十一章 不见君

生者百岁，相去几何……
何如尊酒，日往烟萝。

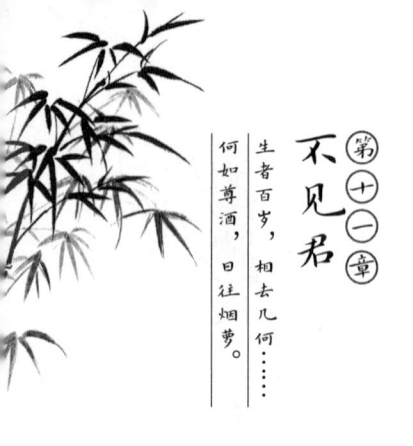

### 坦白

尾随宋世琰而来的狱卒掏出钥匙，解开了曲悠颈间的铁环。

宋世琰抓住她手腕上的镣铐，不由分说地将她拽了出去。他气力颇大，扯得她踉跄了一步。

曲悠好久没见过宋世琰了。他今日来得仓促，甚至没有换下身上的龙袍，暗金鎏纹在刑狱中十分惹眼。

他扯着她走过幽暗的廊道。有不少被关押在此地的文臣见状，隔着栅栏大骂。宋世琰置若罔闻，阴森森的脸上甚至勾出笑容。他侧过头，轻声细语地说："诸位大人可知，上回来时骂朕最凶的那位，现如今失了舌头，在宫中做阉奴，朕带他去见他昔日的同僚，他说不出话来，整日想着寻死。"

话音刚落，刑狱之中便安静下来。

宋世琰拽着曲悠继续走，走到尽头时还不忘回头说了一句："朕才不会要他死呢，活着，岂不是更受折磨？哈哈哈哈……"

他阴森而愉悦的笑声回荡在整个刑部大狱中，众人听得惶惶不安。

曲悠已经许久没有见过如此炽烈的阳光了。被他拽着走出刑部大门时，她不由得眯了眯眼睛。

宋世琰单手捞她上马，兵士们甲胄碰撞的声音在他的马后响起。

汴都已经全非她来时的模样，青天白日里，家家户户门窗紧闭，街上更是一个行人都没有，只有提着铁枪巡逻的卫队。

她知道，燕覆的大军恐怕已经到了城外。

纵然到了这种地步，宋世琰察觉到她的目光，还是垂下眼睛，冲她柔柔一笑："一别多日,悠悠想朕了吗?"

如果按照她的记忆,现如今宋世琰应该是在带她去城墙的路上。曲悠面色骤白,没有答他的话。

宋世琰叹了口气,道:"从前还叫嚣着要看朕的下场,如今却不想和朕说话了吗?"

她闭上眼睛,平复了一会儿自己的心情:"你已经山穷水尽,居然还笑得出来。"

话语刚落,宋世琰却笑得更大声。

"你果然什么都知道……刚刚出狱,只是看了一眼就明白朕的处境。想来,当初周檀佯作离去,你骗朕盗取国玺,真是一步好棋。朕将你关到刑部去时,从未想过他竟能真的找来宋氏的储君。"

马停了,他抱她下马,半拉半拽地向城墙上走去。

"父皇那么信任周檀,若是知道他和他的好老师竟然背着他藏下了景王后嗣,一定会气得活过来。"宋世琰边走边道,越想越觉得有趣,"皇祖父要景王一脉夺父皇和朕的江山,确实是老谋深算,我们这一支血脉,都是不折不扣的疯子。"

他带她来到城墙上,掐着她的脖子迫她朝外看。

城门前一片荒芜,但依稀能看见当日苦战的痕迹,风里传来远方的马匹嘶鸣与人声,想来不远处的密林中就有大批军队驻扎。

曲悠半身悬空,立刻回忆起当日从城墙上坠落的情形。周檀伸着手,徒劳地想要接住她,面颊上血混着泪,肝肠寸断。她不敢再想,挣扎了两下。

宋世琰以为她疑心自己要将她从城墙上扔下去,轻笑一声,将她拽了回来,力气重了些,直接让曲悠跌坐在他面前,半晌没爬起来。他自己干脆一撩皇袍,坐在她身侧。

经过的士兵忙碌地擦拭箭头,见他在此,纷纷恭敬地行礼,面上的茫然和恐惧却无法遮掩。宋世琰全不在意地一挥手,他们便匆匆跑远了。

太阳逐渐西移。

曲悠喘了两口粗气,忽地问了一句:"你怕吗?"

宋世琰一愣,旋即露出他面上最常见的慵懒、嘲讽的笑容:"朕怕什么?"

"你果然怕了。"曲悠唇角一勾,"若是不怕,你何必把我带在身边?留着我,是为你做最后一道保命符吧。"

宋世琰阴沉地道:"看来刑部的刑罚还是不够重,朕瞧你精神得很,完全不是之前那副血淋淋的可怜样子。"

"可我能为你保什么命呢?"曲悠自顾自地继续说,"你不会觉得,拿我在手里,就能逼迫他们退兵吧?他们又不是只有周檀一个人——"

"闭嘴！闭嘴！"他突然变得暴躁起来，像被她戳中了痛处，先前的闲散与慵懒一扫而空，"谁许你这么猜测朕的心思？谁许你这么和朕这么说话？你以为你是谁？"

曲悠被他死死扼住了脖子，她没有力气反抗，面颊瞬时通红。

"放……放开我……"

她许久没有修剪的指甲在宋世琰玉白的手上挠出一道深深的红痕，宋世琰如梦初醒，忽然松了手，看见她满面通红地咳嗽起来，甚至有些无措，像个犯了错的孩子："抱歉，我……我不是故意的。"

曲悠大口呼吸着抬眼看他，在他身上嗅到了很淡很淡的草药气味。

宋世琰红着眼睛唤她："悠悠……"

她侧脸躲开他伸过来的手："你把我关到刑部大狱去，肆意动刑，此时又惺惺作态……你如此反复无常，我真的不明白你，你到底想要什么？"

"我想要什么？"宋世琰出神地重复了一遍，面上忽而染上了痴狂的迷醉之色，"孤十七岁那年，皇宫大宴，孤亲眼看着二皇兄在孤面前虐杀了他的仆从，弃尸湖中，血甚至溅到了我的靴子上……可后来东窗事发，二皇兄买通了园中所有的人，将此事栽到了孤的头上。父皇全然不听孤的辩解，罚了孤五十廷杖。"

他放松地倚在城墙上，任凭夕阳的光芒将他的眼睫染上浅金色，瞧起来居然有几分脆弱："……你以为孤从一开始就是坏人吗？只是没有人相信孤的话。父皇冷漠，母后早死，孤五岁被封为储君，兄弟们如乌骨鸡般盯着孤，每日只想在孤身上找些错处出来。偌大的皇城，没有一个人能护着孤，若再不使些手段，你以为，孤活得到如今？"

曲悠突然回忆起，苏朝辞在她面前提及过太子当日行径。他说，父亲亲见太子虐杀下人，手段残忍。苏大人没有理由对儿子说假话。可是如今只有宋世琰和她两个人，宋世琰也会对她说假话吗？这有何意义？

宋世琰深深地吸了一口气，闭着眼睛继续道："从那件事之后，我再也不指望有人会护着我……有一段时间，甚至自暴自弃地想，干脆让父皇废了我好了，不做太子，或许还能多得他一些爱护。于是，我多行荒唐，可他始终执着于嫡子身份，我每每犯错，他都会对外兜着，然后私下里狠狠罚我。"

"既然如此，我还有什么可怕的呢？"宋世琰轻轻地笑起来，"就算在樊楼杀了苏怀绪，他也只会想办法灭了眼见者的口、安抚苏家，维护皇室的尊严和体面……"

曲悠从牙缝中挤出一句："他不只是在维护太子，你也是他的儿子……"

"我是他的儿子，可我更是东宫的储君！"宋世琰接口，"为了防我，他不许我与老师结亲，提拔了傅庆年，与我斗了这么多年。傅庆年此人自诩清流，却满肚阴私，手段比我更加下作！这些年来，我没有一日安枕，生怕被他抓住错处，在大庭广众之下被打一顿廷杖……打得痛楚难抑、尊严全无，像狗一样被抬回东宫，还要谢君恩!

"你问我想要什么。我想要权力——至高无上、天下臣服的权力。我也要坐在明堂之上,握着世人生杀予夺的大权!只有权力才能让我自由,让我在皇位的压迫之下喘过气来,尊严、体面地活着……还能被所有人爱重、无条件地信任。孤是储君!难道孤很贪心吗?"

"自由,不是恣意妄为。"曲悠冷冷地道,"权力不是杀戮,是高居云端如在人间,是行路时不忘低头怜悯脚边的蝼蚁,是无论处于何种境地都愿俯下身来听尘嚣中遥远的哭声……是身处朱门之中闻得见腐肉的腥气,看得到路边的白骨!你知不知道……为何我早能预料到你会有这样的一日?"

宋世琰红着眼睛看她。

曲悠伸手指着城墙上来回行走的士兵,沉声道:"他们、皇庭中的宫女太监、城墙下的汴都百姓,还有天下万民,不是你棋盘上摆弄的死物,是人。机关算尽,人心难测,只要每一个人的一点点私心,足以汇成山川、海洋,倾覆你全盘的算计。你不把他们放在心里,就一定会被他们踩在脚下——"

"说得好!"宋世琰开口打断她,紧抓着她腕间的锁链拉向自己,"可惜,这一番话,从未有人教过我。你冠冕堂皇,难道就如此确信,城门外的那个人、那群人、你的夫君,就明白这个道理?今日……若城门上是你的夫君,你也能如此大义凛然吗?"

"当然!"曲悠飞快而笃定地回答,"你知道你跟周檀最大的区别是什么吗?最大的区别就是,就算他被逼到了比你更痛的境地,我知道,他也不会饮无辜之人的鲜血为自己祭剑。生死有命,但我信他。"

宋世琰沉默片刻,嗤笑了一声,道:"好,好,好夫妻,好情义,倘若……"

他没有继续说下去,而是转身朝城墙之外看去,红日已经落到地平线上。

"你听见风中的马蹄声了吗?"他笑着问,"日暮时他们便来攻城。"

曲悠顺着他的目光看了一眼。

"朕手上有西韶的军队,想必你已经知道了,若靠着他们打下这一仗,事后不是他们尽数葬身,便是朕将汴都拱手让人。朕实在不愿意走到那一步,本想把你还有汴都城内那些文官都悬在城门上,告诉周檀:他们迈一步,朕便杀一人;他们迈十步,朕便屠一府。"

"人总会杀完的。"曲悠并未恐惧,只是静静地看着他,目光中竟有一丝悲悯,"你分明已经看到自己的结局了,同我说这么多,不过是不甘心罢了。你虽有西韶血脉,可他们如何能当你是自己人,你又如何甘心在史书上遗臭万年?"

宋世琰伸手摩挲着她沾满血迹的脸,冰凉的碧玉扳指硌得她一颤。曲悠从他黑得发蓝的幽深双瞳中看见了自己,还没反应过来,那双手便逐渐下移,重新扼住了她的脖颈。

"那又如何，反正已经回不了头了。"

这次，宋世琰脸上没有那种如痴似醉的迷乱，反而十分平静，他是真的动了杀意。

"我知道，无论胜负，今日便是我的死期……父皇临死前告诉我，周檀是萧叔的儿子。"

他的手并未用力，曲悠挣扎了两下，咳嗽道："他……"

"萧叔救过我。父皇当年还叮嘱，让我把萧叔的儿子当作自己的亲兄弟。亲兄弟？哈……我的兄弟们都死在我的手上，杀不成他，让他痛苦些也好，谁让他有这么好的运气，一无所有的时候还能娶到你，我真的嫉妒得很哪——"

"杀了我，什么都改变不了，你愿意自欺欺人……"

缺氧的感觉比方才更甚。曲悠听见耳边传来一阵奇异的嗡鸣，她晃了两下手中的镣铐，狠狠地砸向宋世琰的腕骨。

宋世琰吃痛，却没有放手，微微歪了歪头，深色瞳中暴戾、阴郁，一丝光亮也无。他刚用了些力气，便听见空气中传来一声锐响。

一支白羽箭从城墙的阴霾处飞来，正中他的手背，射箭的人极有分寸，箭头堪堪穿过他的掌心，未伤到曲悠一分一毫。宋世琰神色大变，捂着手退了几步，刚想叫人，便看见一个女子自城墙的阴影中缓缓走过来，她一手持着弓箭，一手摘下了自己的兜帽。

曲悠与他一样震惊，一时间甚至没有说出话来。

宋世琰咬牙切齿道："你……"

李缘君歪着头，朝他微微一笑："殿下，莫气。"

曲悠重新看向李缘君。

虽说完完全全是同样的人，但先前在她脸上出现的那种带些胆怯的畏缩已经完全消失了。

李缘君淡漠地瞥了她一眼，唇角勾起，眼睛里却没有笑意："曲娘子，这些时日，苦了你了。"

一瞬间，曲悠感觉自己所有的困惑都得到了解答。

宋世琰身上若有若无的药味、时而暴躁时而清醒的疯癫模样、与宋世翾截然不同的说辞、叶流春的疑惑……还有李缘君初到柏影铺子时状似无意地找她要的那份食物相克图谱……

可她是为了什么呢？

宋世琰十分诧异地看着向来低眉顺眼的正妃缓步走到自己面前，伸手拽住那支白羽箭的末端，微微用力，将它拔了下来，鲜血顿时喷涌而出，染红了他整只手。

李缘君不急不乱地从袖中抽出块帕子，为他包扎了伤口，眼睛微微抬起，带着嘲讽的笑意："都到了这种地步，殿下还有心思和曲娘子在这里谈情说爱，真是让妾身佩服。"

她从出现开始，一直叫的是"殿下"，而非"陛下"。

没有国玺、承继不顺的君主，大抵算不上真正的皇帝。

宋世琰似乎还沉浸在惊诧中，听她说了几句话才如梦初醒，下意识地叫："来人！来人！"

"殿下想叫什么人？"李缘君飞快地接口问道，"这城墙之上，都是我李家的大军，城墙之下，是我父亲带来的西韶人。殿下既非大皇子那般亲征西境、埋骨朔漠的将军，也非二皇子那般军营历练、没有虎符也有威信的上位者，如今满城风雨，真正的心腹又有几个？"

宋世琰死死地盯着她陌生的面容，因为激动，刚包扎好的伤口不断地往外渗血："你算什么东西？你父亲呢？舅舅呢？叫他——"

李缘君不冷不热地反击："这话应该我问殿下才对吧？你算什么东西？你根本不是我姑母的亲生儿子。舅舅？哈……殿下不会真以为这件事能瞒得密不透风吧？"

"一……一派胡言！"宋世琰嘴唇哆嗦了两下，他扶着身后的城墙站起来，居高临下地看着李缘君，"朕是天子！无论你们是谁，本就该效忠于朕！方才那番话，是谁教你说的，你知道了多久？"

曲悠跌坐在城墙的阴影中，涩声低语一句："……是从什么时候开始的？"

李缘君垂眼看她，笑道："曲娘子说什么？"

"我说，你和你父亲，是何时开始算计这一切的。"曲悠毫不躲闪地看着她，越说越觉得心惊，"你的婚事、毒药、西韶……你们盘算了这么久，想要什么？天下？"

李缘君眼神一动："自然。"

"那你们为何要引西韶人入城？他们若来了，这天下，你和你父亲能不能守住？"

"这也是没有办法的办法。"李缘君在她面前蹲了下来，很认真地回答道，"本来，我和父亲只想借西韶的一支军队来对抗楚老将军，待楚老将军死后，便将他们清理掉——说起来这件事还要多谢你，是你帮我们寻了个好借口，把西韶人赶出了城，让他们都死在了外面。"

曲悠重重地呼吸着。

"我早就知道你夫君护下了景王后嗣，本来也没有把你们放在眼里。"李缘君言语一转，颇为遗憾地道，"但我没想到，他本事也太大了，不仅重启了凌霄军旧部，居然还收了周彦这样一个西韶人听了就闻风丧胆的魔星……我和父亲也没有办法，若不借西韶的大军，拿什么跟你们抗衡？反正——"

她拖着长腔，歪头笑了一声："殿下是西韶的后嗣，他日史书工笔，自然会把这笔账全都记到你的头上去。殿下……说起来，你也太让我失望了，兵握在手里，瞻前顾后，不肯主动想办法，把大好的局面毁于一旦，我们的千秋基业，都葬送在你的手里了！"

·387·

她越说越激动，越说越大声，面上呈现出一种和宋世琰相似的痴狂神情——曲悠认得这种表情，是对近在咫尺的权力的狂热渴求。

　　宋世琰一记耳光将她掀翻在地，他拎起李缘君的衣领，一手抓过那支染了自己鲜血的白羽箭，死死握着，箭头的银光晃过李缘君的眼睛："缘君，成婚这么多年，朕居然没有看出你的真面目！"

　　"真面目？"李缘君轻笑着接口，"表兄，你人前做着风光无限的储君，人后对我非打即骂，险些将我逼死，哪一个才是你的真面目，你自己回答得了吗？"

　　宋世琰盯着她从前一向柔顺的面容，惊异地发现这张脸上居然还能露出这样的表情——

　　十七岁那年，他第一次见到舅舅家的表妹时，对她的印象就十分模糊，唯一记得的就是她的恭顺。

　　那时是皇宫的春日宴，李缘君穿着一袭淡黄色的襦裙，温温柔柔地向他行礼："殿下。"

　　软糯清甜。

　　他虽未瞧上这容貌平凡的表妹，却并不反感。

　　后来他路过后园的池子，眼睁睁地看见有人将她推了下去。她不通水性，在水中挣扎："救命！救命！"

　　他就站在一侧的凉亭中看着她，觉得很有趣。

　　随后，李缘君也看见了他，眼睛倏地一亮："殿下！"

　　可他不为所动。女子落水，自然要等着贴身的侍女或者仆役去救，若为外男所救，不嫁便是损一辈子的名节。他不在乎她的名节，但婚事是他手中的筹码，绝不能随便处置。

　　宋世琰打了个哈欠，正打算离开，便听见水中的女子带着绝望和恐惧唤他："表兄……"

　　他忽地想起春日宴上小姑娘的眼神。她与京中的贵女相比，姿色平平，也没有什么才名，每每坐在不起眼的位置，也无人与她搭话，只有同他行礼的时候，眸中才会亮起来。宋世琰心软了一瞬。

　　四下本无人，等他艰难地抱着女子从池中爬上来的时候，舅舅才惊慌失措地赶到。

　　于是他多了一位不太合心意的正妃。

　　订婚后度过了漫长时日，二人才完婚。

　　在这段时日里，她不曾习得任何他欣赏的特质，如闺中不知愁的少女一样战战兢兢，惊慌失措，在家宴上丢过脸，也压不住府中的下人。

　　柔弱的菟丝草。

　　唯一的好处就是，因着她的沉默，无论他做什么，旁人都不会知晓。第一次见他带回身份不明的女子，她只是多问了一句，随后便张罗着准备住处去了。于是他越来越放肆，他知道自己是在欺负她的良善，可他平生最看不惯这样的世家女子——浑身上下找不出一块硬骨头，甘愿把自己锁入朱门绣户，依仗着夫君过一生。

她若是早一些露出今日的神色……

见他迟疑，曲悠拖着手边沉重的镣铐站起来，朝二人的反方向走了几步，口中却问："是从什么时候开始的？"

李缘君毫不畏惧地看着几乎碰到自己鼻尖的箭头，思索了一下，道："殿下十七岁那年，在御花园中虐杀了一个仆从。"

宋世琰下意识反驳："那人并非我所杀——"

"哈哈哈哈。"李缘君咬着嘴唇笑道，"殿下直到今日还以为那不是你杀的啊？二皇子纵有通天之能，也不可能霎时买通园中所有的宫婢为他所用，殿下难道没有想过是哪里出了问题吗？"

宋世琰这才听懂曲悠和李缘君的对话，手一抖，难以置信地问："你……你给我下毒？"

李缘君挑了挑眉毛："我这毒只不过是让殿下喜怒不定、常有幻觉罢了，你若是向来坚定，早就能发现不妥，不至于从第一次到现在……"

她掰着手指头数了数，道："十余年了吧？都说殿下天资聪颖，竟然什么都没发现。哈哈哈哈哈。"

"十七岁那年，是朕杀了人？"宋世琰茫然地重复，不知道是在问她还是问自己，"不可能，这不可能，不是朕！是二皇兄！当时，那人的血还溅到了我的靴子上，我……"

他语无伦次地反驳着，低头看向自己受伤的掌心，因为用力，血缓缓地在那块白色帕子上洇湿一片，逐渐扩散开来。

"表兄真以为，这些年我对你情根深种，不能自抑？"李缘君似乎很喜欢他这样不常见的表情，嘲讽道，"若是如此，我大概早在你第一次动手打我的时候就弃世而去了。我们李家世代为将，都是血性男儿，纵我是女子，也要对得起家祠中满堂的牌匾！虚与委蛇了这么多年，终于不用在你面前装了，你不知道我心里有多痛快！"

有风自远方逐渐逼近的军械声中吹过来，曲悠朝外看了一眼："他们就要来了。"

宋世琰充耳不闻，他至今都不敢相信对方说的一切："为什么？为什么？你们想要什么？"

"殿下大概还不知道……"

李缘君轻轻地叹了口气，随后抱住他的脖子，在他耳边耳语了一句。宋世琰听后面色大变，松开她的衣领，随手将白羽箭丢在身边，连退了好几步。李缘君翻身起来，面上仍带着笑。她不再理会宋世琰，反而立刻转向一侧的曲悠："曲娘子，你知道我如今来是为了什么吗？"

不远处似乎有遥远的呼喊声："阿怜……"
是周檀的声音！
曲悠瞪圆了眼睛，刚刚转过身去，便感觉后颈一阵传来冰冷的刺痛，她还没有看清远方骑马飞奔的人影，便昏了过去。
李缘君将她打横抱起，朝城墙下走去。
宋世琰跌坐在原处，迟迟地唤她："缘君……"
她脚步一顿，眉宇微微松开，眼神闪烁了一下。
宋世琰却只是问道："你要带她去何处？你要杀她？"
于是闪烁的眼神又灭了。
宋世琰眼睁睁地看着李缘君嗤笑一声，抱着曲悠飞快地消失在城墙的阴影中。她腰间坠着李氏的令牌，守在城墙上的士兵有一大半都随着她离开了此地。她一步也没有回头。

∞　∞　∞

周檀见到宋世琰时，两人皆是狼狈不堪。城墙上下已被一片战火吞没。
燕覆带人强攻，城墙守卫不多，但汴都城易守难攻，这一仗打得颇为不易，但还是比众人想象中容易许多。
箭矢漫天，四处皆是喊杀声、兵马声。周檀本来在几个侍卫的护送下一路往城墙上走，但没走几步便与众人分散了。
有士兵见他身形消瘦，不管不顾地冲上前来。周檀捂着胸口咳嗽了几声，单手拔出腰侧的白玉文人剑。
这剑和白玉扳指是老师唯一留下来的东西，他随身带着，多年来，从未有人见这剑出鞘过，是以所有人都以为这白玉剑鞘中的剑不过是装饰品，没有锋刃，却不知这一样是能杀人的。
血溅到了他的脸上。周檀提着剑继续往前走，有人来挡，他便毫不留情地动手。
宋世琰眼睁睁地看着他挽了个剑花，面无表情地杀了自己身侧最后一个暗卫。
殷红的鲜血顺着剑刃一滴一滴地往下落，周檀剩余的力气似乎不多，拖着那把剑朝他走来，剑尖在已被染得暗红的石砖上划出一道锐利的声响。
"你居然会使剑。"
宋世琰抬头看着对方，暮色让他的面容笼罩在一片深深的阴影中，只有鲜红的血迹依旧醒目。
周檀用那柄剑顶着他的咽喉。

"我夫人呢？"

宋世琰置若罔闻："我第一次见到你的时候，就觉得你与朝堂上那些汲汲营营的人不同。那时候你刚刚被点为状元，来赴琼林夜宴，虽然身上带着穷酸气，可我看得出来，你想要的——"

周檀在他面前蹲下，几乎有些暴躁地扯着他的衣领："我问你，我夫人呢？"

"死了。"宋世琰笑着回答。

"不可能！我方才分明在城墙上看见了她！"周檀失态地把他拽到自己面前，勉强压抑自己的怒火，"我再问你一遍，人呢？"

"你从城墙上看见，岂不是刚好？"宋世琰慢条斯理地勾着唇角，挑眉道，"我把她从城墙上丢下去了，现在……大概已经被你的兵马踏成一摊肉泥了吧。"

周檀惨白着脸咳嗽了两声，长剑在宋世琰喉咙前划出一道血痕，他还没有开口，宋世琰就继续道："……我听闻，自从那日渡口别后，你几度想要独回汴都，急怒交加，病得起不了身。今日，我本以为不会见到你的。"

他本想着周檀会继续逼问他几句，结果周檀却失去了与他说话的兴趣，他松开手，颤颤巍巍地站起身来。

恰好发现二人的周杨连忙快走几步，过来扶住了他："兄长！"

"你带人把太子请回去，"周檀有些疲倦地对他说，"我先进城去找人。"

周杨急切道："兄长看起来不太好，先坐马车去寻殿下吧，我去为兄长找人。"

周檀摇了摇头："不必。"

这一仗打得出乎意料地顺利，不过一个时辰，燕覆便鸣金收兵，开始清算俘虏、盘点伤员。

宋世翱的马车一路行至皇宫门口，甚至得到了部分胆子大些的百姓的夹道相迎。

周檀走了几步，看见面前两个士兵抬着一个伤员经过，突然生了几分狐疑。他转过身，看见宋世琰刚好拾起身侧的剑："李将军呢？"

"哈哈哈哈，朕还以为你把他忘了呢。"宋世琰以那把剑支撑着自己，艰难地站起来，"周檀，这一仗打得太容易了，你以为你抓了朕就万事大吉了吗？"

周檀面色一变，立刻厉声唤道："来人！"

有兵士匆匆地朝他跑过来："大人。"

"去找你们将军，就说是我的嘱咐，让他带人立刻去汴都其余二门之前，尤其是近亭山的成华门，最好把亭山搜一遍……还有南北渡口，守住了，怕是有人趁我们进皇城时偷袭或者强攻出城。"

他转向周杨："你带人进宫去保护子谦。"

周杨犹豫道："那兄长这边怎么办？"

周檀抬手一指："他已不成气候，亦无反抗之意，你去吧。"

·391·

宋世琰还在看着他笑，口中自顾道："你知道吗，在刑部时，你夫人为了活命，已经委身于我，她肩颈上有一颗红痣，漂亮得很……"

他当然是在说假话——他并不爱强迫，只希望看曲悠全心全意地臣服于他。可就算他打断对方的腿骨，对方也要挣扎着仰起头来，眼睛中燃烧着那种他从初见便觉得心惊的火焰。宋世琰在刑狱微弱的烛光中看曲悠湿透的肩头，有些嫉妒地想着，她不是不怕疼，也不是不怕死，只是什么都能忍得下去罢了。

周檀的眉心抽搐了几下，他忽地抬腿踢向宋世琰的膝盖，将他放倒，随后用剑恶狠狠地把他的左手钉在石砖上。

方才受伤的手掌此刻再度被伤，宋世琰的冷汗瞬间便流了下来，因着拔不出那把剑，他只能以一种狼狈的姿态趴在地上。

"你再胡言乱语，侮辱我妻，我便将你的十根手指一根一根地剁下来。"

周檀浅色的瞳孔中闪过一丝血红的恨意，却露出阴郁的笑容："我最后问你一遍，她在哪里？"

"殿下，你知道永宁十五年我在刑部时是怎么刑讯的吗？三十二把手的每一招每一式，都是我在古书上读了，亲自叫他们试出来的……哦，我忘了，你于此道是行家，应该比我更熟才是，不知那些刑罚用在尊贵的殿下身上是否会更有效。"

"哈哈哈哈哈。"宋世琰另一手直接握住他的剑刃，用力向外拔着，血流如注，他却越笑越兴奋，"不瞒你说，我倒是想试上一试，霄白亲自来为我掌刑吧。"

周檀迟钝地意识到，无论是先前开口侮辱曲悠还是现在肆无忌惮地挑衅，宋世琰都是故意的——他是故意激怒他，想让他杀了他。

但他心中尚有许多疑问，譬如宋世琰为何在这样的时候不坐在皇宫大内，反而要来到城墙边？李威、李家的大军，还有先前与他们交手的西韶人，他们去了何处？若是宋世琰将西韶人放进了汴都，他们是否有后手？有李家和西韶的军队，宋世琰分明有一争之机，连燕覆都做好了这一仗必定艰难的准备，为何他将军队撤走，万念俱灰，一心求死？

只是他心中如今只能装下曲悠的下落，旁的再也塞不进分毫。

自从那日曲悠设计让他们全身而退，他迟迟地醒来，当即打了周杨一个耳光，吐了血，随后一病不起。有几次，他强撑病体想要回来救她，都不能成事。

好不容易好了些，随着大军从临安回来，他独自骑马先行，分明已经在城墙上看见她了，还叫了她的名字。可她就像是幻觉中的人一般，从他的视线中突兀消失了。

随后兵马和炮火笼罩了这里。

他来晚了。

周檀想着这几个字，喉头微腥，他拔了剑，失魂落魄地转身想走，恰好碰见侍卫前来回禀："大人，我们没有在城门下发现女子尸体。护城河尚浅，漂不了多久，已经顺着去寻了。"

侍卫恭敬说着，忽地抬头，惊呼了一声："大人！"

宋世琰已经爬上了城墙。他摇摇晃晃地站在城墙上，城墙高耸，一不留神就会跌下去，可他毫不介意，只是放肆地大笑，伸手指着身下。

"从皇城、亭山、岫青寺，到樊楼、汴河、南斜街、西边的水门、兜鍪寺……还有这城墙之外，京华山、暮春场、极望江……可笑朕的山河竟然容不下朕！"

周檀静默地看着他，看他笑够了，才淡淡地道："大山大河，只能容下坦荡的命运。

"这山河，是大胤的山河；这大胤，是天下人的大胤。你一叶障目，满腹隐私，它自然容不下你。"

冬日的凛冽寒风自城外吹来，差点将宋世琰掀翻。他闭着眼睛，风头如刀，面如被割，他却前所未有地觉得畅快。

"霄白，你和老师、父皇一样，总是大义凛然，总是高高在上，指着虚空，要我兼济天下。可这天下是什么？天下如何待我？说了再说，都不如你夫人在高高的樊楼上为她素不相识的女子落下来的一滴泪更让人动容……但凡有人为我落下这样一滴泪，早些发现我的不同，而不只是指责我、唾弃我，满口仁义道德……或许今日，我会完全不同。"

有风声掠过周檀的耳畔，他睫毛微颤，低声地说："你要寄希望于谁呢？……世道如洪流，遇见同行之人前，谁人不是自渡？"

所幸他在荆棘遍布的夜归道上，等到了人提灯相候。

"说得对，你比我运气好。霄白啊……今日之后，你自是平步青云、登阁拜相，可一定要记住我与你说的话，不要让你尽心辅佐的君主有一日也对你生出这样的心思。"

他跌坐下来，声音很轻地道："你可知晓，如果萧叔还活着，你我该以兄弟相称。"

不等周檀回答，他便继续道："算了，且不说萧叔已死，就连我也不过是身份不明的狸猫罢了。父皇知晓我的身世，立刻下诏废太子……我何德何能，能与你称兄道弟？"

周檀沉默了片刻，道："苏案之前，我也真心想过辅佐殿下。"

宋世琰笑着挥了挥手，示意他走近，低语道："你去找她吧，他们在亭山上。"

"多谢。"周檀转身离开，又突然停住，认真地问，"你死之后，我应该找谁来殓你的尸首？太子妃殿下？"

"不必。"宋世琰漫不经心地回答，"你去我府中寻一个幕僚，叫——"

他说到这里，突然顿住了。

周檀有些疑惑地回头看他，却见宋世琰面上的表情凝固了片刻，随即又开始笑，笑声在风雪欲来的呼啸声中格外苍凉。

他边仰天长笑，边唱着一首汴都街巷常能听到的曲子。

"……我踏大河之水飘摇去，白日上京，九重鸾山……仙人赠来永安词，送我一路如寒星。"

周檀恍惚地回想起，这是白沙汀初进京时写的《岁次甲酉京都永安词》。

宋世琰张着双臂向后仰倒，汴都城门之外的京华道上恰好驶来一辆马车，马车上载着燕覆入城时最后一车军粮。城门洞开，车夫行得极快，就算眼见面前有人落下，再勒马也已来不及。于是疾驰的马车毫不容情地从废太子身上碾压而过，留下一道长长的血痕，再被带进万象更新的汴都城门中。

天色昏黄，似乎快要下雪了，有人为周檀披上了白狐毛的鹤氅，他没有多留，骑马疾驰往亭山去。

路过樊楼时，他不合时宜地想起，当日琼林夜宴，浅金紫袍的宋世琰第一次见到他，道"孤与卿一见如故"，他恭敬地回道"殿下客气"。随后酒杯相撞，酒水溅到一侧的花枝上。太子饮罢一盏，转身折返，顺手摘了长廊边一朵蔷薇，又将它抛下。夜宴结束后，他到廊上醒酒，看见那朵蔷薇已经被众人踩踏得不成样子。

丝竹之声和曼妙的花香交织、飘浮，琼林院中只有这一处静谧，再无人来。

## 宣诏

岫青寺外下起雪来。

天门塔传来遥遥的钟声，曲悠睁开眼睛，看见李缘君跪在佛像之下虔诚祭拜。

这一世，她是第一次到岫青寺来。

她环顾一圈，记忆清晰得残忍——大殿中的每一块砖石，她都曾拿帕子悉心擦拭过；佛像金身前的蒲团之后，她捡到过明帝落下的《春檀集》；后园有一棵年代久远的古树，无数人在枝杈上系上红绸带以寄心愿，每当有风来，它们就会随风飘扬。

李缘君见她醒来，冲她微微一笑："曲娘子。"

地面潮湿，周身弥漫着一股刺鼻的气味。曲悠揉着后颈，下意识地脱口问道："你为何要到此处来？"

她没有想清楚李缘君为什么抓她，更不明白抓了她之后为何不直接想办法离开汴都，而是来到亭山上。埋伏再多，此处也是死路，只要燕覆反应过来，带兵围了亭山，她无论如何都逃不出去。

"曲娘子在这种时候难道不应该先关心一下自己吗？"李缘君怔了一怔，"你既已知晓此事背后是我李家——"

曲悠开口打断了她："李威将军年事已高，你那几个兄弟常年在军队浸淫，不懂朝政，你们从太子少时就开始设计，是想等他上位之后把他变成傀儡？可就算宋世琰没死，知晓自己中毒，也未必肯听你们的话。"

李缘君从蒲团上站起来，示意抓着她胳膊的两个侍卫下去。曲悠这才发觉，大殿之中站满了李家的军队，没有一个僧人。

李缘君走近几步，杏眼微眯，很像宋世琰的表情："他们都不行，还有我。"

曲悠诧异道："什么？"

李缘君的面容隔着香雾，影影绰绰的，看不清楚，但她的声音坚定、平静，甚至有一二分狂傲之气："大周有女帝，我朝为何不可？"

曲悠一时没有说话。

于是李缘君笑道："怎么，女子称帝又如何？"

曲悠沉默良久，才缓缓道："你不堪为帝。"

李缘君嗤笑了一声，说："曲娘子也会觉得此行离经叛道？好可惜，我本以为——"

曲悠从地面上爬起来，与她平视："殿下觉得我会在意'离经叛道'四个字？我不是觉得女子不堪为帝，而是你不堪为，你与宋世琰一样不堪为！"

李缘君的面色僵了一下。

"大周女帝生于微末之地，心系天下，明白我曾对宋世琰说过的朱门酒肉臭，不会把人命当棋子！也不会如你一般，把汴都拱手让人，让四野百姓替她成为刀下亡魂！你以大周女帝标榜自己，为何不学她勤政爱民？你的心中只有权势，只有自己，只能盛得下自己的委屈，就如同宋世琰满腹私欲……殿下，你可知，太过淡漠，是不能居高位的。"

门外传来嘈杂的冲突声，李缘君苍白着面色朝外看了一眼，忽地转过头来，朝她微微笑了笑："若我与你相识在嫁入太子府之前，或可做个知己。如今……太晚了。"

"不晚。"曲悠急道，"我知道你本性不坏。在宫中的时日，我蒙你照顾，深知宋世琰所为。他如此对你，你生怨怼也是寻常……你跟我说实话，我一定能保下你的性命……"

"保下性命继续做俘虏吗？就如同先前在太子府一样？"李缘君接口道，"罢了，我又不是什么好人，将宝押在宋世琰身上，哪知他不堪一击，功败垂成，我——"

她还没有说完，忽地听见门外遥遥地传来烟花的声响，李缘君面色一变，一把推开了大殿沉重的大门，风雪扑面而来。

曲悠挣扎着，顺着她的目光向外看去，风雪夜色中，不知是谁遥遥地放起了红色的烟花。

李缘君看着那烟花，微微地笑起来。曲悠仔细看她，总觉得她此时的目光温柔、缱绻，像看见了什么最令她满足的事情一般。

"阿怜！"

在风雪的呼啸声中，她突然听见了周檀的声音。

曲悠扶着大殿高高的门槛，看见周檀披着雪白的鹤氅正急急地朝她跑来。李缘君眼疾手快地一把将她拖过来，袖口处亮出了一把雪亮的匕首。

周檀停住脚步，咳嗽了几声，目光却凝在曲悠身上。

曲悠怔然看着雪一片一片落在他的发间、他的眼睫上，就如同在皇城中那个漆黑雪夜中初见，面色苍白的年轻大人脱下他身上洁白的鹤氅相赠。她抬头看向自己的神明，发现有雪花恰好融在他的睫毛上。

千年一瞬，万籁俱寂。

她的眼泪滴在李缘君手背上，烫得她一哆嗦，不由得又紧张了几分。

周檀却像根本没有看见李缘君一般，只是温柔地对曲悠说："不要哭了，我来了。"

她破涕为笑，下意识地重复道："……你来了。"

李缘君朝他身后看了一眼，只看见许多虚晃的黑色影子。

周檀敛了神色，很平静地对她说："太子妃，我在亭山上抓了你的父亲和兄长们，小燕将军的兵正在搜山。你知道的，他的兵力远胜于你们，全数抓到，只是时间问题。"

"从前我一心觉得小周大人和夫人鹣鲽情深，宋世琰那个蠢货偏不信，直到让你们耍得团团转，渡口一别，才知道深浅。"出乎曲悠的意料，听闻自己的父亲被抓，李缘君非但没有慌乱，反而镇定自若地说着，"大人可以拿全天下来要挟我，我却只需要逼近一寸，便可以杀了大人的挚爱，怎么想，都是我的筹码更大一些。"

"你想要什么？"

"我想要什么……"李缘君重复了一遍，玩味道，"不如说说大人能给什么吧。"

"我可以放你走，可这天下毕竟不是我的天下。"周檀死死盯着曲悠颈间的匕首，冷道，"就算你离开了亭山，还有成华道、南斜街、参天门、外城守卫，你心知肚明，自己不可能活着出汴都。"

李缘君笑道："自然，我想要的，也不是做逃亡路上的丧家犬，大人不如再猜一猜吧。"

刀刃逼近脖颈，曲悠却定下心神，飞快地思索着。

方才她一瞬间见到周檀，不免分心，如今回忆起来才觉得不对劲。

此时并非年节，新皇入宫第一天，不敢出门的汴都百姓恐怕都不知道发生了什么，怎么会有人胆子大到出门放烟花？

除非那不是烟花，而是信号！

李缘君抓她到亭山上来，根本不是慌不择路，而是处心积虑地转移视线，为另外一个人换取突围或者保存实力的时机！

因为她在这里，周檀和燕覆的目光都在亭山上，就算周檀事先吩咐过守好其余地方，也不免有疏漏。她方才没来得及仔细想，只以为李缘君是为了李威才会如此，可是周檀和燕覆已经抓了李威和李缘君的兄长，她为何毫不慌乱？

在汴都弄权的人物，除了宋世琰，李缘君……居然还有第三个人！

周檀忽地解了自己腰侧的佩剑。他将那把白玉文人剑轻轻地搁在已经覆了一层薄雪的青石板砖上，朝向二人走了一步。

李缘君警觉道："你想干什么？"

"我知道你想要什么。为了这场宫变，你处心积虑，在太子身边卧底多年，只是没想到我从郜州带回了小燕的军队，将你的计划全盘打乱，鱼死网破也不能成事。"周檀声音毫无起伏，"你心中一定很恨我吧？"

李缘君冷哼了一声，攥着匕首的手上却青筋毕现。

"你放了我夫人，换我来做俘虏，"周檀微微笑了笑，与她商量道，"或者……我在你面前自尽，你看如何？"

曲悠挣扎了一下，怒喝道："周霄白！"

周檀不为所动，看了她一眼，继续往前走："你抓了她，哪里有抓了我有用？你冒着风险，也要去宋世琰身边把她带来，不就是为了把我引上亭山吗？"

李缘君长长地笑了一声。

"小周大人，你果然聪明。"

周檀垂眼："过奖。"

他侧过头去，吩咐了一声："所有人，撤到十步开外。"

有人在唤他："大人——"

"撤！"

李缘君微微松了手。

曲悠在情急之下不敢妄动，只好冲着走过来的周檀喝道："站住！"

"曲娘子这是做什么？"

"太子妃，"她深吸了两口气，勉力让自己冷静下来，"那烟花放得这么显眼，你就不担心小燕将军顺蔓摸瓜，找到那个放烟花的人吗？"

李缘君一怔："你说什么？"

"我说，你怎么能确定放烟花的那个人此时一定安全呢？"曲悠伸手握住她的手腕，这本是个危险动作，只是她长久虚弱，已经不成威胁，"你为了他，处心积虑地在亭山上排这样一场大戏，他怎么不来救你？"

"你知道什么！"李缘君下意识地飞快反驳，"我不需要！"

她这么一说，更让曲悠落实了自己心中的猜想。

先前李缘君对她说自己想做女帝的时候，她就应该怀疑的。自古女子为官本就不易，就算宋世琰顺利登基，李缘君做了皇后，也需要花很大一番功夫为自己造势。大周女帝在闺中时是穷苦人，嫁为人妇不久便是方圆几里有名的女子，开粥棚、助百姓、修水利。夫君登基时，她的名声已经盖过对方，这才在丈夫死后顺理成章地继承大统。即使是这样，文臣言官也多有不满。

宋世琰此前从未怀疑过李缘君，所谓的战战兢兢都是她自己装出来的，倘若她从一开始就有心登高位，绝对不会这样经营自己的名声。

她幻想中的第三个人，确实是存在的！

"周檀若死在这里，你绝对不可能活着下山。"曲悠顺着她的手腕侧头，斟酌着道，"你这么一心为他，难道不想再见他一面吗？"

李缘君略微分神。

就在她这一分神的工夫，曲悠将在郅州时周檀亲自教她的飞刀技巧派上了用场，使用手腕的巧力借势一拧，拼尽全力不管不顾地往前扑了一下。

匕首脱手，但曲悠力气不够，还是让李缘君抓着末端，在她的肩颈上划出一道伤口。

周檀立刻上前接住她："弓箭手！"

四周此起彼伏地响起弓弦拉紧的声响，李缘君想要上前，一支羽箭立刻顺着她的脸侧擦了过去，她握着匕首自嘲地笑了一声："曲娘子……果真是玲珑心思。"

曲悠因这一刀痛得眼前发黑，落到周檀怀中时，她立刻转身回看，李缘君没有追过来，反而一步一步地退回大殿内。她突然想起醒来时大殿潮湿的地面和那刺鼻的味道。

"不好，她要——"

她想要吼一句，可是实在没有力气，眼睁睁地看着李缘君狠狠地关上了大殿沉重的门。

曲悠抓着周檀的大氅，抱着他在雪地里往外翻滚了几圈，终于嘶吼出了声："后退！后退！"

仿佛是为了印证她的话，身后突然传来一声闷响，就连李缘君随身带来的士兵都躲闪不及，被震飞了几步远。

昏暗夜色中，她看见周檀的眼睛里映出了身后的火光。

放置着佛像金身的岫青寺正殿就此陷在一片火海中。

❦　❦　❦

火灭时已近天明。

大雪封山，坡陡路滑，还要灭火，是以周檀和曲悠并未下山，而是同岫青寺的僧人一起到距正殿不远的晓峰上过夜。

晓峰是岫青寺住持大师的居所，曲悠用没有受伤的那只手推开窗户，便看见了白雪皑皑中被烧成一片黑色的正殿遗迹。

周檀早已醒了，端着斋饭推门进来。他有些狼狈，头顶沾了雪花，见她醒来却会心一笑："阿怜。"

他将斋饭摆到她面前的小案上："你吃些东西，我去正殿那边瞧一眼，咱们就下山。"

曲悠低头看了一眼面前的斋饭,又抬头看向周檀。昨日风雪夜中,她看得不仔细,如今才觉得他瘦了一大圈。她伸手揽住他的脖子,周檀顺势将她抱在怀里。

他抱得很用力,脸深深埋在她的肩上,半晌才沙哑地道:"……我还以为,再也见不到你了。"说着言语间便带着哽咽之意,"渡口那日别后,我昏睡了好长一段时间,醒来已到临安城外……这身子不济,就算得了柏医官尽心照拂,也是不堪,没能即刻来救你。你当日设计送我们离开汴都时怎的不想,倘若你折损在此,我……怎能独活?"

"昨日你来救我,连自尽不也说得毅然?"曲悠轻轻拍着他的后背,"好了好了,就算扯平了。"

周檀松了手,红着眼睛不肯理她,赌气一般,手边却夹菜喂到她嘴边。

曲悠笑着吃了。

从前她见互相喂饭的情侣觉得腻歪,如今身在其中,却只觉爱到浓时恨不得连张嘴咀嚼都代劳。

两人用完了斋饭,曲悠捂着受伤的手臂跟着他下榻,道:"你要去正殿那边,我同你一起……不知怎的,我总觉得太子妃……"

她没有继续往下说,周檀犹豫了一下,还是应了。

所幸正殿中的佛像是真金熔铸,并未倒塌。曲悠站在废墟中抬头望去,那佛像的一半脸已熔化,扭曲了,另一半脸却依旧悲悯,垂着眼睛静静地看着她。

有僧人正在一侧焦急地念叨,住持大师却捻着一串佛珠出现,不以为意,乐呵呵地弯腰冲她见礼。

曲悠连忙回礼:"寂云大师安好。"

寂云却道:"一别多年,该我问故人是否安好。"

曲悠一时怔住:"大师……"

寂云立刻回道:"施主少时曾经随着母亲来烧香,我为施主改了一字,那时年少,不记得也是常事。"

她迟疑地点了点头,寂云言罢也不多说,转头走向另一侧的周檀。周檀双手合十地冲他行礼,两人不知在说什么,说了一会儿便走远了。

曲悠回过神来,在两个侍卫的保护下围着被烧得一片狼藉的正殿转了一圈,忽见佛像后面的地面上有一个被填满的坑洞。

她觉得稀奇,多问了一句旁边的僧人:"师父,这处是怎么回事,是修建时所有吗?"

那僧人恭敬回答:"施主有所不知,此处本有岫青正殿中的密室一间,用以存放烛油香石,避光而不腐,后来长久空置,几年前便被填了。昨日那女施主在此处引燃了火石火药，掀翻地砖才能得见。"

曲悠皱着眉头问："这密室可与山外相连？"

僧人道："自是不相连的。"

曲悠点点头，往另一侧走了几步，还是没忍住，折返，又问："师父，不知这密室能否挖开一观，虽有所冲撞，但我心中不安。"

僧人道："无妨，只是这密室填了太久，真挖掘，恐要费些时日。"

曲悠连忙鞠躬："我留人便是，叨扰师父了。"

清晨，侍卫们便从废墟中抬出一具被烧得面目全非的女尸。昨日李缘君引燃事先埋在正殿中的火药自焚，除了她自己，还波及好几个守在殿外的她带来的侍卫。当时火势太大，无人敢去灭，直让她被烧成了这副模样。

曲悠到正殿的后园中去瞧，意外发现那火顺着正殿后面的草皮烧了很长一段距离，接近那棵缠满红绸带的老树时却意外地熄了。

寂云已经离开，周檀负手站在那棵老树下。老树积雪，簌簌地落下雪花，他回头看见她来，露出一个笑容："阿怜，我们也来缠一条上去。"

于是二人写了同一条"平安顺遂"的带子缠上去。

曲悠拉紧了红色的斗篷，对他说起在殿中的见闻："你可知正殿中竟有密室？我瞧着不安宁，打算留人去挖挖看。不知为何，我总觉得李缘君不会这么容易自焚……"

她犹豫了一下，将昨日心中所思告知。

周檀听她言罢，目光锐利了几分："你的意思是，在宋世琰和李缘君之后，还有一个人在暗中操纵？"

曲悠嗯了一声，迟疑道："我实在没有想出昨日那红色烟花究竟是谁放的，现在甚至怀疑这个人是不是真的存在，无头无绪，无处下手。"

周檀却道："你所言并非没有可能，等我们下山，此事还是要告知小燕和子谦他们……"

两人正在絮絮说着，忽地有个侍卫急急跑来，抱拳道："大人……将军叫我带话来，请大人速速下山进宫，殿下和几位老大人正在玄德殿中等着大人呢。"

☙ ☙ ☙

蔡瑛反复看了几遍苏朝辞带来的遗诏，又与身侧之人私语一番，最后才犹豫道："……这确是先帝的笔迹、先帝和顾相的印玺。"

废太子身死，金殿无主，是以众人仍称德帝为"陛下"，称宣帝为"先帝"。

苏朝辞淡淡道："不敢欺瞒蔡大人。"

他昨日带着周檀留下的遗诏护送宋世翾一路进宫，先放了刑部关押的臣子，第二日又将朝中重臣召至玄德殿，当庭读了遗诏。

庭中顿时沸反盈天，众说纷纭，最后分为两派。一派听宋世翾说了几句先景王之事，当即信了，毕竟他有国玺在手，苏朝辞又是世家出身、官名极佳的清正文臣，不会莫名其妙地行谋逆之事。另一派则有些迟疑，担忧这遗诏时日太久，不能辨真伪。

蔡瑛环顾了庭中一圈，没有多说，只道："苏尚书先将小周大人请回来才是。"

众人不解其意，德帝驾崩前宣召的几人却心知肚明。

德帝垂危之时，召他们至榻前，除了废太子，还叮嘱了承嗣之事。他无力多说，只是抓着蔡瑛的手，含糊地说了遗诏之事。德帝把遗诏留给了周檀，只有周檀知道遗诏在何处。

那日他被废太子逼迫，义愤填膺，想要自尽，也是周檀的夫人俯身对他说了一句："蔡相公保重自身，陛下留了遗诏，若诸位丧命此间，便无人为证了。"

就这一句话叫他想起了此事，这才三缄其口，在刑部万般忍耐地活到如今。

周檀的夫人卧底废太子身侧，是为了保全他们的性命，他心中清楚得很。苏朝辞带来周檀手中的先帝遗诏，却只是一面之词，他必得见到周檀才能确信。

众人在玄德殿中等了良久，才见周檀姗姗来迟。

他带着曲悠在殿门处出现，众人皆是激动。苏朝辞连忙迎过去，低声问起了周檀的身子。宋世翾跟过去，本想一拜，却被周檀制止，他只好绕到曲悠身侧："一别多日，师母安好？"

曲悠总是没有办法将记忆中淡漠的明帝与面前这个孩子重合，只好勉力笑了笑，低声答道："子谦挂怀，我一切都好。"

德帝宣召过的几位老臣立刻弯腰对周檀行半礼。不知内情的人心中纳罕，他们却明白，德帝临终前单独见过周檀，遗诏也留给了他，几乎是托孤，此人今后在朝中必定举足轻重，不能不拜。

蔡瑛扶正官帽，上前道："小周大人，陛下诏书存处只有你知晓，大人与我同去开启才好。"

周檀拜了一拜，哑声道："蔡相公说得是，我来晚了。"

德帝将遗诏留在玄德殿龙椅之后。玄德殿正位四周以金砖铺地，当日曲悠也是在此处撬了边角，将国玺藏下。

当日幸亏她编瞎话，叫宋世琰以为周檀是带着遗诏出走的，他这才没有命人细找。

二人从龙椅正下的金砖中取得了遗诏。见蔡瑛知晓此事，众人不敢有疑，连忙跪了下去。

周檀将那锦盒递了过去："请蔡相公宣旨。"

蔡瑛道："陛下托付的是你。"

周檀面色平静："遗诏恐涉自身，不敢妄读。"

蔡瑛叹了口气,接过手中的锦盒。

二人行至堂前。蔡瑛取了诏书,发现诏书封卷之日居然是德帝召他们进宫废太子的前一日。

德帝很久之前便写了遗诏。自古遗诏应钤相印,如今宰、执空悬,上一封立太子的遗诏还是蔡瑛亲印的。看来,在见过周檀之后,德帝犹豫了良久,还是重写了遗诏,由于时间仓促,甚至来不及召他商议。不过,如今是非常时期,他知遗诏真伪,便不须计较太多。

蔡瑛展开了诏书,周檀在他身侧端正地跪了下去。

"诸臣见诏:朕以菲薄,奉宗庙二十有余年矣,夙夜悬命,唯深负先帝托付为惧。此间种种,不堪一细论,四野安平,靡有灾祸,乃稍安之……然朕不德,不敢忝重服、祭金器,先帝之仪削半为之,殆足。"

几个老臣在下面含泪低呼:"陛下!"

蔡瑛哽咽着继续念:"……今灾疾忧思,殆弗可医,吾将弃世,忧怖具之!甚憾。皇太子琰,居东宫不能奉孝,服制尽剥去。已遵奉祖训知先帝有诏,告于宗庙,请于执旨臣与内外文武群臣合谋同辞,遵先帝诏迎立储君,嗣皇帝位,内外文武群臣协心辅理。自即位至今,建言得罪诸臣,存者召用,殁者恤录,见监者即先释放复职,方士人等查照情罪,各正刑章。执旨臣入政事堂领诸臣宣,诏告天下咸使闻之。"

他方念罢,苏朝辞便托着手中的遗诏起身道:"先帝有诏,帝不恭,逊位景王后嗣,国玺、顾相附章、中书掌印,三体俱全,请诸位大人阅之。"

周檀深深伏下身去,额头贴着冰凉的金砖。

"臣执旨……叩认圣恩。"

 ∞   ∞   ∞

厉王篡政六个月后,景王孙带兵进汴都,斩厉王、承遗诏登基,改元重景,是为明帝。汴都百姓夹道相迎,天下大赦。

明帝登基之后,遵从遗诏擢周檀入政事堂,升执政参知,佐领群臣,苏朝辞、蔡瑛和工部的洛经纶同入政事堂,执中书掌印辅政。

政事堂初立之后的第一道上书,便废置了德帝启用的簪金馆,并以自亭山上抓来的潜入汴都的西韶人为由发难。

明帝派燕覆整军出击,在定西之战中大败西韶。西韶的大君被打得毫无还手之力,送质子进汴都议降,时隔四十年,重新向大胤缴纳岁贡。

捷报传回来的时候也不过是重景元年的芳春末尾。明帝犒赏三军,迅速在四野百姓和军队之中建立了威名。

百官不得不收起轻慢之心,重新去审视龙椅上十八岁的小皇帝。

不过，宋世翾虽然有意边疆战事，却不是残暴的君主，落灰多年的谏院重新被新科士子塞得门庭若市，典刑寺也重见天日，平了几桩积年冤案。朝堂上下，一派政治清明之景。

唯有未经当日宫变的群臣并不服气凌驾在百官之上的年轻执政。

宋世翾坐在龙椅之上，仔细听户部的奏报。

"今夏江南多雨，堤坝不堪，已有小范围的洪涝之灾，臣奏请陛下未雨绸缪，派人重修堤坝，巡南——"

"陛下！"

话未说完，便被另一人高声打断。

宋世翾眼前的冕珠一晃，闻言道："下表何人？"

"臣谏院沈络。"那青年臣子捧着象牙笏板下跪行礼，恭敬叩首道，"臣要参执政为官不正、扰乱春闱、擢拔亲故、打压士子，并旧年罗织冤狱，名声不佳，执政不日拜相，臣叩请陛下思量再思量！"

周檀站在百官前面，淡漠地回头看了他一眼。

宋世翾的目光从他面无表情的脸上掠过，直接站起身，微微提高声调："江南雨水事关天下万民，台、谏二院全不关心也就罢了，怎的在这种关头顾左右而言他，是何居心？"

沈络并不让步："江南之事，臣亦有所耳闻，不过是寻常天象罢了，不知户部夸大其词是否想令圣躬不安。朝上奸佞当道，如此何以福泽万民？还是先解决眼下忧患为好。"

宋世翾没有说话。

户部上表江南雨水事，原也不是因为真有洪涝之险。前朝顾之言在江南治水时，所修堤坝可保百年，户部提起此事，不过是为他找一个由头，重新整顿江南官场罢了。

当口他在临安游说公侯，亲见世家豪族把持江南官场，任人唯亲，虽说没有酿出什么大祸，但长此以往总是难以为继。因此闲下来后，他便打算派人出去将江南妥帖地整治一番，杀几个为非作歹的官员，也是对更南边行以威慑。这般心思，却不能在朝上直说，以免汴都有人里通外合，提前透到江南那边去。

当口宫变，周檀手持两封遗诏，一封是宣帝给顾之言留下的，另一封是德帝所书。德帝的遗诏写得太过匆忙，没有盖国玺、钤相印，除了蔡瑛等人能够证明该遗诏是德帝所留，并无其余证据。文武百官能够认下宣帝遗诏，对德帝的那封遗诏，众人却三缄其口，不肯多言。

曲悠当日见蔡瑛手持德帝遗诏在玄德殿中请众人观阅时，几乎瞬间明白了周檀的骂名来自何处。

史书中语焉不详的"真假不明"居然是这个意思。

因为宋世琰在德帝病危时控制内宫，所以宋昶再留遗诏时并未取出国玺、相印，按照礼制而言，这礼制其实是不全的。若是朝中有心，集体静默，不认这封遗诏、另立储君，在历史上亦有先例。

更何况，德帝的遗诏没有涉及最为核心的事——国本之立。

想必是先前德帝密召周檀时问起太子之外的储君人选，周檀便对他说了宣帝遗诏中自有储君人选，于是他的遗诏只是含糊地写了"遵奉祖训"。

礼制不全、国本不立的诏书，实在是太容易生疑了，所以后世的史官亦十分纠结，这诏书内容便在历史的传袭中遗失了。

她通读胤史，自始至终都以为只有宣帝留下了遗诏。

与她相同，朝中诸臣认下了宣帝遗诏，验身之后恭迎景王孙上位，这是应当之理。可宋昶诏书中的"执旨臣"是谁，无人有定论。

政事堂中，蔡瑛是两朝重臣，洛经纶威望极高，苏朝辞声名俱佳，只有周檀就算过了岁末的生辰，也不过刚满二十五岁。

二十五岁居执政之位又非世家出身，简直是亘古罕见，大胤开国以来，从未有过如此年轻就居相位的臣子。更何况他身上还背着前朝旧案，背着刑部秘辛，与前朝良相之死息息相关。

既然遗诏内容含糊，从郜州刚刚调回汴都之人，为何能进政事堂统领群臣？

摸清新皇帝的脾气之后，参奏的折子像雪花一般从御史台飞往玄德殿。

在为德帝置办丧仪和准备明帝的登基大典时，御史台甚至据此为由，上表奏请明帝去周檀的帝师之名，宋世翾被迫改口，从"老师"换成了"先生"。他虽有心相护，但周檀不许他过于偏袒。

宋世翾自周、苏二人那里学来的为君之道，是善听纳谏、不可偏私。第一次有人在朝上参周檀时，他忍不住，出言反驳。罢朝之后，周檀却在他的书房中跪了一个时辰。

他道："陛下不应如此。"

宋世翾沉默地立在龙椅之前，半晌都没有想好该说什么。

还是周檀先轻咳了一声，转身淡淡地道："问谏议大夫，万民事和朝堂事，哪个更重要？"

沈络亦是科考士子，自然不惧与他呛声："朝堂不宁，何以关照万民？"

周檀道："谏院和御史台为何捧象牙笏板直言劝谏？"

沈络正色道："我等在其位谋其政，仰承祖宗谕立身为官，俯观天子行直言劝谏，是为对得起大胤千秋基业，对得起陛下和朝廷信赖！"

"哦？"周檀波澜不惊地继续问，"沈大人，你为官是向上负责，还是向下负责？"

沈络张了张嘴，却怔住了。

周檀这话问得刁钻，倘若他答"对上负责"，便是心中无百姓，若是答"对下负责"，便与言行不一——至少要听完户部的奏报才能插话。

周檀见沈络跪在那里半晌没有说话，先开口为他解了围："陛下，谏议大夫所表扰乱春闱、打压士子之事，臣万死不敢为。擢拔亲故、名声不佳两桩，确是臣的过错，早朝罢后，臣请廷杖十下，以正身表意。"

他转过身："谏院可要再参？"

宋世翾从阶上往下走了一步，周檀却抬眼看着他，摇了摇头。

谏院所说的"擢拔亲故"，不过是刚刚登基没多久时，宋世翾没经合适缘由，将大赦后从岭南回来的白沙汀官复原职了。这是他的旨意，过的却是政事堂和中书省，如今台、谏要找人负责，自然是周檀承担过错。

沈络起身退了几步："执政明理，臣无话可说。"

于是户部开始继续讨论，宋世翾回过神来，派苏朝辞南下巡视诸省，诸臣无话。

今日早朝比往常久了一些，还是在朝雾散去之前结束了。

宋世翾刚刚离了早朝，便扶着小太监庆意的手低声道："速速去太医院将柏医官请来。"

曲悠得知消息时，周檀的廷杖还没行完。

宋世翾克己复礼，登基之后将德帝在位期间几乎废置的各种礼制全数拾起，朝上不杀文官，文官受刑之前，须跪在彰德门前完整地诵一遍《礼记·大学》。

因着德帝"削半"的叮嘱，他的丧仪办得并不算隆重，况且厉王篡政六个月，已将丧仪的时日耽搁得过久，连服丧期都不过半年。

是以登基不久，宋世翾在群臣之谏下娶了苏朝辞本家的姑娘为皇后。苏氏是名门望族，教养的女子无一不为京中典范。

帝、后夫妻和睦，宋世翾年少事多，如今后宫中除了皇后，只纳了一位妃嫔。

皇后知晓宋世翾敬仰周檀夫妇，时常召曲悠进宫。曲悠也很喜欢这个小姑娘。这日她便是恰好接了皇后的帖子进宫来拜。

谁知车至东门，她便得知了消息。

未散去的朝雾之中，周檀跪在彰德门前，散朝的臣子从另一侧结队而出，众人交头接耳，朝这边投来目光，不知在讨论什么。

她听见了他的声音。

"……身有所忿懥，则不得其正；有所恐惧，则不得其正；有所好乐，则不得其正；有所忧患，则不得其正。心不在焉，视而不见，听而不闻，食而不知其味。此谓……"

她想要上前去，身侧的太监却拦下了她，低眉顺眼地恭敬道："夫人是女子，不可在早朝臣子未尽时越中门，这不合规矩。"

曲悠扶着手边朱红的门柱，喃喃地重复了一遍："……规矩？"

她不知道自己在门槛前站了多久，直到听见耳边一声叹息："你说，大家都成了大人物，怎的还是日日夜夜拿着旧说辞，'身不由己''不得已而为之'……"

曲悠转头看去，发现柏影站在她的身侧。

柏影斜背着药箱，像从前一样晃着脑袋，自顾自地感慨："啧，人若不自由，犹如笼中鹤，高飞不得翼，向死不得活啊。"

他笑着转过头来看她："我认识你的时候真没想到，有朝一日，你也会成为规规矩矩等在这门槛之后的人。"

"柏医官，许久不见。"曲悠向他低头示意。

柏影挥挥手，笑眯眯地说："怎的这么客气了？"

听他此问，曲悠微微一怔。沉默片刻，她重新转过头去，忽地道："柏医官，我想问你一个有些荒谬的傻问题。"

"但问无妨。"

"其实近日我也多思，恰好你来，便想问你一句。倘若，我是说倘若，你有一日饮了圣水，瞧到了你的前世今生……"

她说到这里，看了看柏影的神色，不过柏影并不是规规矩矩的性子，反而颇有兴致地道："有点意思，继续说。"

"你看见，有一世，你卑躬屈膝地做了一辈子的奴婢，还有一世，你在这世俗的规训和禁锢下郁郁一生……他们与你截然不同，可确实是真切地存在过的，瞧见之后再醒来，这时的你，还是你吗？"

柏影沉默片刻，啧了一声，道："这话问得好奇怪，我不如反过来问，如今你自在一身，夜深忽梦前世，你觉得那时的你就是你吗？

"我们与孩提时不同，但五岁时和及笄时还是同一个人，见了许多，成熟了许多，你当然可以继续如少时一般天真，但既然长大了，人怎么会愿意回到过去呢？"

曲悠怔了一会儿，移开目光，重新看向红色门槛后的中庭，应道："你说得对，我也不是那时的我了，经历在人身上的烙印是很难洗脱的。"

她说完这句话，忽地抬腿迈过面前那道朱红色的门槛。

一侧的小太监想要拦下，却见她迈过去之后并未前行，而是站在原地，不再上前，他恭敬地垂手退到了一侧。

"柏医官刚才说，没想到我会等在这道门槛之后。"曲悠仰起头来，对他笑道，"其实我方才站在那里是在想，越过这道门槛非常容易，难的是走过来之后我要做什么。"

柏影的目光从地面移到曲悠身上，她朝着身后遥遥一指，露出有些苦涩的笑容。

"不过是道槛罢了，抬抬腿便能过去，可若我不管不顾地跨过，到我夫君身侧去，那边瞧见的大人们明日上朝就会再参他，于是今日情形会重演。在现在的情境之下，我固然有自由，但因着不想牵累他，我可以让渡这自由……人无远虑，必有近忧，柏医官会觉得我想的太多吗？"

"不敢不敢，是我小瞧你了。"柏影拱手朝她告饶，"我只想着，你从前一腔孤勇，敢上街去敲登闻鼓，怎的如今面对脚下的门槛踟蹰再三，却不知，原来你心里早已想得极为透彻，既然如此，我又何必多说一句？"

曲悠笑答道："此与彼不同，孤勇也不是不管不顾的自由，总是要有限度的。"

她刚说完这句话，便听见身后传来廷杖打在皮肉上的声响。周檀向来十分能忍，绝对不会痛呼一句。

柏影踮脚看了一眼，欲言又止，曲悠却没有转身，她伸手扶着门边的漆柱，低头重新看去。

皇庭的门槛总是修得极高，一道又一道，就像这些年——或者说是这几世来——她和周檀经历的一次又一次磨难。

他们彼此扶持着走过千山万水，跌倒了也能爬起来，好不容易迈过了最高的那一道——

她没有如前世一般死在周檀简陋的坟堆边，死在西境城墙外猎猎的风里，死在军队围城时汴都的城门前……

熬过三春的雪，她走到最后一个困惑前。

可是如今，她完全看不清布满风雪的前路，于是一步也不敢走。

损伤自身倒不算什么，但是她真的不知道，自己的一步会不会给前方不远的周檀带来影响。

她前世今生所求的，不过是周檀能够得以善终，安享晚年，不要背负那些不属于他的污名。

如今她就在他身侧，可是到底要怎么做呢？

想清楚之前，她不敢挪步半分，心爱之人，怎能用来和天命打赌？

柏影见她的神色，有些不忍她继续听下去，便开口道："瞧你的气色不太好，给你开的药膳，你最近吃了没有？"

曲悠却道："柏医官，我突然想起，自夫君南渡，一直都是你在照看他的身体，依你看，他如今身体如何？"

柏影的眼神一飘，不过她此时心烦意乱，并未注意到。

"你怎么突然想起来问这件事了？放心吧，你夫君……没什么大事，不过是自幼体弱，后来忧思郁结，才会一时虚弱。照着我的方子喝药，心情畅快些，不多时便不会有事。"

曲悠听着，略微放下心，又忍不住叹了一口气。如今周檀的身体其实还不算太坏，前几世早逝，恐怕都是因为后来忧思过甚。

她刚想到这里，便听见身后的声音停了。

早朝的大人们终于都离开了此处。

·407·

曲悠转过身，提着裙子飞快地跑到周檀身边。

周檀正伸手去拿他受刑前端正放在身前的官帽，但他冷汗涟涟，手抖得厉害，一时居然没有捞起来。他强撑着没有栽倒，手指刚刚碰到黑色官帽的边缘，那顶帽子便被一只熟悉的纤长玉手拾走。

曲悠跪在他身侧，仔仔细细地为他重新戴上官帽："君子明正典刑，我为夫君正衣冠。"

她主动把手递过来，他抓住了，感受到自己心头一松，低声问道："你怎么来了？"

曲悠搀着他的胳膊，扶他从地面上站起来，他伸手搭在她身上，由于疼痛，略微脱力，整个身子的重量大半都倚了过去。

不知为何，最近尤甚，自从一别再见，他总是抑制不住自己的感情，只要看见她，就忍不住贴过去，与她手指相连、心脏相依、发丝缠绕才觉得安全。

"陛下在书房等着我们。"曲悠侧头看了他一眼，没有露出令他不安的神色，反而温柔地笑道，"你慢一些走，我和你一起。"

"好。"

周檀走得很慢，又太过专注，以至被引进书房之后才发现柏影一直在身后跟着他们夫妻二人。

柏影哭丧着一张脸，看见宋世翾便扑上去告状："陛下！皇庭之内能不能禁止臣子搂搂抱抱啊，或者能不能废了太医必须随侍文臣之后的规矩？臣方才在这小夫妻身后跟了一路，看他们搂搂抱抱、卿卿我我，臣却形单影只，真是不公平啊不公平！"

宋世翾放下手中所执的书卷，朝一侧的小太监看了一眼。那小太监立刻领命，跑去为几人搬了软椅，随后将宫人们都带了出去，掩上门扉。

宋世翾这才松了一口气，哭笑不得："柏医官，你也该娶亲了。"

柏影道："朝廷可以给太医发内眷吗？"

"……"

寒暄了几句，宋世翾便拈着衣摆走到周檀身侧，垂着眼睛不敢看他，口中道："先生可还安好？"

周檀笑了一声，道："陛下为何不敢抬头？臣很好。"

宋世翾忙道："如今在书房中关起门来，先生不必称臣。"

周檀应了："好。子谦，你召我来，是为何事？"

"我只是叫先生到内庭来瞧瞧伤势罢了，若出了皇城再叫太医院院首上门，明日那些人还不知要做何攻讦。"

周檀冲他微微低头，起身随着柏影到内室去了。

曲悠坐在原处发呆。她盯着宋世翾面带担忧的神情，脑海中却浮现出很久很久之前雪夜里发梢落满雪花的年轻皇帝，他那时比如今长了几岁，面上已经隐有上位者锋利淡漠的威严。那时他垂着眼睛，面色一片执拗的茫然，曲悠连他尾音的颤抖都还记得。

宋世翾却开口打断了她的思绪："师母……"

这个称呼似乎不妥，于是他顿了一下，迅速改口："曲娘子在想什么？"

曲悠摇了摇头。

宋世翾转头看了一眼，忽而朝她走近了些，用很低的声音说："师母，阿萝死了。"

反应了一会儿，曲悠才意识到他口中的"阿萝"应该是那只白色的胖猫。她心中顿时涌上了一股不可名状的悲凉。

宋世翾揪着衣摆，闷闷地说："从汴都到临安，颠沛流离的路上，它都活得好好的，偏偏进了皇宫，好吃好喝伺候着，卡了鱼刺，一口气没过来便去了。"

曲悠问："你把它埋了吗？"

"嗯。"宋世翾欲言又止，最后还是开口道，"师母，先生……其实是生我的气了。"

他主动提起此事，却让曲悠有些意外，她看了一眼，询问道："为何？"

"刚刚登基时，我办错了两件事。"宋世翾在她身侧的椅子上坐了下来，手指继续绞着衣角，"第一件事，师母也知道。十三先生从南边回来，抱着柏医官哭了许久。我一心软，随口吩咐，叫他官复原职……可是，这是不合规矩的。

"我那时并未想这么多。柏医官从汴都到临安，一路照料我，有几次，我在路上发了高热，都是他将我救回来的。柏医官为人洒脱不羁，又时常给穷苦人医治，高风亮节，我想着赏赐他，但是除了太医院院首他并不太在意的东西，实在是没有别的可赏……于是我想着，让十三先生官复原职算是报答。"

曲悠默然。

宋世翾低着头继续道："师母，我也是第一次做皇帝，少时……只记得家破人亡，不堪回首。我自小便活得战战兢兢，生怕行差踏错，好不容易到如今，赏赐一回，还错了。御史台第二日便上书参奏，说政事堂越过吏部任命，害得先生在我书房中跪了一个时辰。"

他按着眉心，闭上眼睛："都是我的错。"

曲悠拍了拍少年的肩膀："他不会因为这样的事怪你的，跪那么久，也只是希望你记住此事。帝王之术高深莫测，你还年轻，以后必不会犯同样的错误。"

宋世翾以手按着眉心，闭上了眼睛："还有一件……"

曲悠道："嗯？"

宋世翾的声音却又低了几分，似乎有点心虚。

"与皇后大婚一个月后，我纳了一个妃子。"

"我听说了，是那位姓罗的美人吧？"曲悠思索了一下，"皇后说，罗美人并非诣上之人,又出身世家大族,虽说婚期近了些,但你后宫空悬,并不是完全不合规矩。"

"世家大族?"宋世翾苦笑了一声,"师母可知,这世家大族的身份,是先生不忍叫我被人指点,想尽办法造出来的。她……是前朝罪臣之女。"

曲悠还没有来得及惊讶,便听见对方继续道:"先生因许多事责过我,我都一一记下,当即改正,或是勉励自身,绝不再犯。可这件事……当初任凭先生如何不允,我都要做,这是我第一次如此地——"

他还没有说完,便听见殿门太监压低后仍然尖细的声音:"陛下,罗美人来为您送果子。"

宋世翾迅速地敛了之前面上的神情,从椅子上站了起来。曲悠随着他站了起来,转身往身后看去。

"叫她进来吧。"

大殿漏进的日光中,曲悠看见一个袅袅婷婷的美人。那美人走上前来,垂着眼睫搁下了手中的食盒,又给她问安:"曲娘子。"

曲悠张了张嘴,想要唤她却没有唤出声来,她感觉有冷汗顺着脊背往下流,一瞬间便冰得不能动弹。

"婷妃……"

## 党 争

"行刑的估计得了陛下的叮嘱,下手不重,浅浅的皮肉伤,你回去敷两日伤药便好了。"柏影收拾着药箱,絮絮道,"我每次瞧你之前的疤痕都触目惊心,干脆我回去琢磨一些去除伤疤的药物好了,也省得——"

周檀扣好了官服最上方的一颗琉璃珠子,突然道:"十一,你同我说一句实话,我还能活多久?"

柏影没拿稳,手中的瓷瓶落在地上,摔了个粉碎。

二人相对沉默了半晌,柏影才缓缓开口:"礼部已经定了你拜相的日子。"

周檀嗯了一声,道:"六月初二,好日子。"

柏影重重地敲了一下檀木药箱:"其实……我也不知道你还能活多久,但我知道的是,你若坐在宰辅的位子上,我拼尽全身医术,也保你不过五年。"

听他说了这话,周檀居然还能笑出来:"真有这么严重?"

"你当年在诏狱里受的那些伤……"柏影欲言又止,"伤没养好,又遇刺,误了时辰。夫人在汴都那些时日,你用心太过,频频咯血,已然损了根本……你说,你还能活多久?"

周檀垂着眼睛:"当日在都州时,竟丝毫不觉得旧伤有恙。"

"那是自然,在西境那两年,你百岁无忧,所以我才说,霄白……"他第一次叫起他的字,"如果你现在能放下一切,远遁西北,或许能和夫人有长长久久的一生。"

周檀的手指动了一动。良久,他才开口,却只道:"此事,你暂且不必告诉她。"

柏影气结:"不告诉她?那你打算瞒多久,瞒到你两腿一蹬入了土她都赶不及给你买棺材?"

周檀失笑:"我会找机会告诉她的,但……不是现在。"

"罢了罢了,你们之间的事,我不想管也管不了。你既不想让人知道,连着陛下那边,我也不会多说的。"柏影无奈道,抬手伸了个懒腰,"你们白家的人都一样,操劳命。"

待二人掀帘子出去的时候,罗美人已经离开了。

曲悠坐在原处,脸色白得吓人。二人从内室出来,她都毫无察觉。周檀凑近了些,发现她额上有一层细密的冷汗。

柏影顺口问道:"方才有人来过?"

小太监敛目:"罗美人来过。"

听见这个名字,周檀的面色突然冷了。

宋世翾看了他一眼,忙问道:"先生的伤可还要紧?"

周檀摇头:"无妨。"

顿了一顿,他继续道:"陛下,若无旁的事,臣便告辞了。"

宋世翾没有应他的话:"小燕写信来,说岫青寺那个密室挖开了,确实有一条山道通往别处,曲娘子的怀疑并非空穴来风,李缘君有可能没死,而且和第三个人一起藏在汴都。"

曲悠这才回过神来,起身站在周檀身侧:"我还记得,当夜小燕在亭山抓了许多人,后来才发现随侍李缘君的竟都是西韶人,不知李家的军队去了何处。她逼迫大家上山,可能就是给了这群人更换衣物、自如混入民间的时间,毕竟李氏许多兵没有过大营的门路,持册混在汴都,短时间内也查不出来。"

宋世翾道:"正是,我会叫他继续查的。"

他拾起身侧的茶杯喝了一口,清清嗓子,道:"先生,还有一事,师……曲娘子在废太子篡政时,于玄德殿救下一干大人,又领卫队帮百姓驱过西韶人,昨日蔡相公上表,合该给她些恩赏,只是不知曲娘子想要什么。"

周檀摩挲了一下她的手:"她就在这里,想要什么,陛下问她就是。"

曲悠轻笑一声:"蔡相公上表,便不会不合规矩吧?"

宋世翾苦笑道:"自然。"

曲悠抿了抿嘴,看了周檀一眼,似乎是斟酌再三之后才开口:"那……我向陛下求个赏赐,陛下许我以女子之身进刑部,去修律法吧。"

周檀唇角的笑意一僵。

曲悠继续道:"废太子在时,我执掌了一段时间的内宫事务,同林卫也是脸熟,那时带兵去帮百姓解围都不曾遇过争论,如今再进刑部,想必也不会让陛下太为难。"

宋世翾负着手,点点头:"自然,我会托蔡相公亲去吏部撰写文书的。"

∽ ∽ ∽

自皇城出来时已是正午,御街之外的汴都大街上人声喧嚣,马车檐角挂着的木牌与铃铛相撞,叮叮当当地响着。

周檀一直没有说话,曲悠瞧着他的脸色,叹了一声,道:"我知道你在想什么。"

恰好周檀开口问道:"在你看来,罗美人如何?"

两人对视,没忍住,笑了出来,周檀让步道:"你先说。"

曲悠也不推诿,立刻道:"宣帝之后,刑部职权错位严重,屡出冤案。你在刑部的那段时间,给陛下写过那么多刑法疏议,可惜当时宰、执党争激烈,陛下又开了簪金馆,一心希望皇权跃居刑法之上,与你所想背道而驰。顾相当年叮嘱你在西境废除棠花令,如今它虽被禁用,可律法条目还没有明确。你早就想借削花之名重修法典,遏止自先帝以来的政庭乱象,如今陛下圣明,你又大权在握,没有比这更好的时机——你说,我说得对吗?"

周檀没有直接回答,只是静静地看着她:"这世间没有比你更懂我心思的人,所以,方才那个赏赐……"

"没错,我早就想好了。"曲悠没有避开他的视线,"如今虽是新帝登基,但流水的王朝、铁打的世家,你要动律法,触及的是他们的利益,这条路实在难行。你是我的夫君,前路荆棘遍布,我只是不想让你一个人——"

周檀开口打断她:"哪怕把你自己也赔进去?"

曲悠毫不犹豫:"我决不后悔。"

出乎她的意料,周檀居然没有继续说,他顿了顿,转而道:"好,到我了。我方才问你,依你所见,罗美人如何?"

曲悠也没有回答:"她是如何到了陛下身侧?"

"罪臣之女漏夜逃亡,冲撞了陛下刚出栖凤巷的轿子。"周檀言简意赅地答道,"前朝的江大人是废太子近臣,妻女俱在宫变中身亡,怎的又有了一个女儿?她说自己是为侍女所救,可如此不清不楚的身份实在是……后宫中宫女子不惹人注目,陛下本也不至于如此冲动,非要给她个名分,偏生她怀了身孕。"

曲悠皱着眉问:"身孕?"

"孩子自然没保住,于是秘不外传罢了。"周檀叹气道,"若不是为了那个孩子,我和朝辞不可能费尽心思为她造个假身份让她进后宫。陛下长大了,我不想多插手他的事情,只是此人——"

"你可知陛下为何如此执着吗？"

沉默半响，直到马车接近周氏府邸，曲悠才低声道："你是外臣，见不到人，她……生得同阿萝很像。"

∽ ∽ ∽

六月初六，白沙汀大婚。

他之前虽事涉春明诗案被贬出京，但多年来风流浪荡，大婚的消息一出，还是叫不少烟花柳巷的姑娘伤心不已。直至宋世翾题了"春风"二字赠予叶流春，众人才知道他未婚夫人竟是当年离京的春娘子。

春风化雨楼歇业之前，叶流春在汴都红极一时，世称大家，况且如今又得了御笔亲赐，可谓风光无二。

叶流春出汴都的日子恰与白沙汀贬官相符，众人前后思索，终于将两事联系起来——春娘子做了十三先生多年的红颜知己，本以为两人只是恩客情谊，怎知在十三先生被贬官时，春娘子却不顾一切地相随而去，十三先生感怀不已，一官复原职，立刻从圣上那里求来了婚事。

不少青楼女子亦是嫉羡不已。白沙汀早年名声不佳，卖词给姑娘们谋生，谁知后来有在官场上平步青云的造化。如今他外有才情，内有官职，算是汴都城内的良配。叶流春名声在外，可到底出身青楼，他居然娶对方做了正室。

话传到房内，叶流春也不过是一笑，高云月在一侧为她挑钗环，闻言不屑道："春姐姐和十三先生自幼相识，哪里是为了他的功名利禄？这群人也忒酸了。"

她面颊的伤痕已经淡了不少，只能隐约看出痕迹。

废太子坠楼身亡之后，高云月大仇得报，她毫不惧怕，在城楼下搜集了废太子破碎零落的尸体，纵火焚烧后弃于荒野。虽然家破人亡，但她自报仇之后只去父母坟茔前跪了一日，便再不见从前的郁郁。曲悠本十分担忧她一蹶不振，但明帝登基之后，高云月便去寻了艾笛声。

"我从前在府中时，被父亲逼婚逼急了，也曾想过，倘若我只是平民女子，婚事不是政治博弈的工具……我定也要在街头巷尾开个铺子，做女掌柜，郎君若是得用，便招来做个小厮，若不得用，就叫他吃软饭。"

她托着腮坐在曲悠身侧，诚恳地道："你不必为我担忧，如今我大仇得报，怎么样也会对得起父母亲当日的嘱托，好好活下去。是废太子构陷父亲，就算今后我在汴都城内碰见从前相识的世家小姐，我也会坦然相对，非我之过，我绝不惩罚自己。"

两人言语间便有丫鬟将高云月唤出去选帕子，曲悠拿她挑好的金步摇为叶流春斜着簪上，笑道："我祝春姐姐和十三先生白头偕老。"

叶流春对着铜镜苦笑了一声："我从前没有想过与他白头偕老。"

曲悠望着她铜镜中的面容，想起了她在高府后园中唱起的那支曲子，本想多问一句，最后还是没有开口。

叶流春伸手抚平肩头的褶皱，攥住了她的手："罢了，浪子回头心未死，我愿意再试一次。"

四日前，周檀刚刚拜相，将朝野之中的争论推到了高潮。他之前被参任人唯亲，与白沙汀的关系本有些尴尬，可他还是来了对方的婚宴现场。

苏朝辞与他隔桌坐着，视线对上，不自然地遥遥举杯，并未多话。

拿到相印第一日，周檀便将政事堂中的其余三位掌令和六位阁臣召至正堂，直截了当地道："我欲以削花之名变法，望诸君助我。"

此事十分突然，就连苏朝辞也有些意外。他仔细瞧过周檀草拟的条令。周檀托削花之名变法，大刀阔斧，在胤律中增补了二十四条，变动最大的是吏治和军制。这些法令每一条都可称得上切中时弊，角度新颖，不乏呕心沥血的反复锤炼，他看一眼便知周檀费了苦心。

只是……

苏朝辞在众人俱告辞之后倒吸了一口冷气，将那条令文书拍于桌上，开口道："你可知晓，你若想要变法，不能用这样的条款。"

历代变法总是艰难。只要改革，势必会触动旧贵族和门阀勋贵的利益，他们不在乎王朝的主人，只在乎眼前看得见的东西。新朝初立，谁敢挑这个头，一定会被众人拖下水去踩死。

前人的血还没有干透。

周檀眼睫微颤，明知故问："为何？"

"先帝在时，朝中……"苏朝辞欲言又止，最后还是把话咽了下去，"谁不知如今积弊良多，可你要变，总得徐徐图之，要造势，要试探，要虚与委蛇地顾着勋爵世家，要打点上下……你不是第一日入朝堂，这些手段，你难道不知道？"

周檀深深地望着他，露出笑容："我自然知道。"

"那你——"

"可是，朝辞，你知道吗，百姓已经不信任官府了。"

周檀咳了一声，继续道："我在刑部时，先后经手过许多桩案子。譬如那震惊朝野的坠楼一案，上下所涉官员何止百人，查出的又有几个？告示贴出，百姓无不讥讽、嘲弄。夫人亦提起过，若遭祸事，他们首先想的已经不是报官了。"

苏朝辞沉默。

"徐徐图之？可是，我们要怎么让步呢？为了那些勋贵的支持，我们可以牺牲百姓的利益吗？若没有这样的雷霆法令，你以为，这积攒了不计时日的风气能扭转过来吗？"

周檀双手撑在案上，弯腰看他："除你之外，政事堂的老大人多信奉无为，守成难变，就算他们可以被说服，我却没有那么多时间了。"

苏朝辞愕然道："什么意思？"

"没有别的意思。"周檀直起身，避开了他的视线，"你所说的话，我全都想过了，如今四野初定，律法不严，东有物价飞涨，南有水患，西韶虽肯纳贡，但仍不安定啊……陛下年少，各地公侯明面恭顺，谁不是虎视眈眈，这江山，真的等得起？"

"伤敌一千，自损八百，"苏朝辞感觉自己的言语在发抖，"这件事情一旦失败，你有没有想过会有什么样的后果？"

周檀淡淡地回道："有些事情，必得有人去做。"

苏朝辞抬手摔了案前的镇纸："那你为何不提前跟我商量？"

镇纸是白玉所制，碎片飞溅，周檀往后退了一步，忽地笑了起来。

苏朝辞问："你笑什么？"

政事堂中堆着历朝历代的陈年书卷奏本，纸墨如山，周檀抬手指着身后一面书墙，宽大袖口被从花窗吹进来的风鼓得猎猎作响："大胤向来重文轻武，你，你们，这些先贤传上的士大夫，还有政事堂中、朝堂之上汲汲营营的诸位官僚，你们求的是什么？"

苏朝辞从未见过他这般情态，一时不知如何作答："我……"

他想起当年琼林夜宴，顾之言问过同样的问题，周檀答后，满庭却都笑了。

"年轻士子，总是如此。"

"倒让我想起我当年刚入朝时，亦有如此赤子天真……"

夜宴满庭花开，静水沉昼。

苏朝辞突然忘了当时自己的答案，但周檀的答案，他记得清清楚楚。

"我来替你答。"周檀放下了手，眼中涌起淡淡的嘲讽，"文臣，求的是生前、身后名。先帝在时，谏院冷落，如今子谦登基，倒是重拾昔日的热闹。谏议大夫闭着眼睛，不去听四面八方的哭声，一心盯着陛下，盯着权柄，甚至渴望有朝一日自己能够死谏堂前，血染庭柱，名垂千古！"

这是苏朝辞第一次看见周檀如此直白而锋利地向他展现出自己不屑一顾的清高，一时间心中诸般滋味涌起，竟不知道该如何应对。

"声名、权柄、金银、俸禄，这些都算什么东西？"周檀重新看着他，目光中甚至带着自伤之色，却烧得火红，"当年琼林夜宴，我说，我要为天地立心、为生民立命、为往圣继绝学——"

"——为万世开太平。"苏朝辞低声地接口道。

"前三条，我扪心自问，自己全部都做到了，还剩最后一桩……"周檀勾着唇角道，"你甚至可以说我自私，可于我而言，能够实现自己的诺言比任何事情都重要。"

"好，好……"苏朝辞无意识地点着头，他毫不犹豫地自袖中取出自己的私印，打算在他的法令上钤印，"你既坚持如此，我同你——"

周檀却比他动作快，一把将那文书抢了回去。

政事堂签发法令，总要四人同钤印，再请国玺。

"蔡相公和洛相公一定不会钤印的，"周檀略微平静，低声对他说，"你也不必。"

苏朝辞终于被他惹怒："既然已知他们二人不会钤印，那你是什么意思，为何连我的都不要？"

周檀张口欲解释，门口却有个怯怯的内侍请他去玄德殿一趟。于是周檀立刻缄口，抱着他的法令文书转身离开了。

二人不欢而散，自那之后再也没有说过话。

苏朝辞闭着眼睛，喝了席上一盏酒。

他还没有睁开眼睛，便听见耳边一个熟悉声音问道："小苏大人……不对，如今也该叫执政了，你这串五色佛珠，是哪里来的？"

曲悠从席间经过，恰好瞧见他持杯的手。

苏朝辞示意对方在对面坐下，侧头一看，周檀果然又不知去了何处。

"不必客气，叫'苏兄'便是。弟妹眼光毒辣，这是……霄白相赠，他说，当日在岫青寺，寂云大师送了他这样东西。生辰时，他便转送给了我。"

他清楚地看见对方眼中一闪而过的极度惊异之色，不禁怔了怔。他同周檀交好，曲悠分明知道，周檀不过是赠他个小物件，她怎会如此惊诧？

曲悠的目光粘在那串五色佛珠上。

她曾经对着这串画中褪色的珠子冥思苦想，遍翻典籍也没有找到来处。苏朝辞一生没有摘下、至死都戴着的佛珠，居然是他传闻中最大的政敌赠的。不知是可笑些还是可叹些。

她缓缓移开目光，听着堂前的喧嚷，喃喃自语："分明曾有情义，缘何终归落索？"

苏朝辞以为她在问自己，又喝了手边一盏酒，才回道："这世间的情义大多脆弱，若真有为火所淬而不改，朝辞不信会归于落索。"

他轻咳了一声，低问道："弟妹可知政事堂中变法之事？"

出乎他的意料，曲悠微微笑起来："自然知道。"

还不等他回答，她便继续道："苏兄看来，那些条令如何？"

"条令自然是好的，只是……会否急了一些？"苏朝辞答道，"霄白执拗，不肯转圜，如此下去，恐伤自身，我——"

"苏兄可知，这变法条令……"他没有说完，曲悠便开口打断，"若真要算起，有一半都是我所拟。"

苏朝辞打了个激灵，酒醒了一半。

"苏兄一定知道,缓策变法没有意义,非得如此。"曲悠的目光从热闹的堂中掠过,最后回到他身上,"这是他要行的道,就算知道荆棘遍布,也非走不可。我不能阻拦,只好努力去赌上一赌,就算同殉于道中……"

一世、两世、三世……她从未活到过此时。

诸天神佛满足了她的愿望,却又残忍地让她在历史的罅隙中挣扎,就算她在千余年后的古籍上,也不知道变法之后周檀的遭遇。但就算是从前,她早亡之后,对方万念俱灰时,仍要坚持把这件事情做完。她不知道自己越过门槛之后要做什么,但她不能不尊重他一以贯之的理想。哪怕她内心隐隐明白,这场变法,一定是他孤独病死的元凶。

曲悠扪心自问,她如果是周檀,哪怕来自千余年后,哪怕几乎能看见自己的下场,也会如此选择。既然她会如此选择,怎么能够让周檀为了自身,抛却一切?

况且这次不同,这次……她在。

苏朝辞打量着面前的女子。

初次见时,他只觉得对方容色照人,后来几次交谈,尤其是她独留汴都之事,叫他刮目相看,大抵明白为何周檀会与她交心。方才的言论过后,他彻底了悟。同样的事情,他关切对方,是希望对方肉体无损。而她懂他,知道他的理想远高于一切。

如此想着,苏朝辞又叹了一口气,道:"再过几日,政事堂诸人便要给出削花一令的决策,蔡、洛两位大人向来守旧,必不能应,而我……"

曲悠目光闪烁,也随着他重重地叹息。

夜宴之后,周檀与曲悠乘车回府。路经汴河时,曲悠忽地来了兴致,便与他一同下了马车,慢慢地沿着汴河散步。

白沙汀这婚宴办得盛大,又与他们几个交好的说了许多,最后抱着柏影恸哭,不肯撒手,折腾了半天。此时汴河大街已经无人,只有天际一轮并不圆满的月亮。

曲悠抬头看向前方一片迷蒙的汴河。

月亮为乌云蒙蔽,于是河水随之变成一片混沌,夜间静谧,远方巡河的船只发出划破水面的声响。

与此同时,汴都人内,仍然灯火通明。

只是仍然死寂。

内侍低着头关上了沉重的宫门,年轻的皇帝面无表情地烧了手边的供状,却有一滴冷汗顺着额角落下。

他穿过飘扬的纱幔,重新推开殿门,月亮在灯火映衬下光芒暗淡。

一双手从身后抱住他的脖子。

宋世翾仰着头，没有转身："江婷，你是否相信这世间有坚不可摧的情义？"

罗江婷怔了一下，巧笑嫣然："陛下为何说傻话，那自然是有的。"

他低笑一声，冷汗顺着脖颈落在浅金的外袍上，没有留下痕迹。

"但愿如此。"

∽　∽　∽

曲悠穿着官袍走进久违的刑部后堂时，栗鸿羽照例递过笔来，抬头一看却愣住了。

"你，你你你……"

曲悠接了笔，在手边的名册上画圈签到，冲他一笑："小栗，好久不见。"

"你不是，不对……原来你是！"

栗鸿羽颠三倒四地说了几句，终于恍然大悟："听说小周……不对，听说周宰辅之妻要入刑部后堂督查刑律，您一定就是那位贵人吧？我叫栗鸿羽，哥哥在左林卫做领头，周夫人……不对，好像不该这么叫——我一见您就觉得分外面熟，今后也请照拂一二……"

曲悠嘴角抽搐了一下。原来她所以为的恍然大悟也不是恍然大悟。

她搁了笔，叹了口气，看向一直被摆在刑部后堂的屏风："当年还是小栗给我详尽述说了这屏风之事，一别多年，故人相见倒不记得了。"

栗鸿羽紧皱眉头思索了一会儿，又看了她一眼，像是被自己的想法吓到了，战战兢兢地试探问："小兄弟可是当日……"

曲悠含笑点头。

栗鸿羽瞪着眼睛喷了一声，道："这么说，小周大人尚在刑部时，夫人就……夫人真是当世奇女子啊，我竟然完全不曾认出来！"

曲悠无奈，转而问道："宰辅的律令，可到了刑部？"

"到了到了。"栗鸿羽道，"我带夫人……啊，不，小曲大人前去取文书观阅。"

几日前，周檀在政事堂无一人钤印的情况下单独请了皇帝的国玺，正式颁布了削花法令。

大胤立国以来，向来是天子与士大夫共治天下，德帝一朝出了燃烛楼案，不难想象会在后世史书上被骂成什么样子。

如今明帝登基亲政，虽然以定西的几场大战暂且稳住了朝堂，但明帝实在年轻，众人心知肚明，大权握在遗诏中明令辅政的政事堂手中。周檀越过政事堂其余三人，直接修律法，摆明了是要集权独揽。

相权在和君权及台、谏士大夫博弈。

朝野渐渐多了些流言，道苏朝辞因变法一事与周檀在政事堂大吵一架，不欢而散，宰、执势如水火。

洛经纶最是圆滑，称病不出。蔡瑛持中不语。宋世翾倒是毫无疑虑地支持周檀的新令，就算法令上未有政事堂中其余三人钤印，也毫不犹豫地签发了。

世家出身的苏执政成了众人的诉苦对象。

几日内，上门拜访之人络绎不绝，苏朝辞也不推拒，对每一位都耐心地迎来来，请对方一边喝茶一边诉苦。

但他就是不发一语。

有人按捺不住，在堂上义愤填膺："那周檀分明是假托变法之名收揽权柄，政事堂已然无法约束，这样下去，岂非又要出一个专权的宰辅？前朝那季宰辅殷鉴不远，他也是托的变法之名，最后危及陛下，人神共愤哪！"

苏朝辞搁了手中的茶盏，淡然道："再等等。"

等来等去，却也不见他有什么行动。

曲悠摩挲着手边新修刑律的书页，总觉得十分不安宁。

她想起《削花令》颁布那夜周檀与她在帐中对弈。

夜风吹拂床幔，周檀的棋路狠厉。她先前还算看得懂，不管是对付彭越还是傅庆年时，周檀都会佯做此棋路，以让对方产生轻蔑的错觉——黄口小儿，年轻，狂妄，仗着有几分才华便妄想有通天之能，不堪一击。

直至发现这鲁莽不过是精心包装的诡计，但已来不及。

这次与从前截然不同，她左看右看，都没有看出周檀的后手。于是她执白棋犹豫良久，最后只说出一句："你这盘棋，要输了。"

周檀连眉毛都没有动一下，微笑着问："输了又如何？"

曲悠一时哽住："你下棋难道不是为了赢？"

周檀摇头："与旁人下是，与夫人下不是。

"与夫人下，是为了让你开心，输比赢的意义更大。"

想到这里，曲悠忽然打了个激灵，灭顶的寒意白脊背涌上，像冬日里被人兜头浇了带着冰碴的凉水。

周檀通晓史书，除却不能预见未来，他应对从前变法者的下场了如指掌，就算没有她高高站在千余年后俯瞰的立场，他也知道这场变法是几乎不可能成功的。

明帝太年轻，自幼蒙帝王儒道长大，立志做个如同宣帝一般爱民如子的皇帝。这是往好听了说。

往坏了说，明帝虽然依靠灌舟大将军打了定西之战威震四方，可到底做上位者

·419·

的年岁太短,没有杀伐果决的气魄,也没有世家大族的根基。

皇帝威慑不足,政事堂四分五裂,苏朝辞虽然与周檀相交,但身后有旧贵族的责任,不可能全力支持。

洛经纶和蔡瑛与苏朝辞和朝堂上其余的人都不一样,这两人经年从政,一眼就看得出周檀的变法条例若以雷霆手段推行,必能真切为百姓谋福祉。可是他们只会缄口不言。

说白了,变法本就是冒天下之大不韪,蔡、洛二人再如何爱国爱民,都是文官集团的受益者。

不要指望既得利益者放手。

那么……

她眨着眼睛缓慢思考,却觉得自己从未有一刻如现在这般清醒过。

大胤立朝以来,很难避开的关键词就是"文官集团",由于重文轻武的风气,胤朝的文官集团比之前任何一个朝代都要发达。而文官在朝,意见相左,就一定会导致一个后果——党争。

从大胤前朝大周开始,党争便初见端倪,晚周灭亡,很大程度上与连绵不绝的党争脱离不了干系。

胤始帝开国之后,党争绝迹,这是因为始帝手腕强硬,且有一位名相刘争,刘争在始帝开国时立下了卓越功勋,君臣一辈子相敬互爱,是难得的佳话。

刘争在朝,说一不二,始帝在位,文臣心服口服,无人敢造次。

始帝去后,党争便越过文官集团,正式成为大胤历史上铭刻最深的关键词。

究其根源……帝王们为了把持权柄、玩弄权术,悉遵韩非子"异论相搅"的驭下之术。换句话说,执政这一职位在政事堂中初设,就是为了与宰辅针锋相对。

胤时宦官集团尚未被扶植起势,多是文人内斗,为了平衡朝局,不使任何一人有机会收拢权柄,皇帝默许甚至是鼓励宰、执党争。

德帝放任高则与傅庆年的争斗,便是如此。

始帝之后,大胤历史中如刘争那样能够令朝廷上下心悦诚服的相权把控者屈指可数。顾之言在时,朝中风气扭转,党争接近平息,但他因燃烛楼一案,飞快地在历史舞台上退了场。刘争和顾之言之后,大胤上下几百年,就剩一个人还有如此的威慑力。

是谁?

曲悠的冷汗顺着额角滴落,她不由得攥紧了手中的书页。

是苏朝辞。

北胤风流人物史、《名臣传》第一页的苏宰辅,出身汴都大族苏氏,永宁十二年榜眼,出仕后不久父亲意外亡故,丁忧期被当时便与他不对付的"奸佞"周檀刻意压了好几年，直到周檀被贬，才回到朝中。

在朝时，苏朝辞为清流，中正，刚直不阿。明帝登基后，因是帝师，他被破例越级擢为执政参知，成为政事堂中第二人。

在周檀第二次罢相、离开汴都后，苏朝辞正式拜相，开始执掌政事堂诸事。

次年，苏朝辞收归政事堂权柄，废除了《削花令》大部分条款。

春日未过，周檀便病逝于临安，再无还朝的可能。

此后，苏朝辞便成为明帝一朝受万人尊敬的宰辅，上下敬服，与明帝君臣相持一生，虽再未收弟子，但他死时，天下文人俱悲，皇帝亲自扶灵，崇敬的百姓挤满了御街。

明帝在时的盛世局面，除却濯舟大将军场场战争打得漂亮，有一半都要归功于苏朝辞在位二十年为明帝彻底绝了党争。

苏朝辞死后不久，宰、执之争死灰复燃，明帝有心弹压而不得，该风气继续泛滥了几朝。

后来，灭掉西韶的北部游牧民族铁蹄南下，末帝迁都，北胤灭亡于党争和战火。若没有苏朝辞和濯舟大将军，以宣帝没有挽救的王朝局面和德帝毁于一旦的政庭，加之蠢蠢蛰伏的西北忧患、四五年后的大旱天灾，足以让北胤提前灭亡一百年。

变法是为了收银钱、紧律令、整吏治、督军改。

宣帝之前并非没有人变法，可季宰辅主持的那场变法比之周檀更加惨烈，新旧党争打得天昏地暗，王朝崩坏，西韶趁机入侵，夺了十一城。

萧越当年收复的，便是这时失去的土地。

周檀若是吸取前人的教训，一心想要促成此事，便该在拜相之后苦心经营十数年——经营自己的名声、平衡政局中的诸方，而后继续锤炼律令法条。

《削花令》，她看过无数遍——它本就出自她手，出自她从千余年后带回来的东西，它超越时代、突破规律，虽然每一条都切中时弊、字字珠玑，但是局限于如今的历史，决计不能实现。

周檀看出来了吗？

如果他看出来了，为什么还是完全没有为她的法令做与如今相符的删改，而是原封不动地照搬呢？

栗鸿羽似乎在叫曲悠，但她完全听不见对方的声音。

虚空之中，她睁开眼睛，看见导师坐在幕布前，扩音器传出的人声含糊不清，充满杂音。

"……说起来，苏宰辅一生最应该感谢的人，应该是他的政敌。

"没错，就是周檀。我知道有些同学很疑惑，但是关于周檀这个人的历史记载太少了，如果要我评价他一句话的话，我觉得应该是……"

"政通两胤"。

周檀拟定并且颁布《削花令》，其实并不指望它们能够扶大厦于将倾，只是这些法律条目被他以雷霆之势推行过，一定能成为后人反复研究的对象。

他料想得半分不错，《削花令》虽在当世无用，但其内容对后世的法典制定起到了深远而不可磨灭的影响。

"不取沽名"。

"文臣们求的是什么？是生前身后名！他们闭着眼睛不去听四海的哭声，只渴望有朝一日能够死谏堂前，血染庭柱，名垂千古！"

"声名、权柄、金银、俸禄，这些都算什么东西？"

"真小人"。

"能够实现自己的诺言和理想，对我而言比任何事情都重要。"

"真君子"。


床幔以月影纱制成，窗纸上映出杏花的影子，风一吹，便将它影影绰绰地落在年轻的宰辅脸上。他垂着眼睫，笑得很温柔。

"……输比赢的意义更大。"

第一次读《佞臣传》，她在与周檀相关的寥寥几行边写批注。

"茶淫橘虐，书蠹诗魔，劳碌半生，皆成梦幻。"

她莫名其妙地将《春檀集》背得滚瓜烂熟，题注从《诗品二十四则》中的"悲慨"改为"旷达"。

"生者百岁，相去几何……何如尊酒，日往烟萝。"

人生自古谁无死？唯有南山永巍峨。

原来，那半生心血并非"梦幻"，她从未想过，或许周檀……已经实现了他的理想。

随后，一切声音逝去。


"夫人，夫人，有人敲了刑部堂鼓，要状告新令！夫人……"

栗鸿羽上前一步，扶住了差点在案前摔倒的曲悠，她抬起头来，面色煞白，更甚新雪。他本想再唤一声，却听见曲悠低声笑起来。

她似乎听不见周遭的一切声音，笑了几声，捂着胸口吐了一口血。

栗鸿羽大惊失色，连忙推门出去叫人。

曲悠顺着桌角跪坐在冰凉的地面上，手边下意识地一扶，便摸到了当年周檀化名"白雪先生"时留在这里的那扇屏风。

她痴痴地念着，有眼泪一滴一滴落在手背上。

"白雪……山回路转不见君……雪上空留马行处。"

原来……竟是这个意思啊。

## 第十二章 林栖者

> 几生几世之后,他们仍在黑色的夜中等着他们来赴最后的约。

### 无缺

傍晚时分,正是汴河沿街最热闹的时候。

准备摆夜市的商贩、沿河店家纷纷提前将灯笼挂了起来,卫队划船在河上巡视,每过一处,烛火便渐次亮起,一片喧嚣、繁华之景。

成亲之后,叶流春少与白沙汀同行外食,二人在汴河大街上太过出名,时不时便要应付旧友,十分疲惫。今日二人好不容易避开熟人,在樊楼三层定了个雅间。

此雅间名"画眉乐"。

叶流春抬头看了一眼,拿团扇一扇,回头,无奈笑道:"其实……你不必讨好我。"

白沙汀装作听不懂:"小生不明白夫人的意思。夫人请。"

叶流春进了门,推开花窗,坐在窗前似笑非笑:"十三公子在这沿街上红颜知己众多,要不今日唤一两个来作陪?"

白沙汀连忙过去,接了她的团扇,本想开口解释,语到嘴边却转了弯:"我……要辞官了。"

叶流春手一僵。顿了顿,她开口道:"登阁拜相,向来是天下男子的理想,你在汴都多年,苦心科考才授官,上为皇帝亲信,下有宰、执为友,何苦来哉?"

不等白沙汀答话,她便立刻道:"你在官场上的污名,除了从前浪荡与诗文,不过是娶我——"

"娶你,于我而言却是最重要的事情。"白沙汀打断她,认真道,"从前年少轻狂,哪里知道真心可贵……罢了,不说这些酸话,是我自觉不能为官而已,与旁人无关。"

他在叶流春身边坐下:"我性情豪放,虽喜交际,但做不来阿谀奉承、谄媚之事,也不能如周、苏二人无私、爱民,岭南一行,我感悟颇多。大丈夫若真要报国,不只有为官一条路……你随我西行或南下,寻一处开书院,闲云野鹤岂不更自在些?"

况且，如今朝中局势紧张，陛下因破格擢拔我，惹出不少事端，还连累了霄白，我辞官远游，也好让他们缓一口气。"

叶流春沉默片刻，忽地笑道："看来昨日柏医官寻你喝酒说了不少肺腑之言，你往常没心没肺，哪里能为旁人想到这些。"

白沙汀为她打着团扇："我知晓你从前便想去访名山大川，也想让你快活些。"

叶流春噙着淡淡的笑意转过头去，正要说话，面上却一僵，白沙汀顺着她的目光看过去，发现汴河中段的桥上不知何时聚了一大帮百姓。

有人站在十二桥高高的栏杆上，一手持册，另一手握着一把短刀，微微动弹，周遭围观之人便发出一阵惊呼。

"哟，太平盛世，可别想不开啊……"

"有什么事，下来说说，大伙儿也能出个主意。"

"……"

那人瞧打扮是个商贩，粗布麻衣，形容憔悴，他蹲在桥柱子上放声大哭，甩手抖开了手边的册子。

"围观诸位……我本是在这汴都城中讨生活的，家有老母发妻，过得安宁……"

他的声音陡然尖厉："谁知朝中出了位大人，说要行什么新政、修什么律法，哄得我妻把着律法要与我和离，和离不成，她便杀了我老母！"

周遭议论纷纷。

那人还在继续说："我一纸诉状将这毒妇告上公堂，结果府尹竟以新律为依，不肯判处她极刑！皇天后土，这世间公道何在……"

叶流春收回目光，看了白沙汀一眼。

白沙汀自言自语道："不好……"

☙ ☙ ☙

沈络进门时，苏朝辞从正堂的椅子上站起来迎他："怀安，你来得正好。"

他拱手行礼，看见对面还有个眼熟的面孔。不等他开口相问，苏朝辞便伸手介绍道："这是户部的曲向文——小曲大人。"

曲向文作揖："沈大人，向文有礼了。"

沈络轻轻地哼了一声，似乎想起了他是谁："这不是周大宰辅的亲家人吗？"

"沈大人此言差矣。"曲向文不卑不亢地答道，"向文学自春山书院，榜上一甲十二名，在户部任职两年。宰辅外放，与其私交不深，于向文而言，姐夫与宰辅实非一人。"

沈络面色缓和了些，坐下，喝了手边的茶："你倒是拎得清，不像那周檀，刚回京就迫不及待地提拔自己母家人，简直……"

他没有继续往下说，因为他这才看见苏朝辞身后还坐着一个人，正笑眯眯地看着他。沈络差点将口中的茶水喷出来："洛老——"

"向文，坐，朝辞也坐。"洛经纶冲他摆了摆手以示不在意，"怀安啊，你如今在御史台风光无两，御前直言，老夫也佩服得很——"

"为君直谏，本就是御史台的本分。"沈络躬身道，"洛老过誉了。"

"今日我来拜访朝辞，不想这么巧，碰上了你们，恰好我也想听听你们的想法。"洛经纶点了点头，笑道，"我记得，怀安当年殿试之后，跟我在琼林宴上见过。那时候你慷慨直言，胸中全是大抱负，说要行新政、匡扶朝纲，还说——"

"洛老还记得，"沈络连忙道，"怀安当时年少轻狂，游戏言语，不必当真。"

"此言差矣，今日我们齐聚在此，不就是为了重谈新政吗？"

洛经纶瞥了苏朝辞一眼，不料他没有接话，只是温和地放下了手中的茶盏，道："洛老等等，今日我还请了一人。"

沈络刚想开口问是谁，便见周檀负手从门前走了进来。

曲向文立刻起身，按照礼数行了个礼："周大人。"

沈络心中惊诧，但也知礼不可废，立刻跟着起了身，语气却微妙："周大人今日怎到这里来了？"

周、苏二人闹翻，朝野上下无人不知，没想到周檀还会亲登苏朝辞的门。

周檀伸手指了指，示意他们落座。他先向上首的洛经纶问好，随后捡了一张椅子很随意地坐了下来。他刚坐下，便有下人恭敬地将门阖上了。沈络这才发现，苏朝辞在堂中摆的椅子恰好只有五张，想必是早就准备好的。

洛经纶笑道："霄白也来了。"

周檀淡淡道："洛老安好。"

他的目光朝着堂前扫了一圈，接口道："圣上与我推行新法，正是关键时候，霄白也想在堂前听听诸人的意见，警醒自身……方才来得正巧，恰好听见，洛老说怀安当年满怀报国之志，此时不是恰好有了施展的时机，该大展身手才是。"

洛经纶亦道："霄白不知，你在郜州时，废除棠花法令、推新法，改税制、养生民、变军制，怀安可是十分关注你啊，那时赴宴，还颇有兴趣地跟我说了好几句。"

周檀有些意外："哦？"

沈络感觉面上有些挂不住，略带羞恼道："洛老记性真好。"

他清了清嗓，摆出架子正色道："周大人虽说私德有亏，在朝中任人唯亲，还佞言谄上，但两年前郜州的那些条例确是不同凡响。"

苏朝辞也笑道："想不到怀安对此亦有如此的兴趣……但我记得，不久前新法颁布，怀安可是带头反对，前后交织，倒叫我看不懂了。"

沈络罕见地沉默了。片刻后，他起身，朝周檀揖手行了一礼。

周檀站起身来回礼，听见他严肃地道："想问宰辅，拟定新法时，心中可有考量？"

周檀眉目一动:"怀安这问题无趣,要拟新法,自然有考量,今日我来,也是想问怀安一句,你带头反对,难道是觉得此法不该变?"

"当然该变。"沈络毫不犹豫地一口回道。

"从何处变?"

"上下弊政、吏治、土地税法、军制,扫前朝余风,重拟因时合宜的大胤律。"

"说得好。"周檀轻轻地拍手,"如今新法初定,百般皆如怀安所言,政事堂持中以平息世家怨念,我与陛下变法,督行严查,既然如此,你为何上书反对?"

"宰辅当年三元及第,顾相门下第一人,能者人拟出这样的法令,有世之大才,也肯用手腕雷霆行之,可敬可叹。只是怀安不得不问宰辅心中的思量——我不信您不知晓,这法,怎能行得如此急?"

堂上几人听得津津有味。沈络缓了口气,口气又不免刻薄起来:"怀安知道,宰辅初任,有大显身手之心。虽说历代变法者无一不下场凄惨,可都是青史留名的人物,您莫不是为了在这一寸简上镂刻千古,便不顾如今朝中情态、四野局势?西韶初定,仍不能安,江南未静,世家不服,陛下年少,朝中诸党林立,形势如此,再辅以重法……"

他越说越激动:"怀安实不明白,宰辅如此年轻,难道等不起这关键几年?等不得党争平息,边疆安定,陛下威望渐长,天下归心?"

周檀垂着眼睛看他,居然没有反驳他的言语,只是淡淡地嘲讽:"等,要等多久?十年、二十年?西韶人何时彻底不敢再犯,朝中党争何时能够平息?不行手段只是等,大胤能不能等,你我能不能等?优柔寡断、瞻前顾后,何日才是尽头……看来我与怀安道不同不相为谋,罢了,你尽管再上折子,哪怕是拉着整个御史台一同参我……"

他轻笑一声:"我等着。"

"宰辅难道还觉得我如今义愤填膺只是对你不满?好,好……"

沈络被他气得跳了两下,怒气冲冲地拂袖而去,甚至忘了跟洛经纶行礼。

洛经纶瞥了周檀一眼,玩味道:"霄白分明知怀安的脾性,何必如此激他?"

周檀气定神闲地喝茶:"洛老说什么,霄白听不懂。"

洛经纶眯了眯眼,也起了身:"老了,坐得太久总想着出去舒缓筋骨,朝辞不必送了——"

他走了两步,突然顿住:"霄白啊,你老师是我故交,看在故人面上,老夫也提醒一句,你所行之道如雪夜临渊、逆风见火,执着未必是好事。"

周檀连眼皮都没抬,平静地道:"洛老好走。"

曲向文也起身行礼,挣扎良久,还是道:"宰辅在堂前,下官恰好也有一问。"

周檀不咸不淡地回道,并没有对他格外热络:"说来听听。"

曲向文轻声道:"我生得晚些,没有见过您和执政当年堂前论政的风采,今日一见,果然名不虚传……在诸人议论中,向文突然有些想法,其实这治国、变法就

·426·

如同医者见伤而用药，对症而生效。倘若病得重些，缓行不可，就要下虎狼之药，与天搏命，这本是正理，只是……国非一人之身，非朝堂所有，非天子私物，普天之下，莫不为身体发肤。一人性命，只一人搏，天下人的性命……"

他顿了一顿，坚定道："不能以虎狼之药做赌！谏议大夫方才说起历朝变法之人，向文所想，是历史上王莽篡政之时急行变法，直叫金科玉律朝夕之间付诸东流，王莽之法非不善，是时不可矣！"

他一口气说完了，喘匀了气，深深道："望君深思。"

堂前无话，曲向文叹了口气，也跟着告辞了。他没走几步，就听见周檀在他背后道："近日去瞧瞧你姐姐吧。"

曲向文回过身来，这次没有行礼："夏日暑气渐旺，姐夫注意身体。"

等到他的身影也消失在苏府的影壁之后，周檀才走到苏朝辞身侧，与他并肩站在门槛之前。

苏朝辞道："沈络其实算个直臣。"

周檀亦表认同："眼色差些，先前堂上劝谏陛下不可纳罗氏，险些让皇室下不来台，尚需历练几年，不过……朝中若都是沈大人这般的人，倒也不错。"

苏朝辞叹了口气，道："沈大人是直言不讳，你那小舅子……方才那番话说得漂亮，其实就是说你不够悲悯，难得，既有慈悲之心，又不乏机巧应变，假以时日便是中流砥柱。"

周檀抬眼看着天边的流云，伸了个懒腰："是啊，看到他们，总觉得大胤的未来颇有希望……"

苏朝辞还没来得及说话，便有个仆役匆匆从前门跑来："大人，不好了，汴河那边——"

周檀伸手示意他噤声，打着哈欠对苏朝辞道："几日后我在临风亭设宴请你可好？"

苏朝辞迟疑道："你我如今关系尴尬，如何能够直接赴宴？"

"无妨，等过几日我不做宰辅，自然可以请小苏大人到寒舍一叙。"周檀似乎很惬意地道，他抬脚往外走去，忽略了苏朝辞惊愕的神情，"不见不散。"

∽ ∽ ∽

汴河大街上抱着桥柱想要跳河的那个人去敲了刑部的堂鼓。

曲悠得知后，立刻随人到了前院。任凭她反应再快，那人一看有人出来，便高呼了两句，一头撞死在擂鼓石上。

刑部无人敢去收尸，稍有不慎又是受牵连。

曲悠怔然站在堂鼓之下，心中想着，当年初到此地，她自作聪明，以为上门抢掌印的梁鞍不敢妄动，完全没有想到对方有鱼死网破的决心。如今看来，这权力的纷争比她想象中更加可怕、灰暗、残忍。名声、性命，在这你死我活的争斗中都变得不再重要。

她和周檀都能猜出这出大戏的布局人。

或是不满利益被削的旧贵族，或是朝中与他意见不合的政敌，再或者……李缘君还没有找到，她出手为新政添堵，也不是不可能。

可是没有证据。

这桩案子很快便在市井间传开，像有人推波助澜一般，朝野群臣见风使舵，御史台中参周檀的折子本就不少，如今更是翻倍。

曲悠将周檀官帽系绳上的青玉珠子缓缓拉上去。

"今日临风亭的宴会，我已准备妥当，你归来时，我在那里等你。"

周檀正在发呆，忽地听见这么一句，他定了定神，微笑道："辛苦夫人。"

曲悠没有说话，也没有看他，两人彼此静默地对着站了一会儿。

最后还是周檀先开口："你已经猜到了，是不是？"

"嗯？"

"昨日出事之后，你没有问我一句，只是心神不宁、目光躲避，贺三告诉我，你在那架屏风之前驻足良久。"

她特意叮嘱过不要告诉周檀自己吐血一事，贺三应了，但除此之外的事情，他还是如数告诉了他。

"嗯，我大概猜到了。"曲悠答道，她抬眼与他对视，"可是，在我看来，这件事情本不该这样解决，我还是想听听你的理由——非此不可的理由。"

"好，"周檀顺势握住她的手，"今日临风亭中，我必将一切告诉夫人，绝无欺瞒。"

◎　◎　◎

果不其然，这桩公案在早朝上闹得天翻地覆。

早朝之后，宋世翾宣周檀到了御书房。

罗江婷提着食盒来时，只听见书房中一声清脆的茶杯碎裂声。她踮着脚，凑近几步，隐约听见了两人的争吵声。

"先生，朕已经不是小孩子了！"

"……新政势在必行，如今不过是一时错漏。"

"当初……如今这般情态，朕要如何相信？这朝廷姓宋还是姓周？《削花令》颁布时，国玺都是先生把着朕的手钤印，朕这个皇帝……"

"陛下不过是不再信我罢了。"

不多时,周檀便面无表情地从书房中走了出来。

罗江婷连忙提着食盒退到一侧。

周檀似乎根本没注意到她,他往外走了几步,恰好撞上前来汇报军务的燕覆。

燕覆拱手行礼,"哎呀"了一声,道:"宰辅手指为何在流血?像是被利器割伤了。"

周檀道:"无妨。"

顿了顿,他突然又说了一句:"你我本是过命的交情,如今肯关怀我一句的,也只有濯舟了。"

燕覆不解其意。

罗江婷却听得悚然一惊,她拎着裙摆进了书房,门口的内监紧跟着阖上了高高的雕花木门。

"陛下,臣妾方才听见……"

周檀拍了拍燕覆的肩膀,告辞之后继续往外走。跨过书房外小花园的门槛时,他忽地回头看了一眼,琥珀色的眼眸幽深,流露出一丝微不可闻的笑意。

∽ ∽ ∽

朝野上下皆知陛下与宰辅在朝后不欢而散。

当日午间,周檀的折子就递到了吏部,笔触淡淡地责怪自己"不能尽人臣之道",请上书罢相。宋世翾毫不犹豫地许了,提笔回了一个"善"字。

曲悠坐在临风亭中,端着一盏清冽的梅酒,任凭风将她盘得不甚仔细的发髻吹得凌乱。

下人将此事告知,她没有过于意外。

周檀第一次罢相,本就是因为朝野舆论,不过她没有什么可担心的。三个月之后,他便会因为"扫清旧党"有功而被重新起用,又做两年的宰辅,直至第二次罢相,客死异乡。

就是不知今日周檀与宋世翾的争吵有几分真、几分假。还有后来周檀立功,她能想到的"旧党"大概只有下落不知、生死不明的李缘君。

不过,此时她没有多余的心思去想这些事。

酒水清冽,亭外细雨蒙蒙,周府后园的湖面上腾起一片雾气,她坐在此间,如在仙境。晨起周檀走后,她已经在这里坐了一天。之前想不明白的事情,如今倒突然了悟一二。知晓之后,更觉寒凉。

苏朝辞来得比约定时间早了些,他抖了抖手中沾了雨水的黄油纸伞,一句话也没说，在亭中捡了个座位坐下。

过了没多久，白沙汀和艾笛声同至。

这二人来后，亭中终于热闹了些。

还是艾笛声先问："你夫人没有同来吗？"

白沙汀摇头："她随高姑娘去北街查账了，寻不得空闲。"

"那柏医官呢？"

"十一被陛下急召去了，说皇后病了，今夜不出宫。"

等到众人都坐定了，一人喝了一盏曲悠准备的梅酒之后，周檀才姗姗来迟。

他来时，细雨初霁，虽有阴霾，但月上中天，还是漏出了幽微的光芒。

周檀刚刚坐下，艾笛声便开口打趣道："此夜良辰美景，众人共同饮酒赏月，真是风流快活事。"

苏朝辞在席间一直默默无语，只是自顾自地饮酒。周檀酒量不佳，喝得少些，见苏朝辞几乎把自己灌得烂醉，连忙阻拦，一手按下了他的酒壶。苏朝辞挣扎了几下。周檀也不肯松手，争执间，他忽地发力，那铜制酒壶落在地面上，重重地摔出一声清脆的声响："够了，别喝了！"

曲悠摇着团扇的手一僵。

白沙汀和艾笛声的调笑声也戛然而止，亭中顿时一片静默，只有雨后知了的响声在静谧的夜里回荡。

苏朝辞红着眼睛看他，猛地站起身来，摔了面前的酒杯："你到底想干什么？！"

他伸手指着周檀，抖得厉害："昨日刑部之事，分明是有人刻意构陷……这么明显的局，寻证据十分容易，我要替你辩白，你拦什么？你与陛下在御书房争吵之后，我进宫去解释，你也不许。从那日辩政我就想问，你到底想要什么？难道非要把自己逼得声名狼藉、众叛亲离不可？"

他说得颠三倒四，语调也忽高忽低，本以为周檀不会回应，没想到片刻之后，周檀却低低地答了一句："是。"

"你说什么？"

周檀端着酒杯的手抖了一下，他略微分神的工夫，曲悠便抢过他的酒杯，仰头一饮而尽，随后随意地将酒杯扔到一侧："我来……替他说，让他也听听我猜得对不对。"

周檀侧过头来看她，喉咙动了动，艰难地道："阿怜！"

曲悠置若罔闻，只是问："苏兄，民生先不论，如今朝中形势，你看如何？"

苏朝辞一怔，随即按着眉心，勉力清醒了几分："……势如水火，就算我与霄白同仇敌忾，但党争之风已成，陛下提拔的新臣与汴都权贵和旧臣在朝上分野，各怀鬼胎。前朝高则和傅庆年在时，好歹只有两党，如今却是诸党林立……罢了，这些霄白也懂得，我们在这样的时候急行变法——"

曲悠打断他："那这样的朝堂该如何破局？"

苏朝辞被她问住，张了张嘴，犹豫半天才道："遏制党争，非一日之功——"

艾笛声突然在一侧低笑了一声，语带苦涩："原来如此。"

白沙汀疑惑地看向他。

曲悠没管他，露出笑容："我有一良计。"

"愿闻其详。"

"如今，新旧朝臣摇摆不定，四处钻营，不过是因为陛下登基不久，宰、执无积年的威望，尚需时日……而政事堂权柄日盛，威胁到了旧贵族的利益，为了维护既得之物，他们不得不想办法。"

周檀在一侧抓住了她的手。

"想要最快地将这样的朝堂之争平复，就需要一个上得陛下全心信赖，下有新旧两党、世家大族以及台、谏士大夫支持的宰辅，他要说一不二、雷厉风行，既有雷霆手腕又要上下敬服，把控政事堂两年，党争定然能平。"

"夫人说的是，可是……"苏朝辞听得怔愣，"这样的人物，从我朝开国以来，也只能找出刘相和顾相二人，如今放眼玄德殿，哪里能寻出这般人物？霄白虽然有先帝遗诏为保，但……早年风波到底伤了名声，想要如此，恐怕得等上许多年，再有就是——"

他说到这里，自己却顿住了。

曲悠将周檀的手抓得更紧，感觉自己唇舌间一片苦涩，可她不得不说下去："当然有这样的人，苏兄，还有你啊。你出身世家大族，前朝便颇有美名，又是帝师，能够在诸党之间斡旋，朝野上下，没有比你更合适的人物。"

苏朝辞拨弄着自己的五色佛珠，下意识地反驳道："我……我并没有这样的能耐，也没有这样的威望，就算霄白将宰辅的位子让给我，短期内，我恐怕也不能做到。"

他其实已经想明白了，只是不肯承认罢了。

"有办法的。"周檀终于开口，声音微哑，"有办法的。朝辞，你只需要做些事情证明自己——证明自己有野心、有能力，能够压得住各方利益，也能为他们解决心腹大患。"

他端着酒杯，走到苏朝辞身侧，深吸了一口气。

"我这一生，从被牵扯到燃烛楼案中，不得不背叛老师求活的时刻，或者更早……便已经结束了。可是你不一样，你出身清正，素有美名，如今差的，就是一个机会。"

苏朝辞死死盯着他，看见他的嘴唇一张一合。

"我自入政事堂那天起，便有意放任流言飞涨。变法……是我的心愿，但就如同那日怀安所言，本该等到二十年后。我如今急行，是在寻觅一个最不伤害王朝基业又能让自己如愿以偿的办法。

"……变法者无善终,假以时日,最多两年,我便会成为朝野上下的众矢之的,比如今更甚。那时,变法初得的成果已现,算是有个好的开端,也必将招致四方愤恨。你写一封折子,亲手把我这罪魁祸首送入诏狱,废了新法——到那时,你在朝上便是说一不二,再不会有任何一方对你不服,党争平息,边境有小燕守着,可换大胤百年安平。"

他一口气说完,绕到艾笛声面前,抢了他的酒,一饮而尽。

白沙汀则彻底听傻了,手中的酒杯哐啷一声落到了地上。

苏朝辞坐在原地,像一尊石雕一般一动不动。

"……那你的清白呢?"

周檀避开了他的目光,嘲讽一笑。

"清白……算什么东西!从前便求不得,如今再求,也没有什么意义,就像那日我对你说的——生前事,身后名,哪里比得上眼前重要?我不想为虚无缥缈的东西图谋一生……史书对我极尽称赞,不能让我如今更加快活,唾骂我、让我遗臭万年,也不过是此身去后的唇舌是非,岂足为惧?我如今的心愿只剩这最后一桩,若抱负得展,别无他求,死亦无憾。"

席间鸦雀无声。

曲悠提着酒壶,先笑了一声,又伸手对月,不知在跟谁说话:"当年,为了扳倒彭越,香卉和无凭商议,不惜以自身为筹码,化为锋利的刀,以身死换取公正。你当年救不下她们,自责不已……

"时过境迁,如今你非要用一样的方式,把自己也变成一把刀,以达到目的。而我……我也像你当日一般,就算提前知晓,亦是束手无策——多可笑,我知晓这是你的心愿,也知晓没有更好的办法,所以连拦都拦不得。"

她在桌上趴了一会儿,不知是在哭还是在笑。片刻后,她猛地站起身来,踉跄着走到周檀面前。不知是否因为酒喝得太急,她竟觉得几杯下肚便已大醉。

曲悠伸手抓住周檀雪白的衣领,对方担心她站不稳,伸手揽住了她的腰。她借机凑到周檀耳边,低声道:"晨起我问你的问题,现在已经想明白了——当日香卉出此下策,是因为知道自己命不久矣。那你呢?周檀……

"你告诉我,你还能活多久啊?"

∽ ∽ ∽

临风亭外下起瓢泼大雨,月沉天暗。

雨势大之前,苏朝辞砸了手中的酒杯,一言未发地告辞了。白沙汀拿着他遗落的黄油纸伞,匆匆地追过去,临走之前也只是重重地叹气。

"非得如此不可吗?"

周檀轻轻摇头，笑了一声："倘若有更好的办法……"

白沙汀沉默，撑起了手中的伞，道："我打算辞官，带流春到这大好河山走一走。"

周檀顿了顿，答道："甚好，如今朝局不稳，你是我母家人，难免受牵累。"

"不知道十一哥在太医院能待多久，你若需要人帮忙，就去找他。"

"好。"

二人都消失在临风亭外的雨雾中后，周檀脱了自己的外袍，披到曲悠身上。

她正坐在廊柱之下发呆。檐角雨水如注，和着湖面被溅起的波澜，打湿她的裙摆。周檀的手指拂过她的脸颊，冰凉。

他微微一僵，像做错了什么事情一般低低地唤她："阿怜……"

曲悠抬眼看他。

不知是不是因为方才饮酒太急，她脸颊微红，一双眼睛温柔、湿润，像雨水的影子，也像未尽的泪意。周檀垂着眼睛，感觉自己的心跳得很快。

有些紧张。

那年从诏狱出来之后，他几乎再也不会为任何事情紧张，哪怕面对朝堂上的刀光剑影、上位者的诡谲莫测，还有后来临城的千军万马、瞬息间翻云覆雨的情势。

他自小冷静自持，只有面临她时，即使全力防备也会丢盔卸甲。

他于颠沛的世间踽踽独行，倘若是真无情，还可自嘲一句敢效孤直先辈，偏偏他一心牵系的事情实在是太多了。他放不下对亲眷的执念，放不下老师临终前的叮嘱，放不下他本以为自己一生都不会有的情情爱爱，食髓知味，铭心刻骨，直至不能自拔。

"当年，我在诏狱中时……"周檀坐在她的身侧，握住她的手，声音微哑，似乎每一个字都说得很艰难，"三十二把手的师父，奉先帝之命，亲来审我——我是老师最得意的弟子，老师对我的爱重之意溢于言表，想要逼他开口，便要拿我开刀。"

曲悠红着眼睛看他，怔然道："当初我问你这些伤疤的来历，你推阻要夜里再说，终归是忘了。"

"我记得，只是不愿开口罢了。"周檀弯了弯唇角，却没有笑出来，"那时，狱卒得了令，不许真弄出人命。我那些同门师友，多是不堪受辱、寻机自尽的……死去之后秘不发丧，就那么堆在那里，等过上几日，被一卷草席抬出去，只说是忧惧自尽——老师座下寒门子弟众多，没有汴都世家大族的体面，有些连收尸的人都没有，尸体赤裸地摆在西华门下，腐臭不堪，被野狗叼去也无人管……那时汴都风声鹤唳，你应当也听说过一二。"

曲悠只听他简单的言语便觉得心惊肉跳，背后逐渐泛出微冷的汗意："你所受之刑，怕不比他们轻……"

"自然，只会更重。"周檀面上神色未变，只是淡淡的，像在述说与自己无关的事情,"为我掌刑的是前朝酷吏,最清正的文官在他手中也过不了一个来回,不是丢盔卸甲、尊严全无地求饶,便是被摧毁心智,整日只想寻死。我那时年轻,心高气傲,不懂转圜,只觉得不过一死,有何可惧?"

他握着她的那只手忽地用力了一些,就算过去这么久,这些记忆,回想起来仍旧觉得痛苦不堪。

曲悠转过头去匆匆掩饰,却来不及拭去眼角的泪水。

"他们取了这么长、这么粗的黑色钉子,"周檀用手比了一下,思量着回忆道,"在我身上寻要紧处,生砸进去。说来亦是巧妙,这法子不伤及白骨,却能叫人僵而不动,连抬起手指都觉得四肢百骸痛彻心扉,委实可怖……我读过那么多书,只有亲身体会才知一二,这世间的刑罚何其多,非人所能想象。"

曲悠本欲说话,周檀却没有给她机会,只是继续道:"当日你落入宋世琰手中,我旧病复发,像废物一样缠绵病榻之上,清醒的时候极少,每日闭上眼睛都做旧梦,冷汗浸透整个床褥,如坠冰窟……无人之时,我勉力下榻,却连门都走不出去,爬到窗前,听见叮当的声音……后来朝辞告诉我,原是他们在为我打棺材。"

当初在临安,他居然病到了这样的程度。

雨势渐渐地缓了,她却觉得比方才更冷,只好抱紧身边人的胳膊,索求微薄的暖意:"所幸你我都未折损,好好地在这里了。"

周檀笑着点了点头,却并不应她的话:"那钉子入我体中,便是要绝我自尽的可能——关节处连弯曲都不得,又怎能做别的?我痛得发狂,握着匕首都不能了断自身,只好哀求我的同门师兄,叫他杀了我,让我免遭些苦楚。

"师兄被夹断了双腿,他爬到我身侧,却没有答应我。他倚在墙上背了一篇《孟子》:'天将降大任于斯人也……'背完了,他侧过头来对我说,虽然我受的刑罚可怖,但取了长钉,将养一番,总能恢复如初,他们如此行事,是受了叮嘱,倘若不然,总该如诸位兄长、大人一般,不是死于非命,就是落下终身残疾,生不如死。"

周檀抬起手来,将她揽入怀中,声音有些抖:"后来老师来瞧我,痛哭流涕,说哪怕穷尽心力,也不过能保下我一个人……师兄听见了这话,既未怨恨,也未生心结,反倒欣慰。他握着我的手絮絮,从当年鲜衣怒马说到如今月光惨淡。我躺在地上,诸位如师兄一般的同门、清流的血就从我发间缓缓地流过去,我听见他说……

"既有机会活下去,不要再生死意,士大夫临大节而不夺,殊不知更难的是秉气节而无畏……鲜血流尽了,可我们还有未竟的事,今上暴戾不堪,储君难为仁政,边疆棠花令未废、兵乱不止,律法错漏百出,不可取信于民,至于朝堂之中,党争纷乱,更是诸多风雨。"

"是啊,"曲悠顺着他的言语,出神道,"从那时开始,你便不能为自己而活了……"

"出狱之后很长一段时间,我浑浑噩噩,仍旧不知前路如何。成婚之前遇刺不治,或许也是因为我心存死志，惧怕活着。"周檀抬头看着微雨渐收的夜空，曲悠感觉有温热的液体落在她的颈间，"你……你从不知道我有多庆幸自己能遇见你，遇见你，把我从满地碎片拼凑成如今的样子，让我活下来，让我有机会替他们做这些没有做完的事情……也是为了我自己，为了我午夜梦回无愧于心，真的能实现我拜入老师门下那一日许下的愿望。太子生变之前，我也无数次想过，接下来的事情太难太险，我只身入风雨，你怎么办？直到在临安时，柏医官告诉我——"

"昔年狱中之事，只听你说，我便知其中凶险。你自幼体弱多病，尚未养好又遇刺，殚精竭虑，怎能维持？"曲悠接口说道，感觉自己的唇舌间弥漫着血腥气，"原是你一早就知道自己活不长了，临死之前，还能用名声换朝堂清平，想来也是值得的，对吗？"

周檀没有说话。

"而你只是不忍心告诉我，或者说，你知道，告诉我此事之后，我没有阻拦你的理由，拦也无用，天意如此，我们能做的，只不过是听天命罢了。"

上天爱与世人玩笑，他们千辛万苦地周折，辗转着每生每世，越过时空罅隙，仍然徒劳无功，有情人分离的戏码良多，他们二人终归不能免俗。

他若不曾许下那个愿望，她便活不到如今的年岁，她若康健无虞，他便要死在临安那场杏花春雨之中。说不清是谁欠谁更多一些。

曲悠忽然起身，她几乎是绝望地咬着牙关低声道："你还记不记得，我曾经告诉过你，我属于另外一个地方……"

周檀道："自然记得。"

"那不是我梦里的世界。我知道你总觉得是我瞧见了西洋的玩意儿，自己幻想出来的罢了……我怕说出来你觉得我疯，可那是真的，那个地方，是千余年后的这里。"

"千余年后的……这里？"周檀喃喃地重复道，话语刚落，他似乎立刻就信了，微微笑着问道，"那你可知道后事？子谦……未来如何？"

"极好。"曲悠几乎咬到自己的舌头，她一字一句地道，"小燕帮他打了几场天下闻名的胜仗，朝野清平，四海安定，他在位时，是大胤前所未有的盛世。"

周檀唇角的笑意更深，他眯着眼睛回味了一遍曲悠的话，似乎极为满足，"那……朝辞如何？"

"我朝《名臣传》中第一人，恰如小燕也能做千古名将一般，十三先生留名青史，在千余年后，即便是刚上学堂的小儿，也能背他的诗篇。"

"你初见朝辞便失声发问，遇见小燕时吟《从军行》，至于十三……激动不已，如见知己。"周檀回忆道，"怪不得——你该早告诉我的，你知道，我从来不会不信你。"

"我说了这么多……"曲悠打断了他的言语，她的声音抖得厉害，周檀面上的淡淡笑意在她眼中越来越模糊，"你就不想问问你自己吗？"

周檀默然以对，仰头看向迷蒙的夜空，雨虽停了，阴云仍在，遮天蔽日，空空如也。

良久，曲悠才听见他低低的声音。

"不必问，吾心自有光明月……千古团圆永无缺。"

## 大 隐

"屡谄君上，好美色，好财帛，好权位……昔有罗氏女擅专，朝臣皆有奏，檀拒不直言，是为佞奸，后苏相引列为十恶，大快人心……"

"少为纨绔子弟，荼淫橘虐，书蠹诗魔，劳碌半生，皆成梦幻……所存者破床碎几、折鼎病琴，真如隔世。"

方才曲悠开口之前，其实还有最后劝一劝他的心思——

她虽知道周檀做所有事情皆有非此不可的缘由，她没有理由阻拦，可她是他的妻，更没有办法以"值不值得""应不应当"衡量。她想告诉他，他做了这么多，世人却负了他。若他真的做过那些事情，哪怕只有一桩，若他真的有些龌龊心思，哪怕只有一次，她都不会这么为他委屈。

周檀偏生不蔓不枝，偏生是冰霜惨凄却终岁端正的谦谦君子，他怎么能是如此纯粹的好人呢？是世人负了他啊。

只是周檀方才吟出那一句她曾经在宋世琰的狱中恍惚想起的诗句，她就全明白了。

多说无益。

周檀甚至在决定做这些事情的时候已经预料到史书会怎么写他。

他问了宋世翾，问了苏朝辞，听了燕覆和白沙汀，却对自己全无好奇——不是全无好奇，而是早在千余年前，周檀自己决定了史书工笔对他的盖棺论定。

她在书页边写下的批语，根本不是她所写，而是冥冥之中周檀握着她的手一笔一画写出来的。

正如当日船中，周檀握着她的手为自己造些浪荡的声名，端正地写了一句"手把丽馥作帐读"，荒谬不堪，他却甘之如饴。他们靠得那么近，她能听见他的呼吸、他的心跳，还有他永远沉郁动人的静水香气。

"你——"

还不等她颤声说完，周檀便侧过头来，低声打断了她："你既瞧了那些，当初为何……"

他没有说完，可曲悠明白他未言之意。

——你瞧了史书上那些我的不堪，当初见我时，为何还肯救我呢？

这个问题，她自己都不知道要怎么回答他。或许在今生见到他的第一眼起，她内心就有模糊的声音，纵使他们每一世的姻缘都破碎、忧郁，从不得善终，但只要看见他一眼，过去的一切就变得皆有意义。

"我记得当初你告诉过我，你从前一生所愿是看见历史中的真实。"周檀的声音很轻，仿佛在和她说话，又仿佛在自言自语，"……原是这样的意思。抱歉，窥见真实，未必是好事。"

史书遮天蔽日，何苦去探究其下令人惊闷、痛苦的暗流涌动？

他伸手抚摸着她的脸，眼睫一动，便有泪滴顺着面颊滑落，可他的表情那样平静，唇角甚至带着笑意："……你让我去吧，你有你的所愿，我也有我的。从前，我也期盼过与你白头偕老，只是上天不公，这一桩愿望已然落空，我不能再失去另一桩了。"

"你自去便是，何必问我？"曲悠抬手擦掉了眼尾的泪水，"你早就思虑周全，为什么还要征得我的同意呢？难道我不愿意，你便会放弃吗？"

"你是我的妻子，自我的命被你救起来那一日，便不再是我自己的了……我与你同享这身体发肤、白骨鲜血、七情六欲，如今它们不得不走向衰亡——我只是想叫你知道，你与江山社稷对我同样重要，如今做这样的选择，不是舍你取它，只是……我没有旁的办法了，而这样的牺牲是有意义的。"

"可是凭什么是你呢？"曲悠避开了他的目光，怔然问，片刻之后她又像想起了什么，急道，"那若我告诉你——你可知道，大胤最后还是毁于你一心想要遏制的党争，你的牺牲，最多换来百年的安平……人生苦短，就算柏医官说你命不久矣，也并不一定……"

周檀扶着廊柱站了起来，并不因她所说的一切而惊愕，只是平静地反问："百年难道很短吗？"

曲悠一时愣住。

"王朝总会逝去的，而眼前的百年……相较于千年，转瞬即过，可相较于你我，较于此地之人，却太过漫长，漫长到能够让全汴都的百姓平平安安，没有战火、没有纷争、没有不公地度过一生，安乐地死于子孙满堂的榻上，而不是死于饥荒、战乱，不是被拿来做权力的工具和大人物的筹码。"周檀不敢看她，"我们想要的，不就是这样的生活吗？成全不了自己，总要尽力成全别人。百年安平……实在够多，我尽力了。"

语罢，他踩着亭前积雨的水洼离去，缓慢而坚定。

曲悠在他身后轻笑了一声，语带哽咽："人生识字忧患始，你不知道，如今我有多渴望自己是什么都不懂的市井泼妇，只知道撒泼打滚地叫丈夫顺从自己的心意……你说要成全，那你愿意成全我吗？你死去之后，我绝——"

她说到这里，突然顿住，随后语气一转，带着几分怄气道："你最好保重，你若死了，我便另嫁他人，从此把你忘得一干二净。"

周檀明明知道她说的是假话——她是如此聪慧的女子，如今与他言语往来，不过是二人皆心知肚明，他的选择无法阻拦。她不能原谅自己连一句阻拦的话都说不出来，故而别扭地与他过不去。

他将前因后果想得清清楚楚，却不免因对方这一句话而产生尖锐且而绵密的痛苦，这痛楚如此真实，以致他停下了脚步，捂着心口在原地站了一会儿，良久才从如坠冰窟的感觉中惊醒，瞧见路边一朵带雨的铃兰。

"我死了，你忘了我……难道不也是我最大的愿望吗？"

于是他笑起来，尽量让自己的声音听起来平静。纵然知道对方不会相信他的话，但他总要勉力去演，力求逼真。

"如此……也好。"

他离开了后园的临风亭，只剩下曲悠一个人坐在亭中，瞧着他的背影消失在夜色深处。她抱着廊柱，闭上了眼睛，夜雨残存的寒气沿着她的脊背向上爬，绵延开来，寒凉，冰冷。

"你有你的愿望，我也有我的……"她痴痴地重复道，"说了一晚上的假话，总有一句是真的。窥见真实并不痛苦，它对我太重要了，既然如此，那你也……让我去吧。"

∽　∽　∽

周檀被罢相之后，明帝迟迟没有拟定新相人选。

文武百官却无人敢去催，只因那日明帝与周檀在御书房争执之后，就在后园吹了风，惊怒之下，竟然就此病倒，连早朝都罢了三日。

周檀闭门谢客，苏朝辞持中不语，皇后软弱，后宫中只有罗江婷近身服侍明帝。她垂着眼睛为年轻的皇帝净了手，随即握紧了他滚烫的手指。

隔着重重的帘幕，她听见宋世翾问："阿罗，你过得快活吗？"

罗江婷并不知阿萝之事，只知道宋世翾从前颇为爱重那只叫阿萝的猫，在它死去之后伤心了许久。她先前只觉得他爱叫"阿罗"不过是将她当小玩意儿看，后来时常瞧见对方深沉忧郁、情意绵绵的目光，也知他对这名字不过是爱重罢了。

他这样单纯、炽热的人，怎么适合做皇帝呢？

罗江婷跪在厚厚的软毯上，将脸贴在他的手心。她闭上眼睛，回想起二人相见的第一日，她装作惊慌失措、走投无路，拦下了他的轿子。

少年打开帘子瞧了她一眼。

她完全没有想过会这么顺利，只要一眼。

她心中涌起一阵酸楚的愧疚，片刻便消失殆尽，只是温顺地答道："陛下，臣妾能够陪在您身边，已是最为欢乐知足的事情。"

柏影近日被苏朝辞请去了，太医院的人来过好几次，年轻的皇帝烧得已经没有之前那么厉害了。方才太医临走之前还特意叮嘱，喝了最后一剂药好好睡一觉，明日大概便能好些了。

不知道是不是喝了那药的缘故，宋世翮昏昏沉沉的，颇有些不清醒。就算在他的身侧，罗江婷也分不清楚他是在跟自己说话还是呓语："是吗？可是我总觉得，对不住你……当年……你什么都没有，我也什么都没有，我却觉得甚好，若真能像平凡夫妻一般……"

他说得颠三倒四，混乱模糊，罗江婷跪在榻前怔然听着，倏然落了一滴泪。她被自己的眼泪吓了一跳，连忙抬手拭去泪滴，逼迫自己平静下来，清了清嗓子，道："陛下，太医说您这病也是心结，怕不是前几日在书房前真的被前宰辅气到了？臣妾知道您从前与他情深义重，可是他这样满心权术之人，又岂是……"

她说到这里，便没有继续往下说。

宋世翮良久没有说话，半晌才简单地道："……是啊。"

罗江婷微微放下心来，又问："陛下想要原谅他吗？"

宋世翮低声道："朕……不知道他在想什么。"

罗江婷连忙道："陛下如此挂心，臣妾也忧虑不已，不如明日我将周夫人请进宫来一趟，问一问她吧。"

宋世翮便道："好。"

言语之间，便有宫人上前禀报，说皇后来了。

皇后来了，她便不能久留，于是罗江婷起身告辞，弓着腰退了几步。她听见宋世翮在她身后唤道："阿罗……"

极为温柔缠绵的声音，似乎还带着一二分不舍的泪意。

她不敢回头，只是应道："陛下？"

帷帐之中，少年的声音微哑："风大，穿了朕的外袍再去吧。"

于是皇后进殿时，只瞧见披着烫金披风红着眼睛的罗江婷匆匆地从殿中跑了出来，似乎有些失控，见到她都不太顾平日的礼数，只是匆匆低头，慌张地去了。

皇后走进殿中，立时便有宫人将沉重的殿门阖上。

她走了几步，抬起眼睛就看见少年天子撩起了纱帘帷帐，表情淡漠地坐在床上，除却脸颊微红，完全看不出任何病重的痕迹。

皇后垂着眼睛上前几步："陛下，风冷，不宜起身。"

宋世翮顺势握住她的手，温和道："我知道，你这几日诵经祈福，瘦了不少，坐下和我说说话吧。"

皇后回头看了一眼，发觉殿内无人，才朝他一笑，完全没有了外人面前的拘谨、恭敬，反似与他十分熟稔："我照陛下所言，巴巴地去燃烛楼跪了三天，陛下怎么谢我？"

∽ ∽ ∽

第二日一早，宫里便来了人，请曲悠进宫一趟。

彼时她正在听周檀抚琴。他不常弹琴，却不生疏，早饭后兴起，为她弹了一首《短清》。

听完来人言语，周檀握着她的手站起来，垂着眼睛道："娘娘叫你，你便去吧。"

罗江婷在几日前已经由美人封为婷妃，正是风头无两，后宫人少，连皇后都不能与之媲美。

宋世翾刚纳身份低微的罗氏女时，群臣并无意见——不过是小门小户的女子罢了，皇帝未来有三宫六院，何必在乎这细枝末节。只有周檀不顾年轻皇帝的颜面，连着在早朝上驳了三次。

如今众人眼见罗氏女越来越得宠，皇帝却没有另纳他人的意思，纷纷着了急，折子如雪片一般飞往玄德殿。正是需要人出来牵头之时，周檀却三缄其口，不肯再提此事了。于是常有人背后议论，说他是为了缓和与皇帝的关系，才在此事上退了步，如若不然，总该在此时振臂一呼才是——就算被罢了相，他依旧是朝廷的言官。

文臣、言官不言不语，即为谄上。

这种蛮不讲理的言论，曲悠听过许多次，如今连气都懒得生了。

听说婷妃召她进宫，曲悠并不惊诧，她扶着周檀的手站了起来，道了一句："那我去了。"

周檀温言道："我等你回来。"

两人之间话说得并不多，只是简单地双手交握，却叫来传旨的宦官脸红了红，不由得打趣道："看来传言不假，大人与夫人当真亲厚。"

曲悠并不看他，只是盯着周檀的眼睛："自然。"

周檀的目光闪烁了一下，他抬手拂了拂曲悠的肩膀，语气沉沉、含义不明地低声说了一句："保重。"

曲悠笑道："好。"

曲悠时常进宫，虽然常去的是皇后那里，但众人皆识得她，对她格外尊敬。她被引入了婷妃的宫苑，瞧见纱帘之后有个袅袅婷婷的美人儿。

于是她略微屈膝，口中道："娘娘。"

外命妇进宫不跪妃嫔，是为大不敬，一侧的宫女迟疑地往帷帐内看了一眼，似乎有些拿不准该不该上前提醒。

但是罗江婷深知曲悠进出宫苑时连皇帝皇后都甚少让她行礼，自己不好在这种事上发作，于是她微微摇了摇头，十分客气地说："周夫人不必多礼。"

曲悠在一侧坐下，看见两个宫人撩起帘子，身着茜色衣袍的婷妃抱着一只狸猫缓缓地朝她走了过来。

一时间，她竟然有些恍惚。

前世罗江婷亦爱养猫，她在罗江婷身侧待了好长一段时日，心知她如今的客气不过是因为面对的是外人罢了。实际上，她的脾气十分不好，时常打骂宫人，又极在意圣宠，不知何时便会发怒。宋世翾多看她身侧的宫女两眼，她就如临大敌，立刻罚那宫女跪在雪地里，倘若没有那件鹤氅，一定会闹出人命。她从前不懂罗江婷。如今再看，那些想不清楚的事情，竟能一一寻到缘由。

"夫人可知，今日我为什么要请你进宫吗？"

"妾身，不知。"

罗江婷放了那猫，染着蔻丹的手忽地用力，从一侧的花瓶中掐下一朵幽兰："陛下告诉本宫，他不知道周大人心中在想什么。"

殿内之人已经被遣出去了，掩着门扉又未点灯，一片昏沉。

曲悠勾着唇角笑了笑，并不接话，只道："那娘娘知道陛下心中在想什么吗？"

不等罗江婷说话，曲悠忽然又道："娘娘比我小几岁，我也听夫君说起过娘娘的身世。江大人在时……怎的在花宴聚会上从未见过您？"

罗江婷微微一滞，飞快地答道："周夫人说什么，本宫听不懂。本宫今日请你进宫，也不过是代陛下转告一句，夫人既听了，便早些回去吧。"

出乎她的意料，曲悠并未再说什么，反而规规矩矩地朝她一拜，转身就走了。

殿门漏了些光，罗江婷追了几步，在她身后唤道："夫人难道没有别的话想说？"

曲悠没有回头，只是冷笑了一声，道："狡兔死，走狗烹，这么简单的道理，我听懂了，娘娘还想再听砧板之鱼说什么呢？"

听了这句话，殿门附近的宫人一凛，连忙都跪了下去："皇宫大内，夫人慎言哪！"

罗江婷感觉自己的心怦怦乱跳，若说先前她还以为周檀与宋世翾只是口舌争端，如今听了曲悠这番话，越发证实了自己的猜想。她心中想着，面上却不显，只是喝道："放肆！"

曲悠轻蔑地甩了甩袖子，毫无恭敬之意："妾身告辞了。"

言罢，她再不听罗江婷的言语，径自离开了她所居的云清殿。临走之时，她似乎还听见宫女压低声音问："娘娘……可要去见陛下？"

罗江婷则低声回道："不急，你去……"

曲悠沿着御花园逛了好一会儿，又去皇后那里坐了坐，耽搁了一个时辰才出宫。

为她引路的小太监想是被她方才的话吓到了，连头都没敢抬，只是一路将她送到东门口："夫人好走。"

东门之外悬着周府木牌的马车正在等候，她刚刚瞧见朱红的宫墙，便听见身侧传来一个熟悉的声音："周夫人！"

她有些意外地侧过头去，发现是许久未见的柏影："柏医官怎在此处，前几日陛下病了，我听闻你不在太医院……"

"出京置办药材去了。"柏影提着他的药箱子朝她跑了几步，笑道，"昨日夜里回京才知道陛下病了，一大早便进宫来，不想陛下喝了药暂且歇着，只得明日再来。我舟车劳顿，困乏得很，夫人载我一程吧。"

还不等曲悠说话，他便打了打自己的嘴，笑着补充道："我坐在辕上便可，若叫小心眼儿的周大人晓得我与夫人同乘，必定又得阴阳怪气地来找不痛快。"

曲悠许久不见他，有心与他多说两句，片刻又迟疑道："我倒是无所谓，不过今日天色尚早，我本想到汴河大街逛逛，要不先使人将柏医官送回去吧，或是到芷菱和丁香她们那里去也好。"

"不必不必。"柏影笑眯眯地跳上了她的马车，坐在前头，"那有什么要紧，我便跟着逛逛，正巧近日准备添些书具……可别提丁香和芷菱，如今艾老板带着高姑娘接手了我的铺子，兢兢业业的，人家终于找到了负责的老板，整日眉开眼笑地数钱，见了我便翻白眼。"

马车缓慢地行进，前方挂着的木牌和铃铛叮叮当当地响着，曲悠坐着无聊，干脆凑近车门，跟外面的柏影聊天。

两人从前便有话聊，大抵是因为柏影早年便离开了白家，出来游荡，三教九流都接触过，言语也不似她平日接触的世家子弟和官宦一般严谨——就算是白沙汀，骨子里依旧是世家大族养出来的骄矜，没有柏影的随意、懒散。

早些年，她还一度怀疑过对方也是穿越而来的，兴致勃勃地试探了两次，才发觉对方也不过是真的乐天知命罢了。

"……你不知道，要不是苏先生和艾老板给的钱多，待不了几日我便跑了。虽说当时只照看陛下一人，清闲，但哪日不是战战兢兢，把头悬在裤腰带上过活，生怕突然死了。在临安时，陛下游说世族，病了好几场……不过，所谓富贵险中求！如今我也算是熬出来了！有钱有闲有官职，只差再娶一个如花似玉的娇妻。连白十三那混账都娶得到春娘子，夫人记得给我留心一二……"

他絮絮地说着，倒叫曲悠的心情松缓了些。两人同往汴河大街，逛了半晌，有她结账，柏影乐得多买。

直至日上中天，柏影提议在樊楼吃过饭再走。不想这日雅间人满为患，竟是早早订满了，他们问过了才想起来，原是今日汴都新晋的花魁要来樊楼弹琵琶。

曲悠在大堂前站了一会儿，瞧着那红衣花魁一张芙蓉娇面，满面生春地拿手中的拨片拨了一下自己的琴弦。

叶流春已嫁人，春风化雨楼重开了，这新晋的花魁也是春风化雨楼出身，年纪轻了些，虽比不上叶流春的声望，但红袖一招，亦是满堂喝彩。这世间的热闹，大抵是从来不缺的。

柏影陪着她瞧了一会儿,才重新上了马车。

进太医院后,柏影被赏了宅子,恰好与周府在同一条巷子,两人恰好顺路。从汴河大街到周府虽然不远,但十二桥中有一座近日被踏坏了,是以车夫只能驾车自远处的桥洞之下绕路。这路一绕就远了许多,车帘外的喧嚣声也散去了不少。

曲悠支着头昏昏欲睡,见柏影在车帘外半晌没说话,不由得意外地唤了一声:"柏医官?"

帘外却只传来车夫无奈的声音:"夫人,柏医官抱着车辙睡过去了。"

她的唇角刚刚上扬一分就觉得不对。

如今说话的车夫,与她今日带出府的并非同一人!他似乎还刻意学了对方的腔调,把声音压得很低。

愣了一下,曲悠却笑了起来。随即她便嗅到一股很清淡的花香。在嗅到这气味的同时,她闭着眼睛往车内一侧倒去,砸出了很大的声响。马车顿了顿,随后突兀地疾驰起来。

曲悠勉力维持着最后一分清醒,从马车坐垫之下摸出一把匕首,在自己宽大的衣袖中朝着手臂划了一刀。鲜血顺着白色的中衣洇湿了一片。她把匕首塞回去,摸出一块帕子,草草地将伤口包扎,随后将手臂藏好,像什么都没有发生过,沉沉地昏了过去。

划了那一刀,曲悠的意识半清醒半昏沉,她死死按着自己的伤口,勉力维持着清醒,直至马车停了下来,她才勉强松了一口气。

这马车行了约莫一个时辰,中途顿了一次,外面似有人声,想来是出了城。从汴河向东绕路,一个时辰不到便能到城门口,大抵去往的就是东城门——京华山方向。

想到这里,曲悠终于支撑不住,还是在那淡淡的香气中昏了过去。再次醒来时,她睁开眼睛便瞧见了小窗外热烈的火烧云。

居然到了黄昏时分。

她的外袍应该是那人搜查她身上有没有藏东西时被脱了下去,所幸褙子厚实,挡住了手臂上的伤。手腕被麻绳粗粗地缚在身前,除了浑身发冷,她应该没有受别的伤。

曲悠混沌地理清了自己的思路,甚至没有来得及打量自己如今身在何处,便听见身后传来一个声音:"周夫人……"

她凛然一惊,迅速地回头。

那群人抓了她,出城之后寻了一所破宅子。这里想必是柴房,虽然很大,但她身下都是干燥的稻草,只有一扇高高的小窗。

借着夕阳的光线,曲悠看见柏影同她一般被捆着手腕扔在墙角,他随身的医药箱被倒扣在地面上，东西散落一地。

柏影唤了一声，便见曲悠深深地看着他，似是吓到了，半晌没有说话。他不由得咳嗽了一声，道："周夫人，想什么呢！咱们如今怎么……哎哟哎哟——"

话没说完，他便开始哀哀叫痛，说在车辙上坐了一会儿，不知道怎的就睡了过去，等再次醒来便在这里了。那些贼人对付他想必不太精细，扔他进来时大抵扭了他的肩，他痛得很。

曲悠哭笑不得："柏医官不如先想想是谁抓了咱们……"

柏影这才反应过来："对啊，你我好好地行在路上，竟有人如此大胆，敢劫持朝廷命官和外命妇，真是岂有此理……人呢，怎么不见人来？要钱还是报仇，总得给个准话吧。"

他叫嚷了半天也不见有人来。曲悠凑到他身前，先努力地帮他将手上的绳子解了，又让他解了自己的。

两人拍了拍门，并无人应答，只能听见门外沉重的锁链声。曲悠踩着柏影的肩膀，从那扇小窗往外看。天色却已经黑了，什么都看不出来。

柴房中空空荡荡，没有任何工具，门却似刚刚被换过，两人用尽力气也不能撞开，折腾了许久，只好筋疲力尽地靠在墙角，暂且放弃努力。

柏影捡起了医药箱中原有的东西，哭丧着脸道："这群人竟将我的刀和针都收去了，要不怎么也能留下来撬个锁，如今只剩下纱布和草药，有什么用处……"

曲悠便道："莫要担心，会有人来救我们的。"

柏影接口："是啊是啊。虽说我是孤家寡人，但周大人必定会来救你的……只是不知咱们如今身在何处、他能不能找到。"

曲悠没有回答，抱着胳膊坐在墙角发呆。似乎看出来她冷得发抖，柏影便咬了咬牙，将自己身上的外袍脱了下来，披在她身上。他一边为她系衣带一边抱怨："瞧你体弱多病的，还是多穿些，如今我脱了这外袍就算是报答你上午结账之恩了。当然，等我们出去后，你若想感谢我再多送些银票，我必定敬谢不敏……"

曲悠本想拒绝，谁知柏影口中多话，动作却麻利，言语间便将那外袍裹在她身上。

柏影与宋世翾相熟，平日入宫也不一定非要着官服，今日他穿的便是银光缎——汴都如今时兴的男子衣料，光华内敛，一丝不乱，不似他会喜欢的东西。

曲悠抓紧那外袍，目光从他面上掠过，轻声道："多谢。"

似乎是察觉到了她的疏离，柏影顿了顿："你似乎并不慌乱。"

"如今全无头绪，慌乱无用，"曲悠平静地回答，"再慌，也不及当日在废太子手下……无人来寻，我们便暂且有价值，会有人来救的。柏医官，莫慌。"

听了她这句话，柏影难得沉默，他撩起了衣袍，在她身侧坐了下来，道："伸手，我为你把脉。"

自从入了太医院，除了宋世翮和周檀，柏影已经少为旁人看诊。按理说，他不该在宋世翮未许之时去瞧周檀，但从周檀遇刺开始，周檀的身体便一直由他照料，旁人接手，他自己亦不放心。

曲悠迟疑了一下，还没有伸出手去，柏影便捏着她的袖子将她的手拖了过去，垂着眼睑，不久却有些诧异地松了一口气："尚好，许是养得好的缘故，竟没落下什么病症。听闻宋世琰那段时日常到刑部以折磨人为乐趣……他到底对你有一分情，未下狠手。"

长夜寂寥，二人却皆无睡意，因曲悠已为人妻，两人不能相互取暖，柏影只好在自己身侧堆了个稻草窝，缩成一团："到底是何人抓了你我来，怎的也不露面……我今日滴水未沾，又冷又饿，快要死了。"

曲悠嗯了一声，却没接话。柏影正纳罕她为何不像平日一般健谈，侧过身去，不经意地拂过她的额头，却摸到了满手冰凉的冷汗。她明明裹了他的外袍，怎么出了这么多冷汗？

柏影立刻唤了一声："夫人？"

曲悠没吭声，柏影吓了一跳，摸黑寻了半天，竟真叫他在药箱里寻到个潮湿的火折子，费了许久的力气才点亮一根只剩半截的蜡烛。烛火一照，他发现对方的面色白得吓人。

不对，若只是冷，不应该如此。

靠得近了，他才突兀嗅到一丝幽微的血腥气，登时面色一变，目光落在她一直下意识捂着的手臂处——方才拎她过来时，她似乎使不上力气。

柏影撩起了她的袖子，倒吸了一口凉气——外袍和褙子之下一片红，伤口上简单扎着一块帕子，已经被血浸透了。他看着这伤口，居然不合时宜地发起呆来。

直到曲悠有些虚弱地开口调笑道："柏医官见了病人，怎么反倒愣住了？"

柏影如梦初醒，立刻手忙脚乱地从药箱中翻出草药，将她的手臂挪过来，清理伤口："你你你……怪不得方才摸着脉搏有些弱，我还以为是太冷的缘故，受伤了怎的不告诉我？明明大夫就在眼前，怎么，怕我事后狮子大开口漫天要价？钱哪有命重要！"

"小伤口罢了，怎就危及性命了？"曲悠幽幽地回道，"方才我也是困倦不已，竟将此事忘了。"

柏影瞪了她一眼，开始专心为她处理伤口。将血迹擦尽了，他才发现这伤没有那么重，一时面色苍白恐怕是因为她如今饥饿、寒冷，身体本就疲倦导致的。

曲悠瞧着柏影，突然道："许久不见柏医官了，咱们来说说话。"

柏影连头都没抬，没好气地问："说什么话啊？说你怎么突发奇想，割自己——"

说到这里，他突然住了嘴，曲悠笑道："不是突发奇想。"

昏暗的烛火之下，她看见柏影脸上的表情变幻莫测，等了半天都不见他继续说。

柏影直到将她的伤口牢牢缠好了，才冷不丁开口道："说起来，我倒是真有一件事很好奇。"

曲悠接口："嗯？"

"当初……霄白还在做刑部侍郎时，你奉旨冲喜，还得了任家的羞辱。"柏影思索着回忆道，"寻我去给霄白治伤，不过是怜悯他濒死。我还记得，你当时对他颇戒备，可是后来，你二人越发琴瑟和鸣，心意相通。抛却怀疑……是一件多么难的事情，我真的很好奇这中间发生了什么。"

不意他会问出这个问题，曲悠一怔，却飞快地露出笑容。她笑得眉眼弯弯，仿佛说起了什么最让人快乐的事情："柏医官……你有没有少时便识得的旧友？"

柏影愣愣地摇了摇头："我交朋友，从来只看心意，随性来去，许多旧友便记不清了。"

"结识当然是只看心意，可要维系感情，还需要很久很久。"曲悠用没有受伤的那只手托着腮，认真道，"嗯……或许这么说比较好，我在认识一个人之前，或者与人初识后，都会对他有千种万种的设想——倘若每种设想都恰到好处，我们便能成好友；倘若每种设想都差一点点，我们便是点头之交，之后就不会多往来了。"

"那……"柏影怔然问道，他鲜少有这样认真的时候，"霄白便是恰好符合你设想的人吗？"

"他不是，"曲悠立刻摇头，笑意却更深了，"他比我的预设……更好，每一件事情，他都做得比我想象中好更多，有一些甚至是我不能想象的好。遇见这样的人，难道你不会敬他、爱他，每天都比昨天更爱一点吗？"

柏影不语，曲悠的手指拂过顺滑的缎面，主动与他说起了另一件事："几日之前，夫君与我在临风亭宴饮了苏执政和十三先生。"

柏影一时没有反应过来："啊？你们不是时常宴请他们吗？艾老板忙得很，我又不在京城，要不然总得找你们讨几杯酒喝。"

曲悠却问："你知道为何陛下登基以来，夫君总是与他作对吗？"

柏影眉心一动。

曲悠言简意赅道："夫君对苏执政说，愿以自己的名声为垫脚石，送他登高位、摄朝局。执政本就是世家出身的清名文臣，再除去一个朝臣不满的奸佞，便可成就如顾相一般的盛名，助他绝党争、养生民。"

那截蜡烛快燃尽了，曲悠垂下目光，看见柏影没有宽大袖口遮掩的手剧烈地抖起来。

他咳嗽了两声，似乎有些不敢信，哑声问："天下熙熙攘攘，皆为利来利往……难道世间真有这样的人，肯舍去一切，只为了心中的道吗？"

"有的。"曲悠出神道，"说到底，在他心中，身后名总是不如眼前的、能落到旁人身上的好处来得实在。他自己可以不在乎，可我在乎，因为我珍爱他，犹如珍爱身体发肤，它们受伤不能自顾，我来相护。"

她一边说着，一边被一种巨大的哀恸笼罩，眼眶酸楚，却还要继续道："……但是在行此事之前，我们还有一件不放心的事——太子妃临死之前，被我抓住把柄问出了些端倪，原来，在废太子和太子妃之外，还有这样一个人存在。

"他潜伏许久，用心良苦，了解我们每一个人，活在最危险也是最安全的地方——此所谓大隐隐于市——他操纵着朝局，将我们所有人玩弄于股掌之中，就连宋世琰，也是临死之前想清楚了这个人的身份，才会丧失斗志，从容赴死。"

柏影弯了弯唇角，却没笑出来："你说得甚是骇人，这样一个人……他会是什么身份？"

"他处心积虑为天下来，自然不是一般的身份。"曲悠紧紧攥着袍角，艰难道，"……当年那桩苏氏旧案，宋世琰急怒交加，忽略了最重要的一件事——当年那西韶女子真出府后就杀了皇后亲子吗？她本该一辈子都离宋世琰远远的，为何甘冒风险必要见他？若不是思亲情切，便是发生了她不能掌控、会威胁到宋世琰的事情，才叫她不惜一切，拼死也要告知。

"可惜宋世琰并非善类，刚得知亲眷关系便拔剑杀了她，对她的告诫只听了一半，直到太子妃露出真面目，他才想明白当初自己没有听完的事情是什么。"

柏影跟着她重复道："是什么？"

"前几日，我撞见一个苏案发生时在场却意外没有被宋世琰灭口的知情人，他说得颠三倒四，但就那么三言两语叫我突然想清楚了这件事情。"

烛火灭了，一片黑暗中，曲悠缓缓道："皇后的亲子或许没有死，这个人才是与李缘君和李家血脉相连的人。他们也早就知道此事，故而从当年开始，李缘君便处心积虑地近了宋世琰的身，开始对他下药，将这唯一的储君变得喜怒无常、暴戾不堪。如此一来，先帝驾崩时，朝堂必生变乱……

"旁的皇子不堪托付，王朝后继无人，他在这时出现，恰好能顺理成章地接过一切——有李家帮着证明身份，他甚至会得到众人的拥护。可他没想到，先帝居然留了遗诏，迫使他不得不改变计划，继续蛰伏，只是李缘君已经暴露，他的时间不多了。"

说完这番话，曲悠轻轻笑了一声，不知在嘲笑他还是嘲笑自己："不除掉这个人和李家的残存势力，夫君没有办法继续做他想做的事。于是我们商量许久，决定设个局将此人引出来——他等了这么多年，实在等不下去了，见到机会，兵行险招，也是意料之中的事。"

她听见柏影粗重的呼吸一声又一声，双目逐渐被潮湿的泪意浸润。

"春娘子大婚之日，曾对我说过，太子府中的幕僚虽然尽力避开她，但她还是嗅见了药材的气味……今日之前,我甚至忽略了许多本该被我注意到的事情,因为我从未想过……"

虽然看不清对方的脸,她还是扬起了头,尽量平静地接口道:"……那个人会是你。"

## 故 梦

白沙汀与叶流春大婚当日,高云月随侍女出去之后,叶流春说了那句"浪子回头心未死"后,曲悠沉默了一会儿。她并不知道叶流春与白沙汀之间发生了什么,只能从那几首伤心缱绻的词中窥得一二,破镜虽难重圆,但她想起叶流春月琴下一直坠着的那枚同心结,便知他二人情感一团乱,外人实难理清。

前院传来宾客来后嘈杂的笑声,曲悠伸手取来桌边一盒梅花香粉,开盖嗅了嗅,转移话题:"听闻寿阳公主梅花香早已失传,初次见面我就想问你,这是从何处配得的?"

叶流春用指尖蘸了一点按在面上,她瞧着铜镜中的自己,笑道:"自然是我自己配的。我自幼善制香,闲来无事,在古籍中寻到残损的方子,费尽心思才补全。你要是喜欢,我送你些。"

曲悠立刻答允:"好啊,那我就先谢过春姐姐了。"

叶流春被她逗笑:"你呀……"

她刚说了这一句,笑容突然僵了僵。

曲悠见她似在沉思,便唤了一声:"春姐姐?"

"我倒想起一件事来。"叶流春将她手中香粉盒子盖上,突然道,"悠悠可知,废太子尚未进宫之时,在府中有一位很信任的幕僚。"

曲悠回忆了一下,皱着眉道:"我似乎记得这个人,宋世琰好像很宠信他。"

叶流春问:"那你见过没有?"

曲悠摇头。

叶流春道:"我也没见过。只有一次我自作主张到废太子书房去,险些与这个人撞上。他见我进来,立刻躲到屏风之后……废太子后来似乎没有把这个人带到宫中去。太子身死之时,我们应该也没有见过他。方才我摆弄那香粉盒子时突然想起,那日隔着屏风,我嗅到了药材的气味。"

曲悠蹙眉重复:"药材?"

叶流春按着额头:"我好久不用梅花香了,你方才若不多问,我怕是已经忘记了。"

"你若不提,我也没想起废太子的幕僚。他的幕僚其实有十数个,最信任的却只有这一个。"曲悠将那盒香粉重新摆回桌上,"我去查一查此人的去向。"

"好。"

室内熏香昏沉，皇后已经离开寝宫许久了。宋世翾吩咐了几句，隐在帐中不再说话。罗江婷靠在花窗下的美人榻上，将宫人遣走，本想打起精神侍奉，却不知为何，沉沉地睡了过去。

　　她做了许多光怪陆离的梦。

　　时而是滴水成冰的后院，她跪在雪地里，瞧着面前一个小姑娘在洗衣服，一双手冻得通红，盆中的水已经凝结了一半，小姑娘抖着手洗了不久便冻昏过去，被人拖走，不见了。

　　时而是酒气芬芳的罗绮酒楼里，她被打了一个耳光，险些从二楼摔下去。旁边的姑娘嬉笑着经过，没有人理她，后来还是她独自爬了起来，走回阴沉昏暗的房中。

　　她的房中有一个疯疯癫癫的外族女人，听说被掳来时就疯了，所幸她疯得不算厉害，长得又漂亮。旁人不愿与疯子同屋，她日日闭着眼睛，忍受对方的疯话。

　　直至某一日，有个看不清面孔的男子来到她漆黑的房中。

　　那时她已经病了许久，自己都能嗅到身上行将腐坏的味道，连那疯女人都被从房中挪了出去，她不过是躺着等死罢了。

　　那男子身上带着常年浸润在药材中的气息，微苦。他的手指纤长、冰凉，轻轻拂过她的面颊，随后她感觉口中被塞了一颗糖。他轻轻地说："要活下去啊。"

　　她记不清味道的药黑得如同不见天日的那间房间一般，但她甘之如饴地饮了一碗又一碗，任凭那男子的手指在她面上动作，将她变成自己完全陌生的样子。

　　风雪夜中，她拦下了那辆马车，眼睁睁看着那年轻的男子瞧着她变了脸色，他将暖和的大氅脱下来，牢牢地裹住她。恍惚地进了皇城许久，她张开手，发现他塞给了她一颗糖。

　　"娘娘……"

　　忽然传来宫人轻叩宫门的声音，罗江婷从梦中醒过来，拖着披帛开了宫门。

　　铁甲的冷腥气扑面而来，一个侍卫跪在殿门前三步远的位置，急急地道："林卫急报陛下。"

　　她大概猜出了林卫的来意，没有如同从前一般拦下，不料刚刚转过身来，她就看见宋世翾已经起了身，一边咳嗽，一边将手边的披风披到她身上。

　　"咳……林卫何事？"

　　宫人们垂头退下，林卫上前几步，低声道："陛下，宰……周大人的夫人在回府时被掳走，因为您病着，他递帖子进宫不成，就……就……"

　　他的冷汗涔涔落下，宋世翾却十分平静，扣着罗江婷肩膀的那只手却无意识地收紧了："继续说。"

林卫道："他私下去寻了周彦少将军,少将军想是……想是没想那么多,立刻带着一队亲兵随周大人出城寻人去了。"

罗江婷"哎呀"一声,侧头道:"少将军怎可使亲兵为前宰辅所用?这一无调令,二非上使,岂非……"

她没有继续说下去,只是打量着宋世翾的表情,眼见着他眉心微蹙,又飞快地舒展开来。

宋世翾面无表情,淡淡地问了一句:"是吗?"

他舒展了脖颈,抬脚就要往外走,罗江婷吓了一跳:"陛下,您这是……"

"老师既行此事,我这做学生的总得亲自去问一句。"宋世翾冷冷地道,他侧过头来,瞧见她,眼底便多了一分脉脉的温情,"阿罗是我家人,便随着一起去吧。"

她心底像吞了许多最甜蜜的糖,甜意绵延开来——周檀向来不屑正眼看她,宋世翾此行要带着她去,摆明了不愿给周檀留脸面。

于是她微微弯腰,低眉敛目地答道:"好。"

∽　∽　∽

曲悠皱着眉回忆完与叶流春的对话,柏影却笑了起来:"药材的气息,便让你疑我?"

"不,那时我根本没有想过你。"曲悠低声回道,不知是不是方才被迷晕的缘故,她的声音有点哑,"我和周檀去查了宋世琰那个幕僚的去向,却一无所获,只知他早年便得了太子的信任,一直在汴都市井间为他搜罗消息。宋世琰篡政之后,他借口府邸内尚有事情处理,没有跟着进宫。我入狱良久,断了消息,这段时日,他恐怕也不在宫中。"

柏影反常地没有多话。

"十三先生醉酒后说过,他少时便与你交好,十五岁不到,你便辞了白家,独自来了汴都,此后只是回书信几封,说寻到了医术高明的师父,渐渐地就断了联系。直到六七年后,十三先生为寻你来了汴都,寻不到人,便边科考边写些诗词流转,声名大噪。"曲悠出神地回忆道,"你若缺钱,为什么不去找他?"

"他只不过是在花街柳巷流连,哪儿来的银钱?"柏影嗤笑了一声,"我……只是向来不愿见故人相见伤怀,无趣,麻烦。"

曲悠却仿佛没有听见他的话,呆滞地自言自语:"怪不得……怪不得你不愿去见达官显贵,连我当日上门寻你,见了茱萸纹锦袍,你也是谨慎得连门都不敢开。药膳铺子开业后,你整日不见人影,云月分明没有对李缘君讲过药膳之事,她却分毫不差地找上门来……那份食物相克图谱,也是你留下,经由我的手递给她的。"

柏影道:"你认准了我不是好人,此时自然越想越笃定。"

曲悠却问："那你为什么会在这里？"

柏影一时哽住："我……我也想知道我为什么会在这里……"

"今日罗江婷遣人抓我来，难道不是为了逼迫周檀求助小燕，叫他们带兵出城吗？"曲悠轻轻笑了一声，"只要他们出了城、带了兵，哪怕只有十个人，以陛下之疑心，必定不满，届时，这一桩意图谋反的罪名不就结结实实扣下来了吗？"

柏影心中咯噔一下，面上却未显露分毫，十分镇定："你怎的胡言乱语，陛下如此信任霄白和小燕，怎会——"

"你为何不问，我凭什么笃定是婷妃娘娘抓了我？"曲悠立刻打断，盯着他的眼睛道。

房中漆黑一片，窗外传来呼啸的风声，曲悠听见柏影微不可闻地吞咽了一声。她闭上眼睛，不忍再看黑暗中对方闪烁的目光："婷妃拦下陛下马车那一日，你在车上吧？从那时开始，她就处心积虑地离间陛下与夫君的关系。那天，我在东门之外遇见你，人若不自由，犹如笼中鹤……"

曲悠说到这里，柏影突然从她面前站了起来，他向门口走了两步，又回过头来，面色晦暗不明："你知道……今日会被抓到这里？"

"汴河那桩公案出时，陛下和夫君在书房争执。他出来时，遇见了小燕，对他说了一句'如今肯关怀我一句的，也只有濯舟了'。"曲悠淡淡地道，"婷妃那时生了心思，决意用兵权之事来做文章。可是如何能够逼迫陛下相信此事呢？最好的办法便是让周檀不得不求助小燕来做某件事情，譬如，为了救我，调兵出城。"

她微微笑起来："离间之计，攻心为上，这一招儿，你们用得得心应手，怕非一日之功吧？非得摸清了陛下的心思，摸清了周檀的性子，虽是兵行险招，但他在朝堂，小燕在朝堂，你们就下不了手。"

小窗之外突然透进一片闪电的白光，照亮了柏影全无血色的一张脸。他低着头，半晌才缓缓道："那日的廷杖、殿前的争执、书房的言语……全是你们故意所为。"

曲悠没有回答。

柏影继续道："你方才说，我为什么在这里，难道……我有不可能在这里的缘由，这才叫你睁开眼睛看见我就想清楚了一切？"

"哈哈哈……"曲悠看着他，突然开始低声笑，她笑了许久，笑意中不知是痛心多些还是嘲讽多些，"第一，如果我是婷妃，我绝不会抓一个陛下心腹的太医为自己找麻烦，得不偿失，有了迷药，半路扔下也比一起抓来好些，这岂不是为周檀借兵找借口？第二——"

"第二如何？"

"第二是我骗你的。"

柏影一怔："什么？"

曲悠接口道："我没有想明白，诈你一下罢了。你瞧，你这不是承认了吗？"

"哈！"柏影伸手指着她，似乎想说什么，但又没有说出来，他踉跄着退了几步，和她一同笑起来，"哈哈哈……悠悠啊，咱们相识多年，你倒是一点都没变。"

曲悠感觉自己的手在发抖，她伸出另一只手抓住自己的手腕，勉力让自己的呼吸平稳了几分，再开口时，声音却不可避免地带着颤意："所以……你是何时成了白家的十一郎？"

∞ ∞ ∞

胤始帝立国之后，将皇位传给了资质平庸的长子，其号为高帝。

高帝在位期间垂拱而治，所幸前朝事少，倒也平静无波。他在历史上最大的贡献是，为北胤皇室修了一座富丽堂皇的陵墓，史称越陵。

越陵修在汴都城外的栖山上，当年耗费了大量的人力物力，工期绵延了三朝。到宣帝前一朝，越陵废置，皇帝便在京华山后几里的奉华山又修了昌陵。

相较越陵，昌陵修得极为隐秘、低调。宣帝素朴，德帝生前留了遗诏不许奢靡，国丧都办得简单。是以如今昌陵附近只有少许皇家护卫，在山脚下设了围栏。

守陵的卫兵正昏昏欲睡。

昨日傍晚，有一个卫兵忽然声称看见有人混进了奉华山的林子，闹得整队卫兵上山搜寻了半晌，一无所获。

众人不免觉得是那卫兵多心。

忙碌了半个晚上，接近破晓，周遭更是人声寂寥，即使今夜是这卫兵值守，他也想偷会儿懒——毕竟这皇陵已经平静了数年，守死人的活计总是比守活人松快些。

眯了许久，他感觉眼皮子打架，竟是越睡越沉。耳边突兀地传来窸窣的脚步声，他想睁开眼睛，却迟迟不能动作。鼻尖传来隐约的气味，混在风里，一吹就不见了。

有人！

他还没来得及做出更多的反应，就感觉颈间一凉。痛觉都模糊了许多，他张着嘴倒在血泊中，在最后一刻终于费力睁开了眼睛。

一个穿着巨大黑色披风、戴着兜帽的人领着六七个常甲兵士，踩着血泊，匆忙往奉华后山的皇陵去了。

天光昏暗，他最后瞧见的，便是那披风之下一双粉白色的女子锦鞋。

∞ ∞ ∞

眼见对方走近了一步，曲悠下意识地往后退了一步。

柏影一时愣住，站在原地，轻轻地道："我若想杀你，有无数个机会动手，如今你我在此地，你又对我造不成什么威胁，我不会对你怎么样的。"

他说着似乎觉得有些好笑，自嘲道："你这样胆大的人，也会怕我。"

曲悠摸索着从头上拔下来一支玫瑰金钗，这是今晨周檀亲手为她簪上的："如今，我全然猜不到你心中在想什么，难道你不值得怕吗？"

柏影便没有继续走近，干脆在原地站定："你方才问我——"

他顿了顿，又道："我少时，住在十一郎的隔壁。"

他这样说话，就是默认了方才曲悠的全部猜想。

皇后亲子未死，就站在她面前！

曲悠万万想不到柏影被她诈后竟会如此干脆利落地承认，有冷汗顺着她的额头滴落——今晨走时，她与周檀猜测过她可能会被抓来威胁他，但完全没想到主谋竟是与他们如此熟的人。因为相熟，她与对方困于此地，眼下不知檀的救兵何时能来，周遭又是混沌未知，若是柏影真要动手，她根本没有反抗的余地。但同时，她心中竟又有一分微妙的放心。

得知那人是他后，曲悠总觉得，他是不会对自己下手的。或许是错觉，但她觉得不是。

柏影从身上摸出火折子——他原本就带着，方才只是装模作样地寻找，如今不再顾忌。

蜡烛被重新点燃了，柏影坐在房中粗陋的桌椅前，没有近她的身。

"阿古丽将我从太子府中偷带出来时，其实并不想杀我。"

柏影淡淡地道，烛火在他的睫毛下投下阴影。

曲悠瞧着这个人——分明是一模一样的人，可是先前常出现在他脸上的那种生动的狡黠已经消失了，被一片冰冷的漠然取代。她望着他发了一会儿呆，才后知后觉地意识到他口中的"阿古丽"应该就是当年德帝尚在太子府时所纳的那名西韶女子。

"她或许想的是，留着我，养成一心恨着皇室的外人或者一事无成的废物，待一切尘埃落定，让当年负了她的宋昶心痛难耐,岂不痛快？"柏影有些嘲讽地缓缓道，"她不杀我，只是恨我罢了。从我刚记事开始，便只有她的殴打谩骂，我当时不懂为什么……旁人的娘亲大都慈爱，偏我的不同，纵是无知小儿，我也觉得，她瞧着我的眼神叫人害怕。"

宋世琰出生后不久，德帝便登基，封死去的正妻为嫡皇后，此后再未立后。宋世琰是名正言顺的太子，自小被千疼万宠地长大，除了读书严苛，哪里受过一点苦楚。

曲悠内心五味杂陈，却说不出话来，只好沉沉地叹了一声。

"等我长到六七岁的时候，她带着我回了汴都——从前我们都是在汴都周遭的城池流离失所地讨生活。或许是她那时终于忍不住了，想要回来看看她的亲儿子。我们住在北街——比芳心阁更下等的地方，她见不到人，就打我出气……外族女子下手没有分寸，有一日，我险些被她打死，她却觉得畅快，哼着歌出门去了。"

柏影托着腮，似乎很认真地回忆着，分明是令人惊心动魄的言语，他嘴角却噙着淡淡的笑意："我拖出一道血迹，从家门口爬出去求救……命好，师父当时云游四方，来到汴都，正住在北街。师父救了我，觉得我可怜，连连寻了阿古丽多次，说倘若她不愿意养孩子，便交给他好了。"

"她不会同意的。"曲悠低声道。

"自然。她没有同意，还用西韶话对师父破口大骂，不承想师父识得西韶话，惊诧于此，寻了个机会，给她下了一剂好药。"柏影勾着唇角，表情玩味，"一剂好药，加些好酒——她本就寻不到人倾诉，多年来憋得发疯……那日师父和我便知道了我的身世，我终于想清楚，这么多年，原来我不是她的孩子，才会得她这般对待。

"至于皇帝不皇帝，我当时都不敢信，只跟师父说不想再跟着阿古丽了。但多年相处，我又不忍杀她，只好装得恭敬些，将她药疯了了事——倘若宋世琰再吃一段时间的药，应该就会和她一样疯。"

曲悠打了个寒战。

"但我其实没想到她的命那么大，疯了都没死成。我希望她自生自灭，她还能被青楼中的人掳去……不过这样也好，多受的几年折磨，就当她还我了。"柏影言语一转，淡淡道，"我当时还小，只跟师父磕头说不愿再记起前尘往事，师父便带我离开汴都去周游，再回来时，恰好与十一郎相邻。"

他终于说起了白沙汀那位牵挂许久的兄长。

"十一郎不堪母亲在本家受辱，只身来此。他是个疏朗性子，与我投契……可惜……可惜天不假年，他生了恶疾，纵有我医治，还是连一个冬天都没熬过去。"

曲悠失神道："他早就死了？那为何十三先生初次见你时——"

"我随师父学医，修得最精的便是用毒和易容。"柏影打断她道，"第一次易容，我便拿自己试手。你瞧瞧，是不是天衣无缝？这样貌，大抵再也改不回去了。"

曲悠难以置信地喃喃道："你疯了，你为何非要——"

"因为我也有恨哪。"柏影很温柔地看着她，慢条斯理地回答，"我一路长大，究竟做错了什么呢？亲生父母离我而去，我连一面都不曾见得；阿古丽恨我入骨，连名字都不给我，只当我是她亲子的影子——就算疯成那样，她还是心心念念地想找宋世琰，告诉他我没死成，要他小心。可惜啊，我早就想到了。

"我需要一个清白、有底细的身份，让你们信我。三景为影，恰好合我这个影子，不是吗？我求师父带我去见了舅舅和缘君，费了几番周折，又拟了让缘君能够接近宋世琰且下慢性毒药的机会……阿古丽这么对我，我怎么能看着她的孩子享受本该归我的一切，而我只能一辈子在阴沟里打滚呢？"

他说到这里，情绪终于失控了，连烛火都被他捏紧的拳头惊得一颤。曲悠看见他眼底漫上来一片血红的颜色，他却依旧在笑："我偏要让阿古丽见宋世琰一面，让她的亲生儿子亲手杀了她；我偏要宋世琰疯疯癫癫，不得好死，临死前才想清楚被我算计的这么多年……哈哈哈哈，这些，难道我不该去做吗？是他们欠我的！是老天欠我的！"

他笑够了，抬起头来，冷冷地看着曲悠："你方才为何要把周檀的一切盘算告诉我？你不是已经猜到我不是好人了吗，把他的谋划和盘托出，是指望他这样的圣人能让我闻风相悦、痛改前非？"

曲悠不答，死死攥着手中的玫瑰金钗，那钗头锋利的刃在她手指间划出血痕，她感觉心头一片酸涩："我知道劝你不得，但也要尽力一试……"

柏影像没有听见一般，只是失神地自言自语："哈，圣人，倘若我也能……倘若我，倘若……"

曲悠知道他想说什么——倘若当年的一切都没有发生，他作为皇后的亲子，沐浴恩宠长大，被教化、开蒙、闻谏听道，或许能够成为这个王朝最为出色的君主，或许能和周檀、苏朝辞成为光明正大的君子之交，甚至……或许能和宋世琰兄友弟恭，顺遂地过完这一生。

"可我连身份都没有啊，悠悠。"柏影站起来，朝她走近，语气凄然，"周檀从前满街骂名，尚有你为他在御街两叩登闻鼓，可有谁会为我正名、为我申冤呢？"

他微微笑着说："我本是什么都没有的。"

曲悠的声音抖得厉害："那你如今想要什么？"

烛火在他身后熄灭，与此同时，漆黑的房门之外突兀地传来脚步声，伴随着女子的呼喊，似乎有人匆匆跑近二人栖身的地方。

"兄长……"

柏影侧过头，神色不明地往身后看了一眼。

∽ ∽ ∽

那日与叶流春别后，曲悠私下同周檀商议了两句，派了几个人去查当年宋世琰的幕僚，却惊讶地发现此人的身份极为隐秘，除了太子本人，甚少有人能接触到他。他在太子府时总是独来独往，以面具遮面，出太子府后更不知换成了什么身份，隐入人群再难寻见。

曲悠查了好几日，除了知晓他叫"景安"，一无所获。她甚至亲自跑了一趟刑部，想查查有无相关的刑案和卷宗。可这位幕僚估计连"景安"这个名字都是假的，自然什么都查不出来。曲悠弃了书卷，有些头疼地到刑部后堂喝茶。

栗鸿羽守在屏风后打盹儿，听见她进来，先没忍住，兴高采烈地同她打招呼："你许久不来了！"

说完这句，他才突然意识到面前之人并非他勾肩搭背的"兄弟"，而是周檀的夫人，不由得把自己吓了一跳，噌地站了起来："周……周夫人，下官失礼了。"

曲悠见到他总觉得好笑，也开怀了几分："无妨，无妨，小栗不必拘谨，今后见我和从前一样便是。"

"哪能呢。"栗鸿羽殷勤地为她倒了茶，笑道，"不知夫人今日来所为何事？"

曲悠正是发愁，便顺口将自己在查太子幕僚一事说与他，反正他也不知前因后果。不料栗鸿羽听后却难得沉默了半晌，才十分认真地道："说起此事——"

他迅速地朝后堂正门瞄了一眼，发现门关得严实才松了一口气。

曲悠失笑道："怎么了？"

栗鸿羽压低声音："说起此事，我倒有一事想告诉夫人。夫人可还记得当年太子……啊，不对，是废太子，废太子杀了如今苏执政父亲的案子？"

曲悠眼皮一跳，飞快地道："自然记得。"

只是不知栗鸿羽突然提起此事的缘由为何。

"夫人不是在找太子信任的幕僚嘛，说起来我应该记得这幕僚的。当年苏案案发前，我正在樊楼宴饮，应该见过他们二人。"

曲悠的心突突乱跳："然后呢？"

"我那天喝多了，"栗鸿羽有点不好意思地挠挠头，老实答道，"当时在那一层四处寻找地方如厕，不知道闯入了哪里，突然听见了一句'殿下不想知道死前他想说什么吗'，然后太子答'疯话罢了'，另一人便说'可他好像没死'。我那时喝多了，听得稀里糊涂，也没多想，抬脚离开，不知走到何处便醉过去了，再次醒来时已在家中。兄长对我说，樊楼出了命案，苏怀绪大人死在了那里。"

他凑近了些，神秘兮兮地道："我后来反复回想，苏案抓了一个无名小卒应付，人们皆觉得不对劲，只有我知晓内情，这苏怀绪大人应当就是太子与他的幕僚杀的！我听见时应当已是他们杀人之后，他们在商议对策，不过这言语也没什么意思，一会儿说死了，一会儿说好像没死的……哎呀呀，我觉得太子这幕僚不是很灵光，夫人若真寻不到，大抵是不知道他死在何处了……"

曲悠倒吸了一口冷气，望着面前喋喋不休的栗鸿羽。

或许，这才是福大命大、大智若愚。

宋世琰在樊楼拔剑杀人时，一心只想着不想叫人走漏消息，可他万万没想到，之前苏怀绪将他带来的所有人都屏退之后，樊楼那层便无人在外看守了！加之杀人后紧张、慌乱，幕僚进来后，宋世琰一心只想着与他说话，竟未听见外面的声响。于是醉酒的栗鸿羽误打误撞地听见了二人的几句话，随后迅速离开，醉倒在另外的地方。待宋世琰反应过来要清查那层的人时，他早已不在原地，又睡得昏沉，自然被放了过去。

栗鸿羽不知内情，听不懂二人的言语，只以为自己撞见了太子杀人之事，哪敢多说，自此之后三缄其口，只当没听见过。如今宋世琰已死，他才敢将这件事告诉曲悠。

可是曲悠听懂了那些话是什么意思。

太子与他的幕僚确实是在苏怀绪死后商议对策，但幕僚所说"殿下不想知道他死前想说什么"中的"他"，指的不是苏怀绪，而是阿古丽。宋世琰怎么会信阿古丽的话，他杀了苏怀绪之后必定立刻也把她杀了。所以他才说"都是疯话"。

然后幕僚道"他好像没死"中的"他"，更不是苏怀绪，也非阿古丽。这句话中的"他"，就是当年被阿古丽抱走的皇后亲子！

先前曲悠便与周檀做了诸般猜测，倘若真有这样一个人，叫李缘君心甘情愿地把自己当饵，这个人到底会是什么身份。

这时她终于茅塞顿开。

皇后亲子，李缘君的亲表兄，本应是皇朝名正言顺的皇子。

阿古丽带走的那个孩子没死，正因没死，才叫阿古丽满心只想见宋世琰一面，将这个消息告诉他。此人应该很久之前就知道了自己的身份，并且叫李缘君和李威信了他。

随后便是十余年布局。

他对阿古丽和宋世琰恨之入骨，先设局叫李缘君嫁给了宋世琰，待李缘君近宋世琰身之后给他下不易被察觉的慢性药物——皇室饮食极为严格，若是叫人看出端倪，保不齐会查到什么。于是宋世琰的性情越来越偏激，连他自己都不曾察觉。

照他的计划，本该叫宋世琰慢慢发疯，疯起来的时候还可以顺便把其他兄弟解决掉。

他一直明哲保身，没有直接请李威做证面见德帝言明身份，大抵是因为手中筹码有限，他不想做没有把握的事情。

于是他耐心地等着——等宋昶驾崩，宋世琰登基，暴戾行径闹得朝堂、军队皆与他离心，再用最小的代价解决宋世琰，请李威证明他的身份，成为皇朝唯一的正统继承人。

可是他怎么也不会想到，周檀手中原有一道能够另立继承人的先帝遗诏！

有燕覆这样的大将、周檀这样的执旨臣，他从前想要做的一切就此落空，所以即使很早地察觉到了宋世翾的存在，他也毫无办法，只得看着宋世翾坐上皇位。

可宋世翾毕竟年幼。倘若能将他的心腹——文臣是一心辅佐的周檀，武将是威震四方的燕覆——解决殆尽，年轻皇帝的皇位坐得就未必安稳。

离间之计，攻心为上。

自古帝王多疑是常事。

那日东门刑杖之后，曲悠告诉周檀，罗江婷同阿萝很像。她本以为周檀会诧异，没想到周檀一顿，竟露出浅浅的笑容："我知道。其实……陛下见她的第一眼，就知道她是被人送上门的，只是不知是谁送的。李缘君掳你上亭山后，你猜测她背后另有他人，陛下才恍然大悟，应该就是这个人送来了罗江婷。"

曲悠直起身子，马车摇摇晃晃："啊，那如此说来，你与陛下……"

"你猜到了。"周檀幽幽地答道，"罢了，本来也没想瞒你的，就连沈大人今日参我，也是因为朝辞上朝前与他刻意言语所致。我与陛下思前想后，水到渠成地君臣离心，或许才能将这个人引出来。"

曲悠张着嘴，失笑道："你们这一出大戏唱得甚俗。"

周檀揽着她低语："有用便好。"

她本以为周檀变法是他与皇帝计谋的一部分，直到临风亭那日才想清楚周檀的盘算，变法之事一箭三雕，另当别论。

二人赌气般过了两天，直到婷妃宣召的前一日。

周檀拨了拨琴弦，道："她想逼我勾结小燕，就要我不顾后果，能让我不顾后果的怕只有你了……我猜，这几日她一定会寻你——寻个机会。此事危险，若她宣召，你不要去。"

曲悠反唇相讥："戏台子都搭好了，唱戏的人不上场可怎么行？再说，能有多危险，左不过是她抓我去了饿着，毕竟还要拿我来威胁你，她不敢杀我的。"

周檀闭着眼睛道："不能冒险。"

曲悠伸手勾了一下他的弦："这句话送给你，你做得到时，再指望我听话吧。"

随后周檀起身，为她簪了那支玫瑰金钗，钗头锋利无比，如同匕首一般。

曲悠照了照面前的铜镜，又瞧见铜镜中的琴："你为我弹一曲《短清》可好？"

周檀揽住她的肩膀，在她颈间咬了一口："明日。明日晨起再弹。"

∽ ∽ ∽

"你眼瞧着夫君与子谦日渐生疏，甚至在御书房中争吵，说出狂悖的言语，终于忍不住了，对吧？"曲悠望着对面的柏影，涩声道，"若我是你，也是忍不住的……这么多年——"

她刚说到这里，方才听见的脚步声便已经到了门前。柏影没有说话，伸手开了门。借着微弱的光，曲悠看见门口那披着黑色长披风的女子正是消失已久的李缘君。她头发凌乱、濡湿，半边脸颊有些伤痕，想必是当日爆炸所致——就算她从那尘封的地道逃走，还是免不得被波及。

李缘君似乎有些慌乱，她伸手抓住柏影的胳膊："兄长，他们来了！"

她的目光移到曲悠身上，眼神变得十分复杂，似乎是咬牙切齿道："周夫人……不惜伤了自己，顺着马车的缝隙，一路上滴了好些血下去，才让他们这么快就找到了我们。我还没来得及……兄长，你不该来的！"

柏影转过身来，出乎她意料的是，他听完方才那番话，竟然没有半分慌乱。

"我既然敢来，必定是有后手的，就算被猜到了身份又如何？反正……我也装够了。"

曲悠听完他的言语，下意识地往门口走了一步。柏影却伸手死死抓住了她的腕子——她从不知道，原来他的手劲儿这么大。金陵白家的子弟都生得出色，周檀且不论，白沙汀当年能在花街柳巷混得开，也是沾了一张好面孔的光。柏影素日只穿灰白苎麻长袍，近来才爱穿银光缎，银光从丝滑的长袍映进他的眼底，一丝光亮也无。

柏影静静地看着她，非常平静地问："你为什么要这么聪明呢？"他攥得用力，下手重了一些，正好抓的是曲悠受伤的手臂，她痛得微微皱眉。对方似乎也发现了这一点，紧攥的手便松了些。

李缘君低声说："……兄长，周彦跟着周檀出城，必定不敢带多少人马，此地离京郊大营又远，不如趁皇帝出城前将他们二人了断在此。"

柏影没说话。

李缘君又道："当日我引他们上亭山前，着西韶人同李家的军队换了衣服，我们的军队今日在此地有三百人，城中有五千，沿着极望江召来总有一万，只要周彦一死，放消息是皇帝所杀，京郊大营调不出兵，皇城便唾手可得！"

曲悠紧紧地盯着他，却意外地看见柏影脸上露出不常见的疲倦神色："我有没有告诉你，你太心急了？"

李缘君一愣，急急地解释："罗江婷已然得手，叫他们二人离心，你上次送去……周彦是周檀从边境一手提拔起来的人，对宋世翾能有多忠心？倘若再晚一点，咱们就没有这么好的机会了，周檀和周彦不死，咱们再熬二十年也是无用的！"

天色隐隐亮起来，电闪雷鸣，但迟迟没有雨落下来。

李缘君说罢那番话，略微沉默，目光转向了曲悠："今日，你本不该来的，你该留在皇城中，等我得手之后与我里应外合。明知不该，你还是来了——兄长，你怕我杀了她吗？"

柏影摇摇头，露出笑容："我来，是怕你不明不白地死在这里。方才与她一番言语，我更觉得我该来，就算功亏一篑，也要坦诚一点，正面交锋，才不辜负。"

李缘君错愕："兄长这话……"

"你去吧，"柏影道，"你去山下，把周檀放上来，我在这里等着你们。"

李缘君还想再问，柏影却不肯多说。

待李缘君转身离开后，曲悠突然道："她掳我来此，原来你是不知道的。"

柏影道："我说过她太心急了，这不是中了你们的圈套吗？"

"那你为何要把周檀放上来？"

柏影沉默片刻，简单道："到这种时候，总要坦诚地见见自己的对手。"

"李缘君方才与你的言语，皆以为子谦真的和周檀不和，但我明明告诉过你，此事只是掩人耳目，你还要他上山来……"曲悠死死地盯着他，感觉自己喉咙发紧，"你有什么后手？"

柏影垂着眼睫，没有回答，也没有否认。

曲悠还想说些什么，柏影便伸手在她后颈处按了按，她甚至连丝毫的痛处都没有感觉到便径直栽倒在他怀中。

曲悠这一昏迷，直是天昏地暗。

梦里，她似乎回到了她与周檀初相识的第一世。彼时她还是云英未嫁、天真不知愁的少女，他也远无后来的老谋深算。

春日宴上，十六岁的粉衣少女站在杏花树下，漫天光影。

"堂前流水挟花去……"

他送来了两壶杏花酒。

身侧的光芒接续亮起，在宫中忘记自己姓名的年月里，她经常坐在台阶上眺望远处的燃烛楼，看它的蜡烛一支又一支地被点燃，再寂寂地熄灭。

他隔着门问："曲姑娘，我们这桩婚事，可还作数？"

她回道："姑娘已经死了，大人不必再来。"

曲悠顺着长长的红墙之下的雪地缓慢行走着，回想起红墙内被宋世琰折磨的日子。

她死死攥着那枚白玉的扳指——在刑部，她不曾因为任何事情低过头，只在他们想要抢走这枚扳指时疯了一般扑上去撕咬："还给我，还给我——我什么都没有了，把他还给我！还给我吧！"温润的白玉被血染红，她以为自己也会死在那不见天日的地方。直到医士的修长手指缓缓地掰开她紧攥的拳头。

柏影用白色的纱布为她裹着伤口，似乎带着怜惜道："刑部的人下手没有轻重，你伤得太厉害，以后再想生育……恐怕是不能了。"

她半死不活地趴在地上，听不懂太子派来的医士说的话。

柏影跪在杂乱的稻草上，拨开她粘在脸颊上的纷乱头发。不知道为什么，她觉得对方的手似乎有点抖。

"如果有来世……你早些认识我吧，我欠你、欠你夫君的……"

牢中不分日夜，他为她治好了伤，没有急着离开："我时常会想，倘若我能做个纯粹的好人或者纯粹的坏人就好了，如今……"她依旧听不懂他的话。

廊道远处传来靴子踩过稻草的脚步声，宋世琰匆匆赶来，唤了他一声："景安，他们……要进城了。"于是年轻医官提着他的药箱离开了昏暗的牢狱。

脸上的血被擦干净了，她勉强睁开了一直被血糊住的眼睛，却只看见一截泛着银光的衣摆。还有人在隐隐约约哼着一首曲子。

"……我踏大河之水飘摇去，白日上京，九重鸾山……仙人赠来永安词，送我一路如寒星。"大河之水，三。白日上京，景。

这是当年白沙汀上京为了寻找兄长所写的词。

可柏影分明不是白三景。白三景已死多年，他盗了对方的身份，化名"景安"在太子府做幕僚，瞧见了那词，虽觉得那词与他无关，还是忍不住反复吟诵，或许也是贪恋这样被牵挂的纯粹感情吧。李缘君当初在城墙上应该把皇后亲子未死一事告诉了宋世琰，所以他才会面色大变，后来吟着这首词大笑着赴死，不知他是否想清楚了多年来最信任的幕僚的身份？

一笔乱账。

史书一页千秋万岁，被吞没在历史罅隙中的人数不胜数，甚至连玉石俱焚的火光都落不进后世窥探者的眼睑。

原来她从来不是俯视者，而是局中人。

一晃四世千百年，从前记不住面容、为她在狱中诊治的医官的脸逐渐变得清晰起来。

梦境的最后一个画面是她和周檀在一座青冢前祭酒。她落了一滴泪，周檀没有问，只是伸手为她拂去。曲悠的目光落在墓碑的名字上。

她和他都知道，柏影只是不甘心罢了。而在认识他们之前，他就已经挑好了路，一去十余年，再无回头的机会。

"天地人间两不知……"

几生几世之后，他仍旧在黑色的夜中等着他们来赴最后的约。

一如从前。

∞　　∞　　∞

"轰——"

真正让曲悠醒来的是一声惊天动地的响声。碎石飞溅过耳边，她嗅到了身前静水香的气息，周檀紧紧抱着她从稻草中间坠落，顺着异香弥漫的甬道滚了许久才停下。

因为紧张，周檀的声音沙哑、扭曲："有没有受伤？"

曲悠摇头，下意识地伸手抚摸他的脊背："你呢，方才摔到了吗？"

"不碍事。"周檀简单地答道，环顾一圈，又为她解释，"李缘君放我上山，我在那座破庙中见你昏迷不醒，还未来得及多说几句便被困在庙中。又过了不久，有人引燃了这破庙周遭的火油，炸塌了地面。"

异香中夹杂着奇怪的气味。

曲悠立刻回忆起，这是那天她在岫青寺闻到过的刺鼻火油味。她抬头看去，见前方的墙壁上点着一盏长明灯:"那我们现在在……"

周檀苦笑一声:"在昌陵。"

曲悠一惊,听周檀继续道:"那座破庙,恐怕从前是陵寝的一部分,而且是薄弱的封口,为怕盗墓者发觉,才欲盖弥彰地修座庙遮掩,后来年久失修,便隐在林中了。李缘君挑这个地方,就是要我们落到此处——况且我们滚落下来的地方有长且深的甬道,庙宇倒塌后会将那条路堵得严严实实,就算小燕避开李家的军队上了山,一时半会儿也寻不到我们。不过……"

他没有继续说,曲悠却顾不得太多,抓着他的手道:"他……他恐怕恨不得一把火烧了这昌陵,引我们来,恐怕是想与我们同归于尽……李缘君不曾同你下来吗?"

周檀摇摇头,微微沉默:"你……已经知道他是谁了?"

曲悠心头泛苦,仍旧点头:"他是——"

"猜到了。"周檀打断她,叹了口气,"他聪明谨慎了十几年,不该跟着你来的……不过也好,奉华山上葬了他的父亲、母亲、兄弟姐妹,他深恨皇室,一切从这里了结,也算有始有终。"

他刚说完这句话,曲悠便看见有个人提着一盏灯站在墓室门口,挡住了她视野中的长明灯。因为背光,两人看不清他的脸,只能听见他既熟悉又陌生的声音。

"你们来了。"

周檀揽紧了曲悠,他的手臂方才摔下来的时候受了伤,加上他近来本就虚弱,许久才喘匀一口气。

"真的不会后悔吗?"

"……你不该选这条路,你有许多机会,并不是毫无选择……甚至,只要没有今日之事,你这么聪明,永远都不会暴露的。"

黑暗中,对方提着灯退了一步,声音依旧很轻:"我非如此不可……要不然,对不起我的命运。"

"罢了……草木有本心,何求美人折?今日,我们便做个了断吧。"

# 金缕曲 第十三章

*「江山万古风流……你当销刻其中。」*

## 对峙

柏影转身离开，带走了封闭空间中的最后一点光源，周檀不得不扶着曲悠跟着他进了更深的墓室。

两人刚走进燃着长明灯的墓室，便见柏影不知伸手触碰了哪个机关，沉重的墓门在二人身后缓缓落下，彻底隔绝了进来的通路。火尚能燃，可见待在此处没有窒息的危险。

空气中弥漫着方才在甬道中就能嗅到的奇异香气。曲悠猜测，这应该是棺椁被重启后保存尸体的香料暴露在空气中的气味。

柏影将那盏灯搁在脚边。顺着他的视线，曲悠看见了德帝玄黑的棺椁。周檀朝着墓室一侧的简陋棺木淡淡看了一眼。柏影微微笑起来，抬手揭了那棺木的盖子，于是曲悠看见了一件破碎的血衣。

"这是他跳下城楼之后，我去捡回来的。"柏影伸手抚平了那破碎衣衫的皱褶，闭着眼睛道，"那日缘君告诉他我没有死，他也想清楚了我的身份，觉察到自己这么多年来被我耍得团团转，想必很是恼怒吧……

"他不知道，你们也不知道，那一日我站在城楼下，本想为他收殓尸骨。没想到那马车出来，他什么都没留下。浮世一场，尊贵的皇太子殿下，到头来只剩一件血衣，还碎得可笑。我连那车轮缝隙中夹杂的血肉都集了，才勉强奉出这些……他原本也该葬在皇陵中的。"

二人无言。

昏暗的灯影中，柏影漠然地抬头看了他们一眼。随即，他转过身来，顺着玄黑棺木下方的金阶一步一步地走上去。

棺中德帝的尸体被置于玉衣之中。夜明珠莹润的光芒照亮了他表情陌生的脸。

柏影提起灯来照了照，自顾自地轻轻问道："你为什么要生下我呢？"
自然无人回答。
"你苛待阿古丽，害了我，这是你的报应，却要我痛苦一生……你知道吗，我也无数次努力地找过你，可我一介平民，自己都不敢相信自己的身份，哪里能见到尊贵的陛下？"
墓室内潮湿、阴冷，曲悠见周檀的面色越来越白，扶着他坐了下来。
周檀咳嗽了一声，声音有些无力："陛下……不曾知晓。"
柏影唇角微勾，一副嘲讽的表情："他喜欢的真的是自己的儿子吗，难道不应该是'皇后的亲子'？"
"柏医官，"曲悠抖着声音唤他，她如今也不知道该如何称呼他好，只好依旧用从前的称呼，"我知道你心中有恨，但如今……也不是真的完全无法为你正名，总有当年的知情人，而且子谦——"
"曲悠，你不必说这些好话哄我。"柏影缓缓地说着，他第一次唤她的大名，"从我知晓自己的身份，布下大局来篡位的时候，就没有回头的路了，子谦难道还会留着我的性命？这答案，你我心知肚明。"
"你手中不是有李氏的军队吗，你们曾经还和西韶有旧，大不了你就跑，跑到天涯海角去，永远不要回来。"曲悠抓紧了周檀的胳膊，涩声道，"留着性命……不好吗？"
柏影嗤笑了一声，没有答她的话，反而转向周檀："我本想离间你与子谦，不过你们棋高一着，从登基开始就佯作不合，骗过了我。说起来，你确实是我的对手，子谦当时如此信我，都没有吐露一个字。"
"所以你本想设计将我和小燕一同除去，到时朝堂风雨飘摇，只剩子谦一人……"
"是啊，"柏影痛快承认，"乳臭未干的孩子罢了，能有什么威胁？"
曲悠又急又怒："他如此信你，你——"
"说这些做什么，反正如今计划是落空了。"柏影一拍手，哈哈大笑道，"你们算得这么准，我哪里还能带兵逃走啊？只能鱼死网破，把你们骗到这里了。"他敛了笑容，阴森森地道，"周檀，你知道吗，你引荐艾笛声给我，让我第一次见到宋世翾的时候，我就恨不得杀了你。倘若没有你，只凭周彦，只凭苏朝辞，还有朝堂那几个迂腐文人，都不能把我逼到如今的境地。"
周檀捂着胸口道："荣幸之至。"
柏影从袖中摸出一枚引线一般的物品，平静地说："不过没关系，你，你的夫人，还有马上来寻你的周彦和小皇帝，今日都会死在这里的。就算我此生再无机会走回正路，也要拖着你们一同下地狱。"
他刚说完这句话，便听见身后的墙壁传来细微的动静，这声音越来越大，想必有很多人到了墓室外。

"哈哈哈哈……他们来了。"柏影眯着眼睛，非常愉悦地道，"周檀，你有翻天的本领，如今又能如何？"

曲悠扫视了一圈，心中一片冰凉。方才摔下来之后她就觉得不对劲，这异香的味道太过浓郁，稀释了空气中的刺鼻气味。墓室外围的浅水道因为长久不通，呈现出一种墨色，她本以为是因为脏污，如今想来，那或许就是柏影提前布置在此处的火油！当时李缘君能炸了岫青寺正殿，便是因为提前埋下了火油。柏影说要同归于尽果然不是托词，自古皇陵幽深，这么多火油，里面的人就算炸不死也会呛死。

她还在飞快地思索着如何逃生，便听见身边的周檀轻声笑了起来："我能如何，我要如何？你抓了我夫人，骗我来到这里的时候，我就想到如今的境遇了。"

"是啊，是啊，"柏影重复了两声，紧紧攥着手中的引线，"你有不世之才，春风得意，人生圆满，无论在什么境遇都能力挽狂澜……就算是在病榻上，三言两语，也能帮着宋世翾成功游说江南贵族。我曾经惧怕的、觉得自己做不到的一切，你都能做到，而我只能用抓你夫人这种卑劣的手法，才能把你困到这里。你说这句话，不就是嘲讽我除此之外没有别的办法吗？"

周檀仍旧带着嘲讽而悲悯的笑容，没有答他的话。

曲悠不合时宜地出神了。自从结识周檀以来，他似乎就有这样的魔力——周遭所有人永远能被他三言两语激起情绪，譬如方才，只不过是简单的一句话，却让柏影明显激动起来。人一激动就暴露弱点，连她都明白得很。

周檀还在慢条斯理地继续说："你真以为你今天杀得了我吗？"

柏影冷笑了一声，不以为意。

"你难道就不好奇，太子妃为什么会在你没有允准的情况下突然动手？"

曲悠忽地想起，方才柏影见到李缘君时似乎说了一句"你太心急了"。

"你们本不该这么急的，可我等不了了，若再给你们一些时日，叫你们瞧出我与陛下的打算，那就不好了。从前你们肯信，不也是因为罗江婷为你们暗通消息嘛，她若有你一半的聪明，大概也不会催促李缘君急急动手——她太想高枕无忧地继续做贵妃了。"

"你笃定陛下必对我生嫌隙，大概是因为你送进去的那个消息吧？"

曲悠有些意外地看了周檀一眼。他口中的消息，就连她都不知道。

"你……"柏影终于面色大变，他似乎有些支撑不住地退了两步，恍然大悟，声音急得有些发颤："那个消息——"

周檀接口道："没错，那个消息是我放给你的。你以为，若不是我自己肯漏出来，这么多年都查不到的东西，你会这么轻易知道吗？"

"你这个疯子……"柏影甩了甩袖子，在原地转了两圈，忍不住骂道，"你竟然敢……竟然敢……"

"你找人写的供状,在入宫之前已经被我换过了。"周檀道,"陛下那夜看了,并且在罗江婷面前烧了的,只不过是一张白纸罢了。"

柏影怪笑两声:"看来你终归是怕了。"

"我怕什么?"周檀叹了口气,十分真诚地说道,"阿怜不是将我的打算都告诉你了吗,反正我也活不了多久,哪还会在乎这些事情。"

他把"活"字刻意咬重了几分,柏影听出他的意思,面色变得更白:"好,好,你算无遗策,既然如此,那你必然也不在乎今日死在这里吧?"

周檀哈哈大笑,扶着曲悠从地面上站了起来:"我有我要做的事,有我的去处,什么时候死,只有我自己说了算!你——能奈我何?"

他话音刚落,一侧便突地扑上来一团黑色的影子。柏影心神不宁,猝不及防,一时间竟被他死死抱住,二人一同从陵墓中央的高台上顺着金阶滚了下来。

周杨一手抓住柏影握着引线的手腕,一手摁着他的肩膀,飞快地喊道:"兄长,你沿右手边数八块金砖,叩其中心。"

曲悠眼疾手快,不等周檀行动,便先数了砖数,她依言叩响,果然见封闭的墓室顺着通风口缓缓开启,露出另外一条长长的甬道。

柏影见二人要逃,恼羞成怒,再也顾不得许多,干脆将手中的引线扔向一侧。与周杨纠缠到接近那条甬道的位置时,他拔下头上的铁簪,击碎了墙壁上的长明灯。灯油中带着火花的长明灯一时如同烟火炸裂般飞溅开来,引线被燃,连带着周遭的火油,一瞬间爆出了三两个微小的火星。

"你为什么会在这里?"

火光自二人身后燃起,柏影的面色有些扭曲。

周杨抹了一把刚刚沾在面颊上的火油,狠狠地啐了一口:"你以为自己有多聪明?兄长和嫂嫂既然已经猜出你的身份,自然能够猜出你最想去的地方是何处……哼哼,其实当初我们也不能确定,不过是赌上一赌罢了。怎料我蹲了两天,真撞见有人来倒火油……"

柏影略微愣住,便被周杨一刀柄敲得眼冒金星。借此机会,周杨一把抓住他的衣领,拖着他跟跟跄跄地朝外狂奔而去。

四人刚刚跑到甬道的尽头,便听见身后传来一声沉闷的爆炸声响。

甬道以砖石制成,并无尘土,激起的不过是隐藏在墙壁中的纷乱箭矢。周杨拔刀,胡乱地挡了挡。柏影被他撞过的下巴霎时浮起一片瘀青,他泄愤一般伸手抓住飞来的一支箭,单手就将它折成了两段。

"怎么可能,我……留在此处的火油足以将整个昌陵都炸毁……"柏影攥着拳头,死死盯着周檀道,"你方才与我说那么多话,是在拖延时间?"

周杨抢先开了口:"两日前我便发现此处有火油,怎能容许它留存到今天?方才兄长同你说话,只不过是给我找动手的机会罢了。"

周檀却摇头："你不该派太子妃为你布置一切，你以为她不够聪明吗？你在此处布置火油，她怎会想不到你是存了同归于尽的心思？你们的火油是从西韶人手中买来的吧？本来就不够多，上次在岫青寺用了一些，她稍动脑筋，就会刻意少布置些，好为你寻些逃生的可能……若非如此，两日之内，我们断然不可能将其清理到不会引发爆炸的地步。"

柏影垂头听着，只是连连冷笑，并不说话。但曲悠知道他此时是真的无话可说。承认自己输给了周檀？恐怕他不会甘心的。

这甬道的尽头通向另一间墓室，只是如今墓室门还未开，周杨见柏影瘫坐在地上，便收了自己的刀，转身去寻摸机关了。虽说火油被清理了许多，只有德帝的主墓室被点燃，但此处残存的空气不够多，若不及时离开，还是会有危险。他摸到身侧灯座后的机关，一手按下。

一阵灰尘落下，石制的墓室门缓缓升起，几乎是与此同时，曲悠嗅到了一股刺鼻的血腥气。

燕覆浑身浴血，手边的剑横在同样狼狈的李缘君脖子上。几人见身后的门突然开启，十分愕然，还是李缘君先唤了一句："兄长！"

曲悠则叫道："小燕！"

"周大人，夫人，你们可无恙？"燕覆抓着李缘君的肩膀，往前走了两步，"我带人从偏僻小路绕上来，照着您的地图寻到此处，还撞上了太子妃和她的人。所幸……不负所托，陛下带着婷妃已到山下，就等我们的消息了。"

"无妨，"周檀唇角终于露出了一丝松快的微笑，"辛苦了。"直到如今，他才算是真的松了一口气。

曲悠转头去看面色铁青的柏影，只见他面上一瞬间闪过许多神情，最后只剩嘲讽的笑容，不知道是不是在笑他自己："苦心多年，满盘皆输……周檀啊，遇见你，也不知是我造了什么孽……"

方才周杨那一刀柄击得很重，柏影本趴在地上半死不活，谁也不知道他哪里来的力气，突然爬了起来，一手拽过离他最近的曲悠，将方才折断的箭矢抵在她的咽喉处："放了缘君！周檀，你千辛万苦来到这里救人，总不希望你夫人折损在这里吧？"

那箭矢是地宫中多年前封印的冷兵器，虽年岁久，但泛着一层幽幽的冷光，可能淬了什么不知名的毒药。

周檀重重地咳了一声，几乎是立刻应允："好，我答应你，把箭放下！"

柏影挟持着曲悠往燕覆等人进来的墓门处走去，刚走了没几步，他便听见曲悠压低声音在他耳边冷不丁地说道："你挟持我，叫他们放了你，他们也是肯的。"她说完这句话，柏影当即想明白了——方才她看过来时，不顾危险地离他这么近，就算被他一把抓住也毫无反抗之意——她是故意被他抓住的！柏影感觉握着断箭的手心沁出细密的冷汗，此刻他真的不知道该哭还是该笑。

曲悠听见他咬牙切齿地问道："怎么……你可怜我？"

她摇头："我只是觉得，我们没有必要走到这一步。"

两人还在说话，不远处的李缘君便唤了柏影一声："兄长！"

柏影抬起头来，在昏暗的光线中看见她泛着泪水的双瞳，就如同他第一次登李家门时，那个在他面前跌了一跤，眼泪汪汪的小姑娘一般："兄长，我对不起你！是我太过急迫，毁了你满盘的算计，如今你有筹码在手，不必顾及我，做什么要放了我呢？……你要活下去！活着，才有希望！"她刚刚说完，燕覆就神色大变，他甚至没有来得及收回手中的兵刃，李缘君就闭着眼睛冲着那刀锋重重地撞了上去。

"缘君！"

"太子妃！"

柏影往前走了一步，曲悠清楚地感受到他握着自己肩膀的手抖了一下。

李缘君捂着自己的脖颈倒在地上，伤口不断涌出血泡："你要……出去，要……要……"说了几个字，她便再也说不下去，痛楚不堪地翻滚了两下，随即从怀中摸出一个有些陈旧的解毒香囊。

柏影含糊地回忆起，当年他扶起那个在他面前跌倒的小姑娘，非常耐心地帮她涂了药，包扎了伤口，还听她絮絮叨叨地说了一下午父亲不在家、自己身子弱的矫情言语。直到李威回府，他才知道这是自己的表妹。当时李威并未相信他的话，只叫他拿出更多证据。他也没有想过一次说服李威。离开时，为了今后便宜行事，他随手解下身上一个粗糙的解毒香囊，送给了巴巴送他出门的小姑娘。她随身带了二十年，而他今天才第一次发现。

柏影几乎握不住那截断箭，抖得划破了曲悠的脖颈，周檀有些不忍地将目光从李缘君的尸体上移开，非常恳切地对他说："……你放下箭，我放你走。"柏影的后背几乎贴到那青铜的冰冷墓门上，他心神不宁地看着李缘君手中的香囊，嘴唇颤了两下，一句话都没有说出来。

曲悠不顾他手中的箭矢，艰难地转过头看了他一眼。

"你知道你跟宋世琰最大的不同是什么吗？"曲悠轻轻地说，"或许你自己不记得，可在我前世的梦里，你曾经对我说过……你说，倘若你能做个纯粹的好人或者纯粹的坏人就好了。

"宋世琰连弑父都做得出来，你呢？你连宋世琰都不想亲手杀死。太子妃挟持了我，你生怕她杀了我，冒险跟过来；方才抓了我，你开出的条件居然是叫他们放了太子妃。你想让周檀留在临安，不还朝，劝说十三先生在你动手之前离开汴都……你不忍心叫他瞧见你如今的模样吧？"

"不必再说了！"柏影低吼了一声，见燕覆死死盯着他，又压低嗓音，沙哑地说道，"你对我说这些做什么，想让我知道……你明白我？"

"是，我明白你，周檀也明白。"曲悠伸手握住他持箭的那只手，哑声道，"你难道看不出他根本没有那么急？你以为他瞧不出我是故意落在你手中的？他只不过也在犹豫，需要一个借口放你走。这么多年的情分，我们谁都不愿意见你跟宋世琰落得一样的下场，你明不明白？"

"放了我，宋世翾后患无穷，你们真的敢？"

"我说过，你不是宋世琰，你不是纯粹的坏人。你所在乎的人都已经失去了，卷土重来，还能为了什么呢？"

"哈，哈哈……"柏影怪笑了两声，没有再说话。

曲悠没有回头，却感觉有温热的液体落在自己的颈间。前世今生，她大概第一次感受到这始作俑者的泪水。

众人还没有反应过来，便见柏影带着曲悠突然折返他们刚刚进来的那扇门前——墓门之后是箭矢横飞的甬道和熊熊燃烧的主墓室，隔着几步远还能感受到那里的温度。

周檀一时无措，急迫地吼道："柏影！"

柏影垂着眼睛看了他一眼，往后退了一步，又逼迫着众人不许靠近。箭矢正抵在曲悠的脉搏上，众人只好听从。

曲悠略有些慌乱，但很快就平复下来："你有机会逃的。"

"可我不想逃了，"柏影沉沉答道，"我逃得太久，也太累了……说实话，周檀所做的一切，包括和宋世翾的假意往来，我并非全无察觉，只是没有力气再细想。那日跟着你离开皇城的时候，我就觉得，我应该永远也回不去了。"

曲悠听出了他语气中的自弃之意，惊疑道："你——"

"嘘——"柏影又退了一步，他脚边甚至踩到了那些散落的箭矢，"我告诉你个秘密吧。你知道当年我为何在你出嫁之前就设计识得你吗？"

曲悠一怔，只听他继续道："你不知道，或许连周檀自己都不知道——那年琼林夜宴前的午后，周檀还是个穷酸书生，刚刚结识顾之言，同他一起走在汴都大街上。那时似乎刚过花朝节不久，汴都的春日多美，到处都是捧着花的姑娘。你和高云月也认识没多久，一起采了花，在樊楼二层饮酒，兴之所至，将采来的杏花插在窗前。"

她怔愣地听着这些像是在很久很久之前发生的事情，又觉得像刚刚发生过，闭上眼睛就能看见当时的情景。

"你的杏花落了一朵，周檀恰好抬头，见到你，失神了片刻。

"他很快就移开了目光。你也察觉有人，羞恼地关了窗。可那一眼，顾之言瞧见了，我也瞧见了。他很快就寻到了你，看了你的诗。那时候我就知道，顾之言肯定会替他心爱的徒弟找一门称心如意的婚事。他必定在陛下面前提过了，如若不然，你以为贵妃娘娘为何会突然给你一个清流女儿赐婚？"

原来如此。

·469·

竟然如此。

曲悠诧异地想着，就算在之前的几世，顾之言想为周檀说这门婚事，也是因为见过那一眼。可能连周檀自己都不记得，但那是他确实失神、惊天动地的一眼。

只要一眼。曲悠唇边泛起一个浅淡的笑容，不远处的周檀似乎也察觉到了什么，深深地朝她看过来。

"悠悠啊，"柏影贴近她的耳边，以气声亲密地说，"小皇帝不知道周檀的另一件事，等到他知道了……哈哈，你们未来也不会好过的……不对，不对，周檀早有临风亭那番打算，他还怕什么？他不怕，他不怕是因为他知道他要死了，他要死了……"

柏影絮絮叨叨、颠三倒四地自言自语，说到后来，曲悠也不明白他在说什么。她抓紧他的手，低声道："你为什么不肯承认你做不了纯粹的坏人？在临安时天下未定，回到汴都，你难道没有机会对子谦下手？只要杀了他，皇朝没有旁的血脉……我在得知你是谁时曾深深地后怕过，你的机会实在太多了，你为什么没有动手？你想要的到底是什么？"

柏影紧紧闭上双眼，脑海中倏然闪过千般图景。

他通过曲悠和周檀，又通过艾笛声，终于走进了那座栖风小院。宋世翾执手对他郑重地行礼："子谦见过先生。"他有些迟疑地握住那个孩子的手，冰凉冰凉。在临安时，有几次他都想不管不顾地直接下手，但每每想起宋世翾与他背着苏朝辞抓蛐蛐、喂猫时总会手抖。他对自己说，不能心急，此时下手，他们一定能查到他。回到汴都后，他又三番五次告诉自己，不是最好的时机，不是最好的时机。

空空负去。

柏影下意识地重复道："你说的是，我不该放过他的……"

他也该……叫他一声"哥哥"的。柏影晃了晃头，想要甩开这些纷乱的思绪，发现徒劳无功后，手上再次用了些力气。他勉力露出笑来，对曲悠道："你很感动，是不是？你觉得你和周檀都是好人，能感化我是不是？说我不是纯粹的坏人……哈哈哈，还有一件事，你来猜一猜吧。你猜，周檀的病是从哪里来的？"

他突然说起这件事，真的让曲悠愣住了。片刻之后，她才脊背发冷地反应过来，从她嫁给周檀那一日开始，周檀的病都是柏影照料的！

柏影却还嫌不够残忍，非要把话说完："你猜到了，是不是？他虽然受了刑罚，又遭刺杀，但毕竟年轻，身体本不该这么差的。在临安时，我不想让他回来，就能让他病到下不了榻。如果那时候我能狠下心来，不再尝试劝服，他早就死了。是我……是我经年累月地把他的身体越治越坏，坏到就算没有今天，他也活不了多久！"

曲悠全然不顾他手中握着的箭矢，恶狠狠地转过头来。柏影及时收手，只在她脸颊上划出一道浅浅的血痕。

"你——"

她这时的表情才全然变了，在微弱火光下几乎扭曲。

柏影瞧着她的面色，十分满意地哈哈大笑，抬手便将她恶狠狠地推了出去。

"柏影！"

众人眼见这变故，连忙上前。周檀伸手接住曲悠，将她紧紧地抱在怀里。柏影则张着双臂，不管不顾地继续往甬道深处跑去。那甬道方才被爆炸触发，此时又胡乱地射出好几支箭。几支羽箭没入柏影体内，在他衣袍上氤氲出一片血色。他一路狂奔到尽头，贴着那扇门，费力地找到了开关，又回过头来，隔着火光遥遥地看了李缘君的尸体一眼。

有士兵嗅到了不寻常的气味："将军！他……他身上可能还有火药，我们最好先离开此处！"

燕覆当机立断，立刻带兵顺着来路撤退。

周檀将曲悠打横抱起，走了两步又停下来，隔着黑暗的甬道与柏影对视。

他狼狈不堪，眼瞳中映出火的光点："她说得对，我从来……不能纯粹，或许我自己也知道，所以一直在……排斥登高。

"我所有的亲人，皆已弃我而去……今日葬身皇陵，也算是个好归宿……这世道如逆旅，你们自己保重吧。"

周檀没有多说话，朝他微微低头，算是致意，随后转身快步离去。

曲悠死死攥着他的衣袍，感觉泪水簌簌而落，打湿了她的脸颊。

柏影突兀地道："其实我也想要跟宋昶、宋世琰再见一面……以这样的身份，我也，想要的。"

他的声音被烈烈的燃烧声吞没，不知道有没有人听见。

曲悠和周檀只听见遥远的黑暗中传来不成调的歌声。

"我踏大河之水飘摇去，白日上京，九重鸾山……仙人赠来永安词，送我一路如寒星……"

身后传来沉闷的爆裂声响。

过去的一切，似乎都随着这响声永久地被埋在黑暗的地底。永不见天日。

与此同时，山下简陋亭中的宋世翾喝罢手中最后一盏冷掉的茶。他站起身来，朝着远处爆炸声传来的地方看了一眼，目光中隐有忧虑。

罗江婷不明白他在等什么，也不能催，只好攥着手中的帕子有些心疼地拭去他额角的汗水："陛下不必忧心。"

宋世翾回握住她的手，冲她露出一个温柔的安抚笑容："朕没事。"

又不知是过了多久，一个浑身泥泞、带着火药气味的士兵自山顶打马奔来。他从马上翻身下来，急急地叩了一个头，言简意赅地对宋世翾道："贼人已死，幸不辱命。"

宋世翾终于松了一口气，又问："先生与小燕俱安否？"

那士兵答："无事。"

罗江婷听出了二人言语中的不对劲，但此时她能做的只是顺着宋世翾的言语试探道："陛下知晓消息，总归能放心了吧……说起来也不知贼人是谁，陛下本是来询问宰辅为何带兵出城一事，不想这贼人确实厉害，陛下也不得不为宰辅的安危考虑，当真是师徒情深哪。"

宋世翾柔柔地嗯了一声，伸手将她抱进怀里。

罗江婷心跳如擂鼓，她说了这么一番话，宋世翾居然毫无反应，不知今日的一切究竟在他们的盘算中，还是意料之外。听起来柏先生和李缘君是失败了，那么……她还在垂眸思考着，突然觉得颈间一凉，她难以置信地低头看去，却发现宋世翾不知什么时候拔出了腰侧的短剑，在她颈间轻柔却又精准地抹了一刀。罗江婷伸手去摸，摸了满手的血。她睁着眼睛直直地栽倒。

方才还对她柔情蜜意的宋世翾此刻面如冰霜地在她面前蹲了下来，甚至没有伸出手，像怕弄脏了一般。她听见了他讥诮而冰冷的声音："朕视阿萝如亲妹，你们如此，是侮辱我。"

罗江婷喉咙里发出"呵呵"的气声，却说不出话，她艰难地咬着嘴唇，想问一句："陛下……待我……"

可宋世翾已然起身离开，正急切地吩咐身旁的侍卫："先生向来身子弱，真的无事吗？师母可好吗？朕上山去迎他们一迎。"

走了几步，他才想起身后的尸体，于是顿了一步，随口吩咐道："也是个苦命的，在她原籍处找块风水宝地把人葬了吧。"

## 十 恶

朝堂重新归于一片平静，市井间的议论不再，周檀像什么都没有发生过一般复相，继续推行变法。一场危及皇位的纷争随着昌陵那阵最后的爆炸声归于沉寂，除了在场者，不会再有人知道那天到底发生了什么。宋世翾着人为德帝重修了寝陵，连带着他两个尸骨无存的儿子。他们一个在史书上没有名姓，另一个成为遗臭万年的疯子，说不清是谁更幸运一些。

白沙汀写信回来时，曲悠甚至没有忍心将此事告知。周檀默默地提笔，告诉他，柏影辞官远游去了，归期不定。

倘若曲悠从不知晓后事，大抵会觉得故事就会在此处结束。

权臣帮助他拥护的君主除掉了上位路上的所有障碍，踌躇满志地实践着他的政治理想。几年后，他桃李满天下，离开朝堂，带着心爱之人寄情山水，成为一段佳话。但历史上总共没有几桩佳话。

转眼又是一年冬。

今年的雪下得格外大。清晨，曲悠推开窗户便被雪花糊了满脸，她连忙收了苍翠竹节制成的窗架，低头看见木案上有一张花笺。

周檀还没有醒来。

花笺边随意搁着一支笔，墨迹干在笔尖上，想来是他昨夜睡不着，走到窗前听着雪声写下的。近日他身体越来越差，夜里身子冷得像冰一样，曲悠在房中摆了许多炭盆都无济于事。为了不吵到她休息，周檀夜半咳嗽时总是勉力压抑，可其实他每一声咳嗽她都听见了，有一次甚至在枕上瞧见一丝血痕。

残忍的红色。

曲悠裹紧了淡蓝色的毛氅，发现他昨夜写下的诗句是"夜削竹骨做锋刃，我生金石不死心"。她鼻尖一酸，险些直接落泪，最后还是奋力克制，用手背堵住了自己的嘴。

冬日实在太过漫长了。周檀的睫毛微微颤了颤，但是如她所愿，没有睁开眼睛。

∽ ∽ ∽

苏朝辞吩咐人在正堂多摆了几个炭盆。

不久，沈绛与曲向文一同登门。二人倒也不多话，坐在堂前烤起火来。雪花纷落，今日早朝已免，四下寂静，只有炭盆中银炭燃烧的噼啪声响。

沈绛还是忍不住，唉声叹气起来："你去劝了周——劝了你姐夫没有？"

曲向文摇头："他不肯见我。听闻他现在谁也不见，一意孤行，我姐姐……唉，我姐姐从前并不这样，如今也与姐夫一般，铁了心做孤家寡人，就连我家都好久不曾回过了。"

"这朝野上下，连洛老和蔡老都被他拒之门外，他竟是谁的也不听不成？"沈绛从椅子上噌的一下跳起来，见苏朝辞看了他一眼，又忍气吞声地坐下，"昨日陛下在书房见我，其实也有意让我带御史台再劝一劝他，这法行得实在太急了……这半年来，汴都的世家大族真的快坐不住了，再这样下去……"

苏朝辞沉默地听着。宋世翾向来支持周檀的决定，在柏影死去之后尤甚，他和周檀本就是宋世翾最信任的人。周檀在临风亭那番打算，没有告诉过宋世翾，所以从那时候开始，年轻皇帝就是真心支持周檀变法的。只是他终究不再是那个只活在老师羽翼之下的孩子。他如今是君主，上有皇天后土，下有群臣万民，旧贵族、新士子、朝内、四野，无数的压力担在他年轻的肩膀上，任凭他多么信任周檀，也不可能托着基业支持他的所有决定。如今周檀一意孤行，或者说是装作一意孤行，年轻皇帝连劝阻都不能开口，压力之下，他只好反复召见自己与自己说话，希望自己

·473·

与周檀通一通气,不要把旧党逼得那么急。还是太年轻了,再这样下去,皇帝自己也不知道会有什么后果。苏朝辞沉沉地叹了一口气。

周檀玲珑心思,怎么会猜不出宋世翾为难?他本来就是故意如此。苏朝辞伸手按了按自己的眉心,有些疲倦地起身,从身后的黄梨木匣中取出一本厚厚的折子,然后丢在堂前二人面前。

沈络先伸手拾了起来,刚看了一行便愣住了。

> 辞状宰辅十恶,顿首。不道、不恭、不孝、不睦、不义、内乱,兼有好色狂悖、收受贿赂、谄媚君上、贪势弄权之嫌。

曲向文登时脸色大变,却与沈络不同——沈络惊讶是因为苏朝辞这封折子,而他是因为认出了这字迹!他立刻抬头看向苏朝辞,苏朝辞却垂着眼睛冲他摇了摇头。曲向文感觉一阵天旋地转,扶着椅子重新坐了下来,心中仍是茫然。周檀为什么要写一封为自己罗织罪状的折子?

这折子用词刻毒,极尽渲染,按理来说,只有背负天下骂名的十恶不赦之人才会在穷途末路时被众臣联名写下这样的折子。周檀正蒙皇恩,虽说御史台日日弹劾他,朝野上下恨他的人也不少,但众人最会看眼色,哪里敢写这样天花乱坠的罗织状。

曲向文坐在那里想了又想,过了一炷香的工夫才想明白一些,不禁面色更白。

恰好这时沈络翻来覆去地将折子看完,吓得声音都有点抖:"执政……可是真心要上奏?"

苏朝辞简单地点了点头。

沈络拿着折子在堂前走了两个来回,再到他面前时,俊脸涨得通红:"周檀此人……虽说确行狂悖,变法诸事也不听劝阻,一意孤行,但我着实不曾料到执政会写这样的折子……你可知这折子递上去的后果是什么?"他越说越急,甚至快要吼出来,"就算陛下驳了你这封折子,但是有你带头,那些弹劾之人、守旧一党、触及利益的世家子弟,会不顾一切地咬住,把这些在市井中变真切!你这是要亲手把他钉在青史简上遗臭万年!你有这么恨他?恨到如此不可?"

曲向文开口:"沈兄——"

沈络是个直性子,连敬语都不再用,恨声打断了他的劝阻,只对苏朝辞道:"算我看错了你!变法有百错,为民一心总是无错的!你利用这件事铲除异己,你……你……抬头看看这高堂明镜,难道不会问心有愧?"

苏朝辞抬眼看着沈络,居然露出一个放松的笑容:"沈大人义愤填膺,可惜……朝野上下如你一般的人找不出第二个,这折子奏上去、传出来,众人只会对我感激涕零,敬仰不已,史书工笔、悠悠诸口也只会称赞我是为君除去奸佞的功臣,可有人会如你一般，为他鸣冤吗？"

沈络瞠目结舌，像是第一天认识他。

银炭快燃尽了，堂中一点一点地冷了下来。雪却下得更急。

曲向文眼见着沈络大笑三声，伸手指着苏朝辞，面上表情似哭似笑："我竟是今日才识得你……"语罢，他便抬手摘了自己的官帽，恶狠狠地掼到地上，"举世浊流，我无一人同道啊！到头来，竟是我日日弹劾之人才配我发一声叹……这官场、这朝堂、这世道……罢罢罢，不待也罢，苏执政，告辞了！"

语罢，他竟转身就走，曲向文急急站起来，想解释一句，却被苏朝辞伸手拦下："别追了，让他外放一段时日也好。他不傻，正好磨磨他的性子，过上几年自会明白的。"

曲向文急急地问："你们缘何——"

苏朝辞拍了拍他的肩膀，涩声道："你可知道，他活不了多久了。"他的目光移向方才沈络走时没有关的堂门，北风卷着雪花纷纷扬扬地吹进来，让年轻的执政眼底也结了一层闪烁的雪光，"这是他最后的愿望，我一定会替他完成的。"

✿　✿　✿

曲悠端着药碗穿过长长的花廊，刚想推开门，便听见房内传来一阵咳嗽声。这几日周檀没有上朝，闭门谢客。她坐在大雪纷飞的台阶上看天，回忆起，当年她跪在甬道那夜似乎就是宫里雪下得最多的一晚。那夜之后，连绵数月的大雪停了，春日来迟。似乎……也不远了。

她站在门口，不愿意再多想，刚想进门，却听见房中传出另外一人的声音，是周杨。

"……当年哥哥与顾相的话，我听到了。"

于是曲悠站在原地没动，雪花压着房前青翠的松柏，簌簌地抖落在她的肩上。

周檀为他倒了一杯茶："老师想必费了不少功夫，才把你带进诏狱。"

周杨道："是。我日日去跪顾相，在阶上磕出血痕，他才心软，冒险带我去见你一面。诏狱实在凶险，你孤身一人，我太担心了。"

周檀低低地笑了一声。

"兄长出来后的作为，我怎能不懂？既要如此，我也只能装出浑不论的模样，希望能混出些名堂，好歹能帮帮你……只是不想我在军中时，月初竟真能狠心不管兄长。"周杨似乎哭了，曲悠觉得他的声音有几分哽咽，"你大婚时我才回来，知你病重，心中怕得要死……兄长知道吗，第二日我上门挑衅，嫂子若对你言语不轨，其实我是想直接杀了她的。"

曲悠失笑。

周檀似乎猜到她在门外，带着笑朝外看了一眼。

周杨毫无察觉，继续垂着头道："不过嫂子那天说，她对你早就情根深种，不能自已。我本来不信,再三打探,得知她找了大夫悉心照料你,才放下心。唉,若是兄长那时有个三长两短,我怎么能原谅自己……"

这下曲悠没忍住,吸了一口寒风,在门外咳了起来。

周杨吓了一跳,立刻伸手抹掉了自己脸上的眼泪,羞恼道:"兄长早就听见嫂子来了,伙同她一起看我笑话……"

周檀裹紧了身上的毛毯,笑得很温柔,口中还念着他方才说的话:"嗯,情根深种,她骗了你,你还敢信……"

曲悠干脆推门进去:"也不能算是假话嘛。"她放下药碗,从炭盆中拾出几个烤橘子,随手扔给了周杨:"算你小子有良心,比任月初那个家伙好多了!"

周杨伸手接了,得意道:"那是自然。"随后又小声说,"月初若知道,也不会这样的,他也是伤心……不过月初总归不如我,就算我什么都不知道,也会一直相信兄长的。后来走了艾老板的路子扮成黑衣模样,一是为了掩人耳目,二也是无颜见兄长……"

周檀有些无奈地摇摇头,刚想说话,便听见门外传来匆匆的脚步声。

周盛德提来一只铜炉,在房中添了炭,随后低声道:"方才苏家的人送了口信来,让大公子明日务必上早朝,事已准备妥当。"

周杨不明所以,曲悠却听懂了这言外之意,面色腾地一白。

周檀安抚地握住了她的手,他握得很用力,像也要从她这里汲取些力量:"我知道了,你下去吧。"

∽ ∽ ∽

御史中丞程疏步履匆匆地走在玄德殿前的白玉长阶上。程家自入汴都,五代为官,又有强大的姻亲,根深蒂固。程疏虽有荫封,但也勤勉,三十岁刚过就做了御史中丞。程家是旧贵族,对周檀施行的新法多有不满。上次汴河边那男子投河的好戏,便是他们与几个世家一起心照不宣地做出来的。只是不知皇帝喝了什么迷魂汤,竟然轻飘飘地将此事放了过去。程疏走在路上,觉得心怦怦地跳得很快。那夜汴河出事之时,他正在离事发地不远的酒楼上远远地观望,想看此事如何收场。他手边的酒喝了几口,便有一个人突然坐在他对面。程疏抬头一看,发现来人是太医院如今红得发紫的首席——柏影柏医官。

据说,这柏医官同之前在朝堂上声名狼藉的白氏子弟白沙汀有亲缘,只是多年不往来。他也没听说两人关系怎么样。柏医官在皇帝潜龙之时便一直跟着贴身照料,正得信赖,纵然品级不高,也无人敢小觑。于是他立刻放下酒杯行礼。

柏影摆摆手,笑眯眯地问:"程大人怎的独自在此处饮酒?"

程疏信口诌道:"常来此处,不想今日却看了一出好戏。柏医官怎么也在?"

柏影敷衍道："凑巧，凑巧。"他没有出口询问，但眼中带着些轻微的笑意，不住地打量他。

在柏影这样的目光下，程疏甚至觉得他已经完全看穿了自己今日在此的缘故，不由得道："柏医官怎么这样看我？"

柏影却冷不丁地问道："程大人觉得近日宰辅的新政如何啊？"

程疏吓了一跳，往左右看了两眼，急忙摆手："酒肆之间，不敢妄言。"

"有什么不敢说的，宰辅这新令行得这么急，程大人没有别的想法，程大人家中人也该有些别的想法吧？"柏影掩袖喝了一盏茶，见他面色铁青，又连忙安慰，"程大人紧张什么，我与你是一条船上的。"

柏影入太医院之前不过是街巷医士，传闻他与周檀还有些私交，他如今说这种话，程疏可万万不敢轻信。

或许是猜到他不信，柏影只好甩了甩袖口，无奈地解释道："人皆说我是因与宰辅有私交才被引荐给陛下的。天地良心，我有私交的……其实是他的夫人。"说到这里，他面上突然带着一层淡淡的怅然之色。

程疏看在眼里，似乎突然明白了什么，连忙为他斟茶，试探着道："宰辅的夫人……可是当年汴都闻名的那位曲氏？"

柏影勉强露出笑容："是啊，我与她相识的时候……还一文不名，靠她接济过不少次，要不然还不知道能不能活到现在呢。可惜，可惜……算了，不说了，程大人与我同饮吧。"

从他的欲言又止中，程疏似乎猜到了这几人之间错综复杂的关系，但他不敢细想，只是对柏影之前的说辞信了几分："柏医官客气了。"

自此之后，柏影常来找程疏喝酒，两人竟然如此相熟起来。

几次之后，程疏便不怎么忌讳了。贵族对周檀的不满显而易见，藏着掖着也没有意思。二人最后一次见面是在周檀第一次被罢相当日。

程疏自然高兴，柏影看起来却没那么高兴，与他吃饭时频频发呆，直到临行的时候才突然对他说了一句："程兄，我这人朋友不多，倘若他日我出了什么事情……恐怕要托你为我做件事。"

程疏便道："客气客气。兄弟有什么事情，只管知会我一声便是。"那时他没想过柏影会有什么事情，直到周檀意外地被重新起用，他才突然察觉到，柏影已经许久不来寻他喝酒了。程疏托人打听，只听说柏医官厌倦了太医院的生活，辞官远游去了。他隐约意识到了什么，可哪敢胡乱揣测，只好将一切咽进了肚子里。

柏影突然消失几个月后，有人送了个没有落款的匣子给程疏。据下人说，这匣子是夜里被扔进院里的，他们连送来的人是谁都没有看见。

这匣子被封得极严，上附一张字条。程疏认出了柏影的笔迹，字条上简单写着托他将匣子转交给陛下,切莫私自打开看。这匣子想必是柏影很久以前就决意交给他的,在消失之前特意托给了旁人,如若他三个月不曾露面,这匣子自然会落在他手中。

程疏掂了掂,发现匣子极轻,中间装的最多是一张纸。他忍耐再三,终究没有忍住。

…………

"程大人。"程疏站在白玉阶上,感觉自己心慌得厉害,冷不丁的一声问候,让他险些直接跌下去。转过身来,他发现是许久不来早朝的周檀。

眼见是他,程疏心中更加紧张。那匣子中的事情……周檀知不知道?倘若不知道,为何要此时来招呼他?听说周檀最近又病了一场,整个人瘦得可怜,但雪白的鹤氅衬着,风姿清越,面色瞧着倒是不错。

他日日写折子弹劾,与周檀早就没有什么客气可言,只是敷衍地弯了弯腰:"宰辅。"

周檀握着象牙笏板,随意地站在他身侧,与他谈论起最近朝中的情况。

程疏耐着性子恭敬地回了两句。听见太监用尖细的嗓音宣众人进殿时,他便立刻转身告辞。

不想周檀在他身后的风中轻飘飘地问:"不知道程大人有没有听说过一句话……"

程疏回头去看。

今日晨起,雪短暂地停了会儿,天气仍然很冷。风呼啸着经过年轻宰辅的身侧,将他簪得精心的发髻吹散了一两缕。

周檀拍了拍斗篷上的水滴,从他身侧走了过去,声音随风飘得很远:"君子之泽,五世而斩……程大人,可务必谨言慎行哪。"

早朝十分混乱。

程疏没有想到,有人竟比他动作快,这个人还是平日里不声不响的执政。苏朝辞与周檀不睦已久,又是世家出身,写这样的折子并不意外,只是他的胆子实在太大了,当着周檀的面都敢如此,难道不怕皇帝震怒,连累苏氏一族吗?程疏战战兢兢,连头都不敢抬。没想到皇位上的年轻皇帝竟然比堂前的诸臣子更加震惊,听完苏朝辞的折子,他惊讶得连话都没有说出来。早朝匆忙散去。

程疏大着胆子求见陛下。有苏朝辞打头,他呈上这匣子中的秘辛,应该也不会被治罪的。

宋世翾依他所言,屏退了殿中的下人,刚接过他递上去的状子便面色大变。柏影留在匣子中的是一封诉状。这诉状应该不是原件,而是留在官府中的拓印件,连

·478·

最后临安府盖的官印都是灰色的。

这诉状记载着一件陈年旧事。

景王当年满门被屠，世子夫妇流亡十年也未能避免追杀，二人身死时，宋世翱还是襁褓中的婴儿。景王府的死士带着婴儿一路南行，在江南躲了五六年之久。五六年后，景王府的死士接到了顾之言的信件，带着宋世翱重回汴都。只是他们穷途末路，回到汴都后便因躲避官府的搜查而死伤殆尽，让宋世翱一个人流浪了许久。

这封诉状写得十分含糊，写状子的人应该不知道躲藏在山中的人的身份，只是控诉——当年白湫和周恕大吵一架，二人深夜纵马出了临安城，上了临安城外的一座荒山。不料那荒山中居然有人躲藏，而且他们白日里不敢活动，夜里才能出来。那一日，他们竟然如此不巧，正撞上了这对夫妻。

写状子的人自陈是周恕的贴身侍卫。根据他的描述，那一夜，周恕与白湫出府并未带人，他有些不放心，便策马追了上去，不敢打扰主君，只能在山下守着。第二日，府衙在山上发现了周恕和白湫二人的尸体。

周恕是行伍出身，曾经是萧越得意的副将，白湫也并非手无缚鸡之力的弱女子，二人居然双双惨死，必定是遇见了绝顶高手。

宋世翱惨白着脸看完了诉状，又在匣中发现了一个金陵白氏的空白香囊。罗江婷许久之前就神秘兮兮地为他送上过类似的诉状，只是那时他与周檀商议过，那封诉状也被周檀换成了一张白纸。如今这张是柏影不够放心而存下来的拓印件，估计是很久之前便托付给了旁人，如若柏影久不出现，就会经由程疏的手递给他。这诉状……实在太骇人了。

程疏或许不能完全看懂，只是含糊地认为这件事十分重要。但是宋世翱看得懂，周檀……必然也看得懂。他在换下上一张诉状的时候，是否看过了呢？

宋世翱感觉自己甚至不敢仔细往下想。

程疏见皇帝久不说话，大着胆子抬起头来，却突然听见宋世翱扬声唤道："宋一！"

天子和储君的近身侍卫才能随皇姓，以数字为名。

程疏还在胡思乱想，便看见宋世翱冷冷地看了他一眼，手边摩挲着早已被打开过的蜡封匣子，面上一丝表情也无。他感觉脊背爬上一阵凉意，内心有个声音隐隐重复着，像是呓语，也像是诅咒——"君子之泽，五世而斩"。他是不是……做了一件错事？

果然，他听见宋世翱低声吩咐道："把人处置了吧，不要留下话柄。"

而宋一只是垂头，深深地答了一句："是。"

∽ ∽ ∽

苏朝辞那封折子递上去后，朝廷诡异地平静了一段时间。

程疏离奇失踪，四日之后被人发现死于京郊的山上。典刑寺并刑部一起查了半个月，草草地以"遭遇劫匪"结了案。程家的人却将这笔账记到了周檀头上，毕竟程疏在失踪之前隐约透露过一两句，自己手中有宰辅的大把柄。

有人敢争先，事情就好办了许多。

周檀的罪状被有心人迫不及待地散布了大街小巷。他早些年在汴都的名声就不太好，近来又行变法，只要被有心之人挑拨一两句，即刻就能在民间点起一把火。

曲悠近来很少出门，连高云月都不大见了。

还是高云月主动上门。她对周府轻车熟路，特地挑了远离主街的后门。周府的白墙上已经被人乱七八糟地写了许多话，连带着扔上去的鸡蛋和菜叶，乌七八糟一片，瞧着颇为骇人。曲悠却不甚在意，在新霁堂为高云月煮了新茶。

"只要有人鼓动，总是能营造出一种'全天下都恨你'的错觉。"她端起茶碗，细闻了茶香，随后将杯子递过来，"但其实，百姓大都是沉默的，他们并不在意官场风云，不在意某个大人物的名声如何，只在乎自己过得好不好……这段时日过去了，不会有几个人记得的。"

"可是……周大人大损名声，总是于仕途无益，"高云月喝了她的茶，忧心道，"况且，百姓不在乎，还有那些史官。"

或许是"史官"二字触动了曲悠，她垂下眼睛，默了片刻。

高云月见她的情态，重重地叹气："悠悠，我总觉得你如今与我初见你时变了许多。"

曲悠的目光从她面上浅粉色的伤疤掠过，心中一痛，狼狈地移开目光："你不也变了许多？"

高云月托着腮，伸手掐了掐她的脸，努力做了个鬼脸，用轻松的口气道："刚认识你的时候，你还是小丫头呢，那么得意，那么傲，也就看得上我和你做朋友……"

曲悠被她逗笑："你说的不是你自己吗？"

高云月瞪了她一眼，继续道："其实你不知道吧，在你跟周大人成亲之前，我哥哥对你是有意的……你或许都忘了我哥哥长什么样子。他打小不爱读书，不知道为什么喜欢你这种酸溜溜的才女。母亲其实也知道，甚至许诺过，等他从军回来，就为他上门提亲。"

高云月的哥哥……好像是叫高云阳，她记得那个每次都会冲她腼腆微笑的青年，只是对方的脸确实已经在她的记忆中模糊，细想也描摹不全了。

"现在说起这些，总觉得是上辈子发生的事一般。"高云月敛了面上的惆怅神色，吸了吸鼻子，"今日我来，其实是想告诉你件喜事，我也要成亲了。"

曲悠的目光亮了亮："终于想开了？"

柏影走后，高云月带着丁香、芷陵跟艾笛声一起做生意，做得有声有色。任时鸣已经登门求娶过好几次，只是都被高云月拒绝了。

曲悠还记得，任时鸣第一次上门时，也不知道他说错了什么话，竟然惹得高云月当即摔了他送来的礼物，冷冷地道："碧玉小家女，不敢攀贵德。"

后来，任时鸣精心修补好了一支碧玉簪子，送了回去。那支碧玉簪子，便是当年他们二人同赴都州时她摔碎的那一支。曲悠知道，高云月此举其实是因为骤生变故后隐隐的几分自卑罢了。而任时鸣补好了那支簪子，小心翼翼地将她捧了起来。

她今日还戴着那支簪子，想来是终于不再介意了。曲悠笑起来，本想再调侃她几句，不料任时鸣不知为何突然与周杨一起登了门。她本来以为任时鸣是来接高云月回去的，直到二人一起进了新霁堂，她瞧见他们的面色，才隐隐猜出来意。

果然，她听见任时鸣急急道："嫂子，你切莫着急……大内传来消息，说兄长下了诏狱。"

算算时日，凛冬将至，该是此时。

出乎众人的意料，曲悠平静地点了点头，没有多问，只有高云月看见她的指甲已经深深陷入了掌心。

周杨有些紧张地道："嫂子，陛下向来信任兄长，这次实在是被市井间的口舌逼得没办法了，才不得不将他下狱的，想来——"

"都回去吧。回去。"曲悠听见自己的声音，"你们……都不要去面圣，不要为他求情，雪停之前，别再来了。"

～～　～～　～～

苏朝辞进御书房的时候，宋世翾正在发呆。他转过头来，见来人是他，茫然的神色才舒缓了些，露出难得一见的疲倦："苏先生。"

苏朝辞叩首："陛下。"

宋世翾亲自将他扶了起来："先生不必多礼。"

顿了顿，他又道："老师托人为我送了个口信，说……不必拦着他们动刑。"

苏朝辞攥紧了衣袍，低声道："已经三个月了。"

三个月了，除夕已过，快要开春了。

宋世翾按住他的肩膀："前因后果，我已经听先生讲得清清楚楚，老师这般高洁之人……实在……实在叫我无地自容。都是学生年少无能，才叫他做出这样的牺牲，而我……"

·481·

苏朝辞注意到，自从他进门，宋世翾一个"朕"字都没有说。

"而我……甚至不能为他在史书中翻案。"宋世翾艰难地说了下去，"这三个月，我见遍了朝中的史官。先生啊……"

苏朝辞低头看着自己身上的紫袍："叫人动刑，就是要装出样子来……陛下就如他所愿，罢了他的相位，松口放人回临安吧……您不肯放人，拖了三个月，他那个身子，撑不了多久的。"

"是啊，他非要受刑，不就是为了逼我松口吗？……"宋世翾死死地盯着自己脚下，欲言又止，似乎想说些什么，但最终还是没说，"先生，我……"

"陛下有什么事想说？"

"无事，无事。"

苏朝辞摩挲着手腕上的五色佛珠，又想起一件事来："对了，臣听闻周夫人递了帖子，希望能入诏狱探望一次。难为她了，这三个月都不曾上过书，虽说诏狱不许探望，但陛下就为她破例一次吧。"

宋世翾迟钝地点了点头："自然，我已经为师母遣人过去了。"

二人无话。苏朝辞起身想要告辞，不知为何，他总觉得宋世翾有话想要对他说，临到嘴边又被他咽了下去。他不想逼迫他什么，于是没有细问，拱手告辞了。

∽　∽　∽

曲悠进诏狱的时候，只为周檀带来一碗热的杨枝甘露。

诏狱不许犯人家属探望，她要来也只好挑深夜，趁周檀被带出去行刑的时候过来。宋世翾派了两个自己的暗卫给她，许她可以随意挑一日。她挑了雪下得最大的那一日。

临见面之前的晚上，她重新做了那个旧梦。

梦里，她在甬道边跪了一夜，第二日亲眼看着宋世翾和苏朝辞着人从诏狱中抬出了周檀的尸体。她被这个梦惊得心神不宁。

诏狱行刑之处与牢狱隔着她曾经跪过的那条甬道，行刑的地方与宫墙相连，见面自然方便一些。从前，婷妃也是去那里见周檀的。

暗卫们为曲悠驱散了掌刑的狱卒。这群人都认得暗卫手中陛下的令牌，况且他们也不是第一次过来——从前还带着宋世翾秘密派来的医官来过。

曲悠提着一盏灯进去看周檀。

为了做戏做全套，他必须逼迫自己在重刑之下认下自己亲手写的那些罪状，诏狱中人口耳相传，才会为民间流言增添更多可信度。苏朝辞和宋世翾终究不忍，私下里派来不少医官，也再三暗示众人不能用重刑，是以周檀身上虽有伤，好歹不算要紧。但曲悠提灯照亮他的脸的时候，心中还是一颤。

本就是没有什么血色的他现在闭着眼睛,更如同死去了一般。周檀察觉到有人,迷迷糊糊地睁开了眼睛,灯光照亮了他眼尾那一颗微小的红痣。

　　曲悠将他从刑架上解了下来,急急地问:"你怎么样?"

　　周檀在她怀中咳嗽了两声:"无事,都是做戏罢了,你知道的。"

　　顿了顿,他忽然笑起来:"你怎么忍得住,这会儿才来看我?"

　　曲悠伸手抹掉了黑暗中的眼泪,尽量让声音听起来没有哽咽:"我……我怕我见你这般,什么都顾不得,只想把你直接带走,再也不管这些事情。"

　　二人刚说了没几句话,曲悠甚至连手边食盒的盖子都没有打开,暗卫便突然闯了进来,略带些诧异地低声道:"夫人,陛下来了。"

　　周檀一愣,曲悠却飞快地反应过来,提起手边的食盒,转身隐入了一侧黑暗的甬道。

　　暗卫也没有多话,反正皇帝看见他们,便会知道曲悠今夜来过。但是宋世翾明显心神不宁,甚至没有注意到他们,刚进了行刑的房间,便叫他们全部退下了。

　　曲悠隔着几根腐朽的木栅栏静静地听这对君臣说话。她特意挑今日过来,或许就是为了听听他们到底说什么。

　　宋世翾照例问了周檀的伤势,周檀也一一答了。曲悠听二人的言语,宋世翾似乎并不是第一次来看周檀。

　　她在凄冷的黑暗中,听到宋世翾嗫嚅了一会儿,随即道:"老师,冬日太长,明天我便放你走,你跟师母……回临安去吧。"

　　周檀声音温和,并没有诧异,反似松了一口气:"你终于——"

　　"我其实并不想罢相的!"宋世翾垂着头打断他,终于露出些孩子气,"到底是我太年轻了,没办法应付朝堂上的党争,才让老师做了这么大的牺牲,而且……你和苏先生为什么没有事先告诉我,我——"

　　周檀温言道:"怕你不同意。"

　　宋世翾脱了身上洁白的鹤氅,披在周檀身上。

　　周檀没有推辞,任凭他亲手为自己系上了衣带:"今后老师不在朝中,子谦,你要——"

　　"说实话,老师应该很早就想这么做了吧?"宋世翾突然打断了他,低笑了一声,"老师……你其实从未想过一直辅佐我,是吧?"

　　曲悠微微蹙眉,宋世翾这话说得奇怪。

　　周檀也有些诧异:"子谦……"

　　"老师,我知道了,"宋世翾牙齿打战,一字一句地说,"我看见了柏影那张诉状。"

　　曲悠沉沉地回忆起,柏影临死之前好像确实提到过,只是不知……

　　周檀的反应巨大,声音都有些变化:"你……你从哪里看到的?是谁呈给你的?你……"

　　"当年,你迟迟不来栖风小院,我担惊受怕地等了你许久……如今,你执意要走,

·483·

甚至不惜毁损名声，"宋世翾仿佛在自言自语，声音很轻，"原来，竟是这个缘故啊……你父母死在我的暗卫手里，你恨我，我也能明白的。"

诛心之语。

曲悠死死捂住了自己的嘴，在那一刹那，她想清楚了很多年前诏狱中发生的一切。

白湫和周恕的死去并非意外，是他们发现了临安城郊宋世翾的踪迹。二人终归不是平民百姓，保护宋世翾的景王府暗卫不得不对他们痛下杀手。周檀一路探究真相，寻到了那张"诉状"。

但说到底……此事不能怪宋世翾啊。

那应该怪谁呢？

周檀自己查到了这件事，连苏朝辞都没有知会，决意将委屈囫囵吞下去。

曲悠想起他第一次带她去看父母的坟墓时的眼神。

或许是愧疚吧……不能复仇，甚至要辅佐的愧疚。周檀这个人，就是太理智了……从不迁怒，从不连坐，只要认准了该行的"道"，即便头破血流也不后悔。这件事被他自己查清，本应该永远不见天日。

直到他冒险将这消息放给了柏影。若非有了这个消息，柏影和李缘君也不会铤而走险。他们都一心以为，宋世翾得知此事又猜忌周檀，会立刻将他除掉。毕竟……升米是恩，斗米便成仇。

但周檀从未想过，宋世翾会以为，他当年不肯进栖风小院，如今抛却性命为他铺前路，是因为他有恨意。

这猜忌太诛心了，她只是想想，就觉得心中冷得发痛。当年诏狱中一无所有的周檀，所有的事情都已做完，听到自己一手教导长大的孩子说出这种话，万念俱灰。在从这里回到牢房的路上，他将这孩子披的鹤氅顺手转赠给了路边的宫女。是他自己不想活了。

宋世翾说完这些话之后好像立刻便后悔了，他扶着刑架站起来，连连摇头，随后跌跌撞撞地转身，落荒而逃。

周檀独自跪在残余着血迹的地面上，许久都没有动。食盒早就放凉了，曲悠挪动着僵硬的身体从黑暗中回到他身边，什么话都没有说，伸手将他抱在怀里。周檀缓缓地抬起头看了她一眼，空洞地笑了几声，随后实在没有忍住，吐出了一大口温热的鲜血。

∽ ∽ ∽

两个佩刀狱卒将周檀送回诏狱。

方姓狱卒手中拎着染了血的刑具，回头看了一眼，低声冲身侧的人说："刘大哥，说起来蹊跷，入了诏狱上三司还能全须全尾地出来的，这算是头一个了吧？况且他身侧还能有佳人相伴……啧啧。"

刘大哥回头看了一眼，白衣犯人被一个身披大红斗篷的貌美女子紧紧扶着，走得很慢。今夜白衣犯人受刑之后，这女子便突然出现，更是不顾规矩，非要扶着他回去，还是手持天子令牌的两个暗卫在后面远远地跟着，他们才敢准许的。刘大哥道："方兄弟，慎言，你可知这位是谁？"

方姓狱卒没吭声，听刘大哥又说了几句才诧异道："啊，难道是那位？"

刘大哥摇头："想不到吧？陛下到底心软，方才旨意下来，明日就要放他回老家……"

方姓狱卒道："天下巴望着他死的人可不少……这厮满身恶名，如今也算是遭了报应了。"

两人离周檀和那貌美女子很远，踩着地面的积雪，声音便被吞没在红墙之中。

周檀身上重新披上了宋世翾为他穿上的鹤氅，曲悠取了斗篷，陪着他缓缓地走在这幽暗的雪夜中。

雪已经停了，积雪深厚，但月亮高悬天际，被衬得格外出尘。曲悠紧紧握着周檀的手。他的手很凉，今夜又受了刑，他走起路来有些不稳当，大半个身子都倚在她身上。周檀张开那件白色的鹤氅把她揽在怀里，良久没有说一句话。他唇角还残留着方才的血迹，在煞白的面色上，血迹格外鲜艳。

路走了一半，曲悠终于忍不住开口："子谦只是不敢信……这世界上竟然有你这样的人。"

周檀侧头看了她一眼，漂亮的琥珀色眼睛中什么情绪都没有。

曲悠继续说："他不敢信，我也不敢信……在认识你之前，我从来没敢想过。"

曲悠觉得自己一生都没有走过比眼前更加长的路。她一边说，一边全然不受控制地落泪。泪眼模糊中，她似乎又看见了很多年前跪在甬道边衣衫单薄的小宫女。小宫女拽紧了身上的鹤氅，身侧有一口印着莲花纹样的铜制雨水缸，抬头向她看来，一双眼睛干净得如同天边的皓月。直到走出老远，曲悠回过头，还能看见她在宫墙的阴影下合掌祈祷。

周檀突然伸手为她擦去了眼泪，声音虚弱，带着无奈："别哭了。"

似乎是想要逗她开心些，他咳了一声，勉力露出一个笑容："你在很多很多年后，有没有看过我的诗？"

曲悠回过神来，拼命点头："看过的，每一首都看过。"

周檀眯着眼睛点了点头，似乎很满足："你之前问我为什么不好奇史书如何记述我，如今你应该知道，史书上的记述是会骗人的……但是那些诗不会，你读过，就寻到真实了。"他顺着她的目光往身后看了一眼，缓缓地说，"你不必为我伤心，子谦还是太年轻了，那些真实……总有一天，他会看见的。"

曲悠站在雪地上，眼睁睁地看着他的身影消失在黑暗的诏狱中，像一种失去。周遭一片寂静，只有雪花细微的融化声。

　　有暗卫紧张地凑过来，低声道："夫人……我送您回府去吧。"

　　曲悠恍若未闻，转过身来，看见当年跪在雨水缸一侧的小宫女仍在发抖。

　　暗卫还想再劝一句，却被身侧另一人拦下，使了个眼色，于是他们默契地没有再跟上去。

　　曲悠独自朝那雨水缸走去，鞋底踩着厚厚的积雪，发出轻微的咯吱声。

　　小宫女抬起头来看她，面色白如新雪。她哆哆嗦嗦地问道："我的愿望……都实现了吗？"

　　曲悠冲她露出笑容："你所求的亲人圆满、朋友安康、一生傲骨……还有，生生世世陪在他身边，都已经实现了。"

　　阿怜止住了战栗，向她露出一个灿烂的微笑："是吗？真……真好。"

　　风中似乎飘着那条红绸带。

　　"妻子平安顺遂，沧海横流，自守本心，他的愿望……也全都实现了啊。"

　　只是诸天神佛既悲悯又无情，从来不肯施舍一个圆满。

　　曲悠的视线顺着那条红绸带，于一片寂静里听见臆想中的声音。

　　"不要再生病了……我愿意替你疾病缠身，芳龄早逝。"

　　"我也愿意替你鞠躬尽瘁，死而后已。"

　　她变成蝴蝶，终于拥有了梦寐以求的自由。她看见了后世史书上关于他的记载，只是那文字面目全非、千疮百孔，碎裂得如同很久以前他独身在诏狱度过的困厄、染着血色的春夜。


　　甬道漆黑，幻象已经消失了。

　　曲悠独自跌跌撞撞地扶着墙走着，每走一步就感受到一阵如同凌迟般的痛楚。远远地跟在她身后的暗卫听见前方的幽暗中传来撕心裂肺的哭声。曲悠抓着自己的前襟，有些喘不过气来，失去周檀的恐慌抓住她的胸口，郁结成团，一丝都散不出来。

　　自从来到这里，她第一次肆无忌惮、酣畅淋漓地宣泄情绪。

　　更多的声音朝她涌来。

　　"不要为我抛弃你的身体和健康啊，前世今生，你为我做了这么多……可是我没有办法，这历史长河浩瀚，我永远都改变不了它，永远都救不下你！"

　　有流星自城墙顶端纷落。

　　穿着青绿色风衣的她从蒙尘的百卷史书中迷茫地抬起头来，阳光透过小窗，照亮了空中飞舞的尘埃。一排一排的书架鳞次栉比，她被深埋其中，不见天日。风吹动书页，她徒劳地伸着手，想从史书中将所有的文字抠下，努力良久，一无所获。

　　杏花花瓣在虚空中飘扬，洒了她一头，她听见自己郑重地许诺。

"我一定会想到办法,让你寻回属于你的公正。

"我愿意为你殚精竭虑,死而后已……只要青史简上,你同我一起。"

她看见自己一身血污站在汴都的城门上。上辈子她从这里一跃而下,万念俱灰,死后才能寻到一丁点微弱的自由。如今再看,那女子眼中重新燃起了不屈的火焰。

"你还有事情没有做完,记得吗?

"不要死去,要好好活着啊。"

∽ ∽ ∽

再次路过清溪时,周檀没有写那首悼亡诗。

天阔云高,任氏一家、曲氏一家、高云月,还有隐在暗处的苏朝辞、艾笛声、周彦和周杨,以及许久未见的丁香和芷菱,都来远远地相送。周檀撩开帘子朝后看了一眼,垂首示意。

马车载着二人再次离开汴都。

宋世翾礼重周檀,并未夺他的家产,只是此次二人轻车简行,将能散去的都散去了。韵嬷嬷和德叔早先去临安打点,跟着曲悠的侍女则被她送到了高云月那里,想来是再无牵挂了。

曲悠听着马车行驶的声音,忽地想起,上次离开时,宋世翾送来一封信,道"待他年,整顿乾坤事了,为先生寿"。他并未食言,这些年每到周檀的生辰,总会亲自道贺。御史台上了许多他过于宠信周檀的折子,他也是能忽略便忽略。

世事无常,从来没有人想过,他们竟会走到这一步。

不知周檀是不是想到了这件事,握住了她的手。

二人沉默了一会儿,听见帘外传来潺潺的水声。

曲悠轻声道:"是清溪。"她撩开帘子,果不其然,清溪周遭下起了朦胧细雨。

周檀的眼睛似乎也被细雨映出雾气,他嗯了一声,没有向外看。还是曲悠摸了支笔,在车壁上默出了那首悼亡诗。

清溪濯新雨,飘摇送故衣。
木凋骸骨见,雪融世界新。

见她写完,周檀一时愣住:"这是……"

"倘若我死了,你离开汴都去临安时,就会在清溪边写下这首诗。"曲悠平静地道,"你比自己为雪,说自己融化之后才会有新世界……恐怕在那个时候,你便心存死志了吧?"

周檀的手颤了一下,强迫自己的目光从这首诗上移开:"幸亏……你还活着。"

"是，我还活着。周檀，你看看我，"曲悠凑近了些，双手揽住他的脖颈，送上一个略带苦涩的吻，声音中带着一二分泪意，"不管你还能活多久，我只希望你在剩下的日子里能够快乐些。和我在一起，什么都不必想。你想做的一切，我都没有拦过你……你欠我的，剩下的所有时间，都要赔给我。"

周檀哑声答应："好。"

"纵然朝生暮死，我也会陪着你。"曲悠抓着他的衣襟，在他看不见的地方，勉力露出一个苍白的笑容。

## 新岁

临安下了一场空蒙的雨。

曲悠恰好在天影亭后的杏山坡上与庄子的卖酒娘子讨教杏花酒的酿法，下山时赶上落雨，只好以手遮挡，狼狈地快跑了几步。

没多久，她就远远瞧见一个白色的清丽身影——周檀撑着把昏黄的油纸伞，在细雨迷蒙中抬头看她。

曲悠一怔，提着裙摆急急地跑过去，接过那把油纸伞，口中嗔怪道："你怎么出来了，着凉了可怎么好？"

周檀面色苍白，说两句话就要咳嗽，饶是如此，他还是勾起唇角，气定神闲道："想起你又忘记了带伞。"

两人走了几步，他又接口道："这临安不比汴都，雨说下就下，这已是你第三回忘记带伞了。"

曲悠恼怒："杏山坡上不过十几步，哪里用日日带着？"

周檀幽幽地嗯了一声，只笑不说话。

不过几句话的工夫，这缠绵细雨便偃旗息鼓，近乎不见了。

二人所居别院中有一座精致的古亭，来时这别院被取名为杏花别院，远处有人又恰好在奏《杏花天影》，于是周檀亲题了"天影"二字为名。天影亭廊柱上还残存着曲悠当时顺手提上去的一句"日暮，更移舟，向甚处"。

二人进了院子，周檀瞧了一眼院中被雨滴打落的杏花残片，忽然道："我们去亭中小坐，赏雨后风光可好？"

他的身体每况愈下，实在不应于料峭春寒中久留。曲悠刚想张口否决，便突地想起今日晨起时她于枕下寻到的被血染红的帕子。人生在世，年岁应有几何，欢愉又有几何？她想起为周檀写下的"倒酒既尽，杖藜行歌"。于是曲悠冲他微微笑起来，应了一句"好"。周檀用斗篷把她揽在怀里，干脆连亭中的石墩都没睬，直接坐在天影亭的阶上。二人仰头便能看见被杏花分割得支离破碎的天空。

雨丝风片中，周檀罕见地出神了，他瞧着檐前的疏雨，只是静静地坐着。杏花树上系着一条红绸带,如今沾了雨,飘不起来,无精打采地垂着。

曲悠并未打扰周檀,盯了一会儿那红绸带,忽地想起了什么,转头去看周檀的鬓角。

年轻人的鬓发乌黑油亮,恰如旧昔,没有如她梦中一般早生华发。她略微放心,随口问:"你在想什么?"

周檀一不留神说了真话,他甚少有这样不谨慎的时候:"我在想……我死后,碑上应该刻一句什么话。"说完似乎意识到自己不该说,但也不知该说什么补救,他只好沉默。

曲悠怔然片刻,勉力笑起来:"这难道不是我这立碑的人应该想的事情吗?"她忽而想起很久以前,"我记得你在京郊似乎也为你自己立了坟茔?"

周檀点头:"离开汴都前,我已托人取了父母墓碑后一抔黄土带来,聊表哀思。我自己那一座……被我推了。"

"为何?"

周檀双手交叉,干脆朝后躺了下来:"不想死在汴都。"

他顿了顿:"到时候,将我葬在杏山坡上就好,我很喜欢那里。"

曲悠抿了抿嘴,应允:"好。"

一片花瓣顺着最后的雨幽幽落下,贴在周檀的眼皮上,他亦懒得伸手拂去,只是问:"那你想好要在我墓碑上刻什么了吗?"

曲悠没吭声。

"尔曹身与名俱灭,不废江河万古流。"周檀闭着眼睛,幽幽地念道,念完了又自我否定,"不行,俗,太俗了,我想想还有什么……"

曲悠以手支头,在他身边侧躺下,听见周檀继续说:"你那倪兄有无高见?我记得从前每每此时,你都要搬出他的几句话来……"

曲悠被他这毫无根由的飞醋逗笑了:"倪兄千余年后才会出生,周大人恐怕是见不着他了。"

周檀轻轻地冷哼一声,道:"你上次还说他早就仙逝了呢。"他说完这句,没来由地咳嗽了两声。

曲悠立刻翻身坐起来,看见周檀以帕掩面,冲她摆了摆手,有鲜血顺着他的帕子滴在她的手背上。见她的神情,周檀略微喘了几口气,断断续续地开口道:"我记得……我的琴就摆在书案上,你去……替我取来可好?"

她知道他不愿让自己多瞧他如今的模样,于是忍着心中的痛楚起身,依言去寻那把琴。

她抱琴回来时,周檀已经收了帕子,像什么都没有发生过一样。

"罢了,现如今就想这些有什么意思?"周檀接过了琴,平放在腿间,"劝君惜取少年时……花开堪折直须折,我为夫人弹一曲《金缕衣》可好?"

"好。"曲悠一口应下，"那我烫一壶酒来。"

她还没有学会杏花酒的酿法，寻来的不过是街边最常买到的酒。

周檀饮过天下名酿，仍觉得眼前这一碗最为熨帖。

曲悠酒量不佳，很快就醉了。她听着琴声，懒懒地躺在周檀腿上，忽地生了几分狂气，指着天喝道："目尽青天怀今古，肯……儿曹恩怨相尔汝！"

琴声转急，曲悠端着手中的酒杯，一饮而尽。

"……举大白，听金缕！"

周檀一曲弹罢，轻轻地抚摸她的脸，将她额角的发丝拨弄到一侧去。他动作轻柔，曲悠却感觉他手边有个冰凉的东西。于是她一把抓住他的手，发现他的手上果然戴着那枚白玉扳指。她突然泣不成声。

周檀手足无措，只好低声哄："怎么哭了，阿怜，我哪里惹了你？"

曲悠却只是抓着他的手，反复摩挲着那枚白玉扳指，含糊不清道："原来……你瞧着它，是在想着我吗？你孤身一人，在那棵树下，是在……想着我吗？"

"可我要做的事情……还没有做完啊。"

曲悠枕在他的腿边沉沉睡去，她的话，他有些听懂了，有些没有。

懂与不懂，好像也没有那么重要。如此的情形，多看一眼，才更为重要。

第二日，曲悠醒来时，已经日上三竿。

她揉着自己沉痛的脑袋，随便披了件外袍就向外走去。刚刚推开门，她就看见周檀独自坐在长廊的尽头，膝上盖着一条御寒的薄毯，正在看着眼前的杏花发呆。

像做梦一样，随即曲悠便听见别院的墙边传来两个声音，那声音虽然小，可在她耳边格外清楚。

"……听说这杏花别院住的那位从前是个大恶人，如今病得只剩一口气了，竟无医官上门医治。"

"作恶太多，必遭天谴咯！"

哪里是医官不肯上门，她早就寻过临安所有的名医了，只是众人皆是一筹莫展。

柏影死后，整个太医院都为周檀把过脉，无一人不摇头。久而久之，她就死了心，不敢再寻大夫，生怕寻来了是新的失望。不过，此时她来不及想这么多。这声音实在过于熟悉，在她的梦中，也曾清清楚楚地出现过。曲悠的面色霎时苍白，她加快脚步，跑向长廊尽头——似乎只有在周檀身边才会觉得更加安心一些。

梦中的场景复现。

如果她没有记错，周檀就死于此时，头顶是开满的杏花，膝边是御寒的薄毯，耳侧是世人误解的言论，他孤身一人，手中攥着那枚白玉扳指，寂静如同永恒。她还没有到周檀身侧，却听见墙外竟传来了呵斥声。

好似是她常去请教的卖酒娘子："呸，你们二人在这墙根胡诌什么，再多说两句，小心烂嘴！"

随即便是其中一人的痛呼："二娘，你怎的是非不分！这家不是什么好人，你没听见他们说，这人在汴都作恶多端，是个狗官！"

二娘中气十足地骂道："什么狗屁作恶！老娘只知道这家夫人和善，大人也时常布施，咱们方圆几里的庄子，哪个没受过恩惠？你们两个市井无赖，听风便是雨，偷来几句就四处学舌，再叫我听见，可有你们好看的！"

曲悠怔然停住了脚步。

周檀却似乎全没听见，只是回头朝她看来，面上露出笑容，虽说依旧苍白，但并不见将死之人的弱气："跑什么，稳当些。"

她缓缓走了几步，忽地听见有人叩响了前门。

开门一看，来人却是方才在门外骂人的二娘，手边领着一个扎着朝天鬏的孩子。曲悠还没反应过来，愣愣问道："二娘怎么来了？"

二娘满脸堆笑，丝毫不见方才在门外的泼辣样子："昨日与夫人别后落了雨，担忧夫人淋雨病了，特地上门来瞧一瞧。夫人没事便好。这是我儿子福生，听说我要来，吵着要来给大人磕个头。"

曲悠摸了摸那孩子的头发，福生便蹦蹦跳跳地跑到周檀面前。他有些拘谨，但还是伸手将手中心爱的风车递了过去："送给你。"

周檀没接，带着笑问他："为什么送给我？"

福生脆生生地答道："爹爹说了，今春爷爷病得很重，收成又不好，连抓药的钱都没有，幸亏大人慈悲……现今爷爷熬过来了，阿娘也寻到了地方卖酒，我们的日子过得越来越好啦。我特地做了这个风车，想感谢大人。"

周檀刚刚伸手接过他的风车，就听见他小声说："大人生得真好看，像话本子里的神仙哥哥一般，我能叫你'哥哥'吗？"

周檀失笑："当然可以。"

福生吹了吹他手中的风车，看见风车哗啦哗啦地转起来之后，就笑着往回跑。

二娘见他过来，匆匆地唤了一声："福生，又忘了阿娘教你的了？"

福生连忙停下来，转过身挺直了腰板，双手交叠，恭恭敬敬地向周檀行了个礼。他手掌交叠错了些位置，礼行得歪歪扭扭，这山野村庄并无人会这样行礼，学来也不容易。

"哥哥再见！"

二娘也学着福生的样子行了个礼就告辞了。

曲悠关了门，回头见周檀正盯着手中的纸风车发呆，眼睛不知为何红了些。她了然地走过去，扶住他的肩膀，十分认真地说："就算隐居山林中，从未接触过的百姓也愿意为了你学君子礼。做君子，当如是。"

周檀抬头看她，眼眶中噙着眼泪，可面上仍旧是笑着的。

"这么说来，这辈子也不算太差。"

曲悠握着他的手，刚想回话，便听见身后嘭的一声响——她方才没有关好门，此刻不知是谁一脚踢开了杏花别院的大门！

来人是个须发花白的老头儿，人却精神矍铄，一双眼睛冒着光，上来就毫不客气地问："你就是周檀？"

曲悠挡在周檀身前，有些警惕地问："先生是……"

老头儿一拍大腿："总算找到了，你们两口子可让我好找！"

他立刻抖落衣袖里藏着的药箱，不耐烦地对曲悠道："来来来，让一让，我为他把把脉。"

曲悠没动："先生，您……"

"哦，我……"老头儿皱着眉取了根银针，吹了吹，口中喋喋不休道，"免贵姓李，名字记不得了，大家都爱叫我一声'决明子'。我是收到我那倒霉徒弟临死前寄来的信才来找你们的。你不知道我找得多费劲，都说子女是前世债，老头子我无儿无女，还要被倒霉徒弟差遣，命苦啊……"

曲悠眼皮一跳："决明子？"

李决明，是大胤《风俗志》中有名的神医，史书也说过"决明"只是他信手拈来的一味药名，并非真名。决明神医写过一本《南山草录》，直到几个世纪后仍对医学界有巨大的帮助。

曲悠隐隐意识到了什么，也顾不得礼仪，颤声问："先生的徒弟，可是——"

决明子一手抓住周檀的手腕，周檀无力反抗，只好顺从。

他在周檀的脉上摸了两把，吹了个口哨，随口答道："我徒弟不是和你们是老熟人吗？姓柏名影，没有字，想当年我捡到他的时候，他还没名呢。命苦啊，好不容易教出个徒弟，还是个想不开的主儿……"

曲悠膝盖一软，险些在他面前直接跪下："先生，我夫君这病……"

决明子转过头来，冲她挑了挑眉，他似乎很喜欢说话："病——什么病，他就是被我那倒霉徒弟下了毒罢了。他下了还后悔，临死都要叫我老头子过来替他收拾烂摊子……"

"毒？"曲悠喃喃重复，像抓住了救命稻草，"那……这毒可能解？解毒之后呢，能活多久？"

"活不了多久。"决明子信口答道，但他刚收了针，抬眼就看见曲悠煞白的面色，吓了一跳，急急补充，"哎哎哎，别急啊，逗你呢，要是不能解毒，我费这么大力气寻你们做什么？能活，能活，能活到九十九呢，行了吧……对了，饿了，有没有肉夹馍？"

"听闻临安已经多年不曾下雪了。"

"外面似乎是烟花声……"

"新岁安康。"

曲悠披着大红斗篷提着灯盏推开了门，雪花跟在她的身后飘扬而入，顷刻便融化了。

室内炉火融融，周檀正与决明子对坐饮茶。

周檀端坐在蒲团上，腰背挺得笔直，习惯性地用三根手指托着茶杯，举手投足，一丝不乱。

与他相比，决明子显然随意了许多，他大大咧咧地坐在炉火边，一只手拿着个鸡腿，另一只手将周檀精心煮了两个时辰的茶一饮而尽，很遗憾地咂咂嘴，评价道："没滋味。"

周檀额头的青筋跳了两下，面上却不显，只是淡淡道："下次煮得浓些。"

曲悠瞧见他这副模样就想笑，连忙走过去，向他讨一杯茶水喝。

喝完，她便装模作样地评价道："冬日雪水和梅花煮茶，香气甚佳，夫君果然是风雅之人。"

周檀抬手揉了揉她的头发，没好气道："今日没有梅花。"

曲悠一时哽住。

对面的决明子却完全没有看出这一对夫妻的弯弯绕，津津有味地吃完了手中的鸡腿。他掏出块帕子擦了擦嘴，忽地爬了起来："今日临安居然下雪了，甚好甚好，明早我踏雪而行，真是潇洒恣意哪。"

曲悠颇为意外："先生……要走？"

"旧年已过，再留着蹭饭也没意思。"决明子顺手摸过周檀的手腕，笑眯眯地道，"恢复得不错，我留下的药，你记得要继续吃。"

曲悠仍有些不放心："这毒算是彻底除尽了吗？"

决明子来后，她才恍然大悟，怪不得柏影下毒，从太医院到民间无一人察觉。决明子著《南山草录》，是用毒的行家，他制的毒，寻常人必然瞧不出来。

"从春日到落雪，我已留了这么久，岂有不能解毒之理？"决明子打了个哈欠，"还有什么问题，快些一起问了，你们以后再要寻我可就难了。"

第二日晨起，曲悠去送决明子，特地赠了他一辆宽敞的大马车。

雪天霜冷，纵然是大夫也怕风寒。周檀并未出来相送，只是坐在房内远远地为他抚了一曲。

曲悠本以为决明子这样的性子原是不爱听琴的，谁料他坐在车辕上出神了好一会儿,才像没事人一样乐呵呵地上了车:"你这夫君啊……"

"嗯?"

决明子摇头,十分同情的样子:"嫁给这种洞察人心的高手,想必你也过得不容易……算了,看在你今日出来送我的分儿上,我便送你样东西吧。"他一边说着,一边十分随意地从怀里掏出一封信。

这信像被人摩挲了许久,连封口都有些磨损了。曲悠接过,先瞧见了五个字——不孝徒敬上。

这是……柏影的信。她呼吸一滞,顺着朝下看去。

一别两年,吾师安康否?影大错已铸,无力回头,午夜梦回常见当日无知小儿,忧思辗转……蒙师父一念之恩,多番相助,苟活至今,自觉时日无多……此身良苦,去亦自得。……人世苦短,譬如朝露,然,影仍有一事牵萦不可忘。吾友曲氏夫周檀,洁白君子,多行大义……无奈为之,愧悔空落,今吾将死,举目飘零无可托付,望师怜我。若檀出京,为其化封喉毒,畅意此生。

蜉蝣朝暮不可得,影窃生年久,无奈而去,不忠不孝不可尽言。望师余生保重,不必相祭,阅后即焚。顿首,再顿首。

这信写得极为仓促。曲悠刚看完最后一个字,决明子便伸手将信抢了回去,重新装回那磨损不堪的信封中:"瞧完了吧?瞧完了便还来,我这倒霉徒弟什么都没留下,来年还得靠着这信念一句旧哪。"

曲悠的嘴唇颤了颤,她还没有说出话来,决明子便看了她一眼,自顾自地感叹道:"他其实不想叫你们看见的,是我非要拿出来。"

"他临死之前,最后一句话就是告诉我,周檀一身的病,都是他所为……"曲悠眨了眨眼睛,抬手拭去了那一丁点泪意,"我以为我看错了他,可他还是如我所说,终究做不得一个纯粹的坏人。"

决明子难得沉默,最后只是叹息一声,道:"嘿,路是他自己选的,无论如何,不后悔就好。"

马车的檐角拴着风铃,叮当叮当地响着,马车逐渐地远去了。曲悠站在原处,望着那马车。

听着铃铛碰撞的声音,她恍惚间想起很多年前的汴都,她第一次和周檀同游,马车悬着的风铃也是这样在嘈杂的大街上清脆地响着。那时候她还没有遇见那桩坠楼案,和周檀也不熟。

人间的际遇如此奇妙,多年之后她再听见这声音,物是人非,不知是喜是悲。

周檀不知何时出现在她身后,仍旧是她熟悉的静水香。他默默地为她撑伞,良久才说了一句:"又过了一年。"

曲悠伸手去接悠悠荡荡的雪花:"是啊……这一年过后,一切却不一样了。"
周檀揽着她的肩膀:"有件事,在雪停后,想让你和我一起去做。"

次日便是晴明天气,周檀带着曲悠来到别院之后的杏山坡。
他抱着那块给自己刻好的简陋墓碑,随便寻了个地方,立起一座坟茔。
曲悠轻轻拂过那块墓碑,他最终刻下的仍旧是那句"尔曹身与名俱灭,不废江河万古流"。
周檀拍去了她衣襟上落的雪,微微笑道:"新岁新世界,把从前葬了也好,我的死讯……也该传回汴都了。"宋世翾留着他的性命,他却不能留下自己的威慑,只有周檀真正地"病逝"了,苏朝辞所做的一切才不会让朝中善于钻营的人有后顾之忧。

∽　∽　∽

除夕过了便是上元节,临安的雪只下了两天,到上元节时甚至有了开春的暖意。夜里,二人去前山的庄子看灯,回来时已经不早了。
今日是上元节,曲悠照例在周檀的房门前悬挂一盏灯,觉得灯光太弱,于是又点了几盏,想要将整个别院都映得亮堂堂的。
她和周檀提着灯开了门,却见门前的阴影中站着一个人。他似乎已经来了很久,见门突然开启,还吓得退了一步。周遭立刻涌来一阵窸窸窣窣的声音。
曲悠打着灯,看清了对方的脸,讶异地唤了一句:"陛——"话到嘴边又改了口,"——子谦。"
宋世翾披着一件黑色的长披风,将自己兜头裹住,只有一张小脸露在外面。他抬起手来行了个礼,有些不安地道:"师母、老师……学生来,拜个新岁。"
曲悠回头看了一眼,周檀的面色在烛火映衬下平静无波。他默了一会儿,侧身道:"天冷,进来吧。"
宋世翾立刻抬脚往里走,生怕周檀后悔。远处的侍卫似乎想跟过来,他急急地摆了摆手,回身就关了院门。只有本来就离他很近的一个小太监跟了进来。
曲悠呼了口气,主动搭话:"大人,随我去打些热圆子来,分给门口的兄弟人一碗吧。"
那小太监受宠若惊:"奴才一个人去就行,哪里用得着劳动贵人?"
不料周檀却接口道:"无妨,我同你们一起去。"
曲悠现煮了一锅红豆圆子,给门口的侍卫分了,最后还能留给三人一人一碗。
宋世翾捧着碗坐在堂前发呆,曲悠忙完了回来,见他一口都没吃。
周檀在他对侧坐下,像什么龃龉都不曾发生过一样,随口问道:"朝辞怎么没跟你一起来？"

"来了来了。艾先生也来了的。"宋世翾连忙道，"我们今日入城有些晚了，本是商议着明天再来的，只是我心下不安，辗转反侧，漏夜就过来，惊扰了。"他舔了舔嘴唇，艰难道，"老师……身体可好？"

周檀没吭声，曲悠在一侧替他回答："挺好挺好。前些日子，柏医官的师父来过，替他调养了许久。这里日子过得松快，比在汴都时还好些呢。"

宋世翾连连点头。想必他先前已知晓此事，曲悠说完，他竟一时不知道该说什么。

直到周檀开口唤他："子谦——"

宋世翾立刻应道："老师。"

"汴都故人，都过得好吗？"

"好，好。过了年，艾先生打算到西境去做些新生意，顺便瞧瞧十三先生和夫人……高姑娘有孕，要不然大抵就和月初一道来了；周杨跟着小燕行军，除夕没赶回来。苏先生……在朝中诸事顺遂，一切安好，正如先生所愿。"

周檀垂着眼睛听着，面上逐渐浮现出笑影。他起身走近，拍了拍他的肩膀："你……做得很好。"

听了他这句话，宋世翾却不知为何生出诸多委屈，他强忍着泪水，低着头道："老师，先前我说的那些话——"

周檀却突然打断了他："明日，你和我一同去后山的坡上吧，祭拜故人，也好安魂。"

杏山坡上除了周檀那座虚假的坟茔，还立了白湫和周恕的两块碑。周檀肯主动开口邀约，便是放下了。曲悠松了一口气。

宋世翾想明白后，眼泪便直接掉了下来："……学生不肖。那日之后，日夜回忆起老师对我的教导……这世间，我最不该疑的，就是老师了。"

周檀并不回话，目光落在他手边的红豆圆子上："快些吃，再不吃，就要凉了。"他的眼睛分明也红了，还装作若无其事。

曲悠悄悄过去，伸手捂住了他的眼睛。

第二日，宋世翾随着周檀同上杏山坡，曲悠没有跟随，在别院中等到了黑着脸的苏朝辞和艾笛声。

二人一觉醒来，发现年轻的皇帝把他们俩丢下，跑了，觉得匪夷所思，便马不停蹄地来了，却还没见到人。

曲悠为他们煮了茶。

苏朝辞却十分紧张，一直反复问她："周檀已然无事了吗？若他有事，弟妹不必骗我，直接说便是。我……我有准备，陛下是不是上山祭拜去了……"

曲悠哭笑不得："我给苏大人写过信了，句句实情，童叟无欺。"

她眼尖地看见，苏朝辞在下意识地摩挲自己腕间的珠子。这一串五色佛珠，必然会随他一生，与他一同被载入历史的画册。后人众说纷纭，永远猜不到它的来处。直到有人如她一般，亲身到这水深火热中。

∞ ∞ ∞

宋世翾并未久留。朝政繁忙，他能在年节离京两天已实属不易。

苏朝辞比他更甚，就连留宿的那天晚上也着人抱来许多文书，表情严肃地与周檀探讨了许久。

艾笛声上后山同曲悠相熟的酒家打听临安酒市生意去了。

曲悠寻到机会，单独将宋世翾请到了天影亭。侍卫远远地跟着，知晓皇帝有话要说，并未靠近。曲悠倒也不急，为他温了一壶酒。

宋世翾双手接过尝了一口，唇角微翘："师母从前是不许我喝酒的。"

"你长大了，"曲悠托着腮温言道，"我自然不会再拿你当小孩子看。"

宋世翾喝尽杯中的酒："蓉儿最近养了只白猫，我瞧着与从前那只颇为相似。"

"蓉儿"便是皇后的闺名。当初宋世翾与周檀商量好了，假意亲近罗江婷，皇后全程都是知情的。如今他又叫她叫得如此亲切，想来他与皇后感情不错。历史上的明帝是明君，好似从来没有荒淫、偏宠的传闻。

曲悠笑起来："真好。"

宋世翾问："师母是不是有什么话想要对我说？"

曲悠也不想与宋世翾过多寒暄："子谦，你进这个院子以后，我并没有称你为陛下，如今这些话，也只是我作为你师母想说的话。"

见她如此郑重，宋世翾的神色不免严肃了两分："师母但说无妨。"

"我有一件事要拜托你。"曲悠从身侧提过来的竹篮中取出厚厚一沓书稿，递给他，"你先瞧瞧这个。"

宋世翾简单翻了一下，面色一滞："这是……"

曲悠并不回答，而是问道："子谦，我听闻，夫君在狱中时，你曾密诏过几个史官，你们当时说了什么？"

宋世翾抿了抿嘴，小声答道："我……木想请他们为老师的声名翻案。但是自古君权不涉治史之事，况且……我们的事情，执笔者未必是木朝之人，我不能将老师的打算和盘托出，又全无证据，他们跪地死谏，决计不肯。"

曲悠点点头："是啊，民间舆论太盛……"

宋世翾道："所以，他们最终只答应我，会尽力含糊关于老师的记载。倘若那些民间流言真进史书，就算不真，也会在后人的反复猜测中越描越黑。"

曲悠有些惊讶地看着他。怪不得，怪不得周檀当时名列《胤史·佞臣传》的第一位，历史记载却如此少。她当初还疑惑过，为什么周檀身涉削花变法和重景党争这样重要的历史事件，参考资料却匮乏得可怜。原来，明帝为了保他的名声做了最大的努力，只是……

"此事……未必要如此，"曲悠摇摇头，叹了口气，"子谦，你知道对一个人来说最残忍的事情是什么吗？"

宋世翾张了张嘴，刚想说话，曲悠就打断了他："不是被抹黑，是被遗忘。"

宋世翾一怔，顺着她的话道："师母的意思是……"

"'陛下'不需要插手，周檀也不需要偏袒他的记述者。"曲悠为他添了一杯酒，恳切地说，"修文阁中有我父亲，他最是刚正不阿，不会叫手下的人恶意抹黑的。他们只要公正地、详尽地将他的一生照实辑录下来就好，那些没有证据的事情，就交给后人去猜测吧。"

"可是——"

"只要不被遗忘，总有一天……"曲悠端起手中的酒喝了一口，没有说完下面的话。

因为……其实她也是在赌。她并不确定这样做的后果，但是她已经想了无数遍，模糊地被遗忘在历史的边角，只留下"佞臣"二字成为永恒的标签，对周檀来说，才是最残忍的事情。盖棺论定，永无翻身可能。所以她想要做的事情就是尽可能在历史上为他留下众多疑点。没有人比她更懂后世历史研究者的感受，只要有疑点，他们就可以想尽办法，在浩如烟海的书籍中探求真相。真相就在这里。

空白才是恶毒的沉默。

宋世翾思索良久，轻轻地嗯了一声以示应允，又去翻她的那沓书稿。书稿的第一页，写着娟秀的四个字。

白雪长歌

"师母，那这是……"

"你有没有听过一句话？"曲悠晃着手中的酒杯出神，回忆起去诏狱的那个雪夜周檀问她有没有看过自己的诗的神情，微微笑起来。

"什么话？"

"诗歌……比历史更真实。"

宋世翾不明所以。她写下的东西，只是一篇话本——以周檀为原型的话本。主角没有真的名字，只以"白雪先生"称呼。在这个话本中，她痛痛快快地将所有的真相全数袒露，毫无顾忌。樊楼的琴声、京华山的鲜血、密室中的眼泪、燃烛楼上永远不熄灭的火光……还有边塞的太阳、瀚海的皓月、城墙上的硝烟，以及前世今生、从来未曾被磨灭的炽热情感。它们随着被系在古树上的愿望起伏不定，飘拂如同风中的暮烟。那条红色飘带就系在面前的杏花树上。

一切愿望都会实现，这是神佛的偏心。

"如今朝中太平，自然不必再起波澜，我想托子谦的，是将这话本流传下去。"曲悠低声道，"我在临安，藏于深山，不可出世。但是你不一样，你在朝中，会有绵延的千秋万代。等到我们都不再年轻，甚至都不在人世时……我希望这里的故事还能传下去，传到千百年后，哪怕人们永远在争论这故事是不是真的，那些人……是不是真实存在。"

寂静的亭中只有书页被翻动的声音。

"只要他们在争论，其中的人就会永生不死。"

"好。"宋世翾一口答应，郑重地承诺道，"师母放心，我百年之前，必定想尽办法排社戏、寻说书人、刊印传播。凡在大胤境内，人皆能歌《白雪》。"

曲悠深深凝视着他："你可知，此书若要流行，你便不可能是一尘不染的朝堂明君，你会被拖入凡间，在各种猜测中蒙尘，乃至受到诋毁，你……真的想好了吗？"

宋世翾重倒了一杯酒，哈哈大笑："我本自尘埃中来，何惧回到世人口中去？一尘不染……这世上除了神仙，不会有人一尘不染，倘若一辈子高坐金殿之上，在史书和流言中都活得像神龛蜡像，又有什么意思？"他端起酒杯与她的相撞，眼中似有泪光，"师母，是我该谢你。"

周遭百姓并不知宋世翾一行人的身份，曲悠也不想过多露面，故而他们是在太阳刚落时低调地离开的。周檀与曲悠站在杏山坡上目送他们远去。

暮色四合，直至他们的影踪全然消失。二人回到天影亭中时，已经是月上中天。

那条被系在杏花树上的红绸带被重新洗过，变得飘逸、灵动，在光秃秃的枝杈上随风飞舞，恣意风流。

曲悠在亭中摆了只火炉，与周檀一起煮茶。

她嗅了一口翻涌的芬芳气息，眯着眼睛，略带些狡黠地问道："你同苏兄都聊了什么？"

周檀抬起眼来看了看她，怡然道："你猜猜。"

"不说就算了，"曲悠撇嘴，"左不过是一些家国天下的事。有些人哪，隐居山林也不忘了操心，我能猜到什么……"

"家国天下？"周檀似乎觉得好笑，用毛茸茸的披风领子拂过她的头顶，"子谦就在那里，若是聊家国天下，为何要避开他说？"

曲悠连忙凑过来，讨好道："那你们在说什么呀？"

周檀顺手用披风把她裹起来，清了清嗓子，优哉游哉地说："我想想……罢了，不逗你了。他只告诉我，你父母都好，妹妹俱安，最近想来看你，还有向文。向文最近出息得很，在朝中名声不错。"

"这小子倒是灵光。"曲悠笑眯眯地道。不知道过几年若是穷困潦倒，能不能给他写信求弟弟"捞捞"。

周檀继续道:"高姑娘很挂念你。芷菱她们也是。小燕和阿杨日日打胜仗。大家都过得很好,昌陵……也重修完了。"

曲悠沉默了一会儿,茶水在面前翻涌、沸腾。她吸吸鼻子,重新笑开:"大家都好,那就再好不过了……对了,你呢?你身子大好,以后想做些什么?"

周檀仔细地想了想,道:"开家书院吧?就教杏山坡前后几个孩子……等他们都大了,我们也腻烦,就卷铺盖走人,叫子谦和朝辞都寻不到,想来就觉得有意思得很。"

曲悠听后十分诧异,伸手在周檀脸上掐了一把:"不错,我很喜欢这个提议,你学坏了。"

周檀握住她的手,与她一起向外看去。

朦胧的夜色中传来寒风的呜咽声,这风吹过皇城,吹过青山高岭,吹过大江大河,呼啸着吹到他们身边来。

曲悠伸手指着天空,衣袖在寒风中猎猎飞舞:"江山万古风流……"她回过头来,目光炯炯,"你当镌刻其中。"

周檀攥着她的手又用力了一些,她被一个冰冷的东西硌到,抬眼发现果然是那枚白玉扳指。

"这是老师留给我的,"周檀顺手将那枚扳指戴在她的手上,"一定要留给最珍爱的人。道不行,乘桴浮于海……如今,可算是你我同在瀚海漂流了。"

曲悠将手攥紧,忽而道:"想起一句你写过的诗……"

周檀微微蹙眉:"哪一句?"

曲悠略带戏谑地念道:"残生鄙薄徒见日……"他想起来,那是他在刑部遇刺之时在一片空白的屏风上题的句子。那时他苟延残喘,万念俱灰,从不曾想过自己能遇见同歌白雪的知己。于是他立刻开口接:"可归南田早荷锄。"

曲悠满意:"甚好。开春就荷锄,种些什么好呢?"

"你说了算。"

夜风微寒,不能久留,煮罢茶,二人从天影亭中回屋。

曲悠提着一盏灯,在周檀面前蹦蹦跳跳地走着。

周檀落后一步,在她身后轻轻问:"历史浩如烟海,你看见真实了吗?"

"看见了。"曲悠脚步一顿,转过头来,笑得灿烂,"那你呢,你看见我了吗?"

"当然。"

他在史书的罅隙中睁开眼睛,一遇"大圣",感其意,知其解,于是旦暮相对,因获知己。

喜不自胜。

(正文完)

终

天下有道，以道殉身；
天下无道，以身殉道。

## 百科·周檀

周檀（×××—×××），字霄白，号白雪，临安（今浙江省杭州市）人，北胤时期著名政治家、改革家、文学家。

### 少年波澜

周檀生于胤德帝安悦年间（具体年份不可考，据后世人转引史料，结合其父身份，应接近凌霄军萧越将军彭城战死的安悦十一年）的临安，父为凌霄军遗将周恕，母出身于金陵白氏，为世家子弟。

周檀少时机敏、聪慧，过目不忘，少年得志，亦有过轻狂岁月。直至德帝永宁十年，周檀父母双双意外死于贼匪之手，家门就此败落。十五岁的周檀带弟弟周杨入汴都，投至远亲任家门下，开始发奋苦读。

永宁十二年，周檀年满十七，在汴都春考中一鸣惊人，连中三元（三元连中者在科举史上屈指可数，《胤史》中仅此一人），拜入时任宰辅顾之言门下，揭开了自己政治生涯的序幕。

周檀外放时期，政绩卓著，历任平江签判、扬州通判，在平江府（今江苏省苏州市）为官时清名最盛。据齐人《周霄白考》记载，其调任时有百姓以万民伞相赠，在《春檀集》第六十九首中亦有清晰的"不复德音笑姑苏"为佐证。

永宁十四年末回京后，被授为典刑寺卿。

### 坎坷官途

永宁十五年初，胤德帝不顾群臣反对，执意修建燃烛楼于东门，燃烛楼一案自此而兴。燃烛楼案实际上是德帝猜忌顾之言而开展的朝堂清理活动，周檀作为顾之

·501·

言的得意门生,下狱受刑,负重伤(此伤延绵日久,后周檀早逝,或与此息息相关)。燃烛楼一案牵连大小官员四百余人,死于狱中的不下半数,顾之言的亲近门生几乎被清除殆尽,只有周檀向德帝断尾求生,写下了著名的《燃烛楼赋》,成为其政治生涯最大的污点。周檀出狱后一心为孤臣,转任刑部侍郎,立即遇刺,命悬一线。德帝赐婚后,他幸而痊愈,自此抛弃清流做派,大肆罗织冤狱扫除异己(是否能够定性为清扫运动,争议极大,一说周檀的永宁清理对象多为朝中佞臣,有多位学者针对此事有专门的著述,见文末注释)。

永宁十五年末,宰辅傅庆年在与执政高则的党争中落败,身死狱中。周檀在其中所起作用不详。但其新婚妻子曲意怜(此女后与周檀合著《削花令》,对削花变法做出了极为重大的贡献,且留历史理论书籍《天影札记》和刑名通考《削花再观》存世,后人有著述称赞其有"女子柔情,法家决断,史官风骨,文人气节")于御街二敲登闻鼓,声名大噪,在宰、执党争中起到了重要作用。

为了平衡朝局,德帝以涉东宫党争为由,于次年初将周檀贬至西境郜州。

永宁十八年,德帝病重,周檀被召回汴都承旨。

德帝崩前,下诏废太子宋世琰(后厉王),改尊宣帝遗诏。废太子在宫中发动政变,篡政长达半年,汴都大乱。周檀一路护送景王孙宋世翾(后来的明帝)入汴都、平叛乱,并作为执旨首臣宣读遗诏(争议极大),力保景王孙登基。

### 削花变法

永宁十九年,胤明帝即位,改元重景,因与周檀有师生之谊,起用他为执政参知,入政事堂统领百官,深得器重。

重景元年六月,周檀正式拜相,成为大胤历史上最年轻的宰辅。明帝为摆脱前朝积弊,也为应对西韶尚未完全被解决的危机,阅览过周檀变法之策后,御笔"百年之变,始于今日"。周檀认为变法首重在于重立律法之权威,托废除前朝棠花法令之名,大刀阔斧地颁行了《削花令》,新增政令十二条,增补大胤律二十四条。除了吏治和军制,他还在政事堂职权、民间税收、边关常务上施行了大胆的变革。此次变法过于激进,政事堂无人钤印,周檀自顾上了《世家守成臣之愚论》,笔刺旧贵族及朝中守旧一党。该手札一出,开罪无数权贵,周檀全不在意,先后擢拔毫无根基的年轻士子三十余人,为新政开路。

### 二度拜相

同年,因法典变更,汴河有百姓不满,进而闹事,兼之周檀越过政事堂变法,有集权独揽之嫌,相权、君权、台谏士大夫三方博弈,执政参知苏朝辞与周檀不欢而散,宰、执党争重浮水面。压力之下,明帝为平衡局势,也因与周檀政见不合,罢免了周檀的宰辅职位。周檀罢相后,与明帝密谈两次,出郊深谈三次。时逢昌陵炸毁之事，明帝深觉身边无人，不多时日又将周檀秘密召回。

重景二年，周檀再次拜相，削花变法得以延续。

### 重景党争

周檀颁布《削花令》的目的，一方面是为了重建大胤律法权威，另一方面是从吏治和军改入手，清扫时弊。此次变法触动了守旧派的利益，遭到激烈的反对。短短一年，新、旧两党展开了多达一百多场论辩。当时，街头巷尾都能听见文人学子对新政的激烈争论。御史台弹劾周檀的奏本多达百封，旧党程疏等人多次上表规劝，多名御史、谏官因反对新法而被贬至地方（削花变法结束后，其中多人被重新起用）。苏朝辞连书五封，劝说周檀重新考虑变法之事（《与周霄白剖心书五》），无果。借此事由，新旧两党、前朝遗臣、汴都世家、台谏二院，到宰、执之争，愈演愈烈。

重景三年初，反对派中的激进分子程疏离奇身亡于京郊，一石激起千层浪，朝野内外针对周檀的反对声浪此起彼伏，声势浩大。重压之下，周檀称病在家，不事早朝。苏朝辞遂上《辞状宰辅十恶》，将周檀推向舆论的最高潮，周檀叛顾门、好声色、清异己等旧事被重新翻出，流传民间。有汴都百姓被煽动，为反对新法，结群攻击周檀在汴都的府邸。周檀擢拔的年轻士子内部分裂也十分严重，削花变法严重滞涩。明帝在一波高过一波的舆论呼声之下，对周檀生了猜忌，以十恶中几条缓状将周檀罚入诏狱。

同年冬，周檀受刑，画押认下十恶罪状。

三个月后，明帝二次罢相，同时罢免了周檀身上的一切职务，仅留"恩师"头衔（史述不详，存疑）。被免后，周檀携爱妻同回家乡临安。

### 明泰中兴

重景四年，随着周檀离京，政事堂宰辅之位空置四个月有余后，苏朝辞从执政参知正式拜相，开始执掌政事堂。

次年，苏朝辞废除了削花变法的大部分法令，宣告此次变法正式结束。政事堂中执政参知空置半年之久后，被暂时废除（成帝平丰二年复设）。苏朝辞因在党争中斗下周檀，声名俱佳，威望水涨船高，大有比肩前朝刘争之势。

重景八年秋，明帝改元明泰，朝野在苏朝辞统领下一派清平。濯舟将军周彦四破西韶，边境安定，内外通明，兼之明帝励精图治，一扫前朝党争和即位风波带来的阴霾。大胤迎来短暂的盛世时期，史称"明泰中兴"。

### 病逝临安

重景八年初，周檀寂寂病逝于临安天影亭，享年三十一岁，葬于杏山坡。其碑刻无名姓、年份，现已不可考（一说在今浙江省杭州市郊留有周檀旧宅遗址，亦有传闻称其并未身死，只是隐世不出，史述不详，现已不可考证）。

存《春檀集》传世，留下了许多脍炙人口的著名诗篇，如《四月十七日杏花春夜》《夜削竹骨感怀作》《春归》《如梦令·人间天青雨泽》《清溪悼旧》等，辞藻清丽，襟怀广博。因十恶罪状，名列北胤《佞臣传》首位，但史学界从南胤开始就对此存疑。

南胤天承五年，胤景帝将周檀从《胤史·佞臣传》中除名，一应史料移入《胤史·名臣列传》。移名翻案之事成为千古绝响，直至南胤亡国后，史学界还在就周檀"移名翻案"之事争论不休，至今仍为人津津乐道。其余史料不可考（据野史记载，明帝病逝后，曾在汴都风靡一时的北胤话本小说《白雪长歌》主角原型疑似周檀，但作者佚名，不可考，且书中形象与正史差异较大，故存疑）。

**历史评价**

苏朝辞：霄白为宰辅时宵衣旰食，然世事纷繁，非一法可变。

白沙汀：吾有旧友生竹骨，愈岁愈高始洁白。

沈络：络至晚年，思及过往，悔之未成周霄白友……其人虽则执拗生硬，不失济世之心。

…………

程履之：法之变考，如器生于毋用时，檀之策早，生不逢时。

杨至：胤末兵乱，削花之法当承十一，檀之罪也。

徐法蓝：檀虽身死，其法于后世一千二百年典刑量律多有参详，此不世之功。

…………

美籍华人历史学家刘昌平《北胤四百年》："……周檀此人，之所以能够引起海内外学者的极大兴趣，除了他著名的削花变法，还有其人生平。燃烛楼叛师门写赋、刑部屠杀异己、从西境回京突兀成为执旨之臣……桩桩件件本该成为政敌抨击的事件，却都在后续消弭，与他同在朝堂为官的那些人，与他斗得双眼通红，却从未将这些事拿出来做过攻讦的证据……历史学家认为，其中必有隐情，但隐情不可知，史料又欠缺，其人究竟如何，成为镜花水月，可望不可得，怎能不引发众人的探究欲？"

D大历史学系教授冯具然《大胤风流人物志》："政通两胤，不取沽名，真小人，真君子。"

D大历史学系副教授曲悠——

《金石不死·周檀传》：

……历史对人是不公平的。绝大多数后人所能记住的，不过是历史人物身上传言最广、最深入人心的那一点——"风流""奸佞""卖国贼"，一词就可以盖棺论定。除了研究者，不会有人知道他们一生都在追求什么，更可怜的一些人，在史书中仅留下只言片语，连研究者都不会有。譬如，假设我从不曾了解周檀，就算我读到那一句"夜削竹骨做锋刃，我生金石不死心"，深觉震颤，还是不能彻底摆脱污名带给他的深刻印象。那么我不会深究被历史埋没的错漏，没办法从寥寥几句的史书记载中拼凑出真相，也做不到仅凭他的诗句就为他翻案。世界上将不会有人知道他曾经如修竹、如锋刃、如白雪、如诗篇地活过，大河深且长，其水流如飞，零落在岸边的风骨无人收殓，轻飘飘地便被遗忘了。或许这些被忘记的东西成了永恒不为人知的遗憾，或许研究者一辈子都不能为研究对象在历史的笑谈中翻案，但我们的宿命仍是求索。他们应该被铭记的。

如果被误解、被摧折就是他们的命运，我愿意为他们捧剑在河边长跪一千年。纵流言如刀，亦不畏惧。世人负他。

世人负他们。天下有道，以道殉身；天下无道，以身殉道。

世人负他们这样简朴、古远、独属于中国士大夫式理想。……

《檀考·二十五》：

……皇权选中文官集团共治天下是历史必然，说到底，文官集团对皇权的约束，还是更多由于运气。碰见宣帝和明帝这样的君主，文官就能对上位者行威慑；而遇上德帝这般执拗暴戾的君主，便只好忍气吞声，没有办法。这种软硬随上位者浮动的特质比起"有钱就能造反""有兵就能造反"之流好操控许多，所以帝王多重文轻武，刻意培植他们起势，就算帝王后来能被文官集团威慑，也是因为太过在乎自己的身后名和眼前的稳定性。

皇帝让步，文臣便逼近，逼近时意见不一，于是党争生。

帝王为平衡朝局，眼睛半睁半闭，韩非子"异论相搅"的把戏从未停息，文官集团在盛世时亦能打得头破血流，无人让步。

这种制度有根本的缺陷，只要存在，就不可能消灭，任凭臣子有多么崇高的政治理想。

…………

道德其实并非枷锁，之所以成为禁锢文官集团前进的工具，是因为他们的道德还不够纯粹。世间诸人无一不有私心，愿意牺牲自己为天下的人少之又少，而能将这种带有个人英雄主义色彩的牺牲做得有价值的人就更少了。

但是历史上从不乏这样的人。

或许他们私德有亏，太过局限，跳不出封建制度的窠臼，看不见制度的缺陷，甚至自己也因缺陷，落入利益的纠缠和无止休的争斗……但无论他们的身后名如何，这样的人是真真切切愿意为理想主义的洪流赴死的。

周檀就是这样的理想主义者。

"冰霜正惨凄，终岁常端正"，纵然世人对周檀的误解颇多，但只要考其生平，就会和我一样，觉得这句诗是最能配他的注解……白雪曲高和寡，但他所有的研究者都陪他同赴一趟历史的洪流。

洪流裹挟人去，世人无能为力，但他的存在就是在昭示——就算我们同在这条长河之中，也能亲手去为命运掌舵。

…………

\*史料索引：《胤史·卷一百六十四·名臣列传十一》
\*高考热点人物赏析
\*20××年年度十大热门搜索历史人物榜首
\*20××年"千秋一面·中国古代风流人物志"票选第一

## 外卷二 阳春光景

梦断微冷,坐忘前生。
唯有江山永风流。温柔似刀锋。

## 番外一 流年换

书当快意读易尽，
客有可人期不来。

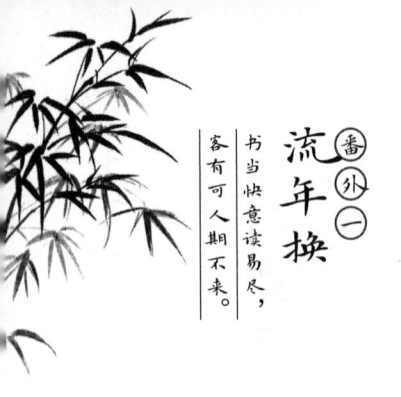

### 古 籍

单薄风衣的腰带被勒紧，连带着系腰带的人都近了几步，周檀垂下眼睛看着贴近自己给自己系蝴蝶结的曲悠，温声道："君子不以绀緅饰，红紫不以亵服。当暑，袗絺绤，必表而出之。"

曲悠抬头，非常诚恳地说："大夏天穿外袍，只要你不觉得热，我自然是无所谓的。"

她系完那个蝴蝶结，突然又觉得他头顶的簪子歪了，于是伸手重新为他簪好。

周檀朝她低了低头，一副亲昵的姿态："今日……你带我去断发吧。"

曲悠有些意外："怎么突然想开了？"

周檀抬手摸了摸她的发，如今她的发刚刚过肩，乌黑，柔顺。方才说出那一句话，是因为他突然想起前一日傍晚他推门出来时，曲悠在阳台上站着的情景。

温软的晚风把她全无簪饰的发吹得凌乱，还染着夕阳昏黄的光泽。听见身后有动静，她回头来看，抬手将发丝拨到耳后，弯着一双笑眼。那一刻，他忽地觉得什么欹鬟堕髻都不如她那时美。

周檀想了半天，终于确定用一个词语描述自己的心情："你这样……美得很舒展。"

曲悠被大大取悦："这个词，夸得十分精准。"

顿了顿，她又说："哎呀，不过今天没有时间，你肯定又没有瞧我贴在冰箱上的备忘录。"

周檀一哽："瞧了的，呃……今天是不是要去看你母亲？"

曲悠抿嘴微笑："那是明天。今天，我要带你去一个地方。"

D大是综合类院校，所设学科多，图书馆非常大，曲悠轻车熟路地带着周檀坐直梯直奔七楼夹层的古籍存放室。

周末下午人声稀少，二人猫着腰顺着七层尽头的小楼梯爬到夹层后，周围几近静谧。

古籍室中，一个人都没有，窗户也小。周檀吸了吸鼻子，微微蹙眉。

曲悠瞧见他这细微的表情，觉得有些好笑："这是旧书的味道。"于是他抬眼望去。

琳琅满目的书架上，编码工整有序，所有书按照历史朝代排列，浩如烟海，巍峨壮观。纵然他从前时常出入宫中的藏书所，还是不免被这景象震撼。

曲悠没有上机检索，直接拉着他向左穿过五个架子，他回过神来，发现左边的第五排架子陈列的是《胤史》——四百九十六卷。

阳光从小窗照进，此处书卷古旧，略微活动就有尘埃扬起，在光中纷乱。周檀无意识地往前走了几步。

曲悠闲倚着书架，有些戏谑地缓缓念了一句："……孤魂万里朔风寒，何年得见忠臣传？浮名、浮名，不如去君诗中看。"她见周檀站在原地迟迟未动，不由得再次开口："我记得，你曾经告诉我，并不好奇自己在史书中的记载。"

周檀的手指拂过面前书的封皮，唇角微勾："青史简……竟是这般模样。"他的笑意逐渐变深，"总是有些好奇他们在史书中的模样，至于我……这半年听了曲老师这么多堂课，哪里还需要再看？史书无谓，尽数成灰。"

他刚说完这句话，就听见身后传来书籍掉落的声音。

曲悠越过他的肩膀，有些惊讶地唤了一声："老师。"

她的老师，她提过许多次。

周檀回过身去，看向身后的中年女教授。

她额角的鬓发有几缕白，衣着简朴、干净、体面，戴着一副银丝边的眼镜。

周檀弯腰帮她捡书，发现那本书封皮就是他先前在曲悠的书架上见过的苏朝辞的画像。

曲悠往前一步，接过他手中的书，递了过去："老师，正好您在这儿，我一直想给您介绍，这是我爱人，您叫他……小周就行。"

冯其然推了推自己的眼镜，有些出神地看着面前的周檀，一时间竟然没有回话。

周檀垂着眼睛回看她，低低道："老师，您好。"

"悠悠，"冯其然的目光没有移开，口中却道，"正好，我请你和你爱人吃顿饭吧。"

曲悠凑过去："哪里有老师请客的道理，我们请老师吃饭好了。"她挎着对方的胳膊，先行往外去了，还不忘回头挤了挤眼睛。

周檀失笑，跟在二人身后离开。穿过静谧的长廊时，他仿佛听见虚空中有个年轻的少年声音在唤他："老师……"他垂下头，轻轻应了一声。

冯具然也戴着一串五色佛珠。

吃完饭回家的路上，曲悠说，冯教授自少时开始研究北胤史，后来转为对苏朝辞个人的研究，至今未嫁。她幽幽地叹了一句："老师……是个痴人，可惜我不是，估计这辈子达不到老师的高度。"

周檀回握住她的手："千百年了，沧海桑田，你不是痴人，但比你老师幸运，至少，你有了'真实'。"

曲悠点头："足够。"

她蹦蹦跳跳地与他漫步在归途中——从前，她虽跳脱内宅女子的寻常规范，但总归秉着端庄的大家闺秀模样，莲步翩跹。如今再不须在乎。千余年日月流转逐渐放出的"自由"，确实弥足珍贵。

下午在图书馆时间太短，恰好归家路上又发现一家书店，曲悠没忍住，拉着周檀进去转了好几圈。

正准备离开时，周檀却在临近门口的架子上突然抽了一本书出来。曲悠歪头一看——《悲剧的诞生》。

周檀自言自语地轻声念道："尼……采？"

曲悠有点想笑，但是又觉得自己不该笑，最后她捂住嘴，凑到他耳边低声说："这次我没说假话，他真的已经去世好久了。"

周檀随便掀了一页，映入眼帘的四个字是"抒情诗人"。他面无表情地拿走，示意她去付钱。

曲悠："……买来何用？"

周檀："仔细拜读。"

## 讲座

周檀将手中的书读到最后一页的时候，已经是下午六点钟。

余晖遍洒，金光满屋，有花瓣从未关的窗口悠悠飞入，落到年轻人乌黑的秀发上。阶梯教室的学生意犹未尽，争先恐后地举手提问。

有个没找到座位的男生往前走了一步，挤掉了曲悠留在桌上的矿泉水。一声闷响，淹没在嘈杂的讨论声中。

"对不起对不起。"

男生连忙道歉，将没有拧开过的矿泉水放回桌上，目光落在周檀手中的书上。于是他欣喜道："同学，你也是历史系的吗，怎么没见过……曲老师这本书，我还没看，你觉得怎么样？我好不容易才抢到，之前的《檀考》系列太精彩了，曲老师好久才出新书……"

周檀没说话，低头看着封皮上的"金石不死"四个字，不知为何感受到了一丝羞赧："我……不是学生。"

男生顺着他不知为何有些发红的耳根往上看，先瞧见一张精致、素净的脸，又被他格格不入的发型吸引："您跟那个……那个……微博上画手画的周檀好像啊，这不会是cosplay（角色扮演）吧？"

周檀没想好该说什么，略微抬了抬眼，恰好看见讲台上冯具然教授身侧的曲悠正在远远地打量他，笑意盈盈，带着探究的意味。她身后的白幕上投放着一幅苏朝辞的画像——晚年的画像，与大部分历史画像相同，画中人身着绛紫官袍，正襟危坐，白发苍髯，腰间缠着一条雁纹玉带。他伸手握着自己的玉带，手腕上依稀戴着一串五色佛珠。

陌生。

熟悉。

不知道冯教授在回答什么问题，她回头指着苏朝辞的画像，眉飞色舞。她已不再年轻，但是论到兴起颇有忘年之象。

周檀盯着那幅画像出神，直至投影突然熄灭。

三月春光正好，D大种了很多樱花杏花，粉白一片，虽是日暮时分，但依旧美不胜收。

周檀身侧的男生终于整理好了手边的笔记，发出满足的一声叹，他顺手拍了拍周檀的肩膀，歪着头自来熟地道："冯老师和曲老师的讲座真是有意思，这个系列场场爆满，上次我都没挤进来……"他刚说完，就看见原本在讲台上的曲悠不知道什么时候站在两人面前。

周檀拧开那瓶曾经被他打翻的矿泉水，递过去："润嗓。"

曲悠接过喝了一口："晚上和冯老师一起吃饭吧。她上次见过你后，对你赞不绝口，一直想找机会再聊聊。"

周檀应道："好。"

身侧的男生傻眼："老师，您真不是学生啊……"

周檀清清嗓子，想了想，还没开口，曲悠就在一侧笑答："是家属。"

这个男生这才反应过来，飞快地从书包里摸出本书："曲老师，您给我留个言吧！"他掏出来的书是她写的《檀考·十二》。这本书已经旧了，边角磨损处还被精心地贴了透明胶，想来是被翻过好多次。

曲悠接过笔，顺口问："你喜欢周檀吗？"

周檀飞快地瞄了她一眼。

这个男生激动得脸都有点红："我本科毕业论文就在写削花变法，去年还在北京那个北胤的历史学峰会上见过您一面，您——"

他还没说完，曲悠就想起来了："啊，我好像很喜欢你当时参会文章的题目，是不是那篇《檀考·变法篇》的读后感，好像叫……《再论削花变法与北胤党争的断代性》？"

"对对对。"男生点头，"我硕士打算继续做这个方向，还想联系您问问您明年收不收研究生呢。"

"这个可能得看学校政策，不过你这篇文章我读过了，基础是相当不错的。"曲悠一边留言一边回忆道，"你要是对这个方向感兴趣，到时候可以直接来办公室找我。"

"谢谢老师！"

"没事。同学，你叫什么名字？"

"我叫钟期，期中的期。"说完，他自己就有些不好意思地笑了。

曲悠也被他逗笑，在最后一行写了"赠钟小友"，想了想把笔往周檀手中一塞："来，你给他写两句。"

钟期笑道："老师，这是……您爱人？"

曲悠随口回道："对，他也是做北胤史的，尤其是德、明两朝，造诣比我还深呢。"

"我刚刚都把老师认错了，还以为是同学呢，真不好意思。"钟期笑笑，指指自己的脑袋，"发型，好别致。老师，您贵姓？"

周檀写完，将书递还，有些无奈地看了曲悠一眼，答道："我姓周。"

曲悠看了一眼手机，礼貌道别："我们还有点事情，就不和你多聊啦。"

"好的，老师，再见。"

两人亲昵地挽着手出了阶梯教室。

钟期单肩背着书包，在走廊上瞧了一会儿。

曲悠身侧的男子脊背挺拔，很不常见地留着长发，高束成髻，插着一支白玉簪子。他鲜少见到仿古气质如此浓重却毫不违和的人，不知道为何感觉有些熟悉。钟期低头翻书，仔细读了他们两个人给他的赠语。曲悠写的是《金石不死：周檀传》的推广语，也就是那首耳熟能详的《夜削竹骨感怀作》的后两句。而曲悠的爱人为他留了一句"书当快意读易尽，客有可人期不来"。他把这话读了两遍，十分珍惜地将书重新装回双肩包里。

**归去来** 番外二

是花朝前后、杏花满头,惊天动地的一眼。

### 博物馆

博物馆没有开冷气,但因常年幽闭,不免凄冷,曲悠刚刚吸了吸鼻子,周檀就把他罩在外面的黑色风衣脱了下来,披在她身上。他现如今不再像最初一般在大庭广众之下做出些亲密举动便面红耳赤。披好那件风衣,他非常自然地拉住曲悠的手,连头都没回地继续走。曲悠拽着风衣带子,觉得新鲜,刚想绕过去看看他有没有脸红,走了两步却觉得不对劲,于是捏了捏他的手心。

周檀:"无事,我不冷。"

曲悠:"……不是,你走错了,这是出口。"

周檀:"……哦。"

K市博物馆新修没几年,通体暗黄,门口引了活水,取"地上河"之意。周檀觉得这建筑颇为新鲜,用刚学会使用的单反相机连拍了好几张。

全都糊掉了。不过,没关系。

博物馆的正式展览从二楼开始,进门展示的就是K市从远古时期开始的历史流变。

周檀站在玻璃柜前和一头猛犸象的骸骨对视,沉默了半晌才问:"算起来,那时候要比如今离远古更近,怎么那时候我们什么都不知道,今人却无有不知?"

"有一门学科叫考古。"曲悠十分认真,一边说一边指着一侧的牌子解释道,"我们发明了许多许多仪器,能从土壤、化石、残碎的零片中发现远古时期的秘密——历史是会骗人的,但是痕迹不会。"

周檀若有所思地跟着她继续走:"但是史书依旧存在。"

曲悠发现他立刻明白自己想说什么,便十分高兴地抱住他的手臂:"对啊,痕迹是静止的,只能证明'存在',不能证明'发生'。后人能够从我们的骸骨中知道我们存在过,考察得再多些,至多能猜测出我们生前是穷是富、是辛苦是安逸……但是痕迹中寻不到形而上的东西。"

"形而上……谓之道?"

"对,metaphysics,'形而上'和'玄',都是精准的翻译……"曲悠正色道,"史书存在的意义,就是在这些'形而下'的'器'中补足'道'。上下传承了五千多年的,不仅有科技、器皿和工艺,其中蕴含的道心、风骨、精神为民族奠定了脊骨和梁柱。"她的手顺着周檀清瘦的背往上摸了一把。

周檀瞪了她一眼,却没有羞恼:"历史虽有乌涂之处,却是浪漫的学科。"

"包括再早些有人追求的'风流''长生',这些东西听起来都很虚无,但是它们对我们来说很重要,你所谓的浪漫,也在其中。"曲悠顺着周檀那一眼收了手,笑眯眯地说,"含蓄蕴藉也好,金石之声也好,这些历史中的火花和灵光,都是永恒璀璨的。"

周檀轻轻地嗯了一声。

一瞧见他垂着眼睛,曲悠就知道他在出神,于是她轻轻晃了晃他的胳膊:"你还记不记得,当年我指着夜空对你说,这江山万古风流……"她眨了眨眼睛,目光恳切,在昏暗的博物馆中闪烁着一种难以言说的幽微光芒,"你已被镌刻其中,哪怕只在夜里擦出了一瞬的火花,也是无限崇高、无限美丽的。"

周檀端详着曲悠的脸。她今天化了美丽的妆容,纤长的睫毛微微颤动,像蝴蝶的翅膀。他伸手轻轻摩挲她的脸颊,缱绻地温语:"你也一样。"

于是曲悠与他十指相扣,继续逛博物馆,一路看到她在梦中见过的绛红暗纹官袍、官府文书、北胤官印、碧玉长簪,还有那枚白玉扳指。顶灯明亮,简介只有一行:"北胤时期汉白玉戒,出土于20××年1月2日。"

周檀隔着厚厚的展柜玻璃看那枚板指,甚至能回忆起最初老师将它转赠时那温润的触感,后来它流连过他的指间、她的脖颈,成为唯一陪伴他们流传后世的见证。

曲悠在他身侧叹了一句:"科技能告诉我它出土于北胤时期,但是永远无法告诉我它背后有情人相濡以沫的戏码。"

周檀轻轻笑了一声:"这种戏码,青史简也不能告诉你。"

曲悠反驳:"但是诗歌可以。你不信?那我来给你背一句,比如说……'聚脂凝香细细枕,手把丽馥作帐读'。"

周檀不轻不重地哼了一声。

曲悠却伸出手,摩挲了一下自己无名指上的婚戒,对比着展柜内的白玉戒,颇为遗憾地说:"看起来,好像没有之前的贵了。"

逛完博物馆时不过下午六点,二人从六楼下来,发现楼下的阶梯处摆着一个小摊子——只要来客任意留下墨宝,就可以带走一枚博物馆的纪念币。

摆摊的小姐姐热情招揽:"来试试吧,姐妹儿,不会书法也没关系的。"

曲悠立刻把周檀拽了过来："他会写，让他来写。"

最后她挑了一枚印着杏花的纪念币。

周檀无奈地在墨迹纷乱的宣纸上留了一句酣畅淋漓的"尔曹身与名俱灭，不废江河万古流"。

## 天门塔

曲悠养了一只大白猫，名字叫小白。与当年宋世翾养的那只不同——那只尺玉霄飞练生得楚楚动人，异瞳纯色，声音也娇。曲悠的这只十分不亲人，平时不常给摸，惹急了就是一爪子，受伤了都死要面子自己躲起来。

不知是不是因为周檀亲猫，小白对他还肯露出好脸色，虽然满脸不情愿，好歹愿意高傲地伸出爪子来让他剪指甲。……然后它被剪痛，刚想愤怒地开挠，就被周檀抓住了猫爪。

曲悠推门进来，听见周檀正在语重心长地教育猫："不要暴躁，脾气好点。"

她倚在门框上看一人一猫，幸灾乐祸道："原来它不只是挠我，我还以为它有缘和你重名，它会对你好些。"

周檀面不改色地撸了猫一把："还是对我好些的，如若是你，定然三天不让摸。"

曲悠恨恨地骂猫："你没有良心。"随即又道："不过小白不亲人也是好事，把它放在家里吧。我订了票，一起去旅游两三天。"

"好。"周檀温声应道，"去哪里？"

曲悠答："天门塔。"

∽　∽　∽

沧海桑田，北胤的皇城早已消失在大河冲刷带来的新土之下，而亭山屹立千年，至今仍在。岫青寺早已成为热门的旅游景点，上山的游客络绎不绝，长阶上都能闻到弥漫的香灰气味。

曲悠带周檀从后山绕路，寻一条人迹罕至的小路绕到了天门塔的另一侧。天门塔修在岫青寺的后山，目前对游客开放的地界是北侧一片后修的广场。曲悠绕过来的这个地方有一块巨石，巨石之上相当于天然的观景台。前广场没有直接通到此处的路，但这里也没有禁止攀登，大抵只有熟悉后山路的工作人员和偶然走错路的游客才能发现，算是令人惊喜的世外桃源。

山上风大，周檀下意识地抬着袖子想要为她挡风，却突然发现自己已经许久不穿大袖衫了。

曲悠拽下他的胳膊："叫你来看风景。转身转身。"

·515·

天台之下便是一片苍松翠绿的亭山，二人上山时尚有些雾气，此刻，在正午的阳光下，那些雾气早已消失殆尽，林间郁郁苍苍，隐约能听见遥远的人声。周檀的目光顺着亭山往更远处眺望。

此处离内城不远，甚至能隐隐约约看见高楼大厦，皇城已经消失了，这片土地依然在。天门塔的塔顶突然传来钟声，有飞鸟相伴掠过头顶的天空。

周檀看了一会儿，突然想起："你为何对这里的路这么熟悉？"

曲悠顺口回答："毕竟在这里住过那么长一段时间，自然熟悉。"说完她就觉得不对劲，果然见周檀正在深深凝视着她。

她还没有想出词来补救，就看见周檀移开了目光，淡淡地说："那你从前来这里的时候，是带着我的诗集来的吗？"

是啊。

不对，他是怎么知道的？曲悠还没有想清楚，便见周檀微微一笑，摸了摸她的头发（他最近似乎很喜欢摸她头发）："当年……在临安的那些时日，我病得昏昏沉沉，做了许多乱梦，当时觉得荒谬不堪，如今再回忆起来，竟然是……"他没有继续往下说。

曲悠听到这里便没忍住，红了眼眶，一把抱住了他。

周檀的手指穿过她的发丝，温柔地、无限珍重地道："我们从前……错过了许多阳春时节。"

她想起雪，想起皇城的红墙和冬夜，那件鹤氅还崭新如昔地挂在她的衣柜中。

他想起杏花，想起临安的天色和《金缕衣》，想起城墙外箭矢齐发、她坠落的瞬间。

"我喜欢春天……所以那本诗集叫《春檀》。"

"我也是，因为我们是在春天初见的。"

不是凄冷的赠衣雪夜，也不是屏风边带着防备的匆忙一瞥。是花朝前后、杏花满头，惊天动地的一眼。

周檀揽着曲悠的肩膀，与她一起坐在山间的高台上，从太阳高悬到夕阳西下。

曲悠哭得眼睛有点痛，被夕阳一照，更加睁不开眼，只是伸手贪恋那金光，喃喃念道："山气日夕佳，飞鸟相与还。"

此中有真意，欲辩已忘言。


第二天，曲悠发了低烧，又开始混乱地做梦。周檀带她去输液，迷蒙间，她看见周檀一直握着她的手，如此才敢放心睡去。

返程的日期就这么推迟了三四天，曲悠容光焕发地回到家时，本以为开门就会迎来猫一如既往的白眼。没想到，那猫像一辈子没见过她一样，门一开就眼泪汪汪地扑了过来，贴着她的腿狂蹭，并用一种从未听过的绵软声音撒娇。

曲悠立刻去看猫的食盒和饮水机，都是满的。

周檀伸手在猫后背上摸了摸，不料猫根本没理他，专心地贴着曲悠撒娇，直到被她提着后颈抱起来后，才发出舒服的呼噜呼噜声。

曲悠哄了好久，猫终于恋恋不舍地离开了她的怀抱，专心在桌子上舔毛。

周檀坐在桌前托腮看猫，刚想说些什么，曲悠就从他面前走了过去，凉凉地说："你跟这猫肯定是亲戚，脾气一模一样。"

她推开阳台，听见周檀在她身后懊恼地自我反省："……我好像也没有这么爱撒娇吧。"

## 临安

哦，奇迹，他还在飞
他上升，他的翅膀却静止不动
究竟是什么把他托起
如今什么是他的目标、牵引力和缰绳
就像星星和永恒
他如今住在远离人生的高处
高高飞翔，谁说
他只在飘浮
哦，信天翁
永恒的冲动把我推向高空
我想念你，为此
泪水长流，是的，我爱你

曲悠坐在窗口念尼采的诗，宾馆的投影已经放到电影的尾声。

是英格玛·伯格曼导演的《野草莓》。

周檀看得很入神。

曲悠合上日记本，赤脚踩着厚厚的长毛地毯过去，抱住他的脖子，打了个哈欠："你看懂了吗？"

20世纪50年代的瑞典文艺片，中文字幕只有繁体字版本，所幸周檀对繁体字比简体字还熟悉。他点了点头，伸手揽着她的腰，随手从桌边捡了一颗刚刚没有吃完的草莓递到她的唇边："嗯，困了吗？"

"不困。"曲悠把头埋在他的肩膀上，"给我讲讲。"

"你不是看过吗？"

"我想知道你看出了什么嘛。"

周檀略微思考了一下，言简意赅地说："讲了一个极度理智的人。"

"嗯……其实是导演的自传，"幕布已经黑屏，正在缓慢沉默地放映演职员名单，昏暗的光线中，她抬头与周檀接了个湿润的吻，"他在回忆一生，梦见自己做了许多梦，然后自悔、反省。"

　　周檀声音很低，温热的语气喷吐在她的面上，他已经许久不熏香了，不知为何周身还是静水香的气味："冷漠、麻木和过度的理性，不能带来畅意的人生。"

　　曲悠笑起来："你知道就好。"

　　"你方才念的是……"

　　"是尼采的情诗。"

　　我要看着世界上最理性的人在电影中后悔，然后为他读世界上最疯的人写的唯一一首情诗。

　　幕布泛白，周檀睁开眼睛，看见爱人的嘴唇被他吻得嫣红、润泽。

　　"不要做疯子，也不要纯粹的理智。"

　　爱若是要求二者都克制，有情人便知克制也能让人快乐。

　　窗外响起撞钟声。于是曲悠笑起来："新岁安康。"

　　周檀推开窗户，有烟花在天际转瞬即逝，杭州城内张灯结彩，如盛世华章。

　　"他们若都能瞧见这世界如今的模样……"曲悠听见周檀在自己耳边说，"就好了……这就是我们自少时的祈愿啊。"

　　为天立心，为民立命，继往圣绝学，开万世太平。行则将至。

　　历史中一点一滴的我们，积累出了今天。

　　周檀轻声说："新岁安康。"

**永遇乐**

番外三

"你想成为被历史裹挟的人，还是书写历史的人？"

### 庆春泽

曲悠听见身后传来"吱呀"一声。

风将花窗吹开了，室中本有焚香和酒气，惠风一吹，仿佛春光也跟着进来了。这雅间没有露台，但窗上修了雨檐，檐角飞翘，挂着一只金铃和一块古朴木牌。

高云月托腮瞧着方才曲悠进门时缠在窗前的几枝杏花，抬手斟了一杯梅子酒："三月春光醉人如许，想必詹台府中的杏花开得比京郊还要好。"

曲悠坐在窗前，没有急着关窗，她有些出神地抬头瞧着那只在风中摇晃的铃铛和木牌上刻的"庆春泽"，良久才缓缓问："詹台府？"

"詹台府是隔年开春宴遍请新科学子的地方，政事堂中几位大人——顾相、傅执政、洛相公，还有我父亲——都会去的。听说今年太子殿下求了陛下的恩典，也会到詹台府。"高云月回答，"詹台府的琼林夜宴不就是今日？你竟没有听说过。"她提着水蓝色衣摆，莲步翩跹地凑了过来，伸手拨弄了一下檐角的风铃，"咱们出城时听见轿外的马蹄声，多半就是那些士人学子正与恩师一同招摇过市呢……春风得意马蹄疾。今日樊楼人满为患，想必有许多姑娘也想在学子赴琼林夜宴的途中瞧一眼。"

曲悠兴致缺缺："有什么意思，不如起早去折枝杏花快活。"

高云月恨铁不成钢般道："若能得一枝詹台府中的杏花，那才叫风光。"

曲悠睇了她一眼，调笑道："怎么，云月这是想嫁人了？我听闻太子殿下因为救了落水的表妹，罢了与你的婚约。"

"谢天谢地。当初说要嫁进太子府，我抱着哥哥哭了三日，父亲还派了五个嬷嬷让我学规矩，我真是万念俱灰，觉得这辈子算是完了……殿下当然是富贵无极，只是我的性子与皇室不合。"高云月拿手中的波纹纱帕子扫了她一下，"这话只敢给你说，你就知道笑我，怎么不关心你自己？"

曲悠无谓道："婚姻大事，父母之命，媒妁之言，我关心有什么用？"

高云月好奇地追问："怎么，你难道不想寻一个心意相通的夫君？"

"心意相通……"曲悠重复了一遍这四个字，无奈笑道，"算了吧，这世间男子何其多，能结一面之缘的都少，更别说心意相通的知己了，大抵是可遇不可求的吧。"她一边说着，一边听见楼上楼下传来隐隐的惊叹声。

高云月探出头去，指着御马鞍上缠着的飘拂的红带说："是顾相带着他的学生来了。"

顾之言是天下文人之首、朝野内外交口称赞的清臣，不仅文采斐然，更是两朝元老，颇受敬重。

曲悠在家时，常听父亲念叨，说顾相常来他处调阅史书，清风道骨，与他交谈一二句，都叫人觉得如沐春泽。

"我听说，顾相好似很少收学生。"

"是呢，士人学子无一不认顾相为师，但得他首肯、能执拜师礼的，三五年也就出一个吧。上一位还是前段时日在江南治水得了万民伞的乔大人，还有都州那位殉国的蔺大人，这一位……"

曲悠瞧见顾之言身后遥遥地跟着一个清瘦的影子，他穿着与旁的士子相同的深色襕衫，领口处露出一襟风流的红，白玉簪发，玉带束腰——十分常见的打扮。但那人纵然骑在马上，仍旧脊背笔直，风姿卓绝，像林中最挺拔的修竹。

她还没有看清那人的模样，高云月便来同她咬耳朵："……顾相这位新学生可了不得，是大胤开国以来唯一一位三元连中的状元郎。苏大人家那位自小才冠汴都的小苏公子向来眼高于顶，殿试之前不屑一顾，考完了不仅将榜首让了出去，还连着四天递拜帖。"

此事曲悠似乎也有耳闻："这二人在玄德殿中与四夫子辩政，街头巷尾传为美谈，想来是有真本事的。"

"前几日，傅执政的女儿还掉了簪子在咱们这位状元郎怀中呢。"高云月撇撇嘴，"傅执政与顾相有同门之谊，他本就是顾相弟子，要是再能娶到执政之女，那可真是一步登天咯。"

听到这里，曲悠微微蹙了蹙眉。

傅庆年之女傅明染？她和高云月与傅明染打过几次交道，傅明染话少、高傲，素有心计，二人对她都没什么好感。想到楼下的状元郎可能要求娶傅明染，曲悠顿时失了兴趣，恰好在她与高云月说话的工夫，他已经骑马过了樊楼，只在她的视线中留下一个疏离的背影。

就在此时，曲悠缠在窗前的杏花突然被吹落了一朵。

那本是一枝中开得最好的一朵，就这样飘飘荡荡地离开枝头，又不偏不倚地落在楼下那男子的发冠上，顺着他的耳侧滑了下去。那男子一怔，下意识地伸手去接，微粉的杏花便落在他手上。他轻轻勒了下马，回头看了一眼。

于是曲悠看清了状元郎的模样。只是一眼，她便感觉周遭密密麻麻地响起了鼓噪声。

他低头看了看那朵花，重新抬起头来，眼睛的颜色在日光之下有些浅。满街流动的人群中，那衣襟红艳得不像话。

"悠悠——"

不知道高云月唤了几声，曲悠才从一种近乎神游的状态中突然清醒，听见楼阁之上的赞叹和击掌声。她面颊微烫，飞快地关了窗户，檐角的金铃被风晃得丁零作响。

高云月略微诧异，颇感遗憾："你关窗做什么，我还想多看几眼呢。"

曲悠欲盖弥彰道："太……太吵了。"

高云月白了她一眼，重新打开窗户，却发现那一行人已经转身离去，不由得气结："都怪你。快告诉我，这状元郎生得什么模样？"

曲悠支着头发呆，下意识地缓缓念了一句："越罗衫袂迎春风，玉刻麒麟腰带红……他，确实是极好的。"

∽　∽　∽

掌心突然落了一朵花，周檀勒了马一下，转身向后看去。

樊楼有客时，会将雅间的名牌挂在檐角上，风来，满楼的木牌与金铃会发出奇妙悦耳的声响。今日为了庆贺学子过街，楼上还有几处系了长长的红绸，它们正顺着风飘得风流恣意。

满京都的繁华，都在此处。以扇遮面、偷偷注目的姑娘，目含赞赏抑或羡慕的文人骚客，扛着糖葫芦、挑着扁担的过街商贩，布衣襟钗、仰慕崇敬的寻常百姓……煌煌众人中，他一眼看见了那朵杏花的主人。

周檀在十四五岁、父母未曾出事时，也荒唐过一段时日。江南一梦，北国芳春，纵马过市的少年郎在满楼红袖中见过天下绝色，然而这一眼叫他倏地一怔。樊楼二层，杏花枝后，他看见那朵花的主人正在同样怔然瞧着他。

她是闺中女儿装束，却少戴金银，满头都是粉白的莳花，淡白玉簪、浅色琉璃珠做配饰，将略俗气的颜色衬得清丽脱俗，如秋水风神。心旌摇曳，他想起一句"昨日乱山昏，来时衣上云"。幸而那姑娘飞快地关了窗，才叫他没有在这神魂颠倒中停留太久。

顾之言顺着周檀的视线多看了几眼，移回目光时眼中带着几分笑意："霄白？"

周檀转过头，强迫自己遗忘方才的震颤："无事，老师，走吧。"

顾之言敛目应下，却多瞧了一眼那檐上的木牌——庆春泽。

樊楼对过的汴河边摆了各种各样的小摊，卖木雕的摊贩眼瞧着那骑马过市的状元郎回首，满眼艳羡："真是了不得的人物啊，要是我儿子发奋苦读，能有人家一半的出息就好了。"

言罢，他才发现对面的客人迟迟没有说话，不由得带笑唤了一句："客官？别瞧了，走远啦。"

柏影缓缓摩挲着手中的木雕，转过头来，一副温文尔雅的表情："是啊，真是了不得的人物。"他低头看，发现手边摩挲的木雕是一朵杏花的形状，便解开钱袋，顺手摸出几块碎银子给那摊贩。

摊贩连忙推脱："客官不必，给多了。"

柏影却执意将那几块碎银子留下，转身便离开了。

他漫不经心地从那块"庆春泽"的牌子下面走过，又在对过的面摊上吃了碗清汤面，直至两个女子结伴从那雅间离开，在樊楼门口上了各家的马车。

日已西沉，虽然吃的是清汤面，但柏影仍掏出帕子擦了擦嘴角的油花，然后优哉游哉地回了小院。

一进门，他就瞧见白须老人背着行李，正在院中十分惬意地仰躺着看夕阳。他并不意外，只是默默地走过去，坐在他身边。

决明子仰着脖子，非常随意地问了一句："你可想好了？"

柏影失笑："很多年前不就想好了吗？还是师父带我去见舅舅的，那时开始……好似就没有回头路了吧。"

"你这孩子啊……"

决明子重重叹气，却没有继续往下说。又过了一会儿，他突然起身，抬脚往外走去。

柏影没有起身，继续坐在远处瞧着即将没入地平线的太阳。

决明子推开门道："师父还有很多地方要去……此去经年，你多保重。"

柏影将手中木雕的杏花扔了过去，决明子一把抓住，听见他低声问道："我还能再见到师父吗？"

流云如火烧。

决明子道："大抵是见不到了吧？你若有事寻我，便在信中附一味'王不留行'，我的信鸽会带给我的。"

柏影便笑了："好啊。"

小院门扉未掩，院内空空荡荡，静谧如初。

夕阳彻底沉重地下去了，春日至此而终。

## 惜花堕

詹台府中每逢琼林夜宴，总会摆满庭莳花，府中静水塘能照出各种各样的花影。周檀坐在顾之言手边，有些出神，直至顾之言叫了几声"霄白"才回过神来。

"老师。"

方才苏朝辞上前找他说话，他一时兴起，多饮了几杯，酒量不佳，此刻觉得有些头昏。

顾之言瞧着满堂士子，须发微抖，笑着问："今日是诸位的好日子，殿下也在此，臣就斗胆替殿下问一句，诸位生而在世，求的是什么？"

席间热闹非凡，字句乱飞。

周檀强迫自己醒神，恰好看见坐在自己对面的苏朝辞手持酒觞，激动得面色微红："学生……想如先贤般立一番大事业，成为青史留名之人！"他抬手饮罢，众人叫好。

终于轮到周檀，一侧的小厮为他的杯中添满了酒。状元红，陈年酿，夜宴之中能喝到的人寥寥无几。周檀鼻尖微动，嗅到馥郁的酒香。顾之言正襟危坐，淡淡地看着他。

周檀在一片嘈杂中似乎只能听见自己的声音："学生的愿望俗且简单，先辈说过无数遍……不过是为天地立心、为生民立命……继往圣之绝学，图为万世……开太平！"他一饮而尽。

上首太子面上的笑容却僵了僵。傅庆年侧眼去看顾之言，顾之言含笑未语，高则掂着手中的酒杯，露出一个含义不明的微笑。席间的气氛突然凝滞了一瞬。

苏朝辞满面通红，似乎是无地自容，讷讷半晌没有说出话。

还是洛经纶在一侧先开口："年轻士子，赤诚天真，可敬可叹哪……"他说罢这句，笑声才重新响起，"倒让我想起我当年刚入朝时，亦有如此赤子天真……"

周檀坐在原地，有些不明白众人为何而笑。浅金紫袍的皇太子在众人簇拥中，端起酒杯冲他遥遥一敬，随后自顾饮罢。

周檀想起夜宴开始之前，他穿过静水塘，在长廊上赏花。太子宋世琰未带仆从，没问他是谁，与他斟酒对饮，液滴溅到蔷薇花瓣上。宋世琰道："孤与卿一见如故。"他转身离去时，顺手掐下了一朵蔷薇，随意抛掷在地上。周檀想要开口阻止，最终还是沉默。太子来赏花，却无惜花之心。所谓的一见如故，大抵也只是托词吧。顾之言引周檀离去，他没有机会捡起那朵孤零零的蔷薇。

夜宴满庭花开，静水沉昼。他独坐其中，却像个局外人。

宴会几近高潮，突然有人提议众人赋诗，学子们欣然应允，在一张大如席的宣纸上挥毫泼墨。

苏朝辞将玉笔塞进周檀手里，滴了一滴墨在宣纸上。

十年江南梦，一朝状元郎。

父母之死、身世之重、理想之轻、前路之幻，沉沉地压在少年肩膀上。于是他提笔写了一句。

> 人间天青雨泽，潮起碧遮，无端错落。
> ……
> 春风马蹄声错，流云渐过，夜宴花折……惜花堕。

詹台夜宴结束之后，顾之言拍了拍周檀的肩膀，连着叹了好几口气，却什么都没有说。

苏朝辞醉得不省人事，在周檀面前痛哭流涕。旁人不懂他因何而哭，周檀却有些无奈，安慰了他几句，叫来他的随行仆从，将他抬回去了。

周檀停了许久，在众人几乎走尽时才独自穿过长廊，打算醒一醒酒再回府。随后他就看见宴会之前被太子随手掐下的那朵蔷薇已经零落破碎得不成样子，粉红花瓣上残余着脏污的鞋印。周檀将那朵花捡了起来，轻轻放进静水塘中。

流水洗尽，沉沉故去，也算是好归宿。那花朵漂在水面上，他却突然想起今日路过樊楼时回头看的那一眼。那朵落入手中的杏花至今还妥帖地收在他的前襟里，在贴近心脏的地方沉沉跳动着。

周檀出神地盯着水面，方才落花弄起的涟漪已经消失殆尽，天上那轮孤清的月亮重新映入眼帘。他本想多看一会儿，谁知夜风乍起，将庭中杏花的花瓣纷纷吹落，落入塘中，如雨丝至。

清夜静谧，再无人来了。

## 千载梦

顾之言被低调地引入席间时，莳花宴恰到高潮时分。彼时高则仍是太子少师，并未涉党争，既然递了帖子，顾之言便来了，只是来迟了一会儿。"庆春泽"似乎是高则长女常去的樊楼雅间。顾之言这么想着，随意落座。

高则给他添了茶，语带试探："听闻顾老想为学生求亲？"

顾之言瞥了他一眼，笑道："少师有意？"

高则便道："殿下娶表亲，直是好亲事，我只是想为小女寻一个可堪托付之人。"

顾之言拾起茶盏，淡然道："已是我的学生，怕攀不起这高的亲事……陛下，不放心哪。"他简单说了这么一句，高则便明白了他的意思。

顾之言为防帝王猜忌，终生未娶，如今朝野上下皆赞他对周檀极好，直如亲子一般。周檀的名声如此之盛，如若娶了太子少师之女，就算双方无意，结党营私这一个大帽子也会结结实实扣下来。顾之言生平最恨党争,绝不会做将自己置于危墙之下的事。

于是高则再未多言。

莳花宴上,高云月正与曲悠兴致勃勃地联诗。

这联诗之乐本是宴上嘉福郡主提出来的,或许本意是为了自己出出风头,结果联到最后只剩曲悠和高云月两个人。毕竟二人就是因一诗结缘,对于联诗得心应手。

顾之言隔着屏风听了许久,直至曲家的女儿在联诗结束之后顺口吟了一句"堂前流水挟花去,天地人间两不知"。

"好!"

饮罢,他问起高则:"与你长女交好的这位,是谁家的女儿?"

高则道:"是史官曲家的,小姑娘人品高洁,与小女甚是投缘。"

顾之言随手端起桌上一碟蜂蜜做的点心,叮嘱身侧的小厮:"送去给曲姑娘吧,请她至后园一见。"

高则在一旁叹气,道:"罢了,罢了,京都好男儿多,好女儿却少,难得有人入顾相眼,殊为不易哪。"


曲悠被请入后园亭中,与顾之言隔着三阶行礼:"顾相。"

小厮和侍女在侧,顾之言也未上前,只在亭子前面捡了石墩坐了下来:"曲娘子是史官家的女儿?"

曲悠常在家听见父亲对顾之言的称赞,不知对方请自己来此意图为何,但她全无骄矜之色,只是淡淡答了一句:"是。"

顾之言眼中笑意更深:"我认识你父亲,当是清臣,既然你出身史官家,那我便问你一句……"他思绪一飘,脱口问了一句前几日他问过周檀的话:"你想成为被历史裹挟的人,还是书写历史的人?"


顾之言亦认识萧越,甚至同他和宋昶有过杯酒之谊,第一次意外见到周檀的时候,他就察觉到了不寻常之处。后来他为周檀调查出了当年萧越之死的真相。

帝王猜忌、臣子衷心,似乎谁都没有犯错,只是一刹那的犹豫酿出了这样的后果,他几乎不忍将这样的结果告知,更不知对方会如何反应。结果周檀只是非常平静地跪在他面前,深深叩首。

"其实……学生也只是想知晓陛下的心意,想知晓陛下是否真的见死不救、执政是否真的刻意构陷,捕风捉影、帝王心术……都是史书中已经写烂的东西,父亲仍有身后名,陛下……大抵也是后悔的吧。"

顾之言不意他会说出这样的话:"霁白……"

"老师,"周檀抬起头来,眼中噙着泪水,迟迟未落,"如今四野清平,朝中安定,陛下能听谏言、励精图治,这不就是……父亲的愿望吗?您穷尽一生心血遏制党争,好不容易才让我朝风平浪静、上下归心,学生……不愿意只为了虚无缥缈的东西,将其毁于一旦。"他重新伏身,"弃我去者……昨日之日不可留,学生若能有老师的一半,为天下谋半分福祉,便是不枉一生了。"

顾之言听得懂周檀的意思。

他追到京都的执念,不过是想知道当年的真相,只要知晓皇帝对萧越仍有旧情、当年并非刻意,就足够了。他想要为天地立心、为生民立命,不能打破他苦心维持多年的平静。

顾之言胸口微痛,伸手扶他起来,颤声唤道:"霄白……"

霄白啊。

白湫能教出这样的孩子,想必萧越在天有灵,也会欣慰不已的。

他陪学生醉酒。饮至中宵,周檀告辞离去。

临行之前,顾之言扯着他的衣角,问了一句:"霄白……你想做书写历史的人,还是被历史裹挟的人?"

周檀踉踉跄跄地行了几步,说了句什么,声音被散在夜风中,混入酒气里,风一吹,他便忘了。

那句话渐渐回笼,与面前的女子口中所言奇妙地重合起来。

曲悠极为守礼地站在亭柱前,闻言非常疑惑地反问道:"顾相为何有此问?……书写历史的人,难道不被历史裹挟吗?"

∽ ∽ ∽

曲悠没有机会得知顾之言为何要问她那个问题。

汴都燃烛楼案起,人心惶惶,听说顾相的门生故旧皆被投入狱中。

她父亲因与顾相有修史之谊,被牵连入了刑部。母亲身体不好,一朝病倒,家门之重一下子落在曲悠身上。高云月偷偷为她送来傍身的银两,潦草的信中写到,她本想亲来探望,但高则十分警惕,勒令她这段时日不许出门。曲悠逐渐发现操持府中大小事务也不算太难。

只有一桩,父亲入狱之后,她开始夜夜做梦,梦不连续,只言片语,令人惊愕。她梦见她在系满红绸带的树下痛哭流涕,在晴日徒手掘开另一个人的坟墓,亲自将自己埋葬。她梦见大雪纷飞的朔漠,黑色城墙高得仿佛一辈子都不能越过,她贪恋日光,在静水香的气息中闭上眼睛,再也没有醒过来。她还梦见一个看不清面孔的白衣男子,只依稀记得他衣摆处绣着竹叶。她和这个看似温柔的人恶狠狠地吵架。

"可我……我愿意陪你烂在青史简上!"

"我不愿意!"

曲悠被这些没有头绪的梦折磨得心神不宁。府中事多,没有机会前去岫青寺解惑,她就将此事告知最小的弟弟曲向文。

曲向文听了也困惑,回去连看了两天的《周易》和《庄子》。

读这些有什么用,难道……庄周知晓自己为何化蝶吗?

曲悠还记得她落水那天是个雨天。

大抵是梦游,那个白衣男子穿越她的梦境,来到现实中。她听见手指拨弄琴弦的声音,那琴曲似乎是《金缕衣》,也好像是《短清》。她追着那个影子,一路来到后园的湖泊前,湖面上起了大雾。没有看清他的脸,她便失去重心,猝然落水。

风吹动窗前尚未读完的《庄子》书页。

人生千载,太虚遨游。唯有钟情不肯休。

曲悠猛地从榻上醒来,发丝还在滴滴答答地往下滴水,弟弟妹妹见她醒来,号啕大哭。

"大姐姐,你总算醒了,吓死我了……"

"你都昏迷好久了。"

"……要不要再请大夫来?"

这一次,她不是在做梦。

曲悠怔然望着自己的手,前一刻,这只手似乎还在摸那件寒冷冬夜中的鹤氅。她的目光移向身侧翻开的一本古书,再看向雾气弥漫的窗外风景。梦断微冷,坐忘前生。

唯有江山永风流。

温柔似刀锋。

番外四 少年时

有梦中的蝴蝶飞过困厄的春夜。

## 足风流

"买定离手！"

"大！大！大！"

周檀掩面穿过嘈杂的人群，终于在牌桌上寻到了满面红光的周杨。他非常有耐心地在一侧等着，直至周杨兴奋地赌完这一局，才绕到他身后，拎着他后颈衣领将他提了出来。

周杨被他吓得有点结巴："哥……哥……"

周檀把他从赌坊拎出来，扔进早已停在赌坊门口的马车。马车中两个孔武有力的仆从立刻把人接了过去。

"捆了，送回家，告诉我爹，先打二十板子。"

周杨哀号一声："哥，我这可都是为了你啊——"

周檀不为所动："拿钱来。"

周杨老老实实地把他刚赢来的银票悉数奉上。

周檀皱着眉点了一遍，挑了挑眉："算你有点用处。"

周杨立刻示好："你就让我和你一起去吧，我——"

周檀马上打断："你今年十四，读书毫无进益，反倒日日在这些旁门左道上下功夫，倘若你同我一样，每月书院考核中都得榜首，我便立刻不再管你，每日亲自把你送到赌坊门口，怎么样？"

于是周杨哑口无言，老老实实地被送走了。

∽ ∽ ∽

叶流春第一次见到周檀的时候，是在临安的冬末。那时候她还没有名字，被众人称作"小叶"。

小叶自小在临安的醉红楼长大，与母亲相依为命。母亲对父亲的事三缄其口，很长一段时间里，她都不知道自己的身世。母亲能弹一手好月琴，小叶天资聪颖，比母亲学得快，母亲却不许她在众人面前抛头露面，加之她一直刻意扮丑，倒也平平安安地长到了十六岁。

小叶十六岁那年，母亲死了——醉酒后失足栽进了醉红楼的后池塘。那池塘不深，刚到人腰侧，只是母亲醉得太厉害，没能站起来。鸨母皱着眉叫几个下人拾来一卷草席，打算将小叶的母亲随意一裹，扔到乱坟岗了事。小叶抱着母亲的尸首不肯放手。她苦苦哀求鸨母借她一笔钱安葬母亲。鸨母手下姑娘众多，哪里管得了每个人的身后事。小叶哭求无果，奔到池塘边洗了脸，用母亲那把几乎被水泡坏的月琴在醉红楼门前弹唱了一首《春江花月夜》。

满街惊艳。连完全听不懂雅乐的贩夫走卒，都因这曲调顿了脚步。

彼时周檀正在醉红楼对面的酒楼同人饮酒。他斜倚在卷帘之下，听完了那支曲子。冬末春初薄薄的雪花落在少年的鼻梁上，顷刻便融化了。

小叶死死抱着月琴，正打算再唱一遍时，便有银票随着雪花纷纷扬扬地自天空落了下来。一抬眼，她就看见卷珠帘下刚满十五岁的少年郎高束马尾，窄袖劲装，在意气风发的年纪穿的是天青色，平白添了一二分书卷气。

有声音传来，语调上扬，漫不经心却温润有礼："这个人，我出钱买了，请醉红楼出个价吧。"

楼阁之上，他身侧的朋友咂舌："檀郎一掷千金，若被你爹知道了，不得将你的腿打断？"

周檀却只是道："你瞧，她面上有伤，若非穷途末路，怎能将《春江花月夜》都弹出这样十足的悲怆之情？"

另一个朋友摇头晃脑地叹道："这一曲惊为天人，鸨母必觉得奇货可居，你这些银钱，可未必够用。"

周檀道："无事，不够就放阿杨去赌坊赌钱，赚够了再把他捞出来。"

朋友："……"

夜里，兄弟二人一同在前院受罚。

周恕向来对周檀多有宽纵，对周杨大扮严父，今日想必是气急了，他才将二人齐齐搁在长椅上动家法。周檀咬着唇，听周杨在自己身侧哀哀叫痛，不知为何还有些想笑。

"笑！你还笑得出来？"周恕将手中的鞭子一扔，转头喝道："你怎的不管管？"

白湫本坐在廊下嗑瓜子，被他一吼，手中的瓜子吓掉了一大把："你这不都管了嘛，还要我管什么？"

"一个滥赌，一个狎妓，家门不幸，家门不幸啊！"周恕在院子里来回乱转，表情沉重，"你这叫我怎么对得起……的在天之灵？"

听他说了这话，白湫便严肃了几分。她拍了拍手，从廊下起身，走到周檀面前："檀儿，你说，你今日为何出钱为那女子赎身？"

周檀勉力抬头，但觉得脊背之后刺痛难耐，于是又栽了回去："儿听闻……她无钱葬母，觉得她可怜……赎身之后将她暂且安置在客栈了……姑娘说，她在金陵还有旧亲……儿想着，明日就送她去码头……"

周恕一怔，听见周杨飞快地补充道："正是如此！兄长银钱不够，这才放我进赌场！若不是我今日赢够了，恐怕兄长还凑不够钱为那女子赎身呢……哎哟，爹别打了，疼！"

白湫怒气冲冲地转过身来："看看，看看！我早跟你说了要多问一句，你偏不听，非得打了才叫我教育。我教育了，你可满意？"语罢，她便不再理人，抬脚就走："我在前院做了两碗酪乳，切了些今早从码头买来的稀罕水果，你们过来用些吧。"

周杨一个鲤鱼打挺从长椅上跳了起来，一瘸一拐地跟了过去："娘，等等我……"

周檀瞪着眼睛看他的背影，尝试起身，却痛得龇牙咧嘴，根本爬不起来："喂，你……"

是怎么爬起来的？

周杨回过头来，对他扮了个鬼脸："兄长不常挨打，自然不知我这皮糙肉厚的好处。"

最后是周恕略歉疚地将周檀扶了起来。

父子二人同在前院看月亮。

白日里的雪已经停了，在地面积了薄薄一层。江南少见积雪，明亮的迎春花生在墙角，与雪同驻，也算风雅。二人谁也没有先说话。

过了一会儿，周恕突然低声唱起了一首周檀不曾听过的歌。似乎是军曲。周恕声音沙哑，曲不成调，但周檀细细去听，总觉得自己于其中听出了金戈铁马之意。

周恕唱完了，周檀便问："父亲唱的，是从前行军时的歌谣吗？"

周恕点点头，目光有些飘忽："是……从前将军带着我们常唱的歌谣。他唱得好，我不过是效仿一二，此曲你母亲也会唱，改日叫她唱给你听。"他犹豫再三，才艰涩地开口道："霄白……"

周檀应道："嗯。"

"你可知道，为何你尚未及冠便有了字？"

周檀没吭声，周恕自顾地说下去："其实，我并非——"

"父亲不必再说了，"周檀突然开口打断了他，微微笑起来，"我……早就知道了。"

周恕颇为震惊，侧头看向身边的长子。

周檀转过脸来，微浅的琥珀色瞳仁在月光下色如琉璃。周恕突然有些结巴："我……我本想……等你再大些……"

"母亲书房里的密室，我很小的时候就摸进去过，"周檀伸了个懒腰，举头望月，"再大些，母亲便将一切告知我，本来说好要瞒着您的。"

半晌，周恕才找回自己的声音："你父亲的遗物……"

"我都瞧过，"周檀平静地回答，就像在与他讨论今日在演武场学到的新招式，"我明年就能科考了。待上京赶考、金榜题名之际，我一定会代母亲问上陛下一句——"

前仆后继的科举士子浩荡如海，但从他嘴里说出"金榜题名"轻巧不已，仿佛只要他想，就一定能做到。

还没等周恕反对，周檀就笑着继续道："父亲不必担忧，我不是傻子，知晓分寸，怎么问、何时问，答复是否为真心，我有办法，自能分辨。"

沉默了好一会儿，周恕才露出一个苦涩的笑容："你……跟你父亲很像。他一生金戈铁马，骄傲如风，大抵死去的时候也不后悔，留下遗愿也只是希望你母亲不带仇恨地活下去。"

"是啊，"周檀有些出神地接口说，"半生戎马，以身殉道。边境和平至今，万民受益，他是多么伟大的人物……若我能成为同他一样的人……"

他没有说完，周恕叹了口气，拍了拍他的肩膀："能的，檀儿，你会成为比你父亲更了不起的人。"

周檀被他拍得面色一变，"嘶"了一声，口中却小声道："您能……多为我讲些他的事情吗？"

周恕刚要回答，就听见前廊传来白湫的声音："檀儿，快些来！"于是他哈哈大笑起来："好，下次，下次我一定与你多说些。"

周檀对那一夜的记忆十分模糊，只记得自己穿过迎春花枝开满的长廊，跟着韵嬷嬷去了小厨房，和周杨道吃了母亲准备的十分新颖的牛乳浇庵没罗果。夜半同房时，他听见母亲在与父亲争吵着什么。

"我无心叫他重回汴都……朝局……何苦？"

"可是……"

那些字句过于含糊不清，他昏昏地听了，转头就忘得一干二净。

第二日清晨，周杨跟着周檀一同到码头送小叶上船。

前一日，周檀与身侧好友为小叶的母亲选了一块体面的墓地，将人葬了，又问起她的打算。

小叶想了想，便道："母亲曾经说过，她在金陵有一故人，虽不知是否能寻到，但总归是个去处。"她说到这里，又多了一丝苦涩，"我生为贱籍，就算逢大赦也不能脱籍，在哪里，其实都是一样的……不过临安是伤心之地，金陵和汴都或许更好些。"

昨日落葬之时，周檀才发现原来小叶也出身官宦之家，只是她母亲怀胎之时家门便突遭横祸，男子斩首，女子没入教坊，不得自赎。他昨日东奔西走，也只是勉力为她换了从临安到金陵的文书。

周檀叹了口气，道："我在金陵有一未曾相见的好友，我已修书一封，你到了便拿着去寻他，请他照顾一番。"

白家在金陵是大家族，定能帮小叶寻到人。白沙汀听闻自己远方有堂兄弟，颇有兴趣，几年前便寄信来过。周檀也回过几封，深觉此人虽然言辞轻佻，但有几分文气，倒是值得相交的对象。

小叶收了信，在上船之前忽又端正地跪下，冲二人行了个大礼："多谢公子……相救之恩，他年若我对公子有用，定然赴汤蹈火，在所不辞。"

渡船远去后，周杨揽着周檀的肩膀往回走，啧啧称赞："小叶姑娘生得虽不是闭月羞花，但当真是我见犹怜，兄长你——"

周檀黑着脸道："你小小年纪，倒是想起这些事了。"

周杨表示冤枉："我什么都没说，你自己着什么急？"

兄弟俩插科打诨地从码头往街市走。

周杨路过小摊，还顺手买了几个肉包子："这天色，母亲定然没起，带回去便不用让韵嬷嬷做早饭。"

周檀迟疑道："昨日夜里……我似乎听见了马蹄声，父母亲是不是出府去了？"

周杨回道："啊？我没听见……我说呢，今日早上出府确实觉得府中安静，没有听见父亲舞剑。"

二人还在絮絮叨叨地说什么，昨日与周檀一同饮酒的好友却突然拍了他的肩膀，他上气不接下气，仿佛已经找了他许久："檀郎，檀郎！你……你快去县衙，快去县衙瞧瞧，出……出事了！"

周檀少时虽纨绔，但性子总归沉稳，与他交好的几人也是如此，少露如今的情态。他瞧着对方惊恐不已的神情，感觉心咯噔一下，沉沉地往下坠去。

## 梦魂去

积雪未化，迎春已开，周檀记得那一日是晴好天气。周杨跪在他身侧，撕心裂肺地吼着什么，他一个字都没有听见。哭声、议论声、嘶吼声，嘈杂一片，他跪在旋涡的中心，感觉到一阵空洞的茫然。熟悉的声音似乎还在他的耳边萦绕。

"檀儿，今日你初到学堂，母亲送你一幅字，望你今后持身、守正，无论在何境地，都要牢记我今日的教诲。"

"母亲……"

"这字出于《论语》——'笃信好学'，是要你……"

"我一定会牢记母亲教诲的。"

"后半句是……'守死善道'。"

…………

"天下有道，以道殉身；天下无道，以身殉道。"

…………

"大公子，大公子！"

有府衙的人过来摇晃他的肩膀，周檀迟钝地抬起头来，行尸走肉般跟着他入了内堂。周恕在临安时乐善好施，名声不错，府衙知他是凌霄军遗将，对他颇为尊敬。

"大公子，节哀顺变……此事多说未免残忍，但是性命攸关，我却不得不多言。令尊死于脖颈处致命一刀，周身有打斗痕迹，令堂……好像是自己跳下了山崖，我们从她的身上找到了一封血书。"

听到这里，周檀才反应过来，抓住他面前临安通判的手："血书……在哪里？"

那通判叹了口气，叫人将东西呈上来，口中还絮絮叨叨地继续说："临安百年安泰，少见贼匪，大公子不妨自己也想一想，令尊和令堂可有什么仇家？"

那血书是白湫撕了一块裙角所书，字迹歪扭，杂乱不堪。周檀捧着那血书，手抖得厉害，半晌才能够读下去。

  吾儿得见……今日惊闻……不能尽述，愿儿勿入山林、勿念往事。
  沧海横流……当守本心……湫绝笔。

"这是什么意思？这是什么意思？"周杨捧着那血书，双目通红，"母亲是让我们……不要寻仇？这桩公案分明蹊跷，州府为何不能遍搜山林寻出凶手？"他跌跌撞撞地站起来，抢了一旁差役手中的佩刀，"我不服，我不服！"

"阿杨，够了！"周檀跪在原地，沉沉地喝了一声，他扶着自己的膝盖艰难地起身，"先将父亲母亲……好生安葬吧。"

周檀并没有选临安远郊的墓地，反而将父母二人火化了。周恕和白湫都并非临安人，魂归故里，骨灰随人，或许更加安定一些。火化那日风很大，周杨摩挲着身上粗糙的麻衣，抬眼看向对面的兄长。兄长像一夕之间变成了大人，一滴眼泪都没掉，眼尾通红，表情淡漠。

周杨扯着衣角唤了好几声，周檀才如梦初醒，甚至对他露出一个浅淡的笑容："阿杨，怎么了？"

"哥哥，"周杨小声唤道，满心都是茫然，"我们今后，该往何处去？"

"今后？"周檀捧着父母的骨灰，出神了一霎，随后垂下眼睛，非常平静地回答，"从前如何，今后还是如何，你好好读书，若要武试……也未尝不可。再过一段时日，等我去汴都科考……"他陷入沉思，没有继续往下说。

周杨心知兄长的心中仍有别的事情，但是没有追问，反倒是周檀又看了他一眼："你怎么不问我为何要阻止州府搜山？"

周杨毫不迟疑地回答："我年纪小，不懂事……但只要是哥哥要做的，一定是对的。"

周檀顿了顿，沉默地摸了摸他的发顶。

然而事情并非如周杨说的那么简单。

平素周杨在书院结课之后总会去城郊的演武场操练一番，他从前在那里结识过军中的朋友，加上周恕的面子，练兵的统领闲暇之余也会给他些指点。周杨是周恕亲手教出来的，舞枪弄棒都不在话下。

可近一段时日，周檀却发现弟弟很少再去演武场了，若是直接去问，恐怕他不会说实话。周檀思索了一番，还是设宴请了从前一二好友，想要从他们口中探知究竟发生了什么。

宴上好友欲言又止，最后只是含糊地透露："檀郎，你年纪太轻，你们家偌大的家业，单凭你与弟弟二人，撑起谈何容易？……单说王、李二家，他们本就与你父亲不睦，此时见你二人如砧板之鱼，怎能不蠢蠢欲动？"

周檀听懂了他的言外之意，攥紧了手中的酒杯。

屋漏偏逢连夜雨，几人从楼中出来的时候，恰好碰见素日与周檀不合的李家三郎李明之。

李家是临安首富，布商出身，近两年不知攀上了汴都哪个大官，在临安城风生水起，连通判都要给几分面子。李家的长辈倒还好些，小辈却被教得不知天高地厚。李明之一心以为自己是天纵奇才，总在书院大放厥词羞辱同僚，众人不敢得罪他，能忍则忍。

周檀却并不是一个肯忍耐的人。

告别私塾，入书院的第一日，周檀遭李明之刁难，于是在书院门口的廊壁上题了一首《聒噪诗》，通篇无一脏字，但众人皆知诗中是谁。李明之颜面扫地，苦无对策，兼之家中也顾忌周恕的身份，不敢招惹他，只能暗中记仇，寻觅机会报当年羞辱之仇。

在周家横遭变故之后，这是他第一次见周檀。周檀面上时常出现的那种气定神闲的高傲已经消失了。李明之端着杯子，十分惬意地打量着。虽然周檀的眼神仍旧是那样漠视一切，但从前赖以支撑的底气不足，落入旁人眼中，就成了强弩之末，不堪一击。

"大公子——"李明之带着家仆拦了周檀的路，并未直接翻脸，而是笑眯眯地道，"大公子，许久不见，听闻近日你家中有变，兄长我帮不上忙，就敬你一杯酒吧。"

周檀的目光从他手中端着的酒觞中掠过，眼底浮出几分厌恶的神色。"多谢李公子美意，"他抬手一揖，将礼数做足，"檀近日身子不适，不能饮酒，便不相陪了。"

他抬脚想走，李明之却不肯放过他："大公子不肯饮我的酒，莫非是看不起我？"见周檀面色不变，他变本加厉，继续调笑，"咱们临安可没有孝期不饮酒的规矩吧？"

提起父母，周檀额间青筋暴起，他勉力忍耐，绕过面前那杯酒。李明之侧身阻拦，推搡之间，酒杯落地，砸出清脆一声响。周檀冷冷地看了他一眼，再顾不得更多礼节，转身便离开了酒楼。家仆想去追，却被李明之拦住，他笑吟吟地盯着地面上的酒杯，目光中却闪过一丝阴狠之色："不着急。"

当日夜里，周檀果然在周杨身上发现了些不常见的伤痕。比武负伤是常事，但他伤在前胸和后腰，明显不是寻常切磋会受伤的位置。

周檀抖着手为十四岁的少年上药，良久才问出一句："为何……不告诉我？"

周杨趴在床上，没敢回头，只是闷声道："……是我自己太没用了，告诉兄长做什么，等我练好了功夫，定能将他们这几个见风使舵的小人打得满地找牙。"

周檀心绪纷乱，再不能在弟弟面前伪装平静，他将手中的药丢给韵嬷嬷和德叔后便独身出了门，打算去寻找从前临安守军中与父亲交好的统领，让他帮忙护着些。毕竟弟弟只有十四岁，再放狠话，也不过是逞强罢了。

然后，他在离家不远的后巷被李明之带人堵了个正着。

萧瑟秋风中，月色昏黄，李明之斜挑着眉瞧他，笑得很开怀："我倒真没想到，大公子近日还敢不带人自己出门行走。"

一侧的家仆逼上前来，周檀与他们过了几招，但寡不敌众，还是被拽着胳膊摁到李明之面前。

周檀高昂着头，因为羞辱，脸涨得通红："李明之，你放肆！"

"哟哟哟，大公子这种时候还能说出这样的话呢，真叫人害怕。"李明之接过侧仆从递过来的酒壶，捏住周檀的下巴，"方才不是还不肯喝我的酒吗，现在我倒要看看你喝不喝！"他刚说完，就抬手将手中那壶酒尽数灌了进去。

"咳……"周檀呛了两口，面露痛苦之色。李明之灌他的并非楼中美酒，而是不知从何处买来的劣等品，酒味冲天，辛辣刺目。酒液从喉咙中流过，留下冰凉的恶心与战栗。从此之后，他厌倦饮酒，逢饮便易醉。

李明之把手中的酒灌完了，甩手丢了酒壶，哈哈大笑。

周檀跪伏在地上，感觉世界天旋地转。他摸着身侧的砖石，好不容易才颤颤巍巍地站起来。高马尾早已蹭散了，狼狈不堪，粘在面颊上，他却连抬手拨开的力气都没有。

李明之本想就此作罢，但瞧见他如此境地还站得起来，便想起从前此人在书院眼高于顶，从不把他放在眼里，不由得怒从胆边生，指着他怒吼道："谁叫他站起来的？你们，给我打，打到他站不起来为止！"

仆从领命，提着棍子便近前，第一棍就打在周檀的脊背上。他行端坐正，腰背永远挺得笔直，李明之恨透了这高高在上的清高，非要将他踹到尘泥中去。

周檀发出一声吃痛的低吼，手指却死死抠着墙壁，不肯轻易倒下，于是他的前胸和后背就连着挨了好几棍。

昏暗的月色下，有仆从见他唇角溢出了血丝，犹豫片刻，还是劝道："少爷，要不……算了吧，此事若闹大了，对您可不好啊。"

李明之犹豫了片刻，终究胆怯了些，挥手带着仆从离开，临走之前还在周檀的膝弯上踹了一脚。

周檀扶着墙跪在地上，觉得自己似乎失去了意识，不知道过了多久，他才缓缓地回过神来。小巷寂静无声，临安已是秋末了。他缓了好一会儿，想要爬起来，却痛得没成功，反而重重栽倒在地面上。周檀挣扎着爬了几步，无意识地抬手擦了擦唇角，却发现自己擦了一手背的血。他在月色之下看着那鲜血发怔，过了许久，才感觉有温热的液滴顺着自己的眼角落了下来。

"父亲、母亲……"

他还没有过十六岁的生辰。父母去后，对外要维持家门体面，对内要撑着年幼的兄弟，早已让他疲惫不堪，几乎要忘了，自己也不过是个孩子。

"……我……我该怎么办？我该怎么办才好啊？"

他想为自己擦去眼泪，却越擦越多，鲜血混着眼泪，污糟一片。

秋意深深，周遭很冷，他仰起头，看着天际那轮昏黄的月亮，想起许多事情，打一个哆嗦后，又将它们悉数忘记。他不知道自己在原地趴了多久，突然有一只蝴蝶飞过来，落在他沾着血迹的手指上。

周檀呆滞地看着那只蝴蝶，脱口问道："你是……来救我的吗？"

蝴蝶不能回答，只是轻轻扇着美丽的翅膀。它似乎能听懂他说的话，十分悲伤地围着他飞了好几圈。直到他攒足力气，终于爬起来，跌跌撞撞地栽倒在家门口，它才飘忽地离去了。

这伤养了四五天，周檀才敢装得若无其事地去见周杨，见面第一句话便是："阿杨，你收拾行装，我们……去汴都吧。"

周杨最听他的话，没有怎么犹豫地同意了。

临行前一天，周檀非常耐心地在醉红楼外等了两三个时辰，终于见到了醉酒的李明之。他设计将他的家仆引开，将他骗进了自己的马车。

直到车行几里，李明之才觉得不对劲，暴躁地低吼道："今日为何这么久，你们是不是——"话音未落，他就看见周檀掀帘进来，手边握着一把雕金镂花的短刀。顷刻间，李明之的酒便醒了："大……大公子……"

周檀今日穿的依旧是他那件天青色绣竹叶的圆领袍，没有再束马尾，反而学大人样为自己簪了白玉。他漠然地看了李明之一眼，随即一句废话都没有多说，抬手用那把短刀贯穿了他的手背，将他的手钉在马车中的小桌上。

李明之万万没有想到他如此大胆，连痛都忘了叫，冷汗顺着脊背涔涔落下，顷刻便湿透了："周……周檀，你敢！我……我——"

周檀转了转手中的短刀，居然对他露出笑容："敢不敢的，不都已经做了吗？"

李明之这才察觉到痛，他一边扯着嗓子发出撕心裂肺的哀号，一边胆战心惊地打量着面前的周檀——他实在太陌生了，陌生到就算下一刻将他诛杀于此，他也不会觉得丝毫意外。

他大张着嘴，刚想开口求饶，就听见周檀冷冷地说："李明之，你听好了。今日，我不杀你，只废你一只手。明天我就要离开临安了，你不会找到任何证据，告到州府也奈何不了我，更何况……并非你们李家一家有汴都的依傍。"

他轻轻抬手，拔出那把刀，鲜血溅到脸上，他却无动于衷，甚至没有擦拭："你知道我为何不杀你吗？我告诉你……往后数年，你一定会再听见我的名字。金阁榜首、为官入朝、登阁拜相，我会一直一直记着你，而你……只能眼睁睁地听说我越爬越高，毫无办法。对了，你千万不要让我听见你何时作恶，要不然我一时兴起，就会回来寻你的。"他慢条斯理地擦拭着刀锋上的血痕，声音如同呓语，"请你……一辈子都活在这种恐惧中吧。"

那是他第一次动手伤人。

第二日起身前往汴都，他大病一场，绵延良久，此后便很少习武。

◊　　◊　　◊

后来，周檀没有回去寻李明之。他再也没有听过这个名字，顺理成章地将这个不重要的人遗忘了。他成为朝野惊艳的状元郎，从老师和皇帝那里听来了自己想要的答案。

外放之时，他在平江府抓到了当年保护宋世翾的景王府死士。

那死士早已隐姓埋名，若不是太过在乎当年周恕和白漱的侍卫递到临安府的那张状纸，也不会暴露身份。

周檀坐在堂前，居高临下地反复看着那张状纸，喃喃自语："怪不得……"白湫虽听了萧越的遗愿，绝不将仇恨灌输给下一代，但是她心中终归是不希望宋昶坐皇位的。所以她临死之前发现了对面人的身份，蘸着血告诉他"勿入山林"。州府大肆搜查，一定能找出当时流落在外的景王孙。景王彻底绝嗣，宋昶一脉便会永坐江山。

"景王……孙？"

是老师护下来的景王后嗣。

周檀突然觉得十分荒谬，然而还不等他做出反应，那死士便抢过他的剑，在他面前毫不迟疑地横剑自刎了。

"先生……此事全是我与十九冲动所致，先生若怪，我以命偿之，只求先生勿要牵连小殿下……他还太小，什么都……不知道。"

周檀对着那具尸体沉默地坐了一夜。

第二日，他唤人来，将尸体扔到了乱葬岗。

"罢了……"

天道如此，有时并无人做错，只是失去的总是他罢了。

沧海横流，他在春光中大醉，醒来万事俱休。

就如母亲曾经叮嘱的那般，勿入山林，勿念往事，沧海横流，自守本心。

笃信好学，守死善道。

他孤寂地走在一个人的道上。

直到几年后某一个昏暗的清晨。周檀捂着胸前刚刚好转的伤口，披着描红绣金的喜袍，踉跄地穿过床前的纱幔，看到一个女子站在他的屏风前，在他开口之后，投来似曾相识的一眼。

是梦中的蝴蝶飞过困厄的春夜。

## 二重身
### 番外五

> 白云一片去悠悠,青枫浦上不胜愁。

### 幽月夜

周檀一觉醒来的时候,正是傍晚时分。他有些茫然地翻了个身,发现自己处于一个全然陌生的地方——不是他的宅邸,不是皇宫,不是诏狱,甚至不是任何一个他相熟的人家中。梨花木床架上悬着他那把许久没有出过鞘的白玉文人剑,那剑不知被谁缠上了一条红绸带,红绸带在剑柄处打了一个蝴蝶结,十分俏皮。室内灯光昏暗,燃着熏香,静水香和杏花的气味交织。

周檀坐在床沿发了一会儿呆,顺手拿起一侧搭着的外袍。不料他刚刚起身,就有一件女子的桃色轻纱里衣从他身上掉了下来。这下可算把他吓了一大跳。周檀下意识地退了一大步,甚至骇得没敢去将那件外袍捡起来,他手边一摸,又摸到了桌上随意搁置的女子钗环。

花窗没关,有花瓣被晚风温柔地吹进房中,借着这晚霞的余光,他终于看清了——这分明是一间女子闺房。周檀感觉到一阵茫然的荒谬,他强迫自己镇定下来,坐在榻前的桌边,为自己添了一杯茶。茶已经冷了,可是刚刚入口他就不由得怔住——梅花露雪,春水煎茶,这是老师亲自教给他的煮茶方式。他习惯在茶水沸腾时撒些风干的桂花,浸久了就会有幽微的甜味。这个陌生地方的茶水,竟是他自己煮的?

或者……老师没死,这是老师家中?可是老师家中也没有女眷啊。周檀感觉头痛欲裂,他绾起耳边散落的长发,混乱地思索着。

记忆还停留在诏狱那个雪夜。

他受刑之后跪在地上,听见宋世翾在他身前问:"老师,当年你迟迟不来栖风小院,当真不是这个缘故吗?"

他想抬起头来,但头像被冻僵了一般,沉得动弹不得,于是他只好瑟缩在地上,冷得发抖，不知是因为衣着单薄还是因为面前之人的言语。

宋世翾在他面前蹲了下来，解了自己的鹤氅披到他身上，龙涎香的气味将他兜头裹住，不知为何，他却感受不到一点暖意。

"子谦……"周檀抓着他为自己系衣带的手，终于找回了自己的声音，"陛下……"

由于大量失血，他唇色雪白，宋世翾只仔细看了几眼就不忍再看："老师，别说了……朕派人送你回去好生歇息……"

"陛下！"周檀攥着他的手腕不松，沉沉地咳嗽了几声，窗外传来呼啸的风声，吞没了他言语中的凄厉之色，"陛下一直觉得……臣……就是这样待陛下？陛下原来是……这么看臣的吗？"他自称为"臣"，也不再叫"子谦"了。

宋世翾垂着眼睛，回想起自己在栖风小院中等待周檀来的日子。

他从有记忆开始，就在不断地流亡——临安的山林、汴都的闹市，他身为凤子龙孙，却全无体面，直至被顾之言秘密寻到那一日。几个府兵蒙了他的眼睛，将他从寄居的破庙带走。他如坠冰窟，以为自己逃亡这么久还是不能幸免于难，不料蒙眼黑布被摘下来的时候，他看见了一个精神矍铄、清瘦端正的老人。

"臣……给王孙请安。"顾之言退了一步，颤抖着行礼。

一侧站着的他的学生连忙上来搀扶。

顾之言道明了自己的身份，宋世翾仍有些不敢相信："先生是……当朝的宰辅，自然是忠于陛下的，那您可知……当初屠戮我全家的，正是……"

"孩子，"顾之言攥着他的手，目光中流露出一丝哀色，"是你皇祖父临终之前托付了我，要我为你祖父、为你父亲保下一丝血脉……我，寻了你好多年。"

宣帝与景王是一母同胞的兄弟，多年来感情甚笃，如若不然，宣帝也不会在怀疑德帝血脉时第一时间想的就是召景王回京。如果不是德帝丧心病狂地毒害，实在来不及，或许宣帝真的会重拟遗旨，将皇位留给他更加信赖的兄弟。但一切为时已晚，宣帝最后能做的，也不过是将一封或许永远不会启封的遗诏交给顾之言。

"顾相……朕已无旁人可信赖，朕去后，望你……拼尽全力，为皇弟保下一丝血脉。"宣帝临终前，死死攥着他信赖的宰辅的手，"若是昶儿……能做好这个皇帝，你便多帮衬些，好好教导皇弟的后嗣长大便是，若是实在……"他说到这里，艰难地顿了顿，"帝不恭……逊位景王后嗣……那些身世、血脉，真真假假的，朕已经不想再管了，你为朕守住真如宫，守住……朕的王朝吧。"

宫中为宣帝的逝去摇铃四十九天，万民同哀。

顾之言藏着那封可能永远不会见天日的遗诏，调动所有的力量暗中寻找可能流落在外的景王后嗣，经年累月，好不容易找到了宋世翾。

宋世翾听顾之言讲完这些往事，鼻尖一酸，不由得泪流满面。他毕竟是孩子，家门覆灭、东躲西藏，如今终于找到了栖身之地，恨、痛、庆幸、茫然……种种复杂的情绪齐齐涌上心头，他实在没有忍住。

顾之言身后站着的年轻臣子见他落泪，连忙过来，跪在他面前，从袖口掏出一块染着静水香气息的帕子，温柔地为他拭去了眼泪："小殿下，别哭了。"

宋世翾泪眼模糊地看着面前的漂亮哥哥。

那哥哥垂着眼睛，恭敬又诚恳地对他说道："臣是顾相的学生，今春科考榜首，姓周，名檀，字霄白，檀是檀香木的檀……臣将要外放了，小殿下若不介意，以后臣和小苏大人同您一起读书。"

房中另一位身着深色襕衫的男子在他面前跪下，端正地磕了一个头。

顾之言虽有心亲自教导，但毕竟年老，且朝廷事多，不如他们二人得闲。此后他便多了两位年轻的"先生"。在顾之言府中暂住的那段时日，他碍于身份，不能出门，恰好周檀还没有离京，于是日日来同他一起读书。苏朝辞不是顾之言的学生，时常上门未免显眼，况且那段时日正是苏案发生之后，他焦头烂额，无暇多顾。每天陪着宋世翾的只有周檀。宋世翾一开始唤两人都是"先生"，后来对周檀只肯叫"老师"，周檀无奈地纠正过好几次，他不愿改口，便作罢了。苏朝辞恐怕没有什么对付孩子的经验，对他远无周檀温柔，他敬重二人，可内心深处总是觉得周檀更加亲近一些。

顾之言心腹之子艾笛声为宋世翾寻了个汴都闹市边的小院子，又派了许多暗卫保护。于是宋世翾从顾之言府中搬到了栖风小院，一住就是几年。周檀外放回京后第一时间来看他，宋世翾朝对方恭敬地行了拜师礼。周檀择了《论语》中谦德的"谦"做他的字。宋世翾本来没有别的心思。他想着，就在栖风小院中、在几位先生的庇护之下长大，等到今上驾鹤西去，他的身份也没有那么敏感了，他便作为顾相义子娶妻生子，过寻常人的一生，也算对得起父母亲拼死保下的命。

直到燃烛楼案发。顾之言身死，周檀入狱后向皇帝投诚，苏朝辞和艾笛声三缄其口，不肯让他知道太多，而他只是隐约发现，老师已经许久不来了。

又过了一些时日，苏朝辞将顾之言和那封遗诏之事和盘托出，宋世翾在那一刻恍然大悟，顾之言非要将他留在京中，原是因为这件事。更别说这些年来苏朝辞和周檀教他的东西，那都是天子之学、帝王之术。苏朝辞有些紧张地同他坦诚，苏家与太子有旧怨，绝不可能拥护太子继位，德帝的其他儿子都不成器，他一心希望宋世翾能够承继大统。而他一直喜欢的老师呢？老师如今在宦海沉浮，心思不明。艾笛声含糊地告诉他，倘若有一天他能瞧见老师重新推门走进这座栖风小院，便代表他已经做好了决定。于是宋世翾耐心地等着。

对于近在咫尺、唾手可得的权势，世间没有人不想要，他也不能免俗，况他亲身经历家门惨案，说心中全无仇恨也是不可能的。他不知道苏朝辞深恨太子的理由，太子当时名声尚好，也算勤政、体恤民众，那……老师会怎么选择呢？

宋世翾从一开始胸有成竹到后来惴惴不安，底气消磨得一干二净。他甚至开始劝说自己，如果老师最后没有选择他，那必然是因为老师觉得他不会比太子做得更好，老师向来是对的，若他这么选了，他……就照从前所想平淡一生，也不是不可以。

宋世翾已经许多年没有回忆起这种忐忑了。

如今在诏狱中，当初让他觉得高高在上、温柔如仙人般的年轻老师浑身是血，双目通红地叫他"陛下"——已经好多好多年了，他已经好多好多年没有私下叫过自己"陛下"了。宋世翾抖了一下，想起程疏将那复刻的状纸送到他面前那一刻，他顺着看下去，一瞬间感觉自己的血都凉了。

恐慌。恐慌瞬间就将他彻底包裹。

老师……知道吗？知道保护他的属下曾经杀了他最最重要的人吗？当年柏影经罗江婷的手为他送过一次状纸，那次被周檀拦了下来。他见过。

他肯定早就知道了。或许比他想象中还要早得多。柏影敏锐地预料到了自己的结局，却不太甘心认输，拼着鱼死网破，留了个后手挑拨他们的关系——当初李缘君和罗江婷觉得时机正好，急急下手，恐怕也是觉得，臣子跋扈、君臣离心之际，只要他看了这张状纸，绝对不会留下周檀。谁会放心一个与自己有血海深仇的人为自己做臣属？谁能保证他一辈子不生二心、绝无仇恨？升米恩，斗米仇。

周檀帮他的实在太多了，他还不清，还不起。宋世翾突然觉得眼眶潮湿。他们觉得自己算无遗策，唯独不相信，这么多年，他待老师是真心的。他只是很怕，怕周檀对他没有那么纯粹，怕他不是因为与他有情谊才尽心辅佐，选他，只是因为他"最合适"。这张状纸，只是为他的情绪找到了一个满意的能够说服自己的发泄理由。周檀进栖风小院之前的左右摇摆、不惜牺牲自己名声为他铺的前路、不要朝堂高位、甘愿孤苦一生的抉择……或许不是因为这样"最合适"，不是因为他"最合适"，而是周檀心中不能放下这桩旧怨，故而非要做"对他好"而他排斥的事情。宋世翾全然没有意识到，这些只不过是自己太过愧疚、不知道如何弥补才编造出来的说辞。而这些说辞落在周檀耳中，句句是诛心之语，心里的痛楚不啻凌迟。

"原来，在陛下心中……臣也不过如此啊……"

周檀自嘲地笑了一声，缓缓松开了抓住他的手。他的声音太轻，以至于宋世翾完全没有听出其中带着绝望的凄楚。

"恨吗？或许是有的吧，时日太久，臣自己也记不清了……不恨吗？那应该也是……不可能的吧？说到底，臣自己都想不清楚的旧账，更不用说旁人了。这恨与不恨……最终都是，落在臣自己身上的。"他像是在自言自语，越说越小声。

宋世翾听不下去了，他无措地站起身来，退了几步，甚至没意识到该为自己擦擦眼泪——他面上一塌糊涂，泪水纵横交错，早已没了帝王应有的自矜："老师……我……我明日再来……再来看你。"

语罢，宋世翾像逃一般离开了幽暗的行刑之处。周檀没有出言阻拦，只是跪在原地，眼睁睁地看着宋世翾的身影在光线昏暗的长廊中彻底消失。

"明日？"他低声重复了一遍，嘲讽地笑了两声，随后勉力支撑自己立起身来，朝着他的背影深深叩首。

"似乎……快到子谦的生辰了吧，可惜，可惜……"

可惜你已经不再需要我了。

两个带刀侍卫粗声督促，带周檀回到诏狱中去。

周檀神思恍惚地跟着他们走过一片长长的红墙。外头的雪已经停了，甚至有月亮，只是夜还很深，冰冷而漫长。周檀瞧见铜制雨水缸边跪着一个小宫女。她双鬟低髻，深埋着头，只穿着单薄的衫子，冻得瑟瑟发抖。几乎是想都没想，他伸手解下身上宋世翾留下的鹤氅，披到了对方身上。小宫女吓了一跳，抬起头来看他，双唇冻得发紫，唯独一双眼睛干净明亮，像天边的皓月。很美，他想，美的东西才应该留得久一点。

之前受的刑有些重，他颤抖着手，良久才为那小宫女系好了衣带。起身之时，再瞧她一眼，他竟然觉得心跳得难以自抑。

"裹紧些。"他说。

太晚了。

小宫女在身后瑟瑟地唤他："大人……"

太晚了，太晚了。

周檀衣着单薄地回了诏狱。

那两个带刀侍卫将锁落了，嘀咕了好几句才转身离去。

只剩下周檀一个人时，他眼前立刻清晰地浮现出方才宋世翾的神情，恍然大悟的、含怨带恨的——

"你恨我，才不肯来。"

"你恨我……才要远去。"

他突然觉得很冷，也很想笑，笑不出来。

诏狱中人不敢冷待他，牢房中甚至连笔墨纸砚都有，可在这幽冷的冬夜中，偏偏是今日，竟有人收走了他的冬被——可能是被派来保护他的暗卫看不惯他惹天子伤心，这是对他的惩罚。但周檀已经全然不在乎。他舔了舔干净的笔尖，借着自己的最后一点热气蘸了蘸被冰冻的墨水，在青石砖墙上提笔写了一句诗。

他一边写，一边近乎疯狂地对着虚空自言自语。

"母亲，母亲……我本以为这世上……总还有几个人记得我的，如今又少了一个……这么多年了，原来是，君不知臣，臣……也不知君啊。

"笑话。真是笑话，我这一辈子……活得失败透顶、一事无成。想要留住的……留不住，终须去……又何似……莫相逢？

"哈哈哈哈哈哈……"

·543·

他丢了笔，放肆地笑起来，后知后觉地觉得冷。

眼泪却是滚烫的。

"母亲，我也会……撑不住的。我想见你，想父亲、老师、师兄，还有……我没有过门的妻子，我将她的名字刻在了我的碑上……如今，我终于能去见你们，终于能去见她了……"

周檀扶着冰冷的墙壁，感觉喉头一阵血腥气，他厌恶这种气味，负气一般朝墙壁上撞了一下。头晕眼花，但并未昏迷，于是他用尽力气，又撞了一下。世界豁然开朗。他如释重负，得偿所愿地坠入了深不见底的黑暗。

第二日，天子得知消息，难以置信，连仪容都来不及整理，戴着半梳好的冠冕，与执政一起匆匆赶来。然后，他们在那个得了周檀赠衣的小宫女面前，眼睁睁地看着狱卒抬出了周檀的尸体。宋世翾几乎站立不住，他麻木而平静地赏了那个宫女，然后亦步亦趋地跟着狱卒、跟着周檀的尸体，不肯离开。

狱卒们本想将周檀的尸体焚烧了事，如今见天子的情态，哪敢轻举妄动，一时间只得先将这尸体抬回他昨夜所在的牢房。

借着小窗一束幽暗的光芒，宋世翾紧紧抓着周檀已经凉透的手，看见青石砖墙上题了一句诗。

苏朝辞在他身后跟着，怔然地说了一句："过几日……就是陛下的万寿节了。"

他就连死前都不忍责骂一句，只给他留了一句磅礴而温柔的祝福。

小臣拜献南山寿
陛下万古垂鸿名

∽　∽　∽

周檀从这些纷乱的记忆中猛地清醒，手抖得端不住茶碗，只得又喝了一口。这味道实在太熟悉了，庭院的主人……究竟是谁？是谁，还能将他从那冰冷黑暗的宫墙中救出来？周檀起身，穿上了外袍，又对着铜镜简单整理了仪容——他衣襟半开，长发松散，若非镜中人的面容与自己一模一样，他简直不敢相信自己还有这样的时候。

白玉簪子簪着一半的发，周檀推门出去，发现这小院中种了许多杏花。他沿着生了青苔的石板路缓缓地走，半晌不见一个人，院落当中空空如也，静谧无声。石板路的尽头就是小院的大门，大门虚掩着，并没有关——在汴都时，有许多百姓被市井言论煽动，常来他府前闹事，哪里敢这样半开着？这里……不是汴都。

他推开大门，犹豫了半天，还没有决定要不要往外走的时候，便瞧见左手边走来两个人，吊儿郎当，混无正形，其中一个还背着一个半大的孩子。

一个道："夭寿啊，你娘要是知道……非得打断你的腿不可！"

另一个道："正是，二娘向来不许你与我们玩，若不是……"后面的话声音太低，他没有听清。

那孩子则中气十足地嚷道："阿娘同夫人聊得正开怀，叫我上来递个信儿。我摔了，腿本来就断了，打也无妨……答应了阿娘，我总得来吧？先生讲尾生抱柱，我抱着你的脖颈前来，也算是重信守诺了！"

正说着这通歪理，孩子便瞧见了站在门口的周檀。他连忙拍了拍身下之人的肩膀，从他身上跳下来后，孩子便飞快地跑了过来，丝毫没有他自己口中"腿断了"的样子："先生！"

周檀眼见陌生的百姓，下意识地退了一步，然后猝不及防地被那扑过来的孩子抱住了大腿。

"先生，你叫福生回去读的书，福生已经读过了！"孩子仰着头，笑眯眯地问道，"先生在这里做什么呢？"

周檀不知道该说什么，抬眼看向那两个跟着福生上前的地痞无赖状的人，不料二人与他对视之后，竟然齐齐抬手扭地对他行了个礼："见过周先生。"

"周先生，最近身体可好啊？"

眼见周檀面色苍白，其中一个还凑近了些，貌似关切地道："周大人这是身体不适？要不要咱们跑个腿唤夫人回来？"

福生也跟着道："我来就是替夫人传信的。夫人说要同我阿娘吃了晚饭再回，先生要去我家吗？"

……夫人？

这三个人全然陌生，他们说的话，他也一个字都没有听懂。但为了不让对方起疑，周檀便胡乱摆了摆手，刚打算转身回到小院中去，福生就蹦蹦跳跳地上前来，将手中举着的糖人塞到他手里。

"我特意为先生带来的。"福生冲他挥手，"先生保重，福生先回去了！"

周檀不知所措地看着手中的糖人，发呆了好久。

◎　◎　◎

曲悠告别二娘回家时，太阳刚刚没入地平线。

她本想多待一会儿，只是福生回去时说，瞧见周檀面色不佳，或许是身体不舒服。她听后心绪不宁，到底还是提早回来了。

院中没有点灯，连时常挂在二人门前的那盏都没有点。这盏灯是每日夜里必须点的，曲悠不在，多是周檀亲手燃起，他忘了吗？周檀午间觉得怠懒，难得空闲，曲悠就放他一个人在家睡了半天，方才听福生说他起身后还觉得不舒服，今日没有点灯，难道是又昏睡了过去？

她想到这里，更加担心，蹑手蹑脚地推开了房门，又仔细掩好，回身才发现内室已经有了隐隐的光亮。曲悠松了一口气，拨开面前垂着的层层纱幔往里走，一边走一边抱怨："吓死我了，你——"话音未落，她就听见了一声细微的划破空气的声音，抬眼就看见周檀端坐在床榻上，以一种十分陌生的冰冷神情看着她，手中那把白玉文人剑已经出了鞘，剑尖停在她面前一寸之地。

"你……是谁？"

曲悠眨了眨眼睛，重复了一遍他的问题："我……是谁？"

房中只点了一支蜡烛，黑暗中烛火幽微，周檀的神情在这支蜡烛另一边晦暗不明："你是谁？这是……什么地方？"他本以为自己举剑已成威慑，谁料对面的女子完全出乎他的意料，竟毫不畏惧地迎着他的剑向前走几步，还伸手轻佻地弹了弹剑身。寂静的室内发出回荡的金石之声。她走近了，周檀才看清她的容貌。

她有一双含情笑眼，漂亮得十分干净，虽爱穿粉色，却无一分妖调，清润、温柔，像月亮。似乎……还有一分眼熟。

周檀一分神，就叫对方轻轻抓着他的剑尖，歪身从一侧的床榻上捡起方才那件桃色薄纱。她将那女子里衣朝他身上一扔，嗔怪道："周大人居然还要问我是谁？"

周檀被她这与面相完全不符的孟浪之举吓到，霎时间脸便红了个彻底，差点没拿住手中的剑："你……你放肆！"

"放肆？"曲悠觉得有些好笑，忽然又生了些狐疑，"别闹了，你昨日没睡好？"

周檀却问："如今……是何年何日？"

她说了"别闹了"，他却没有将剑放下。曲悠终于察觉到一些不对劲，不由得放缓了语气，反问道："周大人以为，如今是何年何日？"

周檀皱着眉，觉得头依旧很痛："重景……重景……不对，你是怎么将我从诏狱中救出来的？我明明已经……难道……我没有死？"他有些痛苦地自言自语。

曲悠却从这三言两语中拼凑出了对方的意思，她有些难以置信，只好顺着自己的思路问道："宰辅大人……此前是否身在诏狱？你是同陛下离心之后，万念俱灰——"

她还没有说完，周檀便喝道："你到底是谁？"

这样隐秘的事情，她居然知道得一清二楚？

他话音刚落，面前的女子却突然顺着他的腿跪了下去。

白玉剑脱了手，周檀退了一步。

那女子抬起头来瞧他，面上带笑，眼睛却湿了："大人昨夜……将自己身上那件鹤氅留给了我，怎么相隔不久，就全然忘了？"

"你……"周檀嘴唇颤抖，想要扶她起来，却不能放下心中怀疑，"那我——"

但他还没有问出口，女子就继续道："昨夜太冷，我没有来得及告诉大人……大人，我姓曲，曲就是……你为自己刻的墓碑上面……那个曲。"

周檀一时间没有消化她的意思，反应过来却彻底愣住了："你说什么？"

曲悠抱住了他的腿，压抑着心中翻涌的情绪："大人，是我……当年父亲流放、母亲过世，我没有死，在宫中做奴婢。云月身死之后，我再无身份，又不愿叫大人瞧见这副模样，是而从来都……大人，一直有人……注视着你。"她说到这里，突然觉得自己有些说不下去了，"我在你被先帝施廷杖后为你送过伤药；每天早上，我都会在东门洒扫，寒风凛冽，只为了在早朝散后看你一眼……我背下了你所有的诗……昨日夜里，是我冒死从婷妃身边混到诏狱中，想为你送些伤药，被她发现，才罚跪于路边。大人啊……"

周檀本来完全不敢相信她的话，但是就一瞬的工夫，她已经哭得上气不接下气，抽噎得几乎说不出完整的字句，一张美丽面孔泪水涟涟，瞧着好生可怜。他只好躬身下去，想要先把对方扶起来。

曲悠却直接抱住了他的脖子，有温热的泪水顺着他的后颈滑落下去："你不要……不要再做这种事了，有人……还有人爱你……在乎你，你也是我……撑着自己活下去的希望啊。"

周檀跪坐在地上，看着那女子伏在自己的肩头哭得撕心裂肺。他抬起手来，想要拍拍对方的后背，却迟迟没有落下，心中闪过尖锐而熟稔的痛楚。最终他没忍住，还是小心翼翼地将面前的女子搂进怀里，颤声安慰："别……别哭了。"刚说了这一句，他觉得自己也鼻尖酸涩，几乎要与她一同落泪，"曲姑娘，你……真的没有死？这么多年……你该来寻我的，至少……就不必吃那么多苦了。"

曲悠没想到他会先说出这样的话，她抬手抹了一把自己的眼泪，想要露出笑容，但还是只能抽抽搭搭地说："好……好，我不哭了……大人，我没有死，你也……你也没有死。你知道吗，你在诏狱自尽之后，老天重新给了我们很多次机会……"

将这一世的喜怒哀乐悉数诉尽时，已经是深夜。

曲悠说得太详尽、太幽微，周檀从她说完家门之变就全然相信了她。他抱着她斜倚在窗前的长榻上，听她说到伤心之处时，还会不由自主地抱紧些。

神思倦怠，曲悠拿帕子擦掉了自己的眼泪，也擦了他的，手指拂过他的面颊时，被他抓住了手腕。

"然后呢？"

她听见他低低的声音："你说到……我在诏狱死去之后，你被放出宫去，那之后，你做了什么？"

这些记忆苦得难以回望，但是曲悠已经吃尽不肯坦诚的苦头，此时有问必答："我在岫青寺那棵许愿树上找到了你当初系上的愿望……沧海横流守本心，你做到了，

·547·

为我许的……我留下了那条红绸，翻墙逃出了岫青寺。"她枕在他的腿上，长发散开，迤逦如云。

周檀爱惜地拂过她的发，想起他们二人至死都没有结发。

"我走了好久好久，躲开士兵，等找到你葬身的土坡的时候，裙子脏得不像话。"曲悠迷迷糊糊地讲着，裙子脏了这件事好像让她很不满意，"我看见了你立的那些碑……我原本只是想去看你一眼的，但是你的碑上刻了我的名字。"

周檀一怔。

"我在人世间哪里还有什么牵挂可言……出宫之前，我还去求了小苏大人，找到我的妹妹们，放她们离开了……听闻，我父亲和弟弟当年还没有到流放之地就已生病离世。"她睁开了眼睛，瞧着室内那支几乎燃尽的蜡烛，呆滞地说，"多谢……原来你当年刻碑，还为我留下了最后一处栖身之地，我也算是……有家了吧，不回家去，还能去哪里呢？"

脑袋还是昏昏沉沉的，手指冰凉，前胸闷得厉害，一种熟悉的绝望和悲伤让周檀忍不住发起抖来。

不要。

"我将那条红绸系在你坟前的树上，能跟你死在一起，真是做梦都想不到的好事啊。"

蜡烛燃到了尽头。

第二日醒来的时候是正午时分，天色不好，昏昏沉沉，但有云无雨，曲悠起身之后去唤周檀的时候，听见他说了一句"我还是有些困倦"。于是她为他煮了些安神药物。喝下去后，周檀继续昏睡，曲悠从房间中推门出来。还没走几步，她就听见院门口有人叫："夫人！"她迟迟地抬起头来，发现叫她的人是二娘。

二娘放下了手中一篓杏干，抬手唤她过去："夫人忘了，昨日说好了来寻我吃茶逛街的，怎的说不来就不来了，可是身体不适？"

好像是有这么一回事。曲悠胡乱点了点头，本想说周檀不太好、改日再聚，话到嘴边，却变了："如今还不晚，正是午饭时分，夫君歇息着，我同二娘下山去吧。"

二娘笑道："甚好，甚好。"

曲悠被自己刚说出口的话吓了一跳。她跟着二娘走了两步，因为精神恍惚，还被小院的门槛绊了一跤。

二娘连忙上来扶她："夫人，小心！"

她说了这句话，曲悠终于意识到了哪里不对劲！这情景……太熟悉了，昨日分明已经发生了一遍！她猛地追过去，抓住二娘的手："二娘，今日是……二月十几？"

二娘不解地回答道："二月十二，今日正是花朝，昨日夫人还说，饭吃完了去采几枝花来呢。"

曲悠闭了闭眼睛，清楚地想起，昨日她同二娘下山的日子正是二月十二。她似乎……陷入了什么奇妙的循环？

## 雪融时

周檀回过身去，看向烟雨中的苏朝辞。苏朝辞没有穿官服，简单地穿着件深青色襕衫，如同他们初见时一般。玉带束腰，微微松了些——他最近瘦了一大圈，眼底通红，神色疲倦。

周檀瞧了他一眼，微笑着问："事情都解决了，苏兄为何不开颜？"

摆渡船还没来，面前的清溪之上笼着厚重的水雾。

苏朝辞死死盯着水面出神，半晌才开口，声音沙哑得不像话："陛下……也是想来……想来送你的。"

周檀垂着眼睛，半晌没有说话。

刚刚开春，清溪解冻不过三四日，所幸前些天日光晴好，浮冰已经化得干干净净，但路面仍有残存的积雪。两人言语的工夫，又下了蒙蒙细雨。

河边有风，流水声、风声和雨声中，苏朝辞撑起伞来，听见周檀平静地说："算了。"

苏朝辞有些痛苦地闭上眼睛，按了按眉心，仿佛自言自语地感叹："我不知道你们之间到底因何事闹成这样……你们都不肯告诉我。子谦漏夜召我进宫，我真的许久没有见他哭过了……第二日我们二人去接你，你也一句话都不愿意多说——"

"别说了。"周檀出口打断了他，有些自嘲地勾起唇角笑了笑，却没笑出来。

苏朝辞道："可我真的不明白！"

周檀伸手抓住他的小臂，抬眼看他，恳切地问："朝辞，你可相信……这世间有坚不可摧的情义？"

苏朝辞一时滞住，怔怔地没有答出来。

"你看，你不信。"周檀笑着说，"这世间……大抵没有几个人相信，就算说信，也不过是哄人开心的。可是我啊……我却是认真地相信的。人一旦有执念，就会犯痴，总觉得别人应该和我一样痴，才算对得起我。现在想想，别人为什么要对得起我呢？我所做的一切，都出自我自己的心，千般愿、万种情，我甘愿给了，求自我实现，求心安理得，别人没有对不起我，我们互不亏欠……人道如青天，我独不得出，大抵……也是因为我太痴了吧。"

苏朝辞顿了顿，轻轻地道："天下，从不乏痴人……你就是经历良多，还始终抱着最初的那些期望，才会一次又一次地让自己失望。霄白，你……依旧是和当初一样抱拥理想的执剑者，我却早已衰朽不堪了。当年琼林夜宴上的天真少年人，从始至终……都只有你一个，我也……很羡慕你。"

船自白雾中驶来。

苏朝辞继续道:"每个时代总要有一些痴人,有一些至死都未失天真的赤子之心,以身相殉,填平坎坷的青天大道,让后辈不至于如你我一般,穷尽心血,才能看见江山融雪、三春新绿。"

周檀侧头看他,苏朝辞摩挲着手边的五色佛珠,与他对视。不过片刻,他们的眼睛就都红了。

"我记得你写的剖心书。'知君白雪道,消融自可怜'……我不是你心中碧海东隅的谪仙人,也并非深夜孤鸣而过的白鹤,这条道,我走了,你也走过,痕迹交叠,谁为表里,并不重要。"

"哈哈哈哈……"

两人一同在江岸边仰天大笑起来,相识之后,他们已经有很多年不曾这样纵情恣意地笑过了。

"'唱彻《阳关》泪未干,功名余事且加餐!浮天水送无穷树,带雨云埋一半山……今古恨,几千般!只应离合是悲欢?江头未是风波恶,别有人间行路难!'"周檀上了船,吟罢了这首诗,才转身对苏朝辞道:"我要行的道,已经走到了尽头,这条道究竟能不能成青天坦途,你还要走很久,但愿不会辜负你我的期望。"

苏朝辞在他的身后嘶吼:"我向你发誓……这雪,终会有融的一天!"

周檀在大雾中提笔,写下了那首悼亡诗。

"是啊,雪……会有融的一天的。"他看着苏朝辞的身影在岸边逐渐变得模糊,最终被吞没在空茫的大雾中,"雪融去后,这世界……总会变得不一样吧。"

船家不知他的身份,过来招呼他:"大人……这甲板上太冷,不如早些进去吧。"

周檀笑着应道:"好。"

俯身进船舱的时候,周檀淡淡地想着,苏朝辞虽然与他相交良久,但就如初见时一般,他终归与他不一样,没有那么懂他。而他也没有那么倒霉,遇见过相知相爱的知己。可惜她如同旧江山的新雪一般,日出之前就倏然融化,连一滴水都没有留下。

周檀独身回了临安,在城郊买了一个小院。那院子种了好多好多杏树,他很是喜欢。已经很久不曾想起逝去的妻子了,他坐在杏花树下回忆对方的模样,竟然有些想不起来,不得不翻箱倒柜地找出了画像。她死后,他将她的画像深深锁在箱笼最底部,一眼都不敢看。多看一眼,那种浓重灰暗的失去感就会将他紧紧包裹,让他所有的筹谋都变得无趣,世间之事本就都是无趣的。可从前在汴都,事务繁忙,肩膀之上便是雷霆万钧,他一刻都不敢放松,怕自己撑不下去,功败垂成。如今终于有了机会,他可以放肆地看个够。

画像只有一张,是婚后她请人来画的,一侧的字是她亲手所题。

白云一片去悠悠,青枫浦上不胜愁。

搬进小院的第一天，周檀坐在长廊的尽头，呆呆地看了一下午亡妻的画像。直到天近暮时，他才回过神来，本想扶着廊柱站起来，却瞧见原本装着画像的箱笼上搁置的赫然是他许多年没有见过的白玉剑。

是母亲送的剑。后来他混迹朝堂，很少与人动手，便将它收了起来。今日它在这里出现，算不算一种命定的暗示呢？剑出鞘，冷光森然。

于是周檀笑了起来。

∽　∽　∽

曲悠还记得自己被宋世琰关押在刑部大狱中时梦见过的前世。

第一世，周檀死于诏狱。

第二世，她不再是雪地里跪着的小宫女，于是周檀披着宋世翾的鹤氅，在狱中的墙壁上书了一句"陛下万古垂鸿名"，随后只身回了临安。他许愿替她疾病缠身。

于是，第三世，他在父母故去后生了一场大病，逐渐虚弱，再也没有习武。所以第三世他是病死的。其中被她刻意忽略的就是第二世在临安故居时周檀的选择。原因无他，这段记忆实在是太痛苦了。曲悠至今都记得，她以幽魂的形态站在周檀面前的杏花树下，眼睁睁地看着他拔出一侧的剑，面无表情地划破了自己的手腕。血流了满地，与杏花花瓣混在一起，他毫不在意地攥紧那枚白玉扳指，虚弱地许愿："不要再遇见我了……我会离你们远远的……"她疯狂地扑上前去，想要为他堵住伤口，却完全无济于事，只能跪在他面前，眼见着他的生命一点一滴地流逝而去。

"不算数！你许的什么愿望！都不算数！"

周檀死前蘸着血在那幅画上留下了遗言，以全部家财相赠，希望收殓之人将他和瓦罐中夫人的遗骨一起葬在小院后的杏山坡上。

鲜血将那把剑染红，溅在他们情浓时留下的画像上。

∽　∽　∽

"……夫人！"

曲悠揉着脑袋独自走在回家的路上。她像做梦一样，先是跟着二娘下了山，然后和昨日记忆中一模一样，绣花、品茶、酿酒，到集市买了一株盆栽杏树，然后将它遗忘在二娘家中。

如果一切都与昨日一模一样，那么回到家中，她将会看见……想到这里，曲悠不由得加快了脚步，最后直接小跑起来。

曲悠气喘吁吁地推开杏花别院的大门，还没喘匀一口气，就恰好和从房中出来的周檀四目相对。他怔然看着她，良久才颤抖着伸出手来，难以置信地唤道：

"阿怜……"

与昨日……不一样!

曲悠来不及惊讶,急急地跑过去,抓住他伸出的手:"是我……是我。"

周檀摩挲着她的面庞,眼泪无意识地往下掉。他不敢相信,哆哆嗦嗦地反复确认:"你还活着……你还活着,我竟能再见你一面。"惊喜之余,他下意识地看向自己的手腕。皮肤光洁完整,没有伤疤。

他只看了这一眼,曲悠就明白过来。这不是昨日的他。昨日是死在诏狱里的周大人。今日是她自尽在杏花别院中的夫君。

"你怎么会在这里?我……我怎么会在这里?"周檀将她死死抱进怀里,几乎喘不过气来,"这么多年……你连我的梦都不曾入过。"

周檀还在与她苦诉衷肠,别院之外突然传来一个欢快的声音:"兄长,嫂嫂!"

自从他们隐居在杏花别院,汴都中人来得最勤的就是周杨。他虽平日里要跟着燕覆行军打仗,但如今西境安定,他又正值壮年,策马三日三夜都不嫌累,一得闲,他就会连夜跑马赶到临安来看他们。今日居然这么巧,他也来了临安?

曲悠分明记得,昨日他不曾来。

周檀听了这声音,彻底愣住了。他呆立了半晌,好不容易才回过身来,艰难地问她:"是……阿杨吗?"

曲悠点了点头,去给周杨开了门。

周杨提着一壶新酒,兴冲冲地进来:"嫂嫂,我跟小燕将军都说好的边境美酒,你和兄长必得尝尝——"话音未落,他就看见了站在阶前红着眼睛的周檀。

在他的记忆中,兄长很少露出这样极度脆弱的神情:"阿杨?"

"兄长……"周杨挠了挠头,走上前去,"你怎么了?"

曲悠手中拎着周杨送来的酒,忽地想起,这是第二世的周檀。

在她没有窥见的时空缝隙,第二世发生了什么呢?

"没事,兄长只是……"周檀很用力地抓着他的肩膀,喃喃地回答,"只是太想念你……太想念你们了,如今在阴曹地府能再见一面,真是……"

瞧出他的状态不对劲,曲悠立刻上前去,低声叮嘱周杨:"你兄长身体不太舒服,你先去隔壁德叔和韵嬷嬷那里住一日,明日我再唤你过来。"

周杨被方才周檀的神情吓到,不疑有他,关切地说了几句就离开了。

他刚走,曲悠就转过身来,对周檀说:"夫君,你听我说……这不是你曾经的那个世界。"

周檀失魂落魄地道:"我知道,我知道……"

"你不知道,这不是地府,你也没有死。"曲悠急急地说,"……你有没有想起……从前的事情?"

"从前的事情?"周檀重复了一遍,面色一白,"我似乎……我似乎死在诏狱中,然后在一间女子的闺房醒过来,而且我……我还不认得你,这些……"他的手抖得厉害,"这些……都是真的吗?"

曲悠上前抱住他,与他一同进了屋:"是,不过……这些都是你前世的记忆,就如同你……在这院中自尽一般,都过去了,你如今,来到了新世界。"

周檀死死地抱着她,蜷缩在窗前那张长榻上。他不敢点灯,怕灯光燃起一切都会消失:"前世?那……那今生……你没有死吗?"

曲悠心疼地抚摸着他的脸颊:"没有,你也没有死,我们一同活在这里,过得很快活。"

周檀继续问:"阿杨……也没有死吗?还有月初、十三……"

原来,在她没有看见的时空中,所有周檀在乎的人……都已经不在了吗?曲悠呼吸一滞,飞快地回答:"没有,他们都没有死。"

周檀长长地松了一口气,劫后余生一般,至今都不敢相信这突如其来的惊喜:"太好了,太好了,你们都……"

曲悠好不容易才安抚好周檀的情绪,又在他的絮语中得知,原来这一世发生了这样多的事情。

他不曾与任家决裂,于是在他和傅庆年缠斗之时,任平生突兀地死于不明人士的刺杀。他察觉到了危险,立刻将任时鸣和他的母亲送出了汴都。但任时鸣为了给父亲报仇,也为了不牵连他,孤注一掷地去刺杀傅庆年,虽伤了他的手臂,但落到了傅庆年手中。傅庆年本想留着任时鸣作为筹码,但他没有想到自己会败于周檀手中。临死之前,他哈哈大笑,告诉周檀,自己就算死了也不会让他好过。周檀没有听出他的言外之意。

在曲悠病逝于去都州的路上之后,他接到了来自汴都的苏朝辞的信。苏朝辞几乎不忍下笔。

任时鸣死状极惨,生前想必遭受了惨无人道的折磨。苏朝辞找到他时,他还留着一口气。傅庆年不许任时鸣死,他虽已倒台,但他手下的人并不知情,竟生生地将任时鸣在地牢中关了三个多月。周檀一心以为任时鸣在金陵,离开汴都时还专门给他去了信。弥留之际,任时鸣紧紧抓着苏朝辞的手求他:"小苏大人……就不要让我哥哥……知晓这件事了吧……他太过在乎身边的人,恐怕……恐怕受不住的。"但苏朝辞思来想去,还是觉得不能瞒着周檀。

周杨则死于柏影密谋的刺杀之下,虽说周檀和苏朝辞早就怀疑宫中仍有异心人,但两人怎么都没有想到这个人会是柏影。柏影没有近宋世翾的身——他托白沙汀为自己在太医院谋了个职位,但怎么都不能接近宋世翾的日常饮食。于是他另辟蹊径,趁宋世翾在昌陵祭祖之时动了手。周杨为宋世翾挡了近身的一刀。最后还是白沙汀以自己的性命为要挟,逼迫柏影放了宋世翾。之后,两人同归于尽,死于昌陵的地宫。

曲悠不忍心再听下去了。

她太了解周檀了，萍水相逢的谷香卉和晏无凭都能让他自责到那个地步，若换成他的亲人……在这些人死去的时候，周檀心中在想什么呢？

曲悠捧着对方的脸，主动送上一个吻。

周檀抱紧了她，将她按在纱幔凌乱的榻上。他很少有这样情绪彻底失控的时刻，只有饱满而淋漓的欲望是生动、可见和安全的，是他真切拥有的。

曲悠抱着他汗涔涔的肩头，用力咬了一口。不能同生，那便同死吧。

血气弥漫之时，她听见周檀颤声问："我明日还能见到你吗？"

她吻过被自己咬出来的新鲜伤口，庄严地承诺："能，当然能。"

## 落尘寰

"二娘，今日是……二月十几？"

"二月十二，今日正是花朝，昨日夫人还说，饭吃完了去采几枝花来呢。"

曲悠沉沉地回忆起，二月十二，花朝节，这似乎是她与周檀初见的日子。她被困在既定的轨迹中，好不容易熬到了日落。不料这一次，她竟在回家的路上遇见了匆匆赶来的周檀。

二人在院墙之外对视，他的发丝已经被冷汗打得透湿。

"你——"

"阿怜——我梦见你从很高很高的地方跳了下来，我怎么喊你，你都不理我。"

周檀抱着曲悠坐在天影亭前，应她所求回想起这些年的经历。曲悠认真听着，不时评价。

"你出城时，其实也是盼望着子谦来送你的吧……你这个人哪，说着失望，但永远有期望，就像后来，他一来杏花别院，你就立刻原谅了他。"

周檀闷声问："我有这么心软吗？"

曲悠挑眉："那不然？"

周檀将双臂收紧了些："那你为什么不肯心软……当日城墙之上，我眼睁睁地看着你落在我的面前，无能为力的感觉，你理应比我更清楚才是。"

"我那时候……只是想起了从前。"曲悠敛了笑容，淡淡地说，"虽然到未来去看过，可我……其实仍是那个跪在廊道中仰望你、至死不敢多说一句的人，我……也会害怕啊。我怕我努力之后仍然救不下你，怕期待落空，怕艰难险阻，怕风波恶、行路难，我一个人，怎么跟历史和天命对抗？"

周檀飞快地接口道："为什么要对抗？我……只是单纯地希望你活着，你不必为我操心名声，不须为我舍弃生命，什么都不做，只是陪着我，就已经……很好很好了。"

周檀与曲悠一起沉沉睡去。

闭上眼睛前，曲悠听见周檀问："我们……真的有很好的下辈子吗？你真的……没有骗我？"她抱紧了些，笑着嗯了一声。

"绝不骗你，我们会有很好的一生，你所希冀的，都不曾失去。睡吧，等这一觉睡醒了，完整的你……就能见到完整的我了。我们会幸福、美满、恩爱地度过这一生，明烛高照，子孙满堂，到头发花白的时候，还像年轻时一样相爱。"

往事褪色，落入尘寰。等你再睁开眼睛，就是崭新的世界啦。

外卷三 百媚千红

你情窦初开,尚未见人世间百媚千红。

## 番外六 春江月

我从没有想过与他白头偕老。

### 上·山月不知

春风化雨楼的春娘子有条奇怪的规矩——

除非旧人，不见金陵来客。

叶流春厌恶金陵。不过她一直以为自己更讨厌临安一些，毕竟她对临安的一切印象都被禁锢在小小的醉红楼内——肮脏、逼仄、泥泞，虽然一墙之隔就是全临安纸醉金迷的繁华之处，但她的世界只有蒙尘的蛛网、带着霉味的床榻和永远疲惫的母亲。

在她十六岁那年，母亲死了。她无钱葬母，不忍母亲成为乱葬岗中的孤魂，于是奔到母亲淹死的池子中洗了脸，湿漉漉地捞起那把被水泡过、缠着水草的月琴。手指滑过琴弦，湿润，黏腻，她没有平素弹琴的心情，那一首《春江花月夜》被她唱得如同哀乐。若是母亲还活着，定是要责骂她的。

周檀是她在临安遇见的唯一一个好人。可是她太想逃离那个地方，将母亲下葬之后就迫不及待地上了离开临安的船，转过身来才匆忙叩首，说一定会报答他的恩情。

渡船离开码头，周檀和他弟弟的身影在当时还叫"小叶"的她眼中越来越小。小叶下意识地摩挲着腰间坠着的一块旧木牌。这木牌并不是什么值钱的东西，却是在她很小很小的时候母亲就交给她的。那时她第一次得知，原来母亲曾是官家贵妇，只是父亲不幸，娘家也不幸，母亲受牵连之后被没入贱籍，连带着她这个本该做官家小姐的人也成了人家脚底板下的泥巴。母亲死死拽着她的手腕，对她说："不要堕落，不要露相，你是官门的大小姐，是贵族。你祖父是前朝金陵闻名的人物，你要好好地去做人，不能靠卖笑为生。"说到后来，母亲泣不成声。

小叶心想，母亲心知肚明，她这个愿望是永远不可能实现的。若非天下大赦、圣上金口，罪臣家眷永远不能脱贱籍，就算她想过得体面一些，靠自己的双手洒扫、缝补、浆洗，挣一点口粮果腹，都不会被允许。

母亲疯魔一般将那块木牌挂在她的腰带上，絮絮叨叨地继续说："小叶子，你知道吗，你有一门很好的亲事，是我刚怀上你的时候两家指腹为婚的。等你长大了，带着这块木牌去找他们，他们家是大户……肯定有办法为你脱籍。"

她不忍心戳穿母亲的美梦。若是还顾念旧情，那家早该在她家门败落之时就主动提供帮助。如今她和母亲流落风尘这么多年，就算那家如今还在，又怎么会认下这门亲事呢？

但母亲死后，这轻飘飘的旧日誓言竟成了她和母亲的最后一丝牵连，她不敢长留临安，就算凭借着这桩幻梦支撑自己到金陵去、到汴都去，也是好的。

在金陵绵长的雨季中，在春风渡口边，她第一次见到白家的十三少爷白沙汀。

周檀救下了她，但少年周檀虽然表面不羁，骨子里仍旧是克己复礼、清正端方的君子。她感念他的恩情，发誓一定会报恩，但她也清楚周檀和她并非一个世界的人，她可以敬之、重之，却不可逾越。

而白沙汀这位小少爷初次见她的时候，语调上扬地"嚯"了一声。"好漂亮的姑娘，你叫什么名字？"他高束马尾，天真烂漫，手边永远拿着一把折扇，面上永远挂着笑，温雅，狡黠，却不叫人觉得被冒犯。

小叶被他一问，突然觉得面红耳赤，不由得结巴起来："我……我叫小叶。"

"小叶？"白沙汀啪的一声打开了手中的折扇，自来熟地拉着她向自己家的马车走去，甚至没有多问一句她的身份，"那我就叫你'小叶子'吧。"

仗着白家在金陵的地位，小叶暂时没有被查问籍册。

周檀给白沙汀的信中只含糊写了她卖身葬母的可怜身世，对她的出身只字未提。白沙汀或许以为她只是寻常贫苦人家的姑娘，为她在城中最好的客栈定了上房，让她暂时住了下来。每一日，他都会带着她在金陵城中漫无目的地游荡，去寻找那木牌的主人。

偶尔路过秦淮河边，白沙汀会与卖梅花糕的大娘热络地交谈一番，将大娘哄得眉开眼笑。随后，他掏钱买下整锅梅花糕，沿路分发给街边的乞儿。小叶和他能得到刚出锅最热的那两块。元宵、松子仁、核桃碎，浇了红糖，冒着热气，咬一口就甜得让人喜不自禁。或者经过桃叶渡口边，听着秦淮河船上的丝竹之声，白沙汀会指着那片幽微的灯火，向她滔滔不绝地讲述这片纵情声色之地的缠绵爱情故事。

白沙汀偷偷与她咬耳朵："我胆子小，其实还没有真的去过，之前被刘兄拖去秦淮河的时候，被姑娘自述的凄惨身世感动得一把鼻涕一把泪，不仅什么都没干，还将整个钱袋都留给了她……这件事被姑娘们笑话了半年，想起来都觉得好丢人。"

"怎么会丢人？"小叶从前一同他说话就结巴，几日过去后总算是大胆了些，

·559·

她认真地听了，一边说脸颊一边泛起霞色，"白公子，你太好、太善良，才会为她们感动……其实，她们所说的未必是假话，只是年久日深，从来没有人信罢了。"

她在醉红楼见过不少姑娘在欢场散后醉酒痛哭，虚情假意间总有一两句真话吐露，不为人信，渐渐地，就连她们自己也不信了。可他愿意相信，愿意为她们叹一句、哭一场，这点微薄的真心，若是给她，她必能感念一辈子。

白沙汀听她说完这句话，突然敛了面上的调笑神色。夜色中，他的眼中映着灯火的光芒，认真且动人："你也是，小叶子，你很好，善良、天真、美丽……你以后会有很好很好的一生，从前的困难，只不过是过眼云烟罢了。"言罢，他重新笑起来，伸手为她擦掉了不知何时挂在面颊上的几滴泪珠，温柔而无奈地哄道，"别哭了。算起来我比你大三个月，你也要叫一声哥哥的，哥哥给你买花灯去，好不好？"

那一刹那，小叶突然敏锐地觉察到，对方的目光变了。他在看她——不是在看一个孩子、一个妹妹、一个需要照拂的对象，而是男子在看女子——温柔、含情、缱绻、目不转睛，是明晃晃的勾引，或许他自己都没有意识到，而她的内心竟因为这种变化幸福得疯狂颤抖。

小叶见过太多男子看女子的眼神。从前在醉红楼中，她低着头为姑娘们端茶送水，男子们含笑坐在房间中，眼神轻佻，漫不经心。只在偶尔情浓时，他们才会露出这种撩人的目光。

或许从见白沙汀的第一眼起，她的内心深处就在渴求这种目光。只是她从前不敢承认，而此时终于得偿所愿。小叶因自己的卑劣心思羞愧，但快乐不已，完全不能抑制。

白沙汀提着花灯送她回到客栈。临别时，不知是有意还是无意，他还在她手背上摩挲了两下。他的语气低沉、迷人，是她从前不曾听过的声调："早些休息，明日……再见。"

小叶逃回自己的房间，却实在忍不住，刚关上房门就打开了花窗，想要再看他一眼。

令她意外的是，白沙汀根本没有走。他就站在与她离别的位置，一步都没有挪动。白沙汀抬眼看过来，似乎他早就知道她会忍不住开窗，于是露出一个心照不宣的笑容。竹骨折扇在静谧夜中啪的一声打开。借着花窗外的昏黄灯光，她看见他的折扇上书四个大字——千岁风流。有飞蛾在糊灯的黄皮纸外锲而不舍地以身相撞，翅膀折断在扎灯的木骨边，身体陨落在窗沿的灰尘里。而下一只飞蛾对同伴的尸体熟视无睹，继续扑向那点微弱的火光。

后来的很多夜晚，叶流春反复回想这一场景，每一次都痛苦地承认，不管她有没有看清那折扇上的四个字，都影响不了自己飞蛾扑火的结局。

此后几日，白沙汀依旧带着她在金陵城中游荡，托为她寻找木牌主人之名带她游玩赏乐，只是两人都知道，有一些东西变了。

譬如秦淮河上燃烟花的时候，他牵了她的手。

譬如某日醉酒之后，她向他讲起家门覆灭的往事，他带着醉意抱住了她的腰。白家女孩子多，男孩子少，养在家中的更少。白沙汀自小就是与姐姐妹妹一同长大的，哄姑娘开心的经验丰富，柔情似水："别怕，别怕，都过去了……我娘也很早就不在了，少时与我关系最好的十一哥不知道去了何处……这人世间嘛，悲欢离合，总是绵延不断的。"借着醉意，他在她的侧颊上亲了一口。

小叶声音颤抖："白公子……"

白沙汀低笑道："以后你就叫我'十三'吧。"

顿了顿，他继续道："小叶子，你母亲没有为你取名字吗？那我送你一个，好不好？"

她下意识地点头："好。"

两人本就是在游船上饮酒，秦淮河上水流缓缓，他们连摆渡人都没请，就任凭那船在河上悠悠荡荡。白沙汀在船舱中寻到纸笔，醉眼迷离地看她："我的名字，就是从你弹的《春江花月夜》中取的——空里流霜不觉飞，汀上白沙看不见……那你的名字也从这里取吧。"他撩着袖子，酣畅淋漓地写下了这两句诗，随后眯缝着眼瞧着江面上的月光，一挥而就。

"江水流春去欲尽……"

白沙与月色相融，素银一片，无法分辨。

江水流淌不息，带着春天一起，渐渐地消逝了。

"流春——很美丽的名字……和你一样。"

白沙汀凑过来吻她，她闭上眼睛，浑身僵硬。她想着，他什么都没说，她该有些女子矜持，将他推开。但她舍不得。她今日穿的裙子是他送的，镂金轻纱，精致飘逸。白沙汀摩挲着她的肩头，带来一阵酥麻。那吻顺着嘴唇绵延而下。

叶流春佩戴着从前制的梅花香囊，周身都弥漫着洁净的梅花暗香，与酒气交织，动人沉醉。

白沙汀揽住她的脖子，突然清醒了几分，他喘着粗气抬起头来，眼中带着她从不曾见过的灼烧的欲。但他扶着她的肩膀，垂下了眼睛。

叶流春觉得自己紧张得说不出话来："白公子……"

白沙汀沙哑地回："你还叫我'白公子'？"

她面红耳赤，艰难而羞涩地改口："十三……"

白沙汀应了一声，忽地从身前掏出帮她寻亲的木牌："其实……你来的第一天，我就帮你打听到了。这户人家，已经举家覆灭，只比你们家落难晚一年。与你有婚约的公子，大概没有长到五岁就离世了。"

她缓慢地眨了眨眼睛："我知道。"

白沙汀错愕道："嗯？"

"我知道……你早就查出来了，却没有告诉我，就如同，我日日在你身边，不也从来没有问过你吗？"

他们有一样的意思，这次他听懂了。叶流春从他手中拿起那块木牌，顺手就将它丢进一侧的秦淮河中。

白沙汀想要阻拦，想了想还是作罢："你从来……都没有想过能找到他们吧？"

半披的少女发髻在方才的意乱情迷中被蹭得凌乱，她毫不在意，闲闲地倚着船舱，轻声答道："是啊，怎么能把希望寄托在这种虚无缥缈的事情上呢？"

白沙汀叹了一口气，凑过去将她揽进怀中，不再有其他动作，只是与她一起静静地坐着。

反倒是叶流春摸到手边的月琴，拨弄了两下琴弦："十三，你还不曾听过我的琴。"她离开他的怀抱，随意地坐在船舷上，鬓发凌乱，微露侧肩，香雾云鬟湿，清辉玉臂寒。

他确实，从来不曾听过这样好的琴音。

很多年后，白沙汀仍记得自己当初的心境，酥麻、湿润——遇见她之前，他情窦未开，从来不知世间情爱是这般滋味。所以后来他才能写尽世间幽怨之情。

只是不懂的却是他自己。

第二日，叶流春从栖身的客栈中搬出来，住进了白沙汀在金陵城中置的第一处私宅。后来，在春风化雨楼露台上大醉的夜晚，叶流春回想起那个时候，觉得自己蠢得可怜又可笑。她完全不知道搬进他的外宅是什么意思，一心一意地做着沉溺于情爱的怀春少女。那时白沙汀与她情浓，抛弃了自己斗鸡走狗的爱好，日日与她腻在一起，插花饮酒，斗蝶画眉，如同真正的夫妻一般。他们亲吻过，互相抚摸过，发丝纠缠，亲密无间。

第一次交付身体的时候，她半睁着眼睛，看见头顶昏红的纱帐瓜瓞绵绵的好意头，让她产生了仿佛真能如平凡女子度过一生的幻念。

秋日里周檀写信来，说自己要去汴都投奔亲戚，准备科考，询问白沙汀要不要同行。

白沙汀在灯下咬文嚼字地给周檀回了信，说等去了汴都找他喝酒，但今年就算了。其实他并非不学无术的世家子弟，私宅中藏书浩如烟海，他还时常带着叶流春一同阅读，只是年少爱玩，他总是不想浪费好春光。

叶流春在一侧为他磨墨，犹豫再三，还是多问了一句："十三，你以后有什么打算？"

白沙汀托着腮憧憬道："济世安民，合该是文人的夙愿，不过……我还想做个大诗人。"他咬着笔头，含糊地说，"等我去汴都科考，你要同我一起吗？不过有些麻烦，你留在这里也行……父亲总说，没有功名，就算我家累世簪缨又不缺钱，也难娶到他想要的高门淑女。要我说，早早娶亲有什么好，反正我是不想的。"说到这里，他又雀跃起来，"不过，要是我早些娶亲，也可以早些给你个名分，如今委屈你做外室，我都不敢叫我爹知道……有功名以后，我再去求他让你进门为妾室，总不至于那么难……"

他顿了顿，看见叶流春磨墨的手僵了僵，便改口问道："怎么了？"

叶流春立刻避开他的目光，麻木地摇了摇头。

再小心糊好的窗纸，劲风一催，也是不堪一击的。她从这半年中自己骗自己的幻梦中猛地清醒，感觉心中空了一大片，风声呼啸。

沉默了一会儿，白沙汀听到她说了这样一句话："十三，你知道……我是贱籍女子吗？纳我为妾，削籍的麻烦先不说，人家会笑话你的。"

于是他松了一口气："我早知道你是风尘女子，霄白信中没说，我也能查到。我不介意啊。"

心中的风声卷挟霜雪，结成一层寒冷彻骨的坚冰。叶流春觉得自己全然笑不出来了，她轻轻地重复道："你早……知道了吗？"她茫然地想着，周檀给他写的信中没说，但她的文书他看过，照理说，只要一查，根本没有什么能够掩藏的。

第一次亲吻时，她因"女子的矜持"考虑要不要推拒，最终没舍得。

他想要她，没有给出任何承诺，她犹豫再三，双手奉上，闭目塞听，一心一意做自己一生一世一双人的美梦。可在他心中，她就是不需给出承诺就可以亲吻、不用结下婚约就可以轻薄的人哪。

她将自己想象成良家女，他却在做她的嫖客。白家是金陵城第一世家，白沙汀说最华贵的衣物和首饰才衬得起她，出手大方，金玉之物堆满了她的卧房。一刻之前，它们还是你侬我侬的证据；一刻之后，它们就成了嫖资。

外室、纳妾、正妻……这些词在她脑海中天花乱坠。她挑不出错来。白沙汀没有做错任何事情，换成任何一个贱籍女子遇见这样好的男人，都会一辈子对他死心塌地。

可是……可是……

白沙汀见她面色不对，丢开了手中的笔，一把抱住她，关切道："流春，你还好吗？"

叶流春凝视着他的面庞。

他永远神采飞扬，眼睛温柔含情，脉脉不语，就能让怀春少女面红耳赤。他喜爱放肆地大笑，会说漂亮话哄人开心，快乐时面上会闪烁着狡黠而得意的神色。他是金陵城中最明亮的少年郎，是人见人爱的白家小少爷。这样一个人！这样一个人哪!

她到底为什么敢幻想这样一个人会全心爱一个卑微、穷酸、可以肆意轻薄的自己啊?

她应该感念他的恩情。

她应该理解他的心思——那是再正常不过的心思,随便换一个人都会这么想。他对她仁至义尽。她但凡有点良心,都不该……都不该——可她没有忍住。

叶流春的手指描摹过白沙汀的眉毛,心中陡然生出一股颤抖的恶意,于是她听见自己说:"白郎,你知道我是娼妓啊,竟然不早告诉我,那样我就不用继续装良家女了……每日装模作样,才能哄你多出些嫖资,我也辛苦得很。"她勾起唇角,学着从前在醉红楼最常见的面孔,露出一个甜蜜蜜的笑容,"不过白郎出手这么大方,也不枉我……"她捧着他的脸,递上一个吻。

白沙汀却恶狠狠地一把将她推开了。他站了起来,难以置信地盯着她,颤声道:"你在说什么?"

叶流春撞到桌角,手臂上迅速青了一片。她对这痛楚恍若未觉,也没有站起身来,只是眉心微动,轻声细语地回道:"……白郎,你生什么气?"

白沙汀抬手摔了桌上的镇纸,怒吼道:"我还想问你在生什么气呢!"

他刚摔了就有些后悔,那白玉的镇纸碎片飞溅,叶流春不得不抬起袖子,才挡住自己的脸。

"我哪有生气?"叶流春笑起来,她毫不顾忌地面上的碎片,朝他爬了两步,温顺地抱住了他的腿,继续道,"白郎,你知道就好,不枉我从前日日提心吊胆,担忧你知道了嫌我脏……"

白沙汀抓住她的前襟,将她从地面上拎了起来:"你说这些话,是为了糟践自己还是糟践我?你明明知道……"

叶流春茫然地心想,知道什么呢?知道你喜欢我?

是啊,我知道的。可是我也知道,这喜欢浮皮潦草,太不值钱了。你情窦初开,尚未见人世间百媚千红。这几分喜欢,今日有,明日大抵就随着江水流春消逝殆尽了。毕竟爱情本就是这样如镜花水月、短暂如露水一般的东西啊。还是知道……你已经尽力了?

我也知道的,我知道我该对你感激涕零,知道我这辈子大概都不会遇见比你更好的嫖客了。可是……可是……

白沙汀委屈得双眼通红,他吸吸鼻子,放缓了语气,小心翼翼地说:"要让你等我考取功名,确实是委屈你了,但是……但是不如此的话,我父亲不会让你进门的……我发誓,一定不让你等太久,你……不要害怕。"

叶流春一怔。

原来,他以为她方才自轻自贱是担忧他许不了未来的恐惧啊。可她最恐惧的……

不就是他勾勒的未来吗？叶流春低声笑起来。笑够了，她从地面上爬起来，理了理自己的头发，幻想自己还有一二分体面："我不怕，我不怕……你……先走吧。"

白沙汀道："你分明还是生气。"

叶流春疲倦而无奈地解释："没有……妓女还能选择自己今日接不接客，难道我必须留下你吗？"

白沙汀跳起来："我就知道你还在生气……你……你……我凭什么走，这是我家！"

"哦……"叶流春失魂落魄地重复道，"对，这是你家，那我走吧。"她说着，连外衣都没穿，抬脚就往外走。

白沙汀扯住她的手臂将她拽了回来，粗声道："大晚上的，你去哪里？算了，我走就我走……我告诉你，我以后还不来了呢！"

她深深地低着头，白沙汀看不清她的神情，不知道她因他随口的一句话就会产生血肉模糊的痛苦。他说他不来了……不过，本来他来也是全凭心意，她终究会有老去的一天，可他那时仍旧会是猎艳芳丛的娇客。她不用睁开眼睛就能看清楚未来所有的日子。就当提前适应好了。

白沙汀拂袖而去，走到门口才想起什么，气鼓鼓地折返，扔给她一个雕工精美的木盒子："我亲手编的，本来想哄你开心，如今想来……罢了，你想丢就丢了吧。"

他走后很久，叶流春才捡起那盒子，颤着手打开。

盒中是一枚歪歪扭扭的同心结，绣着一个同样歪歪扭扭的"白"字。她将那枚同心结贴近胸口，张着嘴，想要痛哭，却发不出声音来，只有眼泪又急又热——

少时她在房门外目睹过母亲被嫖客殴打。母亲瞧见了她，示意她不要出声，她死死捂着自己的嘴，眼泪浸湿了手掌。她不该哭的，太矫情了。

醉红楼中姑娘羡慕的、渴望的，她全部都有，她到底在贪心什么呢？

叶流春浑浑噩噩地过了二四日。三四日后，她才后知后觉地发现，原来白沙汀真的不来了——他从来没有超过三日不来见她。她穿好衣服，奔到门口，正准备迈出去又收回了脚。

她抓住洒扫的嬷嬷问他的去处。那嬷嬷轻蔑、傲慢地拂了她的手，说"不晓得"。她又问了门前一个丫头。那丫头表面恭敬，眼神中却闪烁着幸灾乐祸和不屑一顾："奴婢怎么知道少爷的去处？……姑娘若是想寻他，不如直接到白家府邸去啊。"

她住在他的私宅中，沉溺在自己编织的幻梦里，没有刻意讨好过这些人。如今，在她们眼中，她终于看清自己到底是什么东西。他不来，她不敢出私宅一步；他不来，她不能去他家中寻找。丫鬟至今仍叫她"姑娘"，她们都知道她是见不得人的。只有她自己不知道。

叶流春站在院中，回头去看那深深的宅院。

秋日高悬的日头下,她平静地意识到,如果她继续留下,这里就是她的一生。

叶流春忽地打了个寒战。她快步走进书房,从箱笼最底层寻到了自己的籍契和文书,又寻到了当初周檀为她置办的汴都和金陵的文牒。她收拾出一个最简单的包裹,这半年他送的东西,她都没拿。最后实在舍不得,她只是把那枚同心结缀在月琴的底端。收拾完包裹,她突然又不想走了。

庭院中传来脚步声,她连忙奔到窗前,却发现只是采买归来的管家。

此后两天,叶流春患得患失地守在窗前,盼着他来,又盼着他不来。她甚至在心中说服了自己。如果他来了,或许她可以忍下一眼望不到边的日子,她可以做妾,可以不见天日,可以与旁人分享他的爱。等到一切消磨殆尽,她就自行了断,绝不让他瞧见她年华逝去后的模样。她愿意死在灰暗无望的等待中,只要能换来在他身边厮守的一朝一夕。

三天过后又是三天,他没有来。

一日清晨,叶流春心如死灰地寻来一个小厮,塞给他一两银子,让他将她简陋的行李送出府后再雇一辆马车接她去码头。随后她脱下了身上层层叠叠的石榴裙,换上了来时那件灰扑扑的外袍。借口外出散步,叶流春出了府。

清清静静,来时无,去亦无。只是上船的时候,她突然很想念临安。或许以后她还会回到临安吧。但是她应该再也不会来这金陵城了。

## 中·水风空落

"十三公子,春娘子不见金陵来客。"

"金陵……来客?"

离开金陵之后,叶流春拿着籍契到了汴都的教坊司。教坊司的妈妈本对她有些轻慢,直至分楼之日,她跟在众人身后,低眉敛目地弹了一曲。教坊司众人惊为天人,对她态度大变。汴都的伶人地位比在小地方高了不少。妈妈说,如她这般天资的,不知道多少年才能出一个。掌事花费了不少功夫培养她的言行举止、一颦一笑。要魅惑,但不要轻佻;要美艳,但不能浮于表面;要善解人意,要会看眼色,一瞥便知轻重。

叶流春总是想到白沙汀面对她时的神情。她去学他的样子,得心应手,发觉原来自己也这样有天赋。

六个月后,她第一次在一个文臣外放的宴席上亮相,一首《破阵曲》,一炮而红。

九个月后,她得了高则的一句称赞,从此成为汴都高官宴会争相宴请的对象。

一年后,叶流春在汴河的游船上,王公子弟扔来的金银珠宝差点将那艘小船砸沉，鲜花堆满了船顶。无人有异议，她成为汴都花魁、千金难见的第一红牌，她学文人执鞭，骑马过街，风光无限。两个小童在她身侧紧紧跟随，向上抛撒着粉白色的花瓣。

一年半后，她得掌事的信重，在汴河樊楼的另一侧盘下了一座楼阁，亲手写了"春风化雨"的牌匾。

春风化雨楼开门迎客第一日，周檀带着两个弟弟偷偷来喝她的贺酒，席间欲言又止。

叶流春看得好笑，主动问："小周大人，你想说什么？"

周檀举杯与她相撞，叹了一口气，道："我本以为，当年十三会想办法为你除籍的。"

十三……好像许久没有听过他的名字了。不过片刻她就敛了自己的情绪，装模作样地眯着眼想了一会儿，做出恍然大悟的表情："十三……小周大人说金陵城的十三公子啊，当初私交不深，哪里用得着麻烦他。我如今过得甚好，您和十三公子，都是我的恩人。"她将杯中美酒一饮而尽，酒液滚过喉咙，留下辛辣的触感。

周檀晃着手中的酒杯，出神道："那你可知道，他……要来汴都了？"

∾　∾　∾

叶流春回过神来，听见屏风外传来一个轻佻的声音："娘子不见金陵来客，可旧人……总还是要见的吧？"

侍女为难，一时不知该如何答话。

叶流春斜倚在榻上，慢慢地展开侍女递进来的花笺。花笺上是熟悉的酣畅淋漓的笔迹。

他为她写了一首新词。

> 犹记小叶春风转，幽怜清泪当日见。前事分明怨。

他们在金陵的春风渡口见了第一面，那时她还没有名字，白沙汀叫她"小叶子"。江上风大，她揉着眼睛下船，落了一滴清泪。她都忘了，他还记得。可她已经不是当年什么都没有、只能可怜兮兮落泪的小姑娘了。而那些曾经让她痛苦得辗转反侧的记忆，落在他的笔下，只是一句轻飘飘的"前事分明怨"。叶流春冷笑了一声。

> 顾我薄幸情难解，十年如梦……难凭借。

春风化雨楼开张时，周檀还没有参加科考。他说，白沙汀托科考和寻找十一哥之名来汴都，临行之前不知为何与家里大闹了一场。白家断了他的银钱。于是白沙汀来到汴都之后就开始混迹青楼，靠给姑娘写词为生。他生了一张好面孔，甜言蜜语随口就来，就算姑娘看不懂他的文字，也不妨碍他在花街柳巷混得风生水起。

后来，他的一首醉酒后的词流了出来。文人不知，大赞他才高。

∞ ∞ ∞

白沙汀的词被姑娘们谱成曲子唱遍樊楼之时，叶流春正在为太子殿下伴宴。从前她绝不敢想自己竟有机会为这些传说中的人物弹琴，真与他们熟稔之后，觉得他们也不过如此，传闻中人一旦失去了屏障，就会变得平庸、寡淡。

宋世琰很喜欢她的琴音。他屏退下人，倚着樊楼顶层的栏杆昏昏欲睡，等她一曲罢了，低笑了一句："春娘，你今日心不在焉……弹错了两个音。"

叶流春不急不躁地抱着琴向他行礼，面上却无恐慌之色，她早已经学会了这些虚与委蛇的把戏："殿下见笑，方才……听见了故人的新句。"

宋世琰在汴都耳目众多，闻言只是惊讶地挑了挑眉毛："哦，那金陵来的十三公子，是春娘你的故人？"

叶流春闲闲地调着琴弦，半真半假地笑道："他对我有些恩情，殿下以后若见了，瞧在我的颜面上，照拂他一二吧。"

宋世琰大笑道："我听闻这位十三公子最是风流多情，爱慕者多，他在汴都未置房产，都是直接住在温柔乡的——春娘如今是当之无愧的汴都第一红牌，开口向我讨他的照拂，可他怎么……没来寻过你？"

叶流春调好了琴，伸手拨了一下，似笑非笑地抬起头来："会来的。"

说实话，白沙汀来汴都一年有余，他们听到的都是彼此的传闻。

传闻中，她是一曲红遍汴河上下的解语第一人，年少绮丽，妩媚含情，汴都比她貌美的姑娘多如过江之鲫，可那些文人雅客、高官豪爵只捧她的场。她开了春风化雨楼，手下的姑娘个个出色，想必不久以后就能成为世人口中的"大家"。

传闻中，白沙汀是世家出身最荒诞不经的风流墨客，常年混迹青楼，名声一塌糊涂。可他偏偏写一手好词，就算朝中最端庄持重的人见了他的词，都不得不叹一句"才高"。

这传闻中的人物离他们彼此好像很远很远，陌生得像是从来不曾相识过。叶流春不知道白沙汀为何会变成这番模样——在她的印象中，他虽然年少贪玩，但骨子里依旧是家风森严的世家子弟，满怀抱负，与天下文人一般无二。他合该玩够了、闹够了，乖乖地科举入仕，娶妻生子，循着父辈的道路，为民请命，实现他从前怀抱着她时所言的凤愿。他如今这般行事，与从前的模样相去甚远。

叶流春知道白沙汀终有一天会来找她，只是没想到，他会写出这样的词。薄幸……他流连花街柳巷如此久，不知在欢场上对多少人许下过当时真心、转瞬即忘的誓言，所幸他还知晓自己薄幸。

薄幸怎会情难解？相识的这些年如同镜花水月，她做梦梦见他，想起的总是一些好事，譬如他认真地盘算着未来，想要给她一个名分；而她在离别的窗前等到他回来，上前拥抱，再不肯松手。然后他们情深意浓地过十年。十年之后，她人老珠黄，他另觅新欢，揽着豆蔻芳华的少女，眼皮都不抬地经过她的窗前。她寻来一把短刀，后来觉得鲜血淋漓太骇人，于是雇了秦淮河一只花船，划到江心，一跃而下，了断自己的一生。对她来说，这竟是一个美梦。

十年如梦……难凭借啊难凭借！

叶流春死死盯着手中的花笺，发现自己终于生出了一些异样的情绪——从离开金陵的那一天开始，她总是怀疑自己已经死了，如若不然，怎能如同干涸的枯井一般，无论如何，都生不出波澜呢？

最后一句，似乎是戏谑，又似乎是轻佻的嘲讽。

美人何须千娇面？

年少时天花乱坠的爱情和美梦，对她来说是铭心刻骨的伤疤，对他来说却轻得像一根羽毛——他明知道她的心思，却能将这些情愫拿出来，揉在纸上，调侃她"不见金陵来客"的欲盖弥彰之举。

如果是三年前，叶流春瞧见这张花笺，大概会如他所愿，心痛难抑，随后将他赶出春风化雨楼，再不许他进门一步。他会心满意足地得知她对他旧情难忘，得知他轻佻而放肆的试探对她产生了巨大的影响。汴都闻名的春娘子将成为他下一首词中春心粉碎的谈资，确实是值得吹捧一番的。

叶流春的手缓缓地松开了。她喝了一口手边的雪峰茶。侍女今日忘了放蜂蜜，这茶苦得发涩，然而她面上分毫未现。放下茶盏，她清了清嗓子，和颜悦色地对侍女说："确是旧人，将十三公子请进来吧。"

白沙汀进门时，看见叶流春正在珠帘后擦拭她的月琴。

听见有人声，她也没有回头，只是不紧不慢地将那琴安置好了，又不紧不慢地转过身来，向他行了一个姿态优美的礼："流春见过十三公子。"

房中燃着信阳公主梅化香，中人欲醉。白沙汀记得，很久之前，他和叶流春一同在古籍上寻到了这制香的方子，还相约到时一同去采雪水和梅花。可是冬日尚未来，她就离去了。

他嗤笑一声，敲了敲手中的折扇："一别多年，流春，你过得好吗？"

叶流春拨开珠帘，朝他走了过来。

白沙汀看着她巍峨的高髻，一时间有些恍惚。不知为何，他脑海中霍然浮现当年秦淮河上的夜晚，少女被他吻过，衣冠不整地弹了一首艳曲。

月色清寒，美不胜收。那梅花香逼上前来，打破了他的幻梦。

叶流春一侧身，坐在他的腿上。她伸出双手环抱他的脖子，在他脸颊上落下一个漫不经心的吻："好啊，好极了。十三公子，你怎么样，可有……想过我吗？"手指顺着他的胸口下滑，轻轻地点了两下。

口干舌燥。他没有想过，她会是这样的反应。这不是叙旧，是在待客。果真是千娇面哪。

"公子今日寻我，"叶流春攀着他的肩膀，轻轻地晃了晃，这是欢场最常见的调情手段，"是来听琴的吗？"

白沙汀睫毛微颤，答道："是啊，要见你不容易，听一曲更不容易……我听闻，春娘子一个月只有一位入幕之宾？"

叶流春起身去抱她的月琴，并不答话。她顺手从桌上拿起一个玉石拨片，为他漫不经心地奏了一曲。她的手指都没有沾到琴弦，仿佛是不屑。

一曲弹罢，叶流春抱着月琴凑过来："琴也听了，茶也喝了，旧人见了，旧情……就没有必要再叙了吧？十三公子若是无事，就请早些回吧。"

她又吻了一下他的面颊，转身想走，白沙汀却在她身后伸手一抓，将她月琴下缀着的那枚同心结紧紧地抓在手中。

叶流春心神一颤，连头都没敢回。她不知道他有没有认出那枚同心结，只听见他顿了顿，胸有成竹地笑了一声。

可笑，确实可笑……她将自己掩饰得这么好，却还是因为这一枚同心结露了马脚。

白沙汀拽着那枚同心结将她往后一扯，自然而然地抱住了她的腰，他将头贴在她身上，深深地嗅了一下她的气息。他语气低沉，像是在耍赖："我无处可去，今日来此，就是来求春娘子的……娘子收留我吧？"

叶流春眼睫微颤，沉默了半晌，最后只留下一句："十三公子可要想好了，若要住在春风化雨楼……就不能住在别处了。"

她回忆着他从前的神态，转过身来，轻轻地拂过他的肩头，吹了一口气："妾也会……嫌脏的。"

白沙汀大笑着反击道："彼此，彼此。"

于是他住了下来。

不多时日，汴都的姑娘们就都知道了，惊才绝艳的十三郎成了春娘子的堂下客，等闲不肯再为旁人写词了。先前还有来闹的，也不知叶流春用了什么法子，白沙汀睡醒一觉，披头散发地推开顶楼的门时，总能看见来寻他的女子眼睛红红的，对叶流春委屈地喊："春姐姐……"叶流春一边安慰着，一边抬起团扇朝他瞥了一眼，秀丽双眸中看不出情绪，不知道是嘲讽还是可怜。总归不是怒意，他见过她生气的样子。

虽然在最初相识的时候，她卑微、瑟缩，像一株尚未舒展枝叶的植物，但他一眼就能瞧出她愤世嫉俗的清高。假意微笑之下，是她的高傲、自负和不肯服输。

可惜很久之后他才想明白。

白家虽是哀其不幸，到底还是拜托白沙汀在汴都为官的表兄周檀照料他一二，周檀寻了叶流春，将他所行一一辑录。

一日，白沙汀又瞧见叶流春执笔写信，心生怒意，同她吵了两句。这一幕恰好被上门来寻他的周杨撞见。

周檀从不好奇白沙汀的事，两人相交不深，几乎不见面。周杨却不然。他左右打听，多少知道他与叶流春的事情，见他如此的态度，便同他打了一架。

白沙汀知道这小崽子心中不爽——周檀前几日事涉燃烛楼案，一夕间从清正文臣变得声名狼藉，甚至与从前交好之人都一一决裂了。周杨大抵也是想找人撒气吧。

他提着酒壶嘲讽周杨："那可是你亲哥哥，什么名声、什么传闻，你在乎这些做什么？他待你如何，你这些年难道不知？有什么可气的，你们就是太想不开，太执着于这些事情了，只要有真心——"

周杨扑过来，一拳打到他的脸上。

二人在汴河最热闹之处打架，很快就引来了昭罪司的人。叶流春又急急地来昭罪司探望他。白沙汀少见她这般的情态——因为着急，她的发髻松了些许，面上的神情也不似从前那般无懈可击，是慌乱动人的美丽。叶流春隔着昭罪司的栏杆询问他要不要伤药，他却鬼使神差地透过缝隙拉起了她的手。昭罪司中人认识他，应他所愿寻来了纸笔，墨不好，只好送了一盒画押时用的朱砂。他蘸着那朱砂，在她洁白的小臂上写了两句诗。

宝髻松松媚眼看，月明人静九重山。

他抬头，从小窗中看见了月光，于是笑着对她道："今夜月色甚美，流春，你回去的时候，记得替我多看几眼。"

出昭罪司后，叶流春与白沙汀的关系总算缓和了几分。

从前，她真的觉得累极了——只要面对着他，她就要打起精神，一丝不苟，生怕露出一丝破绽。对方与她一般，总是带着含义不明的微笑。二人都放不下旧事，只能暗戳戳地较劲。

叶流春想，有什么意思呢，反正都过去了。

过去了，灰蒙蒙的一片，未来……未来也无谓去看，这些镜花水月、如朝露一般的东西，能快乐一日，就是一日。他们心照不宣，开始如同人世间无数普通的爱侣一般，亲密，相爱，吵架，再和好。

叶流春努力忘掉这些事情，还结识了两个好友，闲来无事便将她们请到春风化雨的顶楼饮酒。

人世间愁肠百态，并不是独她一人有伤心事。

除夕来时，叶流春和白沙汀一同去为周檀送行，竟让白沙汀终于找到了他传闻中的十一兄长。回来之后，他颓废了一阵子，然后重拾书本，准备科考。叶流春觉得啼笑皆非。其实从前她也不明白，白沙汀来到汴都之后为何迟迟不去参加科考。当年少年怀抱着她谈起未来，眼神中分明是满怀希冀的。

他不肯说，她也就不问，如此而已。这样她也就不用继续去想，想白沙汀高中之后是不是会和从前他自己设想的一样，胸怀苍生大道，求娶高门淑女，光宗耀祖。无所谓，他的人生……与她早就失去了交集。

一切正如叶流春所想，秋试之后，白沙汀榜上有名，成为汴都炙手可热的新科士子。

◈　◈　◈

认识白沙汀之前，叶流春一直以为自己是全天下最惜命的人。

认识他之后，不知为何，她总会产生朝不保夕的错觉。

新岁之后，汴都突生变故，曾经称赞过叶流春月琴的执政高则身涉国玺遗失的大案，满门都被下了狱。

是太子的手笔。皇帝病重，太子监国，若不是他想，谁能动得了与他情谊深厚的老师？

叶流春想得清清楚楚，觉得脊背发冷。她与宋世琰相识甚早，宋世琰爱喝酒听琴，自她在汴都声名大噪后就是她的常客。她有眼色、知轻重，便与他交情更好些。宋世琰面对她时——或者说隐忍蛰伏时，向来是彬彬有礼的。他是她的入幕之宾，但来春风化雨楼大多是借地密谈，或是只听琴。他洁身自好，不近女色，从未对她逾矩。但她看得出来，他的心思不知深浅，皮囊之下住着一头随时都会疯狂的巨兽。

高家被屠了满门，高云月逃跑之时跌入汴河，为任时鸣所救。

叶流春派人探到了消息，深思一番，便将这两人藏进了春风化雨楼。她清楚得很，宋世琰并不会因为和她有几分交情就容忍她的举措。但她这一生落花逐水流，如曲悠和高云月一般的朋友太少，哪怕明知会牵连自己，这件事她也必须做。

白沙汀高中之后，似乎全然不介意自己在士林的名声，日日跑来寻叶流春，授官之后忙碌了一些，才来得少了。春风化雨楼上下都识得他，知道他是春娘子的娇客，故而他进出自由，无人阻拦。

但是她冒险留下了高云月，不能让他再如从前一般了。

叶流春将此事和盘托出，严肃地告诫白沙汀，反正他有了官职，借此机会远离此处是明哲保身之举，想必不会被人怀疑。"

白沙汀沉默地听了，最后抬头问："你怕有危险，不让我来，那你自己呢？"他站起来，逼近她，"倘若被宋世琰发觉，你能不能保下你满楼之人……和你自己的性命？"

叶流春用惯常的笑容掩盖心底的茫然："十三郎不必担忧，我既然敢留，自然有办法。"

白沙汀罕见地没有继续笑，他伸手抚摸她的脖子，似乎很想将它掐断："你的胆子……也太大了。"

叶流春笑着回应："我还有更加胆大的事情没做，十三郎可想知道？"她反客为主，将白沙汀按到纱幔前，倾身而上。对方捧住她的脸与她亲吻，带给她一种十分爱惜她的错觉。但是哪里来的爱惜……他们注定做不了情意绵绵、全心信赖的爱侣，接吻和爱抚都像逢场作戏。只有这一次竟带着互相撕咬的意味。

鲜血淋漓，不死不休。

叶流春虽然说不怕，但实际上宋世琰再上春风化雨楼时，她完全没有自己想象中那么平静。她面上仍是云淡风轻，抬手为太子奉茶，发现自己的手抖得厉害。

宋世琰也察觉到了她的不寻常，于是似笑非笑地将那只手握住，暧昧地低语："春娘，你伺候孤这么久了，在怕什么？"

叶流春挤出笑容："哪有，昨日睡得不好罢了，殿下见笑。"

"哦，"宋世琰道，"孤最近也总睡不好……想找的人找不到，夜夜难寐，辗转反侧哪。都说春娘是解语花，不知今日……你这朵花，能为孤解忧否？"

叶流春为他按着额头，掩饰道："殿下图的是大事业，妾一个弱女子，哪能在殿下的江山上指手画脚，殿下抬举了。"

宋世琰垂着眼睛，她看不清他的神色，只听出他意有所指："春娘……真不愿意为孤解忧吗？"

春风化雨楼在汴河繁华之处，如今天子病重，若大肆搜索，不免让寻常百姓心生恐慌。恐慌一生，就易有变乱。

宋世琰胆子再大，也不能直接如此行事，她吃准了这一点，才冒险为之。叶流春努力克制着自己的颤抖，答道："妾无能。"

"好，好。"宋世琰应了一句，起身准备离开，刚走到门前忽又回头，"对了，春娘，孤记得你很久之前求过孤照拂你的恩人……白十三郎，对吧？他如今应当已经授官了吧……甚好，孤定然不会辜负你的叮嘱。"

她没想到太子突然提起白沙汀，一时间差点失态，起身的时候踩到自己的裙角，重重摔在桌前："殿下！"

宋世琰毫不留恋地转身就走："春娘啊……改日再见。"

叶流春狼狈不堪，慌乱地爬起来，完全不顾体面地追着宋世琰出了房间，结果被他的侍卫拦住，只得在他身后凄厉地唤："殿下，妾——"

"孤给过你机会了。"

宋世琰回头看她，似乎很欣赏她面上不常见的慌乱神情。他伸出一根手指比在唇间，面上带着戏谑和恶意的笑容："嘘。"

叶流春方寸大乱。

太子走后，她甚至没来得及整理仪容，就独身到了白沙汀新立的府邸——这是艾笛声赠的，授官之后仍未有住所，恐怕会被人耻笑。她犹豫了一会儿，终究没有顾虑太多，轻声细语地请门口的小厮进门通报。她没有忘记从前的羞辱，恐惧再见到轻蔑的眼神。

谁料那小厮打量了她一眼，立刻换上殷勤的笑容，根本没有跑进去通报，就直接将她引到了正堂："白大人说了，叶姑娘来了，就跟他来了一样，都是咱们的主子。"

白沙汀听到了动静，出门来看，见是她来，十分诧异："你怎么来了？"

她顾不得许多，上前抓住他的手臂，却觉得自己双腿发软，险些在他面前跪下。

白沙汀将她捞进怀中，挥手遣散了下人："怎么了，怎么了，你——"

"对不起……"她艰难地说着，险些咬到自己的舌头，"你最近……回金陵去吧。汴都事多，太子的手伸不了那么长的，或者……或者……你去郜州，去找小周大人……再晚就没有机会了。"

但叶流春完全没有想到，宋世琰动手会这么快。

第二日清晨，她于昏睡中醒来，听见侍女期期艾艾的声音。

昨日夜里，刑部带人在汴都城中抓了好几个新科士子，今朝贴出告示，称这些士子不满天子的统治，写诗影射朝廷。首当其冲的就是词曲在外流传最多的白沙汀。历史上称此事为"春明诗案"。

窗外春和景明，叶流春的心中却冷透了。她还没想清楚自己该做些什么，就听见帘外来了新客。

"春娘子，殿下请您……到樊楼一叙。"

## 下·摇曳碧云斜

白沙汀入狱之时，心情出奇地平静。前一日叶流春上门，他心中就有了隐隐的预感，只是两人都没有预料到太子动手如此快——他还没有思索清楚到底应该做什么，缉拿他的侍卫已经到了府门口。他进了刑部就有人来动刑，拿着文书逼迫他承认。

"你写……'白日上京……一路寒星'，是何用意，难道不是暗喻皇储君德不配位，咒他如流星陨落吗？"

鞭子抽在背上，有点痛。白沙汀很想笑，就笑了。

刑部诸人见他的笑容，于是更怒，正打算再为他上酷刑，一个管事模样的人却来阻止。那管事将他放回牢房中，甚至偷偷送来了伤药。

白沙汀拱手道谢，声音断断续续："多谢……多谢兄台……不知你……姓甚名谁？待我出狱之后，必然相报。"

那人低眉敛目地答："先生不必客气，小人姓贺，得过小周大人的照拂，回报一二罢了，不必言谢……但是小人所行有限，先生还是要早想办法救自己出险境才是。"

"嗯啊。"白沙汀闭着眼睛，含糊地应道，"小贺兄弟，你若是……若是能行个方便，可否替我带一句话，给春风化雨楼的春娘子……就说……叫她心肠硬些，切勿来见我，我……我在汴都好歹是有名有姓的人物，他们不敢杀我的。"

很奇怪，白沙汀自少时就以为自己是最贪生怕死之人，可当他真的伤痕累累地躺在牢房里时，心中最怕的却是叶流春做出什么无法挽回的事情。周檀在郜州，尚未还朝，艾笛声虽在民间势大，总归救不了他，苏朝辞和宋世翾隐忍这么多年，还有他那不着调的十一兄长……他为何入狱？左不过是宋世琰知晓高云月藏身于春风化雨楼，又不能直接对她动手，便抓了他威胁叶流春把人交出来罢了。以小叶子的性格，哪怕是自己死了，也未必会出卖高云月，如今加上他，简直是左右为难。但是有什么关系呢？

白沙汀冷静地想着，如果她交出了高云月，高云月是决计难逃一死的，而他……春明诗案的罪名可大可小，通常都是贬谪流放，应该伤不了性命……的吧？叶流春是聪明人，肯定知道如何选择，况且二人之间的旧事——他知道，她总归是恨他的。

当年他拂袖而去，气急败坏地寻友人喝酒。他喝得大醉，向友人倾诉苦恼："你说……你说，女子心中到底在想什么？我日日盘算，担忧良多，她却不明所以地向我撒气……"

友人们纷纷起哄："定是十三不小心说错了什么话，否则美人怎会无缘无故地生气？"

"十三，你没心没肺，还不快些想想到底跟人家说了什么！"

白沙汀搂着酒壶，茫然地回忆："我说……我说了，我说我今年就准备下场，定要挣一个功名回来，若无功名，怎么娶得到父亲想要的高门淑女……我若不努力些，父亲不会允准我娶妻之后纳——"他差点咬了舌头，将"贱籍"两个字吞下去，接口说，"不会允准我纳贫民女子为妾的。"

白沙汀刚说完，搂着姑娘的友人便开怀大笑，几乎笑得肚子疼："十三呀十三，哪有你这么哄人的。"

"话也不能这么说，贫民女子能得十三少爷的眷顾已属不易，难道还要痴心妄想——"

"你们怎么就不知道怎么哄人呢？芳娘，你说，倘若你的心上人同你说这样的话，你是高兴还是不高兴？"

芳娘是秦淮河画舫上的姑娘，闻言不禁掩唇而笑："赵公子说得对，我们姑娘家对已有妻子儿女的老爷自然不做他想，可若碰见你们这些青春貌美的公子，哪怕地位再卑贱，也要做些美梦嘛……十三如此直白，可要伤人家的心了。"

气氛迷醉，白沙汀在旖旎的酒气中清醒了一瞬，难以置信地喃喃自语："你的意思是……她……难道想要嫁给我做妻子？"

"痴儿！你这才想明白！"

"说起来，十三，你要管教一番你这相好了，算起来你家可是咱们金陵的第一世家，你又是这一辈少有的男子，对于这些贫民女子，莫说纳妾了，抬个通房都是天大的体面……"

"年少而慕少艾是常事，不过，十三，你太天真了，切要当心啊，别是人家图你什么，你还傻傻地不知情。"

…………

白沙汀坐在席间，彻底愣住了。

众人的言语如山般堆在耳边，纷乱一片，他每个字都听见了，却一时间想不清楚它们的意思。她……原来是想嫁给他做妻子，才会在听了那样一番言语后突然生气？可是……可是……

突然，一只柔荑搭在他的肩膀上。白沙汀侧脸看去，是芳娘正摇着扇子瞧他。芳娘一向笑吟吟的脸上表情复杂："十三啊……"

白沙汀环视了一圈，众人不是在喝酒划拳，就是在激昂感慨，并无人注意到他们二人的低语。

芳娘为他斟了一杯酒，忽而敛了面上的笑意。他从未见过她有这样落寞和空洞的神情。

"在你们男子眼中，女子到底是什么呢？"

他愣了一愣，还不等回答，芳娘便接口道："你自觉对姑娘情深义重，是不是？你觉得你已经尽力了，觉得无愧于她，一番打算被辜负，委屈得很……可是啊，十三……你们男子，就算自以为沉沦于情爱，也总是盯着这些世俗的东西——身份、地位、金钱财帛、功名利禄。你知道你需要一个高门闺秀为你的前程铺路，觉得天经地义、理所应当，从来没想过的……当然，女子也要瞻前顾后，挑剔对方。可听你所言，你的这位姑娘，或许根本没有去想过这些。"

白沙汀怔怔地把玩着手中的酒杯，出神地喃喃道："是啊，从前我送了她那么多金玉财帛，她都全不在意……"

"她心悦你，想嫁给你，没有想过自己的身份，这并非她太过蠢笨，而是真心沉溺、刻意忽略，就算她身份卑微，在世人眼中与你不堪相配——连你自己也是这么觉得的——但情至深时，谁不做些一生一世一双人的美梦？我……总是不忍心听这些痴情人被骂痴心妄想的。"

白沙汀摩挲着手中酒杯上的纹路，感觉胸口传来一阵沉郁的闷痛，这痛楚并不强烈，但十分酸涩，他没有体会过这样的感觉。

芳娘站起身来，拍了拍他的肩膀："十三，你要把心悦之人、把女子当作人来看，她们不是你的物件，不能永远顺着你所想、听你的安排。不仅是她，还有你未来迎娶的高门千金，她又做错了什么呢？为何要守着过门前心中便没有自己的夫君过一辈子？"她说到后来，颇有几分自伤之意。

白沙汀举酒敬她，声音颤抖："是……是……我……我从前……"

芳娘喝了他的酒，重新露出笑来："十三也不要怪自己，你是高门子弟，就算性子活泼，总归是那些条条框框教出来的人物。男子心怀抱负，求这些无可厚非，我只怕庭院深深，将你待有情人的真诚之心磨灭殆尽，悔之晚矣啊。"

这些话语仿佛还萦绕在耳边。白沙汀抱着铁栅栏，苦笑着想，当年芳娘说得半分不错，其实从那时候开始，他就已经后悔了。不过他还没有继续想下去。

栅栏后传来了窸窣的脚步声，有一双刺绣布履踩过地面上的枯草，停在他面前。

白沙汀抬起头看，看见了叶流春仿佛哭过的眼睛。他立刻伸出手去，想要去摸她的脸。但她站得不够近，他够不到，手指堪堪停在她面前一寸处，随后缓缓地收了回来。

细细想来，两人相识之后，总是欢乐的日子少，忧愁的时日多。除了心生爱慕后秦淮河边的短暂时光，他做的全是让她伤心的事情。他将她没名没分地藏在外宅，不敢告诉父亲。他面不改色地告诉她，自己会迎娶高门淑女，要她做妾。他回到汴都的时候，始终放不下心中的那一点点自矜，起初躲着不敢见她，后来终于鼓起勇气，见面后说的却尽是伤人的话。他恨她重逢时的云淡风轻，不敢问她当年为何决绝离去，满身是刺地同她调笑，试图用痛楚来反复证明真心爱过的证据，白白辜负那些本该互诉衷肠的机缘和时光。

叶流春红着眼睛看他，看他想要触碰又缩回去的手，嘴唇颤了两下，却没有说出话。

白沙汀也凝视着她，想着，他太自负了，总觉得青春很长很长、欢愉太多太多，总觉得自己有机会，总觉得有更好的时机与她解开心结，总觉得有一天……能向她证明他的心。可他只有一身污糟名声、一副浪子面具，交织着重重误会，开口说出的真心，怎么能奢求旁人去信？白沙汀闭上眼睛，觉得从未有一刻这么后悔过。他攥紧了冰冷的铁栅栏，去喊她："小叶子——"

叶流春却不知晓他内心的酸楚和懊悔，只看见他那只缩回去的手。所以她并没有像平常一般耐心地听完他的话，而是直接打断道："你知不知道——"

白沙汀受了刑，也就不复平日的潇洒风流。这种空洞、茫然和战栗的神情，她从来没有在他的脸上见过。他好像应该永远都是含笑的、恣意的、胸有成竹的。

出身高贵，才高八斗，有文气，有傲气，自该有文人骨、仙人心。不该是这个样子。

她吞下所有的酸楚，接口说："太子想要你的命。"不等他反应，她就像怕自己说不下去一般，急急地道，"我私下寻了周夫人的弟弟，还有小苏大人和艾先生，托他们将高姑娘和任公子送出了汴都。艾先生派人处理后事、伪造尸体，应该能骗过太子，暂时保证他们的安全，至于你……"叶流春微微发抖，想起那只缩回去的手，不禁抓住栏杆支撑自己，好不容易才重新露出笑容，"他想杀你、杀这一批人为自己立威，我……恐怕没有那么大的面子救你了。"

很奇怪，白沙汀听见自己命不久矣后居然没有那么害怕，心中涌上来的第一种感觉是庆幸。幸好幸好。

幸好……从前没有、方才没有说出那句话。否则他要是死了，她该怎么办呢？

白沙汀努力让自己平静下来，垂着眼睛沉默了一会儿。他重新抬起头来时，已经换上他那副漫不经心、吊儿郎当的寻常模样："哦，这么说来，我就要死了？"

叶流春眼中有泪，但一滴未落，像怕露怯一般勉强笑道："是啊。"

"那临死之前，咱们来说说心里话吧。"白沙汀隔着栅栏望她，脱力一般顺着冰冷的墙壁慢慢滑坐下去，"有些话，我很久之前就想对你说，一直寻不到合适的机会——"

"十三，我有个问题想问你。"叶流春也在他面前跪坐下去，她终于笑不出来了，一双美丽的眼睛执拗地盯着他，不肯移开，"……当年我离开金陵时，你后悔过吗？"

离开金陵之后，她从未在任何人面前露出这种凄惶的神色。这个问题在她心底盘桓了许久，已经酿成一根陈年的毒刺。

白沙汀见她如此，一时间心痛难忍，几乎说不出话来。他定了定神，没有回答她的问题，只是轻声反问："当年……我为你图谋良久，你可感动过吗？"

"我不想再与你打哑谜了。"叶流春颤声打断他，"我一直告诉自己，只要你开口叫我一声'小叶子'，我就问出这个问题，可是你一次都没叫过。直到今天……哪怕你可怜可怜我，就弃了这些虚伪的面具，告诉我一句实话吧。"

"没有。"

白沙汀飞快地回答，没有带一丝犹豫。说得慢了总会露出破绽，她这么聪明，比他自己还要了解他，他一时不慎，就会叫她猜出心底所想，满盘皆输。

"我从来没有后悔过。你心里不是清楚得很吗？你是什么身份，根本不可能嫁给我的。我的那些图谋，已经是能够为你做出的最大努力。可你呢？你从来没有顾惜过我半分，只是天真地做着不切实际的梦，你替我想过吗？凭什么要我后悔？"

叶流春从未听过比这更加伤人的话，甚至不敢信这是白沙汀能够说出口的。她怔然望着他，眼泪不受控制地落下。好像一切比她想象中还要坏一些。

白沙汀不敢看她，低垂着头，麻木地强迫自己把话说完："你弃我而去，离开金陵的时候,难道觉得我有一日会后悔吗?你都不曾感动过,我为什么要后悔?这些年我见过的女子太多,那些年少时的东西,根本不值一提……"

"所以你来寻我,"叶流春死死抓着冰冷的栅栏,觉得天旋地转,"不是因为……你后悔过,而是想要——"

"对,"白沙汀痛快承认,"我就是想要报复你啊,我想看看你是不是对我旧情难抑、无法自拔。这世间爱过我的人太多了,辜负过我的人却只有你一个。流春啊……难道你不应该感到荣幸吗?"

叶流春伸出手,想要隔着铁栅栏去抓他的手,他下意识地一缩,避开了她的碰触。

"我只是想听你一句真心实意的话!"

"这就是实话!"

两人之间忽地陷入一片死寂。

不知过了多久,叶流春轻轻地笑了一声。

"这些话……你在第一次来寻我的时候就该说了。若你当时说了,不就能如愿以偿地看见我失态、痛彻心扉地把你扫地出门了吗?

"那样你应该会很得意吧?我知道我身份低微,连所求都没有敢开口讨过,何必劳烦你写一首词来侮辱我?这些日子我总是骗自己,骗自己是我不肯低头,错怪了你,原来……你比我想的还要恶毒一些啊。"

她的眼睛血红,却没有再落泪,她只是从怀中掏出那枚随身带了许久的同心结。

时日已久,那同心结被摩挲得边缘光滑,但被精心保养着,不曾破损。她死死抓着那枚同心结,一字一句地说:"我再问一遍,你所言,都是你心里想说的话吗?绝无……欺瞒?你若应了,就算是谎话,我也会当真的。"

白沙汀咬着牙道:"是。"

就这样吧,恨着他任由他死去绝对是一件好事。这些日子他无数次在半夜听见她说梦话,说等到垂垂老矣,绝不让爱人窥见菱花镜中的残损容颜。从他认识她开始,她似乎就一直这样纯粹、热烈,或许连她自己都不知道自己性子中飞蛾扑火的自毁心。爱必要最深,情必求最浓,不可敷衍,不能分享,如若不然,宁愿彻底丢开,宁愿诀别以了之。

他若不认下,身死之后,她还能独活吗?

白沙汀躬身想着,感受到心中传来尖锐的刺痛,被打板子、被抽鞭子竟比不上这痛的万分之一。

他还没有反应过来,叶流春就起了身。那枚同心结被她轻飘飘地丢下,落在他的身前:"……还给你。你放心,你死之后,我绝对不会伤心的,连一滴眼泪都不会掉。下辈子……我会烧香祷告,再也不要遇见你了。"

等到她的脚步声彻底消失在牢狱中,白沙汀才从那种被杀死般的沉寂中回过神来,迟钝地把她还回来的同心结抓在手中。他将同心结贴在胸前,想要痛哭,却发不出声音。

半个月前,他与柏影醉酒,终于下定决心,想要与她重新开始。他去参加科考,置了宅子,满心欢喜地告诉所有的下人,等正式授官后不久,便给他们领回一个女主人。

他本来应该拥有最纯粹的爱人。和古往今来痴男怨女词曲中写的一般,他应该与爱人琴瑟和鸣、举案齐眉,过甜蜜安宁、如同当年在金陵外宅一般的日子。只因为他的犹豫、迟疑和永远放不下的骄矜,错过一瞬,就什么都没有了。白沙汀想起当年他回到金陵的外宅那日,下人们低头洒扫,静默不语,他浑身是伤跌跌撞撞地跑到后院,梅花香气已经淡得闻不见了,风吹过未关的花窗。

冷寂,平静,空空如也。少女的手曾抚摸过少年的面颊,随后他们长大,一别经年,才子佳人的故事实在太多太俗,不是生离,就是死别。

白沙汀没有想到自己没有死。仅仅过了三四天,照拂他的那个姓贺的刑部中人就亲自过来,放他出了狱。白沙汀本以为他是要来送自己一程,不料贺三却领着他从七拐八拐的刑部内狱走了出来,交给后堂中两个带刀侍卫。

白沙汀不解其意:"小贺大人……"

贺三清了清嗓子,正色道:"太子口谕,春明诗案牵涉的众人不敬朝廷,然孤不欲染文人之血,特网开一面,贬众人至岭南,终生不得还朝。"他说完,神色复杂地看着白沙汀,"白大人,您谢恩吧。"

周遭无旁人,白沙汀难以置信地问:"他……不杀我?"

贺三摇摇头,使了个眼色,那两个带刀侍卫便敛目退下了。

见他们出了后堂,贺三才从怀中取出一封花笺递给他:"我依大人所言,去寻了春娘子。她有一封信,叫我等您出狱之后交给您。"

白沙汀突然生出一种强烈的不安。他急急地展开那张花笺,刚看了一眼就感觉喉咙里涌上强烈的血腥气,似乎有人在虚空之中扼住了他的脖颈。

君既长潦倒,莫怪妾诀别……来年花开日,是妾月圆时。

贺三瞧着他,有些可怜地道:"春娘子是风尘中人,此番入太子府,虽做的是侍妾,但陛下病重,殿下监国,来日殿下登基,她便能一跃成为皇宫贵眷……这是人之常情,先生也……不必多伤怀。"

"侍……妾?"

以她的性子,怎么可能心甘情愿地去给人做侍妾?哪怕对方是皇亲国戚,哪怕对方是天潢贵胄!

白沙汀略一思索就想清楚了前因后果,他手脚冰冷,将那两个字重复了几遍,怪笑出声。他越笑越大声，越笑越绝望："哈哈哈哈……白十三啊白十三，原来你才是这世界上……最无心肝之人哪！"

贺三正在纳罕，却见白沙汀笑着笑着，忽地朝前喷出一口血。

"十三先生！"

血溅上自周檀离去后刑部后堂永远空着的屏风，氤氲开来，像雪地中绽开的朵朵红梅，血腥刺目，美丽动人。

∽ ∽ ∽

叶流春再次见到白沙汀的时候，皇朝已经换了主人。

曲悠从宫中出逃，执意要带她同行，但她已心如死灰，早已无谓在何处。宋世琰压抑多年，在外不显，当她真入府中时，才发现他远比她想的可怕，一腔淋漓的恶欲。所幸她不是三贞九烈的古板女子，也没有文人的气节和风骨，若能让自己好过一些，她并不介意卑躬屈膝、违拗心意地讨好宋世琰。

太子强迫她在榻上为他弹琴，室内弥漫着浓重的香气。他捏着她的下巴，像打量物件一般瞧着她。

"流春，你知道孤为何一定要让你进府吗？"

半梦半醒间，她听见宋世琰这样问。

"孤结识你良久，流春你啊，偏偏太心软了……明明是汴都一曲红绡不知数的头牌，斜倚在窗前听曲的时候，居然能露出那样的神情。"

她想了许久，才想起来，宋世琰所说，应该是她在樊楼伴宴，第一次听见白沙汀的小曲之时。宋世琰好像很喜欢观察女子面上细微的表情。叶流春想，从前他也对她说过，他对曲悠的些许不同，皆来源于初见她那一日。那日她应晏无凭和谷香卉所托，将太子请到樊楼听自己的曲子。坠楼案发，台上浸着女子新鲜的血，他毫不动容，却一眼看见了对面楼上的曲悠。美人多情，惊惶之中无意识地落了一滴悲悯的眼泪。他的心弦被叩动，惊为天人。正如当时，她心不在焉地弹错了两个音，完全没有注意到宋世琰正在她对面肆无忌惮地打量，清楚地窥见了她一闪而过的伤情之色。

"听闻……祖父与当年的赵贵妃感情甚笃，可孤从未见过。父皇是个浪荡子，全然不知怎么爱人，孤也不知道，所以孤……最爱看有情人分离的戏码。"他伸手揽住她，笑吟吟的，"如今看来，你的十三郎不过如此，你也不过如此，这些感情，总归都是无用的。流春，弃了吧，孤登基之后，会给你个好名分的。"

叶流春温顺地点点头，主动抱紧了他，心中却有些恶心，同时又有些高高在上的怜悯。宋世琰大抵这辈子都没有被人倾心爱过，怎会知晓……这些纷繁的情感，远远不像表面上这般简单。就算是面上的细微神情，也不能将人世间的缱绻展露殆尽啊。

曲悠未能逃出皇城。

到临安之前，叶流春坐立难安，三番五次与周杨商议，要他送她回去换曲悠回来。但这不过是孩子话——宋世琰对曲悠的兴趣比对她的大，她心知肚明。只是周檀对她有生死大恩，曲悠是她的挚友，她无能为力，感觉比死去更难受。

所幸在临安时她又见到了活下来的高云月。

高云月自家门生变后一直浑浑噩噩，叶流春心疼得不得了，日日照料着她，为她调药治疗脸上的伤疤，与她一同学经营算账，重新寻觅一些生活的希望。

宋世翾登基之后，叶流春与高云月一起回了汴都，暂住在艾笛声的地界。白沙汀被召回朝，马不停蹄地奔到楼阁下寻她。她不想下楼，叫高云月下去将他打发了。白沙汀却不肯走，直至她忍无可忍地出来相见。

"我以为——"

叶流春非常平静地注视着他。她惊讶地发现，原来那些炽烈的情感突然消失并不是一件难以接受的事情。

"我以为我们之间已经无话可说了。"

"怎么会？"

白沙汀瘦了一大圈，向来神采飞扬的面孔比从前多了几分苍白和憔悴，可他手中仍然拿着那把"千岁风流"的扇子，目光炯炯，像以前的一切龃龉都不曾发生过。

叶流春不想接他的话茬儿，只是平心静气地问："那你今日来——"

"我来向你求亲。"白沙汀也十分冷静地回答，他持着扇柄在手臂上敲了两下，身后像变戏法一般拥出一群抬着箱笼的仆役，"聘礼和庚帖，我都已经准备好了，若你愿意，明日我便去求一道陛下的恩旨。"

"白大人，"叶流春按了按自己的眉心，几乎被他气笑，"你这是在可怜我吗？我不觉得我有什么值得可怜的，一切选择都是我自己做的，包括——"她顿了顿，没有说下去，"是我执意要救高姑娘，太子想要的也是我，春明诗案……你是受我的牵连，我救你出来，只是不想欠你的，所以你不必觉得对不住我。"

白沙汀听了这番话，面上神色未改，连眉毛都没有动一下。

"我知道啊，"他轻轻地说，"我来求亲，只是因为我喜欢你而已。"

叶流春一怔，飞快地反驳："白大人，你的喜欢……汴河上下的女子哪个没有听过？你怕是自己都分不清——"

"我分得清！"

"我们走到这一步，势必不能回头了。"

"不能回头就不回头，你抬头……"

叶流春终于把目光重新投向他。

白沙汀晃着手中的折扇，笑了："……不也看见我了吗？"

自此之后，白沙汀日日都来。晴日里，他便在大太阳下站着；风雨中，他便撑一把昏黄的油纸伞。

叶流春倚在窗前，不小心昏睡过去，梦见当年在他后宅的最后几日，她翘首以盼，可花窗之外永远空空荡荡。随后她睁开眼睛，看见楼阁之下一直等待的身影，恍如隔世。

起初曲悠来看她，常对白沙汀冷嘲热讽，后来连她也说不出话了。

∞ ∞ ∞

重景元年的春末，叶流春松口应了白沙汀的求婚。婚期定在六月。
宋世翾亲自题了"春风"二字赠叶流春。街头巷尾知晓了，又是一阵流言蜚语。
曲悠为她簪了金钗，笑着道："我祝春姐姐与十三先生白头偕老。"
她对着铜镜苦笑一声，不小心说了真心话："我从前没有想过与他白头偕老。"
其实她还是说谎了，原本应该是"我从没有想过与他白头偕老"。
浪子回头心未死，可她的心死了，就算得到了从前最想要的东西，又有什么意义呢？

大婚当夜，白沙汀喝得多了些。他脚步虚浮地闯进婚房，看见叶流春早已卸了钗环，正在榻前端坐着，连遮脸的团扇都不知被丢到了何处。她瞧见他进来，坐在原地没动，连眼皮都没有掀一下。他没站稳，跪在她的脚边："流春……"

叶流春转过脸来看他："嗯？"

白沙汀望着他愧悔无极、朝思暮想的面孔，想要揽住她，像从前无数次一般送上亲吻。叶流春却微微侧头，避开了他的触碰。

"白大人，我答应你的求亲，可是我们……似乎还没有这么熟吧？"她天真而残忍地笑着，回忆他的话，"是你说，要我嫁给你，忘记从前的一切，重新开始，对吧？重新开始，你娶了正妻，在新婚之夜，应该做何举动？"

白沙汀张了张嘴，酒气弥漫在二人之间。他好不容易才定了神，沙哑地道："夫人……有礼，我可以……移开你的扇子吗？"

叶流春比画了两下，在虚空中移开了她手中并不存在的团扇："好啊。"

白沙汀扶着桌角爬起来，认真地问道："我叫……白沙汀，汀上白沙看不见，就是我的名字。我在家排行十三，大家都叫我……十三郎。"

叶流春瞧着他，美丽的眼睛中笑意盈盈，不知道心里在想什么："哦，十三郎……

·583·

听闻你名声不太好啊，这汴都的花街柳巷处处都是你相熟的姑娘。哎呀，这可怎么办？妾也会……嫌脏的。"

白沙汀往后退了一步，扶住窗棂才站稳。他开了窗户，吹了会儿冷风才开口道："夫人不愿，那我……就睡在夫人榻下……可好？"

他从橱柜里寻来被褥——那似乎是早就准备好的。

叶流春在床榻上闭上眼睛之时还觉得有些意外。然后她听见层层帷帐外传来他的声音。

"夫人能不能……在睡前瞧我一眼？"

叶流春像怕扰了自己的心神一般，转身睡下，决意再不同他说话。

日子仿佛回到他回汴都后初次来寻她的时候，只是这次，她扮演的角色变了。直到一个月后，白沙汀才握到她的手。叶流春瞧着他如同少年初恋一般小心翼翼地快乐，心中嘲讽，却笑不出来。他们这么了解彼此，都走到这一步了，为什么还要这样惺惺作态？当初她松口嫁给他，也不过是好奇他什么时候才厌烦这种虚与委蛇的把戏。不承想他乐在其中，不知疲惫。可她实在厌倦了这些你来我往的试探，也不敢信对方失而复得的真心，还不如全丢开手。她告诉他想要去西北边疆看看，也是存了两不相见以免生厌的念头。恰逢朝上风波乱，她没想到，说完这句话的第二日，白沙汀便上表请辞，为她打点起了行李。

两人辗转去过郜州，看到了城墙之上的日升日暮，也回过临安。醉红楼早已破落，原址上修建了新的酒楼，连一点点痕迹都没有留下。母亲的旧冢前，叶流春沉默地跪了许久。

白沙汀逐渐发现，原来叶流春是不爱说话的，若是他不主动开口，她甚至可以一日一夜一言不发，就算只是看着天边云卷云舒，她也看不腻。白沙汀得了近她身的机会，依旧不敢造次。他想了半天，只是轻轻地开口："你愿意……回金陵吗？我父亲和祖父……想见你。"

出乎他的意料，叶流春思索片刻，居然同意了。

∽ ∽ ∽

进白氏祖宅之前，叶流春抬头看着那高高的牌匾，心想，不知白家人会怎么看她，怎么看这被白沙汀娶进门的娼妓。

但她预想的一切都没有发生。白家无一人多言。白沙汀顺利地带着她拜了宗祠，请人将她添进了族谱。

祠堂之上，满庭烛火，叶流春扶着门槛跨了进去，感觉自己在做梦。白沙汀被父亲叫去训话了，她独自跪在祠堂中发呆，忽地听见一阵轻微的咳嗽声。她侧头看去，却是白家的老太爷。他是白沙汀的祖父，也是周檀的外祖父。

叶流春敛目行礼,没有多说话。

老太爷却笑呵呵地挥了挥手,叫她起身。

"十三郎媳妇,你……不必惶恐,我在很多很多年前,就听过你的名字了。"

叶流春后知后觉地讶异:"什么?"

老太爷捋着胡须淡淡回忆道:"那时候十三郎才几岁?十七,还是十八?从春深书院出来,尚未参加科考,最是轻狂的年纪,金陵城中大小儿郎,没有比他更出色的。"老太爷似乎很喜欢他这荒诞不经的孙儿。

他一边回忆,一边含笑拍拍她的肩膀:"他从小聪明绝顶,五岁开蒙,熟读诗书,出口成章,十二岁就被夫子称为大才……也是如此,才叫他养出了那副玩世不恭、不把任何事情放在心上的高傲性子。我从前瞧着,总觉得担忧,若无人管束,怕是要吃大亏的。"

叶流春轻轻嗯了一声。

白老太爷叹了口气,突然看向她:"直到你离开金陵那一年。"

老太爷……在她离开金陵的时候,就已经识得她了吗?

"那年……十三郎有一日喝醉了酒,突然回家来求他爹。他爹从小对他无有不应,听他说要帮青楼女子脱贱籍也没有动怒,然后他就说……想要娶你做正妻。"

叶流春脑中轰的一声,整个人都愣住了。

"他爹觉得他喝坏了脑子,便将他关进了祠堂。谁知第二日酒醒之后,他也没改口。呵呵,十三郎媳妇,你别怪他爹,我们白氏总是教育子弟端方守礼,却每每失策。我女儿跟人跑到了边疆,照家法被逐出了门。十一郎打小不听话,也跑了。教育实在不顶用……我家好不容易才出了十三郎这样一个人物,他爹原本对他的指望是登阁拜相,成一代名臣的。

"我劝不动他爹,十三郎就在祠堂里被关了好几日,日日都挨打——他爹当时被气疯了,不管不顾的,毕竟十三郎从前其实很听他的话……打了几日,十三郎找了个时机,一头撞到了柱子上。"

叶流春吓得一颤,老人却安抚她道:"不妨事,不妨事。这孩子心眼子最多,哪能真让自己死了?他只是一头把自己撞晕,借着府中请大夫乱糟糟的时候钻狗洞跑了。"

那是……几日?

在她等在窗前的时候,原来……他在受这样的折磨?

"后来的事,你都知道了。"老太爷叹道,"他在外面有产业,可能本来想直接带着你离开金陵。但是你走了。他浑身是血、失魂落魄地回到家,迎面被他爹打了一个耳光。那段时间,他疯了一般,逮到谁就跟谁打架,闹得全家上下鸡犬不宁……养好了伤,他留了封信给老头子,说要去汴都投奔他十一哥,就这么走了。"

说到这里,老太爷连连摇头:"我告诉过他爹,别逼孩子,别逼孩子。他非不听!

这下可好了，他不是不同意他娶青楼女子进门吗，十三郎干脆直接跑到花街柳巷住下了，日日吟诗作对，这些事甚至传到了金陵，那些诗写得……把他爹气得吹胡子瞪眼。

"就这么过了两年，他爹终于想开，这父子俩才重归于好……你进门之前，他早就上下威胁过了。他爹心有余悸，哪里敢多说。我今天跟你说的这番话，你可千万不要告诉十三郎，否则——"

"祖父！"

听见白沙汀的声音，老太爷立刻捂嘴噤声，笑着冲她摇了摇头。

白沙汀凑过来，笑眯眯地牵起了她的手——在长辈面前，她肯定不会挣开。

"马上开饭了，咱们一同过去吧。"

∽ ∽ ∽

从金陵离开之后，两人又回到了汴都。

汴都早已物是人非。周檀已经带着曲悠离京，回了临安。苏朝辞拜相，忙着清理余事。柏影辞官远游，归期不定。叶流春总疑心白沙汀已经知道了什么，然而他面临苏朝辞和艾笛声躲避的眼神时依旧嘻嘻哈哈，像什么都没看出来一样。

后来有一日，他大醉，带着她纵马到汴都郊外一座矮山上。她才知道，他心里清楚得很。

"这山上……这山上……是我那表兄为他在乎的人立的墓碑，拜祭他父母时……我跟着来过。"

叶流春看着他一座一座数过去，数到最后扑通一声跪在地上："你看，我就说……多了座新坟！"

他伸手去摸，在黑暗中闭着眼睛念道："挚友……柏影……"

叶流春心中一沉。

"他……"

"他们都以为我是傻子，"白沙汀抱着墓碑哈哈大笑，"都要……瞒着我，还有你……"他朝脸上胡乱抹了一把，微微提高了声调，"祖父是不是都告诉你了？从金陵回来，你对我好了许多……他肯定说了，他一直说话不算数，还不如我爹靠谱……你知道了，你可怜我……我不要你可怜我……"

叶流春想要把他扶起来，他却抱着墓碑不肯撒手，于是她恼了："我为什么要可怜你，不是你先——"

白沙汀虽然喝多了，与她吵架却清醒得很，一口咬回来："你连可怜都不可怜我？"

叶流春几乎被他气笑："是你先对不起我的，谁来可怜我？"

白沙汀气急败坏:"我对不起你,我知道错了!反正亲都结了,你不原谅就不原谅吧,这辈子——"

　　叶流春踢了他一脚:"起来,你在这里撒什么野!"

　　白沙汀嘴硬:"你管我?"

　　叶流春觉得有些头疼:"不是都……"她按了按眉心,把这句话说完,"不是都成亲了吗,你不想要我管,那我走了。"

　　她转身就走,白沙汀赶忙追过来,在她身后垂头丧气地跟着。

　　叶流春回头看了一眼,白沙汀就开始可怜兮兮地喊:"夫人,夫人夫人夫人夫人夫人夫人……"

　　走到山下,叶流春被他叫得心烦,恼怒地瞪了一眼,却没忍住,笑了:"闭嘴。"

　　对方立刻得寸进尺:"夫人抱抱。"

　　人生苦短,总是痛苦多,欢愉少。既然无法回头,彼此纠缠度过一生,多添些欢愉,掩盖旧日的痛楚,或许也……是最好的选择吧。

**番外七 碧簪游**

天雨微蓝……
檐下潇潇，故人来。

## 上·夜静花落

长廊尽头便是高府的迎客堂，名为溯雪，正值新岁，堂内坐了一排平日里见不着的亲戚，正在高夫人的陪伴下喝茶用果子。高云月推门进来，嗅到了花生烤焦后和着新茶的香气。

见她进门，高夫人立刻给她递了一个眼色，随后又如同什么都没有发生一般，继续温婉地陪人说话。高云月回了她一个了然的表情。她袅袅婷婷地福身："给诸位姨母、婶婶、姑嫂、舅母见礼，阿月近日偶感风寒，来晚了，还请见谅。"

她身着天青色刺绣罗襦，露着一襟淡黄的暗花丝缎裙边，莲步翩跹，行礼时耳边短坠一晃，姿态优美，半分不乱。

一侧的三姨母笑道："阿月这孩子打小就最有规矩，瞧这仪态、气度，都是大姐姐教得好。"

母亲这边几个姨母都是高云月常见的，今日堂中还坐着父亲那边的几个远房亲戚。

高云月略略扫了一眼，发现是那几个年节里才能见的妇人，马上来了兴趣，连带着腰都挺得更板正了一些。

如果曲悠在此，定会吐槽，此类场景实在是太像过年回家被七大姑八大姨围着问年龄、婚姻、工资、房、车和孩子了。

果然，一个妇人先开了口："哎哟哟，我家女子这辈从婉，方才说起来了，阿月怎么不叫婉月，叫着还更好听些。"

高夫人无奈地笑道："这孩子主意大，自己做主改的。"

那妇人便继续说："做女子的，主意大了不好，名字一改，说出去还以为不是咱们本家的姑娘呢……说来阿月年龄都过了，怎么还不议亲？我给你讲啊，这个姑娘过了十四岁再议亲就晚了，好人家可不多……"

三姨母非常同情地看了那妇人一眼，高云月立刻提着手边的铜纹莲花壶上前，殷切地添了一杯水："没认错的话，这应该是父亲常提的四姑姑的二妹妹，我该叫表姑母的吧？我听说姑母家有个庶出姐姐去年被谢老侯爷看上，这才一年就从外室抬成良妾了，可喜可贺呀。侯爷位高权重，姐姐出嫁时比我如今还大一岁呢，我——"

"四姑姑的二妹妹"嘴角抽搐了两下，立刻端起高云月刚倒的水，烫得龇牙咧嘴也没多话："都是闲话，闲话。"

她对侧另一个妇人嗤笑了一声，目光下移，却惊叫起来："阿月，你为何没有缠足？大嫂嫂不知道，现在女子缠足风行，不缠很难找到好夫家的，如今再缠，恐怕有些晚了。不过还来得及，我认识一个老大夫——"

高夫人还没开口，高云月立刻移步到那妇人身侧，攥着她的手情意恳切道："六姑姑说得极是。说起大夫，我正好想起，前几日我有个密友家中也寻了个千金圣手，这大夫不常在京都，可求子一方妙手奇绝，表哥表嫂来时不巧，如今正好荐给六姑姑——"

六姑姑立刻开口打断，劈手夺过她手中的铜壶，给自己倒了一杯："大嫂嫂向来关心我们这些亲戚，教出的女儿果然也是知礼守矩。看你这孩子，跑来跑去做什么，快回去坐着吧。"

高云月满意地回到自己的座位上。

对面的几个妇人聊起了闲话，见她坐下，仍有一个不死心的再次开口："阿月，上次我家婉香去你们那个什么——"

旁边人补充道："嘉福郡主办的莳花宴。"

"对对对，就那个宴会，听说你和哪家的女儿吵起来了，吵得满堂宾客都围观咯。要我说，你少和她们一起玩，多带带你这几个妹妹，那群人哪有你亲姊妹亲。你还跟人吵嘴，别闹得最后得罪人。四姑，你看，还是我们家婉香贴心，从来不和人吵架的哟……"

高云月点头应下："可不是嘛，表舅母，都怪嘉福郡主，非要联句，联到最后她自己都哑口无言了，旁边的人还吵着说没听够，啧……真不懂汴京这些贵女，要是都和表舅母还有婉香妹妹一样爱清静就好了。您说巧不巧，您最爱清静，家中却最热闹，回头我也办个宴会，表舅母把家里的姐姐妹妹都带上。真羡慕您哪，一家子人就能办个大宴……"

"哪里，哪里。"表舅母讪讪地赔了个笑，觉得有些坐不住了，索性起身，"今日不早了，我突地想起午后还约了人去看衣裳料子，就先告辞了。"

高夫人惊讶道："咱们好不容易坐下来喝茶聊闲话，怎的这就走了？"

高云月不无遗憾地附和道："是啊是啊。"

她一起身，刚才坐立不安的一众妇人立刻随着起身，客气地告辞。

"头痛乏力……"

"樊楼有约!"

高云月提着茶壶挽留:"姑嫂姊母们不多坐坐了吗,我还想请诸位到内室暂歇,点茶招呼呢。"

高夫人也道:"阿月这孩子点茶手艺可是一绝,大家不尝尝?"

"不了不了。"

"改日再来……"

不消一会儿,溯雪堂内便走得干干净净。高夫人松了一口气,看向下首的女儿,心里十分满意,口中却有些嗔怪:"你这样说话,还要不要闺秀的名声了?"

高云月拈起手边一枚蜜饯梅子,酸得五官扭曲:"反正又没外人,我都是真心诚意说的,可挑不出半分错来,我瞧着大家不是挺高兴的嘛。"

她身后跟着的侍女秋枝连忙点头:"姑夫人临走前还偷偷拉着我嘱咐了一句呢,叫我记得跟姑娘说把千金圣手荐来……"

高云月笑道:"好说,好说。"

到了午睡的时间,高夫人无奈地笑着,没有多说,只是叮嘱了一句:"正是年节里,你父亲事多,你跟你哥哥少到处乱跑。"

高云月行了个礼:"是。"

∽ ∽ ∽

高云月虽答应得痛快,但不久后的正月十五上元夜,她还是趁着父母亲操持宴会的空当,从正宴中逃了出来。

秋枝引着高云月穿过回廊,小声道:"大公子说在屋后等着姑娘。"

她没忍住,多问了一句:"姑娘,万一被发现了怎么办?"

高云月却教训她:"怎么会被发现?只要你今日紧闭房门、拉好帷帐,定然不会多事……放心吧。"

秋枝幽怨地道:"姑娘又不带着我。我还不是担心姑娘?都快要嫁人了,大街上这么乱……姑娘,你寻副面具戴上也好啊,万一被人认了出来,你还要不要——"

高云月被她念叨得心烦,连声道:"好好好,男装不够,我再寻副面具戴上,一定不让人认出来!"

她精心装扮了一番,才悄悄溜出后园。

檐前的高云阳看到她鬼鬼祟祟地凑来时,吓了一跳。她把自己画得剑眉星目,刻意垫了肩膀,甚至画了个以假乱真的喉结。高云阳带着她上车,啧啧叹道:"可以啊,我这都可以叫'弟弟'了……"

高云月得意道:"跟我一闺中密友学的。你放心,今日我还备了面具,快来戴上……听说上元街市中带着傩戏面具的百姓良多，万无一失，绝对不会被发现的。"

高云阳一边戴上那面具一边笑言："但愿如此……要不是你求我这么久，我才不干这种被父亲发现了就要挨打的事。"

高云月晃着他的胳膊："好哥哥，过了年我一定替你多劝父亲，让他放你去从军。"她凑近了些，眼睛亮亮，"还有，我可是替你问到了，年后曲伯父有意招婿……"

高云阳看了她一眼，脸却可疑地红了些："这还差不多。"

"嘶——"

马车顺着高府所在的显明坊朝着汴河行去，两人正在言语，马匹却突然受惊，长长地嘶鸣一声。车夫拉着缰绳，费了好大力气才停好车。

高云月差点被掀翻，她刚坐稳，就听见轿帘之外传来一个清亮的男子声音。

"不知何府车驾，我有急用，可否一借？放心，我也是往汴河去，不会误了阁下看灯的。"

高云阳撩开帘子看了一眼。顺着缝隙，她看见了一个身穿深蓝长袍的青年。那青年簪着发，书卷气颇重，瞧着落落大方，说话也沉稳，面上与他们一样，戴了副半面的傩戏面具。当街拦车一事荒诞不经，但此人看起来如此正经，实在不像能干出这种事情的人。

因着是偷偷出府，二人的马车上并未挂牌，这人拦到他们，想必是误打误撞。想到这里，高云月便冲高云阳一挑眉："你去，让车夫下去，他来驾车。当街拦车不雅，看来是有急事。"

高云阳其实并不介意与人为善，但碍于她在此，还是有些犹豫："他是外男……"
高云月道："如今我也是外男。"
于是高云阳下车，与对方矜持地交涉了一番。
那青年上了马车，未掀开轿帘，立刻毫不客气地甩鞭开跑："驾！"
马车奔驰的速度略快了些。

高云阳本还担心高云月害怕，正想提醒一句，却看见妹妹一脸跃跃欲试，还问他："你说，他这是要去哪儿啊？"

也不知是不是被听到了，马车疾驰间，高云月突然听见帘外传来一声轻笑。青年的声音低沉好听，比方才拦车时轻浮了几分："车上原来还有人。冒昧了，我姓任，不知二位姓甚名谁，咱们在汴都城中交个朋友。"

高云阳冲她摇了摇头，于是高云月压低声音，掩饰道："我和兄长单姓云，非京都人氏，任兄唤我一声'小云'便可。"

一层车帘外的青年在颠簸的行路声中嗯了一声，道："哦，小云公子。"
他没有继续说话。

高云月微微撩起车帘，只看见一个脊背挺直的蓝衣背影。他本将发簪得一丝不苟，但在颠簸中被夜风吹散了些许，于是有发丝被风扬起，倒为他添了几分潇洒风流的气息。高云月本想多看几眼，不料高云阳在她身后戳了一下，她回头瞪了一眼，懊恼地将帘子放下了。

马车跑了约有一刻钟的工夫，那青年才勒了缰绳，翻身跳下。他走得很急，匆匆一鞠躬后，只有声音传回车内："多谢两位公子，改日我摆宴樊楼，二位必要赏脸。"

高云阳往外探头，应了一声。高云月凑过去，却晚了些，只看见那青年匆忙离去的背影。他大步走进了马车前的一幢三层小楼。

高云月目光上移，瞧见匾额上四个大字——昌明赌坊。

这公子哥儿当街拦车疾驰半晌，居然是来赌钱的？

高云月觉得有些好笑，她看了一会儿，心念一动，于是瞥了一眼身侧的高云阳。高云阳有些疑惑，随即反应过来，难以置信地道："这种地方你也想去？做梦，我都没去过，绝对不会带你进去的！"

∞　∞　∞

任时鸣皱着眉穿过昌明赌坊的一层，直奔窗前。

不过预想中的紧张场景却没有出现，一个与他同样锦衣华袍的少年懒散地坐在窗边，见他来，抬手打了个招呼："表兄！"

"哟，阿杨，这就是你托小厮跟我说的，赌桌失手，马上就要被人砍了？"任时鸣有些讶异，他吹了个口哨，捡了手边一张椅子坐下，似笑非笑道，"坑我啊！"

"哪儿敢啊！"周杨连声回道，"这不是怕姨父和我兄长祭家祠，不放你出来，替你想办法嘛。"

任时鸣哼了一声，道："我就说，你怎么可能赌输。"

周杨得意扬扬："那当然……不过你来得也太快了，骑马来的？"

"我翻墙出来的，哪儿来的马？路上拦了辆正经马车……若被我爹知道了，我俩定然活不过今晚。"任时鸣瞪了他一眼，"我就知道不该信你的话，成事不足，败事有余，这下好了，怎么收场？"

"哎哟哟，"周杨从窗台上跳下来，夸张地朝他挤眼睛，"瞧不出表兄这么爱我，受宠若惊，受宠若惊。这样，今儿咱们索性去樊楼喝一场，我给你赔罪，如何？"

任时鸣勉强应了一声。

周杨继续道："不过，你方才还拦了良家子的马车？拦的谁家啊，你胆子真够大的，也不怕车里是位小娘子，告你一个登徒浪子欲行不轨！"

任时鸣抓起桌上的骰盅随手摇了一下，漫不经心地答道："你以为我跟你一样傻？这女子车驾，檐前必挂香包为信，我自然是挑男子车驾拦的，还特意拦了辆简朴的马车。车上二人不是汴都中人,我瞧着他们二位性子爽朗,不会有事的。"

周杨搭上任时鸣的肩膀,闻言道:"你没好好谢谢人家?"

任时鸣道:"说起来也是头痛,我方才太过心急,忘了问那两位云公子暂住何处……不过汴河上下就这一片,有缘总也能遇见的吧。"

二人同赌坊老板简单打了个招呼,便勾肩搭背地朝后院拴马的地方走去。

周杨拨了一下自己的高马尾,不以为然道:"反正这一顿是逃不了了,今日咱们不醉不归,要是能把我兄长也拐出来就好了……"

任时鸣凉凉地道:"别做梦了。"

他顿了顿,问:"兄长是不是快议亲了?"

周杨想了想,道:"我上次听了一耳朵,并不确切,那个……高家的大小姐,你见过没有?"

任时鸣喷了一声,道:"汴都的女子这么多,尤其是闺阁千金,我哪能都见过?"

周杨道:"我也没见过,只是去岁嘉福郡主办了场花宴,高家这大小姐跟一个史官家的女儿联句一百零八,京都美谈哪!若是她来给我做嫂嫂,想来也不错。"

任时鸣上了马,优哉游哉地回想了一下,道:"你这么一说,我好像有点印象,但是确实不曾见过。"

"我兄长必得配这世间最好的女子。"周杨追了上来,在一侧叹道,"下次有机会,咱们一起去看看呗。"

任时鸣眨了眨眼睛,慢条斯理地说:"看我心情。"

周杨抬鞭子抽了抽他的马:"去你的。"

任时鸣捡了手边准备好的傩戏面具,扔给周杨:"你把脸遮上吧,以免被兄长的朋友认出来,告咱们一状。"

周杨一把接住,朝他做了个鬼脸。

∽ ∽ ∽

"小云公子,这么巧?"

在汴河周遭逛了一圈之后,高云月与高云阳一同去了樊楼。因不敢去惯常的雅间,二人只好在大堂捡了个位子,要了些甜食。喧闹中,高云月突然听见了一个熟悉的声音。

青年身上香草的气味在美食中显得沉静动人,渐次逼近。她放下木箸,缓缓地转过头。

可惜他戴着面具,她瞧不清楚这张脸。青年一袭窄袖蓝袍,袍上泛着银光,是兰花暗纹,并不张扬、肆意。不同于爱戴帷帽或是扎马尾的同龄人,他早早地用一支碧玉短簪束了发,想是方才还没空打理,此刻他的鬓发还有些凌乱。鬓发之下则是一副狰狞的面具,面具之下是锋利的颌骨,鼻梁挺,嘴唇薄,自带三分笑意。

好可惜，她其实很好奇对方长什么样子。

周杨瞥了任时鸣一眼，问道："可是小云公子？幸会幸会！"

任时鸣反应过来，连忙抬手行了个礼："方才还说要多谢二位公子，这不就碰上了？今日恰巧，二位随我们一同上四层雅间去吧。"

高云阳颇为犹豫："这……"

高云月却飞快地接了话："这多不好意思。但既然二位兄台邀请，我们兄弟二人就却之不恭了。"

高云阳还未搞清楚状况，高云月便跟着二人上了四层。他十分无奈，只得抬脚跟上。

小二将这两位熟客引进了一间名为"逍遥游"的包厢，翻了牌子，又送来竹制的菜品名录。

高云月随手点了好几块牌子，引得一侧的周杨高呼知己："小云公子是何方人氏，为何同我这个临安出身的地方人口味如此相似？"

说实话，这菜都是曲悠推荐的。

高云阳目瞪口呆地看着他在外人眼中清清冷冷、眼高于顶的妹妹眼睛都不眨地编瞎话："巧得很，我也是临安人。"

任时鸣在一侧饶有兴趣地问："那小云公子上京来所为何事？"

高云月正色道："自是为了科考。"

"方才我这弟弟开口邀请，我还担忧小云公子不肯吃我们的宴。"侍者上了酒，任时鸣拎着酒壶添满一只五瓣莲花酒杯，戏谑道，"我瞧着小云公子年岁尚小，想来必是手不释卷，勤勉读书，鲜少见我等纨绔子弟，今日冲撞，月初先自罚一杯。"他抬手把酒喝光了，目光却一直落在高云月身上。

这位小云公子虽戴着面具，但也能看出他生得极为秀气，就算汴都内也难找到如此样貌的贵公子，乌发红唇，身材纤细，举手投足都颇为不凡。更何况……他就是汴都本地生人，听得一清二楚，对方一点江南口音都无，却要说自己出身临安。

有些意思。

原来他叫月初。高云月这么想着，没有多问，只是接过酒壶，为自己也添了一杯："言重了，举手之劳。"

任时鸣瞧着她一饮而尽，略微讶异："小云公子豪爽。"

酒是桂花陈酿，芬芳馥郁，高云月一杯喝完，意犹未尽："月初兄谬赞了。"

任时鸣目不转睛地瞧着她，甚至注意到她的指尖略微留恋地在酒壶上拂了拂，心中不免觉得好笑，转身吩咐人又上了一壶酒。

高云阳攥着酒杯，已经彻底看傻了。不过一刻钟的工夫，妹妹已经与那二人混得推杯换盏，良久才想起自己还带了个哥哥，于是转过头来，热情地将他吹捧了一番，说他是上京考武举的，力大无穷，无人能敌。

周杨颇感兴趣，缠着他讨论起了拳脚功夫。他真看不出来，妹妹于交际一道，竟颇有心得。

门外渐次响起丝竹管弦之音。几人所处是樊楼的东楼，今日正是上元夜，最热闹的节庆，特定时间便有乐伎巡楼献艺。乐声响了一会儿，一把温婉的女声在珠帘外隐隐约约地传过来——

"……红笺小字，说尽平生意。鸿雁在云鱼在水，惆怅此情难寄。斜阳独倚西楼，遥山恰对帘钩。人面不知何处，绿波依旧东流。"

高云月边吃边听，听得正入神，忽而有人恭敬地推开了包厢的竹门。脂粉香自屏风后漫过来，随后高云月看见一个头簪牡丹、怀抱月琴的花魁娘子。她莲步翩跹地绕过门前的屏风走了进来，盈盈行了一礼。

周杨一见她就乐了："春娘子，好久不见！"

高云月吓了一跳，下意识地想要转身回避，但想起今日自己穿了男装又戴着面具，才勉强镇定了几分。

任时鸣闲倚在桌边，抬眼看了看，顺手拾了手边的葡萄，轻佻地扔了一颗过去。

叶流春接了，无奈地瞪了他一眼："瞧着你们这'逍遥游'有人，才过来看看，怎么只有你二人，你们兄长呢？"

周杨嘿嘿一笑，没有答话。

叶流春便戏谑道："哟，我说呢，上元夜，你们二人又趁着祭祖跑出来……改日我定要告诉你们兄长，叫他好生管教一番。"

任时鸣挑了挑眉，伸手拨弄了一下叶流春的月琴："别啊，今日既遇见了，那是咱们的缘分。春娘子方才那首《清平乐》，甚好。"

叶流春顺着他的动作撩了一下琴弦。

高云月托腮看着，暗自感叹，顺便偷偷在桌下拧了看痴了的高云阳一把，不料他没忍住，哎哟地痛呼一声。任时鸣和叶流春一同看了过来，高云月大为尴尬。

叶流春却掩面轻笑一声，打量了高云月几眼，毫不避讳地调笑道："这两位公子面生，是你们的新朋友吗？我瞧着这一位生得婀娜风流，不逊色于你和你兄长。"

"这是两位云公子，临安来的，与我兄长还是同乡。"任时鸣介绍完了，玩笑道，"春娘这话说得叫人伤心，我觉得，还是找更好看些。"

席间几人哈哈大笑。高云阳在一侧连耳根都红透了，高云月白了他一眼，拿起桌上的酒杯："娘子谬赞，相逢是缘，我敬娘子一杯酒吧。"

周杨拍着大腿起哄："哎呀，小云兄弟有所不知，春娘子可不是谁的酒都喝的——"

他还没说完，叶流春就接过她的酒杯，仰头一饮而尽，一双美目笑吟吟的："美人儿的酒，自然是要喝的。"

她以"美人儿"比拟，莫非看出了自己的身份？若在樊楼被揭穿了女子身份，那麻烦可就大了。所幸叶流春只是若有所思地含笑打量着她，并未多话，很快把目光收了回来。她调好月琴的弦，行至屏风前坐好，将方才高云月听得不甚真切的《清平乐》又弹了一遍。

直到临走时，高云月还对此曲此琴赞不绝口。她自小爱乐，出席的大小宴会不少，只是时机不巧，虽早有耳闻，但不曾听过叶流春献艺，如今近些听，简直惊为天人。怪不得她名声如此盛，这月琴堪称国手。

高云月与叶流春聊得有几分投契，紧随着她自四层下楼。

樊楼中庭阶梯之上是漆红的各级栏杆。见叶流春下楼，不断有客自楼上抛下香囊为她叫好。不知是谁自左侧扬起了桃花花瓣，有灯笼的光自楼顶照下，叶流春抱着月琴行礼，仪态极妍，高云月看得赞叹不已。她在心中十分遗憾地想着，可惜时机不对，如若不然，真想叫曲悠一同来结识一下这名满汴都的春娘子，这才是风流人物。

二人走到樊楼门口，正准备告别，自左侧台阶上便下来一个醉醺醺的男子。那男子带着左右家丁十余人，见到叶流春，他立刻眼睛一亮，上前来扬声唤道："春娘子！"

高云月看见叶流春眉心微微一蹙，退了一步。她恰好在叶流春身侧，想也没想便伸出一只胳膊挡在那男子面前："这位公子，慎行。"

任时鸣刚刚往前走了一步，就看见那弱不禁风的小云公子飞快地挡在叶流春面前，不由得顿了顿。

一侧的周杨向他投来一个颇为赞许的目光。

那男子身侧的一个家丁立刻扬声喝道："放肆，知道我们公子是谁吗？"

"欸，不得……无礼！"那男子打量了高云月几眼，颠三倒四地笑道，"这是谁家的……谁家的小公子，怎的我没见过？报上名来，以后哥哥……哥哥罩着你。"

高云月嗅到了一股酒水混合脂粉的气味，有些反胃。

那男子转头说："春娘子，我……我三登你春风化雨楼，一掷千金，你却不肯让我入顶楼为客？今日，你得给我个说法……"

叶流春平静地微笑着："杜公子想要什么说法？"

"你……你和你身边这位小公子，今日陪我喝上几杯，爷高兴了，就不计较，如何？"杜高峻大着舌头调笑，"春娘子今日还带了月琴，甚好！"

叶流春并未接话，她伸手在月琴的弦上微微拨弄，两声琴音被淹没在灯火辉映的汴河前。

"杜公子，你应该知我春风化雨楼的规矩。春娘待客，只待投缘之人，喝酒，只喝怡情之酒。杜公子今日如此，恕难从命。"

杜高峻向前趔趄两步，连忙有家丁过来扶住了他。他似乎被叶流春方才的言语惹恼了，也不顾是否体面，便不干不净地骂道："老子叫你弹琴，是给你面子，不要以为……以为你做劳什子汴都花魁就能给我摆脸色！我告诉你，我动动手指，就能让你在汴都活不下去！你前些时日在楼中秘密相见的客人是谁，可有我位高权重？"

他一边说一边上前，似乎想扯叶流春的衣摆。

高云月听得心头火起，仗着乔装打扮无人识，一把打开了他的手："听不懂人话？我姐姐不愿与你喝酒，汴都中心，樊楼脚下，你还要动手不成？上元不宵禁，昭罪司的人四处巡查，你若再纠缠不休——"

她还没说完，杜高峻便哈哈大笑地打断了她："昭罪司？"

他左右看了两眼，对自己的家丁道："你们听见了没有，她说要寻昭罪司的人来抓我？"

一个家丁便张狂道："就算抓到京都府典刑寺，我家公子也无甚可怕！"

杜高峻察觉到高云月面上掠过一丝茫然，对她更感兴趣，伸手想要揭开她的面具："哟，小公子瞧着不是京都人氏吧，这初来此地，我不同你计较——"

"杜公子……火气别这么大嘛。"

杜高峻喝得东倒西歪，一时并未看见高云月和叶流春身后的三人，此刻被这声音一激，立时吓出了一身冷汗："周……周——任？"

杜高峻揉了揉眼睛，眼看着周杨和任时鸣从廊下的阴影中缓步走出，差点咬到自己的舌头："你……你们不是被……被关……"

半个月前，他在春风化雨楼闹事，就是被这两个人设计捉弄了一番。他虽告了一状，让任时鸣和周杨被责令禁足家中，可自己也没落下几分好，挨打了不说，还被父亲骂了个狗血淋头。他心情郁闷，今日喝多了酒，又看见叶流春，新仇旧恨一齐涌来，只以为二人还未被放出来，才敢上前调戏，不料他们竟然就在身后。

任时鸣冲他歪了歪头，缓步走过来，挡在他和高云月之间："半个月不见，杜公子还是这么急躁。哥哥教给你的话，你是不是都忘了？"

周杨在任时鸣身后笑眯眯地看着他，杜高峻在这俩人的目光下腿都软了，却不肯服输。他扶着身侧一个家丁的肩膀，结结巴巴地逞强："愣……都愣着干什么，看不出有人要找你们主子麻烦？"

他们二人虽戴着面具，但杜高峻身边的家丁似乎也都认得这二人，犹豫了几分，居然没有一个敢上前。

任时鸣颇为愉悦地瞧着他："又要打架啊？这里可是樊楼，不好吧？"

杜高峻重复道："是啊……不好吧，你你你……"

周杨凑过去拍了拍他的肩膀："这样吧，我俩今天有朋友，你给我个面子，今日之事就这么算了可好？改日，我们请你喝酒。"

杜高峻仿佛找到了台阶，飞快地借坡下驴："既然二少爷都这么说了，我……我还有要事，就不多说了，告辞！"语罢，他立刻带着周身的家丁逃之夭夭。

周杨搭上任时鸣的肩膀，啧啧叹道："他怕我就算了，毕竟上次和我动手没落着好，但是你都没有习过武，他怎么这么怕你。上次你对他说什么了？"

任时鸣却道："你猜。"

高云阳瞧着这两人，心中颇为赞许。他自小爱武，性子单纯，比起旁的世家公子，更多了一分宽容的憨厚。今夜他话不多，但任时鸣坐在他身侧，频频为他添酒，无意之中的照拂让他对这个人十分有好感。他本以为二人不过是汴都城内最常见的纨绔公子，如今看来，他们又添了几分侠气，纵出入赌坊不妙，还是值得结交。饶是如此，高云阳看了看天色，还是道："二位公子，我和我小弟还有事情，要先行回府了。"

高云月下意识地朝两人行了个女儿家的常礼。

周杨没心没肺，没有看出来。

任时鸣却略微诧异，立刻拽着周杨退了一步，给她回礼，目光中带着几分歉然："今日是我唐突，再给二位公子赔罪。"

听他说完，高云月才发觉自己方才犯了个错误，她有些懊恼地转身上了马车，却没忍住，撩开帘子看了一眼。

周杨正在跟任时鸣说着什么，完全没有注意。而任时鸣只是站在原地目送着他们。见她掀帘看来，他愣了愣，立刻抬手解起了自己的面具。年轻公子将面具取了下来，可就是这般不巧，樊楼前恰好有一个舞火龙的队伍经过，一个汉子喝了一口烈酒，噗地在他们之间喷出一个灿烂明亮的火团。

马车离去，等到火光散去时，高云月已经瞧不清他的模样了。高云阳在马车中喋喋不休，对周杨的拳脚功夫颇有兴趣。高云月充耳不闻，怔然回想起方才火光冲天的刹那。那团火，或许不只是燃在她的眼前。

高云阳见她发呆，以为是她遗憾，忙道："阿月不必伤怀，改日哥哥再带你出来游玩……不过我告诉你，你自己可不许偷跑出来啊，带多少仆役都不行。你一个姑娘家，危险得紧……还有，这两位公子倒有些意思，改日我打听一番他们是何出身。都在汴都城内，我瞧他们出身不凡，想必还有见面的机缘。"

高云月应了一声，靠在马车的车壁上，闭上了眼睛。

那时候她真的以为，他们很快就会再有相见的机会。

∽ ∽ ∽

元月将过，顾之言在朝中死谏，阻止燃烛楼兴建。帝王大怒，燃烛楼一案兴。汴都风声鹤唳，街道冷落。

高云月被关在家中，没有再寻到机会外出。与太子的婚事作罢后，她日日被父亲逼迫，隔着帘子相看各路青年才俊。

可那位姓任的公子从来不曾出现过。

直至一年以后的除夜。

高云月叫婢女给周檀那位醉倒在地的弟弟送了一方手帕。他爬起来拱手行了个礼，她也放下了袖子。

"好奇怪的人，周大人怎的有这样奇怪的亲戚？"

"不过，长得还是蛮好看的。"

她上了马车，又威胁秋枝："秋枝，今日之事不许外传啊，若让父亲母亲知道我偷偷跑出来……"高云月一边说着，一边闲闲地掀了帘子，又朝外看了一眼。

那位受了她帕子的青年并没有走远，他攥着她那方素白的帕子站在不远处发呆，看起来伤心到了极点。好似是因为喝得太多了，一阵寒风吹过，他晃晃悠悠地向一侧歪了几步，险些直接跪下。

高云月鬼使神差地下了马车，朝他走近几步，在朦胧的夜色和爆竹燃放后的硝烟中，定定地看着他的身影。一些她自以为已经遗忘的记忆清清楚楚地浮现出来。或许连她自己都不敢相信，他们的重逢，会发生在这样的境地。

## 下·春涧月出

曲悠从边疆寄了信回来，随信附带干杏花制的花签两枚。高则在前厅见新科士子，欢声笑语不时传来。

高云月坐在屏风之后，磨墨润笔，却不知道该写什么，那些笑声听得她有些心烦，却又不好直接发作。她托着腮发呆，直到听见一个熟悉的声音。

"……学生问高公安好。"

"呵呵，是月初啊，快起来……你同小周大人是表亲之谊，不必客套，叫我一声'伯父'也无妨。你那篇文章，我看了，斐然成章，有经纬天地之才啊！"

"高公过奖了，学生从前不明忠奸是非，闹出许多错事，如今回想，实在惭愧。"

"你还年轻，有则改之、无则加勉嘛。你兄长卓荦不凡，你自然也是好的。"

"能有兄长十一，月初就心满意足了。"

…………

高云月迟钝地想，春闱放榜，她全无关注，早知今年他要下场，该去看一眼的。她端正坐着，继续为回信的字句发愁，却不似方才那般烦躁，开始无意识地仔细听屏风前的对话。

青年的声音温润、低沉，与当年在樊楼时一般无二，多了些谦卑和宽厚。她一字不落地听完了。

高则今日所请的士子不多，因着任时鸣是周檀表亲，谈吐亦不凡，高则便留他多说了会儿话。堂前士子纷纷告辞，曲向文本有意等任时鸣一起走，但见他踟蹰，便先行离去了。高则面上不显,心中却纳罕,直到任时鸣终于起身告辞,目光向一侧的屏风瞟了瞟。他保持着拱手的礼仪,不知为何出神了一瞬。

夕阳光将他的影子映到屏风上,影影绰绰,看不真切,但高云月察觉到了他的目光,怔然起了身。高则多瞧了几眼,有些讶异,便咳了一声。

任时鸣这才回过神来,带着羞赧和惭愧地重拜:"高公……"

高则却问:"月初此处有故人?"

任时鸣缓缓地摇了摇头,又轻轻点头。

高则的目光落在屏风后不知何时起身的影子,微微冷了冷。犹豫片刻,高则缓缓道:"这屏风素白一片,只有青山花草图样,我正欲题句,月初……可有想法?"

高云月低头看着空白一片的信笺,一动未动。

周遭一片诡异的寂静。

直到任时鸣重新开口,他的声音中有几分颤抖,轻而柔缓:"……山中人兮,芳杜若。"

高云月抿了抿嘴唇,连自己都没有发觉自己露出了微笑。她以气声轻轻地道:"油嘴滑舌。"

将任时鸣送走后,高则负手回来,瞧见女儿正端端正正地坐在屏风后的书案前写字。他凑近了些,见她写的是《山鬼》。

"……山中人兮芳杜若,饮石泉兮荫松柏。

"君思我兮……然疑作。"

高则有些纳闷,又觉得有点好笑:"何时相识的故人?竟让我女儿都开始疑神疑鬼,反复思虑了?"

高云月瞥了他一眼,装作听不懂:"爹在说什么,女儿不太明白。"

高则摇了摇头,叹道:"啧……"

他转头便走,口中念叨:"年轻士子尚须努力,高攀一道省力不少,只怕少女春怀心乱,最后只有妾意无郎心、花自飘零水自流——"

高云月没忍住,在他身后嗔怒道:"他不是这种人!"

高则没忍住,哈哈大笑:"但愿如此!"

∽ ∽ ∽

任时鸣高中甲榜,高则本有意让他和曲向文一同经由琼庭入六部,他却自请留在琼庭,专心做修撰典籍的工作。从琼庭入六部,外放之后再回京,便是一等士子——政事堂中诸人多是经由此道入阁。其中,入琼庭虽是必经之路,但毕竟只经手文书和典籍,清而不贵。

高云月私下同任时鸣见了几面。

二人极为守礼，他请她去樊楼的"逍遥游"，或者她请他去"庆春泽"，隔桌相望。侍女小厮俱在，高云月正襟危坐，用两根手指拈起茶杯，只有掩面饮下时才能寻到机会偷看对方一眼。

"你为何要去琼庭？"

傍晚时分，檐角的金铃在夏日的风中丁零作响，流淌的余晖照在流淌的人群中。人间的喧闹被纳入小小一只铃铛，再悦耳地传出。任时鸣单手持杯瞧着窗外，有些出神。听见她的询问，他才移回目光，低声地回答："我与兄长是不同的。"

高云月垂着眼睛，没有作声。

"兄长心中有丘壑，有夫妻、师长、情义，有苍生万民、无定河边骨……我眼瞧着他一路走来，贪心非常，可所求皆不为己，于是良苦此身。我敬慕不已，从前也做过贪心的梦。"任时鸣苦笑了一声，话语一转，"……可燃烛楼案后，我发现自己做不得自己心中所想的人，苍生天下于我而言终归太过缥缈，为了报复兄长，我竟可以将他们毫不犹豫地背弃。思及此，辗转反侧，我忽觉得，情之于我，太过重了……修身不得，不配居高位。"

高云月张了张嘴，刚想说什么，任时鸣就直直地对上了她的目光，轻声继续道："但于我而言，这不算是一件坏事。"

侍女和小厮听不懂他们在说什么，金铃仍旧在响。

任时鸣突然从袖中掏出一副狰狞的傩戏面具，搁在桌上。随后他起身长揖，以作别。

高云月的目光落在一侧琉璃盘中的紫葡萄上，她心念一动，摘了一颗下来，回忆着初见时他的模样，将那颗葡萄扔了过去："喂。"

任时鸣伸手接住，反复摩挲了几下。他抬起头来，露出一个如他们初见时一般意气风发、风流恣意的笑容。

"登白薠兮骋望，与佳期兮夕张。"

"鸟何萃兮蘋中，罾何为兮木上？"

年轻公子的身影消失后，秋枝没忍住，凑过来好奇地问："姑娘，他最后念的句子是什么意思？"

高云月没有回答，只是勾着唇角，并不很真心地骂了一句："登徒子……"说什么"思公子兮未敢言"，分明已经清楚得不能更清楚了。

∽ ∽ ∽

临近除夕，高则收到了任时鸣的庚帖。

高云月随母亲照例去岫青寺礼佛，下山之后在路边遇见了一个老道。高夫人见那老道衣着单薄，心生怜悯，便叫丫鬟送他一件斗篷。谁料那老道收了斗篷，非说要还恩,隔着马车为高云月卜了一卦。

高云月眼瞧着他见了自己的八字后开始在沙地上涂涂画画,不由得奇道:"师父这是什么卦数,倒是从未见过。"

"不是师父,是道长。"那老道执着地纠正,随后道,"紫微星诀,三合四化……啊。"

他忽地抬起头来,朝高云月身后看了一眼,眼神中带着些许怜悯之色,口中念念有词:"坎为水,暗害生……又逢灾煞和丧门,大凶,大凶……"

高云月没有听懂那老道的意思,正欲多问,那老道却不解释,只是摇了摇头,顺手从袖口处摸出一个平安符,塞给了她:"一衣之恩,我保你一命,此符不可离身,切记,切记呀。"说完,他转身就走,甚至连高夫人备下的铜钱都没要。

高云月拿着那个简朴的平安符发呆,不解道:"母亲,这个……"

高夫人瞧了一眼:"罢了,都是机缘,叫你带着你就带着吧。"

∽　∽　∽

从高府逃出来,落入汴河之后,高云月衣袖中的平安符顺着水流漂过她的眼前。那个时候,高云月才突然明白那老道言语中的意思。耳边的声音交织错杂,纷乱一片。

"阿月,你要活下去!"

"父亲,母亲……"

"你是我的女儿,我眼见你从襁褓中的婴儿出落得亭亭玉立,总想着应有世界上最好的男子配你。只是我错看了人,已无回头之路……我与你母亲拼尽全力,也要为你从这污血之中开一条生路出来。

"……向西去,去找你知交的夫君,让他庇护你。你若想知晓当年之事,就去问他。我们深陷衰朽、浑浊不能自拔,可我信,他的选择会为天下开出晴明之道。

"阿月,正己、修身、不骄、不馁,居高位不能飘忽不知所以,处贫贱不以卑微脱逃是非……这是我教给你和你哥哥的,今后父亲不能护着你们了,你们……切要保重啊。"

高云阳护着她从高府的后园出逃。他用黑色的长披风将她兜头裹住,急急地在令人惊惶的夜色中穿行。

可不知是否有人告密,很快就有追兵顺着汴河找到了他们。

高则本已松口,开春便许高云阳从军。他自小就做大将军的梦,可最终只在保护妹妹一件事上做成了英雄。

"阿月,快走!"

高云月迟迟抬起头来,感觉有鲜血顺着她的脸颊一滴一滴地滑落下来,哥哥已经浑身是血——在方才与那些带刀兵士的交手中,他寡不敌众,受了很重的伤。她被推了一把，侧身狼狈地跌入了漆黑的汴河。

最后一瞬，她只看见鲜红的剑刃洞穿了兄长的胸膛。

"下去搜，将人捞上来！"

"是！"

…………

高云月不识水性，跌入汴河之后，随着潜流沉沉地向下落去。

或许死在这里也好，她想。父母兄长皆死于非命，似乎她也没有活下去的必要。只是她没想到，有人抓住了她的胳膊。

高云月大惊，惶然睁开了眼睛。就算是那些追兵，也不会这么快！她还没有看清楚对方的模样，对方就一把将她拉到自己身前，随后捧住她的脸，深深地渡了口气给她。嘴唇冰凉，这接触不带一丝情欲气息。

她终于有力气去端详对方，却发现那赫然是一张熟悉的面庞。

任时鸣轻轻揽着她的腰，顺水划了几下，随后奋力往上游，带着她在一个黑暗的桥洞之下浮出了水面。

"呼——"

高云月长长地舒了一口气，因憋气时间太久，她眼前甚至已经出现濒死的幻觉。

任时鸣抹了一把脸上的水，抱着她上了一侧早已准备好的一只小舟。高云月在他怀中湿漉漉地发抖，一句话都说不出来。任时鸣一只手死死地扶着她的肩膀，似乎想要传递些力气给她。

两人顺水漂流了一会儿，便有一支长杆遥遥地将小舟拦了下来。模糊的灯火里，高云月嗅到了雪中春信的气味。

"春姐姐……"

叶流春鲜少扮男装，此刻见她如此，终究顾不得许多，赶紧扑过来，将她上下打量了一遍，急急问道："受伤了吗？"她刚问完这一句，就在昏黄的灯光下瞧见了高云月脸上那道长长的伤口。那伤口刚浸了水，已红肿了一片。叶流春一怔，立刻掏出随身携带的伤药，抖落些在她脸上。高云月发着抖，目光投向一侧瘫倒在地的任时鸣。

任时鸣抬起手来，有气无力地向叶流春行了个礼表示谢意，随后低声对高云月解释道："我知今日高府有事，但实在无能为力，只能暗中蛰伏，救你一把……抱歉。"

怪不得她刚刚落水就有人来救，兄长分明知道她不识水性，想必是看见了暗处的任时鸣，才敢放心地将她推入汴河。她想摇头，却碍于叶流春在涂药，只好伸出一只手来抓住他的衣摆，以表谢意。任时鸣从地面上爬起来，跪在她面前，沉默地攥住了那只手。

叶流春将高云月和任时鸣暂且藏在春风化雨楼。

可高云月知道，她终究庇护不了他们多久。凭借叶流春和宋世琰的交情，还不足以让他高抬贵手。所幸宋世琰并不知晓她和任时鸣的关系，任时鸣尚未正式授官，对外只说远游去了，一时不至牵连家人。

宋世琰罗织春明诗案，抓了白沙汀。高云月不能再留在汴都了。叶流春将她托付给了任时鸣和艾笛声，临别之时攥着她的手说了许多话。

第二日上路以后，高云月才知，为了救下白沙汀，也为给她的离开争取时间，叶流春自甘入太子府，做了宋世琰的侍妾。她想起初见之时，叶流春一眼认出了她的女儿身，笑吟吟地喝了她的酒。在园子里再见时，曲悠兴致勃勃地拉着叶流春的手，要她唱一首新曲，叶流春含笑看了她一眼。那时她就知道，她肯定认出她了。她没好意思开口问当日那个戴着面具的公子的身份，执着地相信他们一定会有再见的机会。如今任时鸣就在她身侧，温柔待她的姐姐却不在了。

宫门深似海。父亲、母亲、兄长、姐姐……如今只剩她孑然一人，至多还有远方的挚友。

和身侧的……朋友。

高云月想，其实她真的算不得一个温婉贤淑的女子。

从前，她眼高于顶，对不喜欢的人从来不放在眼里，就算对着至亲，也是拌嘴的时候多，温情的时候少。而身侧的男子……她虽然不曾因自己的身份对他颐指气使过，但在内心深处总觉得他是高攀了她。如今，家门败落，她一夕间一无所有，面上不现分毫，仍旧像从前一般与他相处，甚至会因小事对他大发脾气。任时鸣照单全收，从来不曾对她说过一句重话。

她这般作为……或许是因为害怕吧？从被任时鸣救起，高云月心中就有诸多疑问，可她不敢问出口。

——如今我已经什么都给不了你了，更有甚者，一不小心，你的仕途、你的前程，甚至你的亲人，都会被我拖入地狱。

——我已经什么都没有了，没有亲人，没有依仗，甚至失却了赖以骄傲的美貌，我们之间发乎情止乎礼……你还要与我一同远游吗？

她早该问出口的，可是她不敢，只好用糟糕的脾气不断试探，用强撑的骄傲反复探寻不离不弃的证据。

他们出了汴都，一路西行。

宋世琰并未放弃寻找他们，甚至猜测到他们会往郗州去。为了躲避追兵，他们不敢留宿驿站，白日里遮遮掩掩，夜间上路。城门口的士兵拿着并不太像的画像敷衍地盘问过路人。

高云月丢了叶流春给她的伤药，任凭面上的伤口肿胀、出脓。任时鸣起先不知，后来发觉她休息时都不愿摘下斗笠才察觉一二。他抢了她的斗笠，看见那冰雪般洁白美丽的面上留下了一道鲜红的伤疤。

高云月将斗笠抢回去，匆匆戴上。

"……就说我生了烂疮，烂在脸上，那些盘查之人嫌恶心，就不会仔细看了。"

隔着纱帘，她听见面前之人发出了一声很轻的啜泣。

高云月从前觉得任时鸣是个话多的性子，可境遇翻转之后，她发觉原来他也没有这么爱说话，譬如伤心到极点的时候，他和她一样，什么都说不出来。她凑过去抱住了他，任时鸣抱着她的腰，失声痛哭。

他什么都没说，可她知晓他眼泪中的意味。从那之后，二人的交流便多了些。

在没有风声的夜晚，高云月走得累了，他就背起她，和她低声聊起从未对旁人说过的话。

"阿月，你知道吗，其实……我才不是一个好人，我生性凉薄，总以为自己天下第一聪明，疑心这世间对我最好的兄长，甚至背弃良心，去与他作对。"

高云月揽紧了他的脖子，沉默地听着。

"后来我无数次问过自己，为什么父亲和阿杨都可以毫不犹豫地相信兄长，我却不能……我总觉得自己太怕失去，失去后太过伤心，一定要持刀相斗，才能让自己痛快一些。"

她低声说："知错而后能改，为时不晚。"

任时鸣笑了一声，也只有在这笑声中，她才能将昔年鲜衣怒马的年轻人同眼前人联系在一起。

"你也是啊，阿月。"任时鸣认真地说，"我曾经对至亲之人，也总是口是心非、冷心冷情，后来悔之晚矣。不过是一句真心的话罢了，说出口，没有那么难的。"

高云月感觉心中酸涩地一痛。她在他后背上听见风声，听见夜里寂静的喧嚣声，听见男子轻微的喘息，想开口说一句"多谢"，还是没有说出口。

连日的逃亡几乎耗光了他们的银钱和体力。临近西境，日照时间开始无限变长，朔漠无边，哪怕是遇见好心的当地人为他们带路，二人也折腾得筋疲力尽。日光照着高云月脸颊上的伤疤，带来一阵辛辣的刺痛。任时鸣寻了布条，将她牢牢地捆在自己背上，一步一步艰难地行走。察觉到她昏昏欲睡，任时鸣强打着精神同她说话，野风一吹，声音便散在黄沙里。

"阿月，认识我之前，你有什么趣事，可否与我分享？"

"当年上元夜后，找找了你许久，可惜从未见过……你寻过我吗？"

"念给你的那句《楚辞》，你究竟知不知道是什么意思啊？"

"我把庚帖送到你府中，心中却担忧得很……我知道你父亲想让你早些嫁人。选了我，是不是出于你本心？倘若不是，我绝不会挟恩威胁……女子不嫁人，也有天高海阔，未来，还有很多很多的路等着你走。"

"阿月，你要撑下去啊。"

"阿月……"

阿月。

高云月在昏沉的痛意里落了一滴眼泪，眼泪滑过伤口，激得她清醒了几分。

"等……等到了郜州……

"等天下太平……"

她不管不顾地流着眼泪，生平第一次觉得自己如此坦诚："……是我的本心，我要嫁给你，因为我喜欢你——月初，当年上元夜初见，我就喜欢你……你呢？"

任时鸣怔了怔，露出笑来，因干燥缺水而破皮的双唇勾起，带来一阵撕裂般的疼痛，他尝到了鲜血的味道。

"我也一样。"

∽ ∽ ∽

回到汴都之后，任时鸣陪着高云月去城墙之下寻找宋世琰的尸体。那辆飞驰而来的马车把他碾得粉身碎骨，高云月十分耐心地集了他零碎的骨血，只抛下了一件血衣，随后将它们焚于荒野。她本是官门贵女，汴都生变之前甚至不曾亲眼见过尸体，如今双手被污血染得红黑一片，她却意外地平静，焚尸之后才脸色苍白地干呕了许久。脸上那道伤经过长久的调养，已经愈合，可是医治时间太晚，终归留下了一道不能消失的伤痕。她笑自己是白璧微瑕。

任时鸣却说玉必有瑕才完美。

宋世翾登基之后为高则平反，为高云月封了一个郡主的名头。

她孤身回到高府那座孤零零的宅子，住了两日又搬了出去，在东街买了座宅子，同出嫁前的叶流春住在一起。

算起来，她刚刚年满二十，却无端觉得自己已经老了。

她再也无法回想起当年做天真少女的日子，即使连当年与她不睦的贵女如今见了她也是钦佩和奉承，她不想面对她们带着同情的眼神。她是高家的女儿，从来都是施恩给别人的，怎么受得了别人来可怜她？

这样的心情在瞧见任时鸣在春日宴上被姑娘塞了帕子后更甚。

周檀升任执政参知，曲悠迫不得已，在周府办了一场大宴。高云月本不愿参加聚会，碍于曲悠相邀，她还是去了。周檀是执先帝遗旨之臣，如今新皇看重，他红得发紫，文臣武将都来赴宴。大大小小的官眷贵妇带着女儿在园子中赏花喝茶。

任时鸣是周檀的近亲，自然也是众人巴结的对象。

高云月看得烦心，辞了曲悠，去周府不待客的后园花廊中散步。

不多时，任时鸣便追了过来。

只是她心中存着方才少女送帕子给他的事，就算知晓他拒了，说话仍有些阴阳怪气。任时鸣不知所以，还在喋喋不休地讲着他同周檀商议要去提亲之事。高云月茫然地想着，如今她双亲已故，他要去向谁提亲呢？她想起方才瞧见依偎在母亲身侧的烂漫少女，想起以前自己前呼后拥、天真不知愁的模样，不由得思绪纷乱。

"碧玉小家女……"

"不敢攀贵德。"

她也不知道自己在逃避什么。

叶流春出嫁前一日，请高云月和曲悠到府中饮酒。

高云月和曲悠酒量平平，不过几盏便大醉，三人同坐在园中的长廊上看月亮。

曲悠眯着眼睛道："明日，春姐姐就要出嫁了……想来我应该是最小的，怎么倒是嫁得最早？"

高云月笑道："那你别嫁了，快些和离，来与我做伴吧。"

曲悠面色酡红地冲她瞪眼："那不行，我夫君……我夫君……"

她说了半天没说下去，反倒是叶流春笑着朝她挥了挥手中的团扇，问道："阿月，倒是你……月初对你有意，他是个好的，你也有心，怎么迟迟不应？"

高云月托着腮想了一会儿，回答："我不知道。我不知道我不知道我不知道。"

曲悠扶着一侧的柱子勉强站起来，对她说："你怕什么？你见了任月初还躲着走，你要是不喜欢他了就直说，又没有人会怪你。"

"我不知道。"高云月仍旧在怔怔地重复，她闭了闭眼睛，再重新睁开，"我想象不到嫁人之后的样子，说到底……我现在只占着一个郡主名头，出门在外，她们都可怜我，任月初也可怜我……而且没有人替我撑腰，日后，我若觉得姻缘不顺，可有后悔的机会，谁来帮我助我……"

曲悠在她面前气得跳脚，左右瞄了一眼确定无仆役才放开声音骂她："呸呸呸，说什么话，你当我们都死了不成？"她一高兴总是会轻易说出"生""死"这样沉重的字眼。

叶流春拿扇子敲了敲她的头："说什么呢，没个避讳。"

曲悠捂了捂嘴，冲她挤眉弄眼："我说你啊，高云月，你怕什么，这世界天阔云高，你大仇得报，应当畅意才是……"

叶流春坐在高云月身侧，闻言也道："是啊，我听闻你之前还去寻过艾老板，想做些自己喜欢的事情……世人眼光有什么重要的，你将日子过好了，才是最重要的。"

隔了一段时日，高云月突然收到了一只木匣子。

柏影日日在太医院，神龙见首不见尾，艾老板有意叫她多学一些，以后掌握天下商脉，也能做宋世翾的左膀右臂。

一日，落了微雨，淋得湿漉漉的小厮从前门跑进，将窝在怀中的木匣子搁在她面前的案上："大掌柜，这是有人托我给你的，说自己在门外等着，你见了若是开怀，便出去见一见他。"

高云月应了，不解地打开匣子，却见到了一支熟悉的碧玉簪。

她从前不爱金银，觉得俗气，每每出门，爱着湖蓝衣衫配碧玉长簪。破家那日，她头顶上正好带着眼前这支簪子，于是它跟着她到了鄀州。见到曲悠时，这支长簪从她头顶跌下，落在西境的地上摔了个粉碎。

任时鸣将所有碎片全部收集，一块一块地拼成了原本的模样，连飞溅的玉渣都不曾缺少一粒。她从未想过能再看见它，正如她从未想过能平静地回想起从前的自己。

戴着碧玉长簪的少女总会长大的，会有人将碎裂的她重新拼凑完整，交到她自己手中，随后等在雨天的檐下，像从前一般盼着她来。

高云月顺手抓起手边一把油纸伞，匆匆出了店门，果然见着深青长袍的男子站在屋檐下，出神地看着连绵滴落的雨水。

雨滴连成线，线织成珠帘，他站在帘后，等她卷珠帘相见。听见动静，他怔了怔，侧头看来。

喷吐在上元夜马车前的那团火倏然消散。

高云月在闺中时，无数次想过，自己若遇见有情人，该在什么情境之下表露心意。

此情此景，比她幻想过的所有可能都要美丽。

天雨微蓝……

檐下潇潇，故人来。

## 空余恨 番外八

> 秉烛夜游之人，他或许也有，但终究会失去的。

### 黄金台

柏影回到小院的时候，先瞧见了一抹鹅黄的少女裙摆。他微微地笑起来，唤了一声："缘君。"

李缘君转过头来看他，雀跃地应道："表兄！"

她一只手提着一包点心——汴河后街元梁铺子的樱桃酥，极为有名，每日天不亮遣人专门去排，排上两个时辰，才能得这一包。

柏影与她在花园中将那包点心吃光了。

少女的唇角残存着糕点的碎屑，她却没有伸手去擦。

柏影瞧了她一眼，什么都没说，反倒是李缘君自己先笑了起来："表兄，我马上就要成亲了。"她坐在小院的石桌上，俏皮地晃动着双腿，目光追随着逐渐远去的夕阳，"想必你也有所耳闻——前日宴上，我设计落水，赌赢了。"

柏影缓缓攥紧了手边用来包樱桃酥的油纸，心中说不上是什么感觉："……女子婚姻是终身之事，纵然舅父答允助我，也不该牵扯你进来。"

李缘君听了他的话，却更加开怀："你这么说，我就知道我没有选错。你知道吗，父亲本不知我的计划，得知太子要娶我，几乎来不及多问一句我落水是否有恙便喜上眉梢，回去后嘘寒问暖，对这是否是我的设计、我是否愿意却绝口不提。"

"他们并不关心我的终身之事啊，表兄，"李缘君说到这里，叹了一口气，面上笑容不减，"反倒是你，最为介意——"

"那你自己介意吗？"柏影打断她。

李缘君顿了顿，坚定地回答："不。"

"我这个人很讨厌欠别人的情分，"柏影缓缓地道，"因为我要做的事情太多，没有多余的心力，不会还的，但愿你自己不会后悔。"

李缘君站起来，雪白的披帛从他面前轻灵地拂过。她穿的是窄袖，不曾佩珠玉，行动起来唯有衣料摩挲的细微声响。

他的院子中摆着一个兵器架——先前他深觉不会功夫实在误事，想学习一二，但不知哪样兵器最趁手，便寻了这许多。李缘君顺手拎起其上一支铁枪，也不知她娇弱的身躯为何能拎得动连兵士都不一定拎动的枪。

少女穿深闺繁裙，耍铁杆长枪。荒谬而违和。柏影目不转睛地看着她，想起从前——他们初识不久，他第一次为李缘君把脉。

她目光炯炯、满怀期冀地笑言："表兄一定要治好我这弱症。"

他纳罕，顺口问了一句："缘君，你这病若不经大惊吓，等闲不会发作，只要娇养着，一生都不会出事的。"

李缘君却沉默了，她抬起头来，目光看向花窗外。她的两个兄长正在窗外比画拳脚，刀剑在风中划出锐响。

"我不比他们差的。"她说，"母亲早逝，兄长们不爱诗书，少时父亲不曾送我去书塾，我便在阁中读尽了那些藏书——武将世家中的书不多，前朝遗史、术法、兵书，我将它们读得烂熟于心，做梦都在想大周女帝，就算我成不了那样的人物，也该在青史简上留下名字来才是。"

柏影讶异于小姑娘的志气："所以你自少时便开始习武吗？"

李缘君笑道："是啊，当时总想着，天地广阔，只要我说服了父亲，和兄长们一起习武，将来也能和男子一样，建功立业，彪炳千秋。"

于闺中女子而言，她生的并不是什么重病，甚至于，许多女子生了这病，一生都不曾发觉。可于她的愿望来说，这小小的病症又未免太过残忍。

柏影突然明白了她发觉自己这病的经过——小姑娘日日在家中习武，终于哀求父亲放她去了演武场，可不过几日，她便骤受惊吓，弱症发作。言语到了喉咙口，他突然张不了口。他其实有些不忍心告诉她，这病是治不好的。

但柏影也不知道她是不是心中明白得很，因为在他沉默半晌之后，李缘君在锦被之下偷偷握住他的手，十分认真地说道："所以你一定要成功，表兄。"

柏影微微挑了挑眉毛。

"我不过是生了弱症，就总觉得老天对我不公，兄长比我更甚……天道对你不公，可你从不曾自怨自艾，用尽办法去报复、去筹划，哪怕前路困难重重，也永远不失却向前的决心。

"兄长，你一定要成功，我愿意为你做这些事情，待他日……你为万世明君，我为辅佐之臣，我们的愿望，都会实现的。"

他或许能想明白为何李缘君对他不同。

从少时开始，小姑娘心中就燃起了注定不能被世人理解的野心和火焰，她生机勃勃，提着枪奔赴前程，可疾病不允，重新将她拴回平静无波的后宅。她委屈，她不甘,她渴望遇见为生活带来闪电的机遇。

然后,他出现了,像一个神迹。

最初李威不肯信柏影的荒谬言论,还是李缘君尽心劝说,他才肯同柏影行验亲之事。确认亲缘之后,李威想立刻带柏影进宫面圣——多么天真幼稚的举动。

柏影当时在心中讽刺地想,凭他如今的身份,保不准还未出宫便会被太子提前下手除掉。他们什么都没有,必须隐忍蛰伏多年,寻到一击必中的良道,才敢抛出手中的筹码。李威和两个儿子都资质平庸,不想家中还能出这样一位女子。少女在他面前耍了一整套枪,行云流水,虎虎生威,飘逸的裙带在风中舞动,繁复的衣摆翻跹,美得坚毅、挺拔。耍完枪,她抹了一把额上晶亮的汗水,将那杆枪扔过来。

柏影伸手接住,听见她说:"兄长,待他日,若旁人不堪用,我为你领兵。"

她说到做到。

她在太子府一忍十余年,做小伏低,就算出席宴会雅集,也总是一副怯生生、病歪歪的模样。偶尔有几次他在楼上瞧见她经过,他们会漠然地对视一眼,随后飞快移开视线。

太子篡政后,长日不回,李缘君终于寻到了机会,得知太子有意向西韶借兵之后,又私下与西韶勾连,借来火油布置一切。她扮了男装,悄无声息地游说父亲那些早对他有所不满的手下,在宋世翾和周彦带兵进城时,将她的父亲和兄长都推了出去,从而保全了李家的军队,并将其收拢到自己掌心。盛世不得出宅院,若逢乱世,或许她真能成为她心目中的人。

可惜后来,李缘君还是心急了——她聪明绝顶,能看穿诸般兵道阵法,可对朝堂翻云覆雨的党争心计不够了解,藏书楼中没有书尽比鲜血更加残忍的权术。

周檀将最大的秘密拱手送上,柏影和李缘君皆以为,就算他和宋世翾情比金坚,也不可能渡过生杀大仇。

在昌陵的地穴里,柏影才想清楚,这也不能怪李缘君和他,周檀这样的圣人,从史书中大抵都找不出几个。

脖颈上就是冰冷的刀刃,李缘君感觉有鲜血顺着额头下滑,心跳开始急遽加速——这是弱症将发的前兆。她没有在面上显出分毫,只是朝柏影看了一眼。

柏影持刀的手不住地抖。恍惚间,他好像看见了当年那个穿鹅黄衣衫的小姑娘。小姑娘提着一杆铁枪,温柔的衣摆在风中猎猎飞舞,编织着她封狼居胥的美梦。

"兄长,如今你有筹码在手,不必顾忌我,做什么要放了我呢?……"

"你要活下去!活着,才有希望啊。"

他知晓她的情意——不仅是男女之情,更有知己之礼、理想之愿。她比他自己还要渴望他能成功,渴望他能向天道证明,纵然生不逢时、命运诸多缺憾,他们也能登阁摘月,也有叫四海水竭、天地倾覆的能力。可是她没做到,他也做不到。

柏影瞧着她的尸体，突然很后悔没有开口称赞她一句——你已比古之君子更甚。报君黄金台上意，提携玉龙为君死。

## 永安词

宋世琰伸手逗着廊前的鹦鹉，日光将他的浅金勾紫长袍与鹦鹉五彩缤纷的羽毛照得一片流光溢彩。

柏影在他面前面无表情地下跪，行了个大礼："殿下万安。"

宋世琰侧头看见他，便笑了："景安，孤说过，你不必跪孤的。"他府中幕僚不少，但是全心信赖的没有几个，眼前之人从他大婚开始就跟随他，替他处理过不少私密之事。苏怀绪带着一外族女子来密见他时，他身侧只跟着这一个人。他私下里也查过他的身份。

白三景，金陵白氏的十一公子。他与自小备受宠爱的白沙汀是不一样的。白沙汀的父亲是白氏下一任主君，而白三景的父亲不过是这一辈庸庸碌碌的常人，他的母亲不是正妻，而是商户女出身的外室，还是生下他之后才被破例迎进门为妾。自少时，白三景和他的母亲在白家就不怎么被看重，甚至遭了不少冷眼。少年长到十岁，如同鬼魅一般终日瑟缩在角落中的母亲撒手人寰，连丧事都简单得可怜。他收拾包裹离开了金陵，决意要靠自己出人头地，离开这个根本没有人在意过自己的家。

他初初上门自荐时，宋世琰问他的姓名，他说自己姓景，名安。后来，宋世琰好奇过他与白沙汀的关系，也含糊着问过他对自己远亲周檀的看法。

柏影不过嗤笑一声，平静地回答："少时不曾关怀一句，长大后哪儿来的情分呢？小人的心，殿下不是最清楚吗？"

宋世琰自然清楚——他出生便丧母，虽有嫡子名头，但在宫中孤零零长大，德帝粗心，他未长成时也受过欺侮，与柏影感同身受。于是他拍拍青年的肩膀，少见地说着真心话："待孤登临大宝之日，定然会让你荣归故里。"

景安是宋世琰最出色的幕僚，一手好医术不说，大事小事都办得妥妥帖帖。他少遇见这样的知心人，临死之时只能想到他来为自己埋骨。城墙上猎猎风声中，宋世琰仰头看天，想起柏影最常哼起的那首歌谣。

是白沙汀写的《永安词》。

白沙汀为了找他，写下这样的句子，街头巷尾都在传唱。他分明说自己不在乎这些情分，为何总是翻来覆去地哼着这一首歌？看来他最相信的人也是有事瞒着他的。

宋世琰突然笑不出来了，耳边清清楚楚地响起方才李缘君离去之前凑近的轻语："殿下想知道我背后之人是谁吗？殿下……虽然您不在乎骨血之情，可您在这世间，仍旧有兄弟啊。"

眼前飞掠过长廊尽头的鹦鹉、逐渐明亮起来的燃烛楼、樊楼昏红的傍晚……他酒醉时揽着景安，半真半假地说："有些时候，孤真觉得，景安才是孤的亲人。"

柏影垂着眼睛，看不清神情，没有答他的话，只道："殿下，曲娘子要将亲人送到江南，我总觉得其中有诈……我替殿下跟随，走这一趟吧。"

"好，好，若不是你去，孤也不放心。"

白日上京，九重鸾山。

世间若真的还存在苏怀绪带来的女子所言的"皇后亲子"，那么他该是谁呢？

"我去了，殿下……您要守好汴都城，等我回来，您就是陛下了。我会备下最好的酒，亲贺陛下登基。"

宋世琰在蒙眬中抬眼看去："……若此局不成，你便回来为我殓尸吧。"

青年既未如平常一般劝阻，也不曾安慰，只是深深叩首，平静地答道："好。"

宋世琰坐在城墙上想清楚了一切，没忍住，大笑出声。

周檀想要扯住他的衣袍，没有成功。

《永安词》……果然是仙人赠来。那便送他一路，坠落如寒星吧。

## 踏云行

深夜，柏影和白沙汀喝醉了酒，勾肩搭背地在空荡荡的汴河大街上行走。二人东倒西歪，畅意大笑，最后实在支撑不到回家，醉倒在汴河上的乌篷船中。

幸亏叶流春早有先见之明，提前寻了个船夫，叮嘱他，若是二人喝醉了，可直接划船送他们回春风化雨楼安置。

水流淙淙，白沙汀躺在船板上，半睁着眼睛，看见几颗星星，立刻开始嚷嚷："……北斗参宿今何在，随我乘风上蓬莱！"

柏影倚在一侧骂他："狂妄！狂妄！"

白沙汀大笑着继续："神龙六架遮白日……君莫怕，踏云行！"他从船板上囫囵着爬起来，凑到柏影身边："十一哥，你跟我说句实话，你是不是对周夫人——"

柏影打了个激灵，推了他一把："胡呲什么呢你！"

白沙汀嘿嘿笑道："爱美人儿，不丢脸。"

柏影瞪了他一眼，抬头看见天际的月亮，喃喃道："其实我也不知道……

"我觉得那并非男女之情，只是从我第一眼见她……在花朝节的樊楼之上，就觉得似曾相识。我觉得我该去与她结交，甚至觉得……我好像欠了她什么东西，这感觉似捕风捉影，忽有时无，我已说不清到底是什么了。"

白沙汀抱着他的大腿，只听进去了一半："你也老大不小了，连个红颜知己都没有，唯一有点心思的还是旁人妻子，这可怎么办啊……"

柏影哭笑不得："别胡说八道了。"

白沙汀眯着眼睛继续："我连你孩子的名字都想好了。你不是不愿意姓白吗，好啊，那就继续姓柏吧……'丞相祠堂何处寻，锦官城外柏森森'，大侄子就叫柏森森如何？还挺可爱。"

柏影怔了一下，随后缓缓答道："好啊。"

"好吧？我也觉得甚好……"

"说什么我的事，先前不是在说你的事吗？"被他这么一闹，柏影觉得酒醒了七分，"你跟春娘子，到底打算怎么办？"

白沙汀抱着头大叫，装听不见。

"逃避有何用？你若真心悔改，还不如早些科考入仕，置份产业，把她娶过门。"柏影怒道，"人这一生可供后悔的时候不多，机会就在你手边，你为何从不知珍惜？"

无人回答。

白沙汀已经在船上昏睡过去，也不知道他到底听见没有。

河面上倒映出只留了一盏灯的春风化雨楼。

柏影低声道："十一有你这样的兄弟，在天之灵，会高兴的。"

第一次听见"大河之水飘摇去"时，他坐在巷口，沉默地驻足许久，回去后誊抄了这首词，一字一句地去看。

　　大河之水为三，白日上京为景。

有些人就算死去，也会被人如此记挂着。

可有些人即使活着，也从无人为他在黑夜中留一盏最后的灯。

他和宋世琰，其实都是可怜人，只是一个是心知肚明的孤独，另一个是花团锦簇的腐烂罢了，说不上谁更可怜，大抵是他更可怜些。因为就算刻毒，他也不如宋世琰纯粹。

柏影摇摇晃晃地站起来，眺望远方被夜雾笼罩的皇城。

那里离他好远好远。

"我从来都……不能纯粹，或许我自己也知道，所以一直在……排斥登高。"他笑起来，学着白沙汀的豪气，重新去念他方才即兴作的诗。

人生若能活得酣畅淋漓，该有多好啊。

"北斗参宿今何在？随我乘风上蓬莱……神龙六架遮白日，君莫怕……"

踏云行。

## 草木心

傅庆年身死之后，杜辉携家人出逃汴京，死在郊野的道上。

柏影听见宋世琰兴致勃勃地嘖了一声，唤他："景安，你来看。"他凑近了看，面前摆着的是一张工匠草图。

不是原本，好似是急匆匆地摹下来的。他看了两眼，愕然道："殿下，这是……"

《敕造真如宫图》。

宋世琰说："孤少时，曾经眼见过父皇逼杀皇祖父。"

室内的下人全都有眼色地退下了。

柏影吞咽一口口水，听见自己的声线微微发抖："逼杀……"

"别怕啊，景安。"宋世琰看他一眼，笑吟吟地道，"你不在宫中，并不知道，当年父皇登基之前，宫墙内传过好一阵流言蜚语，说父皇好似不是皇祖父的血脉，皇祖父当年召景王入京，是动了易储之念。父皇先下手为强，让皇祖父病痛缠身，无暇再管，这才保住了自己的位置。当年他只以为这流言捕风捉影，还是我无意间听见了真如宫事，才揣测出来的。"

柏影的目光下移，落在真如宫下的密室上。

"你以为他为何非要修建燃烛楼？幸亏杜辉出逃时还带着这样东西，才能让孤猜测出一二。这皇室秘辛哪，太多，也太脏了。"

宋世琰说着，自己却摇头："不过燃烛楼修好后，我旁敲侧击，总觉得父皇不曾在真如宫下找到尸体，为何……"

出了太子府，柏影立刻寻个心腹奔波郓州、汴都，精心查了半年。他在看见那张草图的一瞬间就有这样的疑惑——若是在真如宫修建时就有密室，为何赵贵妃的孩子是在南苑失火后才有的？

"当年公输先生修建真如宫时明明白白地写过手札——'何谓真如，无我所显'，非实非虚，非生非灭，非方非圆……故而他将真如宫修成了地上地下相辅相成的格局，这地宫是地上真如殿的复刻，本就是宫殿的一部分。

"当年先帝与赵贵妃伉俪情深，赵贵妃的兄长又是权臣，宫中不乏妒忌者……我想，这所谓的身世之错，恐怕是有心人杜撰流传，借此打压陛下。"

是啊……当年的刘相看不惯赵贵妃专宠，偶尔得知真如宫的构造后，他立刻心生一计，将此事添油加醋地传了出去。谣言四起，这一计策十分成功。纵然宣帝心知肚明这是有人故意编造的，也不知该如何辩驳。赵贵妃借口周遭嘈杂，搬离了真如宫。

真如宫废置，但流言仍旧未减。宣帝当年犹豫于宋昶的储君之位，只是因为察觉到他性情偏激，与其身世毫无关系。可有心人稍加利用，这便成了钩心斗角的筹码。

想来也是，当年宋昶根本未曾掌权，倘若真的身世有误，宣帝为何不直接下诏废储，就算他病重，朝中也有顾之言。再后来，傅庆年瞧见了这草图，顺着刘相所想编纂了一切。一道流言，两朝党争，究竟毁掉了多少东西？

柏影根本不敢想。在宣帝无力辩驳，最终只能叮嘱顾之言守好秘密的时候，德帝就注定会得知此事。在德帝决意挖开真如宫、修建燃烛楼的时候，无论他有没有找到尸体，疑影都注定会一辈子种在他心底。柏影扯着唇角，笑不出来，有凉意顺着脊背侵袭而上。

今日之前，他从来不曾意识到，这党争的灰暗可怖远远超乎他的想象。他曾认真思索过，倘若他上位，是否能够寻到彻底放心之人，收拢权柄，绝了这党争？思来想去，他觉得自己做不到。

这世间大抵无人能做到。直到他听见曲悠那番话——

"夫君对苏执政说，愿以自己的名声为垫脚石，送他登高位、摄朝局。执政本就是世家出身的清名文臣，再除去一个朝臣不满的奸佞，便可成就如顾相一般的盛名，助他绝党争、养生民。"

天下熙熙攘攘，皆为利来利往……

他做不到的事情，有人能做到。听过这番话，柏影就知道，他已经输了。

仇恨遮蔽了他的一切，心中所存之"道"零落，因着这些经历，他这辈子都做不成自己心中的清明圣主啊。他与宋世琰好似也没有什么区别。

"我非如此不可……要不然，对不起我的命运。"

那就酣畅淋漓地赴死，好过浑浑噩噩地偷生。

他想起初识不久，曲悠问过他名字的来由，后来周檀和白沙汀又问了一次。

其实哪有什么来由？柏是不纯粹的白，影是暗夜中的景罢了。第一次，他含混了过去；第二次，他还没想好怎么回答，就听见白沙汀恍然大悟地一拍大腿道："我知道了！出自那句'水中藻、荇交横，盖竹柏影也'，是不是？"周檀在一侧淡淡称赞："与挚友夜游，很好的名字。"

何夜无月？

何处无竹柏？

不过是少挚友、多忧虑……秉烛夜游之人，他或许也有，但终究会失去的。柏影笑起来，默认了这个解释。

"草木有本心……何求美人折？"

"今日，我们便做个了断吧。"

## 番外九 彩云间

*知君白雪道，消融自可怜。*

### 难势

窗外风雨欲来，苏朝辞挽袖磨墨，犹豫了半天，才写了两个字——"盼归"。烛火的阴影投映在他紧蹙的眉心上。

半个月后，周檀大婚的夜晚，周身酒气尚未散尽的周杨从苏府的后门进了他的书房。周杨酒量极佳，他与任时鸣喝了一晚上也不见几分醉意。

苏朝辞抬头瞥了他一眼，瞧见了对方漠然却通红的眼睛。

"那女子……是何来历？"

苏朝辞收了手中的书卷，答道："京中清流文官之女，与执政长女颇有几分交情。"

周杨继续问："她会不会害我兄长？"

苏朝辞摇头："我不知道。"

顿了顿，他接口说："毕竟是闺阁女子，大婚之夜，闹不出大事。你既归来，明日再上门去瞧吧。"

少年眼中微不可见的寒光一闪而过："倘若她图谋不轨，我会杀了她。"

苏朝辞只是叹气："她是官门贵女。"

周杨不屑道："那又如何？"

苏朝辞咳了一声，转移话题道："你赶得回来就好，这些时日我夜不能寐，毕竟我身份空悬，与你兄长表面不睦，贸然去了不知道会坏他多少谋划，不去又不能放心……也不知他的伤怎么样了。"

周杨握紧了腰间的剑柄，目光中闪过一抹痛色："我本想着，沙场拼搏，挣一份功名回来，也好让兄长的路好走些……但随军远行，消息闭塞，留他在这里，我实在不放心，况刀剑无眼，谁知哪一日我便会——"

苏朝辞按着眉心思索了一番，突然道："你想留在他身侧吗？"

周杨毫不迟疑："自然……不过，我当初远游，便是因为兄长不肯叫亲人留在身侧，牵系太多，于他而言或许会更难一些。"

苏朝辞道："我却有个主意。你可还记得周檀初初外放回朝，与人起争执那次？我记得当时你被任大人罚禁足，穿夜行衣替他挡了一刀，砍在背上。事后，你不敢叫他知道，还是来寻我和艾先生为你上药。"

"是，我记得。"周杨想了想，立刻明白了他的意思，"我真是个蠢材！这法子甚好，本就有救命之恩，我再寻艾老板将我荐过去就好了，兄长定然会信的。"

"可是……"苏朝辞迟疑地说，"阿杨，你要想好，你若以这样的身份留在你兄长身边，便会错失行伍中的机遇。或许你会死于无名之辈的杀戮、阴谋诡计的暗影，或许永远不能建功立业、拜将登台……你甘心吗？"

周杨飞快地反问一句："小苏大人，若你父亲能够复生……他和你的宰辅梦，你怎么选？"

苏朝辞张了张嘴，还是沉默了。

于是周杨笑起来："我在世间只剩一个亲人了，于我而言，他比所有梦加起来都要重要……我曾经也问过哥哥这个问题。当时哥哥年少，贪心得很，说既要这一切前程又要求圆满。我不知道他能不能做到，但我不如他，必得二中择一，不需犹豫。"

他伸手一揖，身影消失在苍茫夜色中："多谢。"

苏朝辞又点了手边的蜡烛，烛火飘忽不定。周杨走时没有关门，烛火刚燃起不久便被门外的风吹灭了。

风吹了许久，雨始终没有落下来。

## 神游

连续三日，苏朝辞都做同一个怪梦。

梦里，他坐在窗前，身侧是一片诡异的透明琉璃，日光穿过它们照在颊上，微烫。有声音在身侧环绕。

像人声，又不像人声，沙沙哑哑，窸窸窣窣。

"……圣人，我们应该如何去定义圣人？《原道》中说'有圣人者立，然后教之相生养之道'，至善、至美、无私、伟大、襟怀广博、兼济天下，一切最崇高的词语，都可以用来形容他们。

"但是我并不愿意用'圣人'这样的词语去定义我崇敬的古人，人皆有私，至圣之道是拜神者完美想象塑造的金身，所以我做人物研究，第一件事是寻找他在史料中的瑕疵。"

…………

低头是光可鉴人的地面,他从未见过如此荒谬的场景。

"有了这无伤大雅的瑕疵,我的金身才能走下神坛,成为怀拥七情的常人,而伟大者,必自寻常中来。"

一个没有绾发盘髻、不着寻常衣饰的女子走到他的近前,仔细凝视着他。

"是谁?"他问。

并无人回答,世界扭曲撕裂,一瞬间回归原样。

第二日在殿前初遇周檀的时候,苏朝辞还怔怔的,没有完全从那个光怪陆离的梦境中抽离。

"小苏大人……"

"我姓苏,名辞,字千陵。"

虚空中有人疑惑地问:"千陵……为什么你平时从来不告诉别人你叫'千陵'?"

他有些羞恼,嘟囔了一句:"千陵听起来像女孩的名字。"

对方轻轻地笑起来,在他耳边喊"千陵"。

"朝辞白帝彩云间,千里江陵一日还……确实像你的名字。"那声音从梦境中来到现实里,如影随形,他逐渐地习惯了它的存在,更有甚时,他惊讶地发现,对方居然十分了解他,不用看到也知道他心中在想什么。

父亲去世、燃烛楼案兴、汴都生变、周檀远行,有很长时间,他都没有再听到那个声音。

直至一日傍晚小憩,政事堂中书页乱响,花窗未关,他在沉沉的梦境中,再次见到了那个奇怪的女子。这次的梦境比从前正常了许多,他身处于大河上一只游船中,那女子站在他身侧,远眺身前的夕阳。苏朝辞侧头望去,看清了她的模样。

素雅、平和、恬淡、书卷气太重,可这种重并非饱读诗书、随手赋诗的文气,真要说来,倒是更像治史、修撰、陶冶的匠气。

那女子伸出手来,摸到了他的脸。

苏朝辞心中惊疑不定,却不知为何,一动未动,任凭那只生茧的手在他面上游移。他看见那女子倏地落了一滴清泪。

"书卷二十年,得见君前……"

他不知这女子的来处,但他们很快成了知己。

"三月初三,野郊河上,与君神游,盼来。"

∽ ∽ ∽

名满天下的苏宰辅直到将近四十岁才娶妻。

其妻子身份成谜,既非世家,也非贵族。

某日，那女子贸然出现，苏宰辅便突然娶妻。他的妻子不爱交际，成婚之后便辞京远游去了。过了一两年，她为他留下了一双儿女，随后彻底隐匿了踪迹。除了苏朝辞，无人知晓她究竟来自何处，又是何时撒手人寰。

"千陵，我是个痴人，但我爱重你，爱重风流的朝代，正如你爱重我，更爱重江山社稷。两见伤神，不如归去，等到你这一生走完，闭上眼睛那一刻……我们一定会在另一个世界重逢。"

苏朝辞活到六十六岁，做完了他想做的所有事情。他死时，天下文人俱悲，皇帝辍朝七日，太子亲自扶灵，他名留青史。闭上眼睛之前，他想起晴日与她在城郊野河的船上初见，风帆鼓鼓，鬓发飞扬，黄昏的彩云遍布天际，他从喧闹世事中脱身，感受到了许久未有的安宁。

"我们一定会在另一个世界重逢。"

——我来寻你。

## 与周霄白剖心书·其五

某启：

人言"士为知己者死"，与君自微茫识，登金阁、浮宦海、渡龙迹、晓政事，时年一十有余也。论知己厚，称寻常远，故吾有言尽述，剖心为书。

削花一令所引之辩，不计良几，统观首尾，莫过军机、民生、边塞、征纳之事。君持儒道身、力变法家事，某与众论：盖天下变法者，或铜铁刚硬、万事不侵，或春风化雨、徐徐而图。前死后生，先谤怨、继铸声，凡常皆知择选优劣，而君异之。

辞拜言：君少负才德，辞乡沐誉，时出姑苏，音留不息，树伞相庇，天下之表里。至承旨日，昔年龌龊如浮云流散，为臣登阁，何其熠熠！倘无削花事，当作万年臣。某常自幽梦，提笔自省：君渡之人，能遮云否？嗟乎！嗟乎！咨尔知其殉身道中，无敢铿锵一句，蒙羞当世之士，愧悔无极，不能自已。

…………

同沐长风、渡海中，太白诗曰"我思仙人，乃在碧海之东隅。海寒多天风"，苏子赋言"放乎中流……适有孤鹤，横江东来"，乃知碧海东隅之仙人，及畴昔之夜飞鸣而过我者，非君也邪？某居横江野渡，提笔忘言，子美淮上遇风，有感"应愁晚泊喧卑地，吹入沧溟始自由"，望君再思，终日得遇自由天地。

某无才相寄，踯躅思悼……剖心为书，仍未穷先行之赤血；空余五色，待山林焚身以祭沧然。

知君白雪道，消融自可怜。

某与君勉。

## 杏花雨

**出版番外**

曲有误，周郎顾。

明泰五年的暮春时分，崔遥离开汴都，到临安的友人家小住。

他是中原人，早先并未到过江南，友人连道可惜，说他来的时候不巧，倘若是烟波浩渺的三月初，杏花开遍前后山，江南风物最艳。他觉得遗憾，又觉得没那么遗憾。友人是勋贵出身，早年与他一起在琼庭做官，后来不耐官场烟云，辞官远游，幽居于临安。

友人曾言："时乃盛世，有心者可争其功，闲散者得游林间。苍天色青白，黎民自安安，朝中有名臣，关外有虎将。我在林间煮一碗青梅酒饮，快活得哪顾得上窗外缥缈的江山？"

崔遥深以为然。

他骑马自田边经过，见百姓正为庄稼除草。暮春之时，日头并不毒辣，懒洋洋，金灿灿，落在人身上，温柔得像一汪水，而众人就沐浴在这样的日光中，一边哼曲，一边除草。没有繁重的税负，没有温饱的忧愁，每个人的面上都洋溢着发自内心的笑容。他想，生于这样的时代，真是再幸运不过的事情。

崔遥与友人大醉一场，醒来时发觉彼此不成样子地睡在案前地上，不由得相视而笑。

酒醒之后，友人忽然道："我初来此处，是因听闻苏相每至江南总爱登杏山坡一览，坡上还有他亲题的凌霄亭，何不前去一观？"

崔遥欣然应允。

次日预备动身之时，友人却有旧友新婚，遣帖来邀。拜帖送来得晚了些，友人只好羞赧地辞了他，立即动身赴约去了。

临行之前，友人为他指了路："喏，你沿着书院的方向，走过一段崎岖山道，见一庭院，越庭院而上行，穿过遍种杏树的后坡，便能在最高处见凌霄亭。那亭又叫有雾亭，众人知晓那是苏相常来之地，时常聚集于此，弹剑而歌。若子迩运气好些，还能与众名士结识一番，岂不是人生乐事？"

  崔遥独自动身，穿过书院上山。刚刚走到小院周遭，他便被一场瓢泼大雨浇了个透湿。
  逼不得已，他只好去敲那"杏花别院"的门，希冀主人能好心地容他一隅躲雨。
  一个女子为他开了门，撑着伞将他请到院中的凉亭处。
  崔遥拧着文士袍的袖口，见那女子在石桌上煮茶，十分感激地拱手道："谢过夫人。"
  他抬起头来，才见对方十分好颜色，乌发如云，唇角带笑，虽穿的是粗布麻衣，不落簪饰，但仍清丽动人。他不是没有见过更美丽的女子，然而此情此景——瓢泼暮春雨，多雾小凉亭，女子搁下手边昏黄的油纸伞，为他这突兀闯入的客人煮茶，怎么看都像话本子中才会有的奇遇。
  名士隐于山野，不想美人也能幽于自然。
  他谢过之后，对方掩口一笑，问："客从何处来？"
  崔遥答："皇城中来。"随即又郑重地道，"小生姓崔名遥，字子迩，突兀打搅，望夫人见谅。"
  对方听闻他是汴都人，有些诧异，忙示意他不必多礼："崔先生有礼，我姓曲。"她没有说全自己的名字，也不提夫家姓氏。
  崔遥见状也不多问，只应道："曲夫人。"
  曲悠支着手问："崔先生要上山吗，也是为了那声名远扬的山上亭？"
  崔遥道："正是，不想天降大雨，或许是今日无缘吧。"
  曲悠便笑起来，倒茶之后继续同他聊天。
  崔遥在交谈中发现面前的女子谈吐不凡，无论是天下局势、朝中时政还是诗书文墨，她都能讲上一两句。
  曲悠道自己的夫君是山下书院的教书先生，日暮方归，那时若无停雨，她还要下山去送雨具。
  小小山坡下卧虎藏龙，这女子已是如此聪慧，她夫君又是何等人物？崔遥心生仰慕之情，暗道，若是次日无事，该上山来结交一番。
  二人言语间，雨便停了。天色尚早，崔遥辞了曲悠，上山探访，还询问主人归来的时辰。曲悠十分热心地叫他下山时可来用饭，他顾不得推辞，欣然应允而去。
  崔遥沿路上山，发觉那亭子不是世人口中的"凌霄"，而是同音的"陵霄"，凉亭的一侧还挂了另一块牌子，上书"有误"，不知苏宰辅为何写错。雨后林间寂寥，自然也难遇什么名士，崔遥转了一圈觉得无聊，择了一条小路下山。

在离陵霄亭不远处的山道边，他遇见了一块端端正正的墓碑。那墓碑前杂草丛生，一看就是长久无人祭拜的模样。他为墓碑主人将杂草拔尽了，发觉石碑上所镂刻的名字他竟然认得。

是遭贬出京的前相周檀。

石碑上写了姓名和生卒年，背后则刻了杜子美的两行诗——"尔曹身与名俱灭，不废江河万古流"。一代辅政之臣，权倾朝野，以强硬手腕推行削花变法，搅得朝中风云变幻，党争林立，若非失却明帝的信任，他合该再揽政弄权二十年。在他权势最盛之时，持象牙笏板自御街前过，来往诸臣无不垂首避退，不敢高声。周檀那时候那样年轻，目不斜视，自喧嚣处过，包容一切鄙夷、敬畏、仰慕的眼光。

为臣如此，已是无上的荣耀。

后来，苏朝辞劝动君主，手腕凌厉地将他驱逐出了朝堂。苏相名声上佳，拥护者不计其几，他很快便将朝堂上下洗成了一种声音。党争就此绝迹。苏朝辞也不介意从前的党派之别，劝说明帝启贤不避，朝中名臣辈出，群星闪耀，边关战事顺畅，势如破竹，改元以来，"盛世"二字已成为天下的共识。

而旧日的权相背负着一身骂名淹没在这乱蝉衰草之中。

崔遥在周檀的墓碑前坐了许久，直至夕阳西下，才起身下山。

雨后的空气中飘起炊烟，是谁家烧了饭菜？

胸口的怅惘就此一飘而散，崔遥再登杏花别院，发觉大门洞开，前院无人。他本想守礼地站在门外等候，却在篱笆上发现了一张字条，字条以簪花小楷写了一句"客请直入饮茶"。他顺着中庭走去，发觉是曲悠为他留了方才未尽的茶水。于是崔遥在凉亭中耐心等了一会儿。

片刻之后，曲悠便探头出来，笑吟吟地招呼他去吃饭。

崔遥来到房中，才知原是刚才她的夫君同她一起做饭去了，无暇招待客人。

这饭清新、素朴，别有风味。崔遥坐定之后，方见这家的主人擦着手走进来。

主人比他想象中还年轻些，棉麻白衣，皎洁如云，一双眼睛颜色偏浅，像琥珀。行礼之后，他问过他的姓名，却没有透露自己的身世一句。崔遥便知他不欲为人所知，识趣地没有多问。

不可否认，这一双男女坐在一起，实在是佳偶天成。先前他还在好奇什么样的人才能配得上这位夫人，见后却觉他们再契合不过了。况且在交谈中，他还注意到，这两人实在是极有默契——她知晓，他的酒杯最好倒得半满；她一个眼神，他便能懂她所需之物。这一切无须言语，榫卯正合。崔遥在一侧瞧着，心中艳羡，想自己也到了娶妻的年龄，不知能不能求来这样相知的淑女。

饭后，曲悠去隔壁与邻人说话，周檀同崔遥在亭中对酌。崔遥这才得知，原来这对夫妻也在汴都生活过，在汴都还有许多旧友。周檀先问了朝中如何。崔遥说了许多，对方听得很仔细，不时微笑着点头。

皇帝十分勤勉，宵衣旰食，与苏皇后恩爱有加。苏氏如此煊赫，子侄却个个低调，甚至为了避嫌，不肯入仕。皇帝出郊祭祖，路上车驾险些蹍死一只白猫。于是皇帝亲下舆车，为猫包扎，一时传为仁爱美谈。

威望极高的苏宰辅近日有一桩烦心事。他长久不婚，门前常年堆着各户人家的拜帖，连皇帝都开口问起。被逼急了，苏宰辅竟亲手画了一幅像，说梦中有神女来会，非卿不娶。可众人掘地三尺也没有找出苏宰辅画像中的神秘女子，不由得怀疑这是他拒婚的托词。

朝中升迁升得最快的便是曲向文曲侍郎。此人文才俱佳，素有见地，唯一不足便是好似有些呆。前些日子，他为御史台暴躁的沈络沈中丞所骗，傻傻地在霜河桥上等了他一夜，第二日早朝还问沈中丞是否因事耽搁了。这话把沈中丞这样一个火爆性子问得一愣一愣的，不由得老老实实地说了实话——他是为了报复对方前日与御史台作对一事，刻意爽约，没想到曲向文真的等了一夜，直至该更衣上朝才匆匆归家。此后两个月，曲侍郎都没和沈中丞说话。

洛经纶和蔡瑛两位老大人都已致仕，临行前只叹故友飘零。汴都众士子在清溪边摆了一场宴席相送，席上莼菜鲈鱼、诗歌文章不断，天然一段风流。

还有濯舟将军。濯舟将军前几日得了一匹良骑，兴奋得半夜骑马在汴都城中绕了好几圈，被巡视的昭罪司侍卫抓了个正着，以"扰民"为名罚了他五十两银子。据传，此事是他的好兄弟周杨将军为借马骑上几日，刻意透露给昭罪司的。

..........

说罢朝中事，还有城中事。

云游的十三先生先前回了汴都，与汴河各商铺的大东家"艾老板"作赌，赢了他许多钱。十三先生十分高兴，带着他的漂亮夫人春娘子在樊楼摆了一日的流水宴，请全城喝酒，把这些钱花得精光。兴致高时，他还悬了一张巨大宣纸，醉书了一首《十二月三日大宴全城醉梦不醒登瑶台神仙赐作》。这诗传到皇帝耳朵里，赞了一句"天宫仙人之才"。

满门忠烈的清湘郡主高云月嫁了一位姓任的琼庭学士，一反常态，高调地办了场大宴，竟请到了汴河上下所有有名有姓的商户。众人这才知晓，原来郡主已认那位富可敌国的"艾老板"做兄长，怪不得她前些日子出手阔绰，为来汴都小住的神医决明子大张旗鼓地修了一座医馆。那座富丽堂皇的大医馆修在十二甜水巷的尽头。相传，那里原本住的是一位只给穷人看病的医官，后来这医官发达，便搬离了此处。人们感念，在他从前的住所旁种了一棵挺拔的松柏。如今这松柏恰好在医馆门口，有人在松柏的树枝上挂过一个香囊，还有人系过一条红色的绸带。

..........

崔遥说得尽兴，周檀也听得尽兴，还问他有何理想。崔遥没答出来，仰着头想了好一会儿。

最后，他无奈地转移话题："我瞧先生有经天纬地之才，为何要幽居山野林间？河清海晏，何不投身天地之间，成就一番事业？《论语》中言，天下有道则现、无道则隐，莫非先生觉得如今的清明天下仍旧当不得'有道'二字？"

周檀含笑摇头，温言道："圣人虽有言，我却是不赞成此句的。"

他仰起头来，看遍布星辰的夜空："要我说，便是天下无道则现——乱世之中，我辈义不容辞，当为世间舍身。有道，则隐——宇内澄清，万民教化，多一我、少一我，有何干系？有道现身，是为求名；无道则退，避世之论。"

崔遥肃然起敬，羞愧道："先生才是真圣人。"

他想起自己急流勇退的朋友，慨然叹道："如先生所言，乱世会埋没生不逢时的英才，盛世也会埋没本该流芳百世的人物，每个时代都有每个时代辜负的人啊。"

周檀与他举杯而饮，有三分醉意之后拉他到院门处坐，指着面前幽深的夜路道："孔明当年自卧龙岗出，一去不回，是辜负吗？不诚然。我想，即使殚精竭虑、死而后已，他应永不后悔当年出卧龙的选择——时代辜负了他，也没有辜负他。"

这句话，崔遥没有听懂，连后面的话也没听懂。

"回到卧龙岗不算辜负，流芳百世也不算辜负，若二者只能择其一，他不愿归来，可我……却是要回来的。"

语罢，正巧曲悠提灯而归。她见二人立于此处，不免有些诧异，连忙搀着周檀往院中走去，又将崔遥引到客房中。周檀不过与他饮了几杯，竟有了醉意。曲悠带些歉意，招呼两句便扶他回去了。

崔遥立在门口，还听见曲悠在轻声唤他："檀郎……"周檀歪着头，在她侧颊落下一个轻轻的吻。曲悠毫不羞赧，搂着他亲了回去。

在幽静的山林间，如此平凡地相爱着，真是世上难寻的幸事啊。

次日，崔遥辞去，得了夫妇二人一句托付，回到汴都后去一个无名山岗烧些纸钱。那山岗林立着许多墓碑，有一位与夫君合葬的"燕"姓女子、一位"生如一苇"的飘零友人，还有"挚友柏影"——这名字有些熟悉，可崔遥不认得。"柏影"旁边的碑没有写名字，只刻了一句"半缘修道半缘君"。

崔遥下山时，负责看守的老人招呼了他一句。他年纪已经很大了，似乎有些瞧不清，将他认成了旁人，"周大人，你许久不来了，怎的没带夫人一同来？"崔遥无奈地解释。回到府中时，他才有些回神——汴都姓周的大人有几位？

他所认得的只有一位。

他陷入沉默的回忆中，想起月色下有人唤了一声"檀郎"。他的夫人还姓曲。曲有误，周郎顾。

崔遥恍然觉得自己好像撞见了一些大事，又不敢完全确信。

翌日到琼庭时，崔遥迎面撞上苏宰辅。他瞧着对方，突然想清楚了遥远亭中两块牌子的含义——"陵"是千陵的陵，"霄"是霄白的霄，"有误"是见证者的题名。那是一座隐秘的纪念，一段不可为世人所知的知交情谊。

明泰五年末，汴都下了一场大雪。

崔遥本想抽空再去一趟临安，只是手边事千头万绪，实在不能抽身。他被调来治史，整日和青史文书打交道，渐渐明白了那句"辜负了，也没有辜负"的含义。

又过了一年，他再下江南之时，得知那位教书的周先生已经辞去，他妻子有了身孕，二人在一个清晨坐一辆马车搬到旁的地方去了。

此后，他再也没有见过他们，甚至没有再听到他们的传言。有些时候，他甚至有些怀疑，那一日煮茶观雨、星夜促膝是否只是他的幻想？

许多年后，他在琼庭修史，见到了署名为"曲意怜"的《天影札记》。那是"曲夫人"写的史论书籍，在年轻学子之间流传甚广。众人常捧着此书与她的另一本《削花再观》争吵，吵《削花令》的利弊、周宰辅的功过，吵那一场变法，吵党争、科举、得失……这些无休无止、不会停息的争吵，必将随着古朴的书页一代一代流传下去。

崔遥闭上眼睛，仿佛看到了许多年前……

他上山时多拿了一把油纸伞，没有被淋得透湿，于是推门讨茶时没有那么狼狈，只有袖口处洇开了一些微小的水痕。

那是春三月，院中的杏花开得烂漫，被雨水打湿，一片一片地飘落下来。院中主人煮了茶，水汽与雨雾混杂在一起，将香气酿得馥郁内敛——青史中人的芬芳和坚贞，好似一场沾衣欲湿的杏花雨。

他想，时代确实没有辜负他们，他们在江山岁月中永生不死。

图书在版编目（CIP）数据

白雪歌：全二册 / 雾圆著. -- 南京：江苏凤凰文艺出版社，2025.4. -- ISBN 978-7-5594-9156-5

Ⅰ. I247.5

中国国家版本馆CIP数据核字第2024YH2851号

# 白雪歌：全二册

雾圆 著

| 特约监制 | 殷 希 穆 晨 |
| --- | --- |
| 产品经理 | 朱静云 |
| 责任编辑 | 白 涵 |
| 特约编辑 | 丛龙艳 |
| 内文排版 | 刘龄蔓 |
| 封面设计 | 吴思龙@4666啊 |
| 出版发行 | 江苏凤凰文艺出版社 |
|  | 南京市中央路165号，邮编：210009 |
| 网　　址 | http://www.jswenyi.com |
| 印　　刷 | 天津中印联印务有限公司 |
| 开　　本 | 710毫米×1000毫米　1/16 |
| 印　　张 | 39.75 |
| 字　　数 | 801千字 |
| 版　　次 | 2025年4月第1版 |
| 印　　次 | 2025年4月第1次印刷 |
| 书　　号 | ISBN 978-7-5594-9156-5 |
| 定　　价 | 82.00元（全二册） |

江苏凤凰文艺版图书凡印刷、装订错误，可向出版社调换，联系电话025-83280257